講談社文庫

巨悪

伊兼源太郎

講談社

目次

主な登場人物

中澤源吾（なかざわ・げんご）　東京地検特捜部「財政班」検事

城島　毅（じょうしま・たけし）　東京地検特捜部「機動捜査班」班員

臼井直樹（うすい・なおき）　中澤の立会事務官

高品和歌（たかしな・わか）　東京地検特捜部「特殊・直告班」検事

吉見里穂（よしみ・りほ）　高品の立会事務官

鎌形英雄（かまがた・ひでお）　東京地検特捜部　部長

村尾進一（むらお・しんいち）　東京地検特捜部「財政班」担当副部長

本多恭平（ほんだ・きょうへい）　東京地検特捜部「特殊・直告班」担当副部長

稲垣雅之（いながき・まさゆき）　東京地検特捜部「機動捜査班」班長

今林良蔵（いまばやし・りょうぞう）　東京地検　次席検事

田室秀敏（たむろ・ひでとし）　東京地検公判部　総括審査検察官

鷲田正隆（わしだ・まさたか）　ワシダ運輸社長

陣内銀三郎（じんない・ぎんざぶろう）ワシダ運輸専務

赤城達也（あかぎ・たつや）　民自党・西崎由伸《にしざきよしのぶ》参議院議員の筆頭秘書

野本永太（のもと・えいた）　政治団体海嶺会　会長

小柳義一（こやなぎ・ぎいち）　政治団体海嶺会　事務局長

海老名治（えびな・おさむ）　国民自由党　党首

海老名保奈美（えびな・ほなみ）　海老名治の一人娘で秘書

石岡大輔（いしおか・だいすけ）　海老名治の筆頭秘書

巨悪

序章　悲鳴

埃《ほこり》っぽく、懐かしい匂《にお》いがして、友美《ともみ》はうっすらと両目をあけた。周囲は暗い。それでも目の前にアスファルトがあるのはわかる。どうりで懐かしいわけね。幼い頃はよく兄と自宅前の小路に腹這《はらば》いになって、チョークで動物や草花の拙《つたな》い絵を描いたものだ。

どうしてアスファルトが目の前にあるんだろう。友美はやけに重たい目蓋《まぶた》を押し上げ、目を凝らした。

街灯や家々の光が闇を薄めている。友美が生まれてから二十年間暮らす街並みだ。少し先には公園の木々の影が見える。とりわけ、背の高い公孫樹《いちょう》の影は夜でも目立っていた。晩秋、あの公孫樹が落とした大量の銀杏《ぎんなん》は辺り一帯を異臭で悩ませる。それを近隣住民が総出で拾って食べてしまう『銀杏大会』は、町内会の恒例行事だ。実を拾う時は鼻をつまんでいるのに、とんでもなく臭い。種を取り出すために実を腐らす作業の時は、ニオイが脳髄《のうずい》を直接衝《つ》いてくるみたいで、さらにとてつもなく臭い。だからこそ、自分たちの手で集めた銀杏の味は格別だ。ここ数年は学校が忙しくて大会にも参加していない。今年は久しぶりに拾ってみよう。ついでに年中暇だとぼやいている兄も誘おうかな。

あちこちでコオロギや鈴虫の声がしている。なんで、こんな場所で眠ってたんだろう。友美は釈然《しゃくぜん》としないまま、立ち上がろうと体を動かした。

突如激痛に襲われ、勝手に体が硬直した。続いて強いさむけに襲われ、呆気《あっけ》にとられた。風が吹き、濃厚な血のニオイがする。それは自分の周囲で漂っている。友美は不意に咳《せ》き込んだ。血が口から飛び散り、息苦しさを覚え、左肺の辺りが猛烈に痛い。

記憶が弾《はじ》けた。

自宅を出てバス停に向かっていると、背中に誰かがぶつかってきた。その時、体内に冷たい感触が滑り込み、直後、その冷たさは焼けるような激痛に変わった。

刺された――。

そう認識しても声が出なかった。膝が固まり、腕が強張《こわば》り、お腹から力が抜けて棒立ちになった。さらに背中を刺され、うつ伏せに崩れ落ちた。後方に遠ざかっていった荒々しい足音は、まだ耳に残っている。

眠ってたんじゃない。気を失ってたんだ……。周りには誰もいない。誰かが救急車や警察に通報してくれる望みはない。

友美は、ほんの僅《わず》かに体を動かすだけでも生じる激痛に耐え、右手を顔の前に置いた。血で赤く染まっている。息苦しい。全身を引き攣《つ》らせるように呼吸すると、口の端から泡が出た。とにかく立たないと。いつまでたっても誰も通らないかもしれない。道路の真ん中にいたままでは車に轢《ひ》かれてしまう。せめて脇にどこう。

友美は大ぶりな布鞄を持った左手を、そのままアスファルトについた。鋭い痛みが全身を貫く。右手をつく。再び激痛が全身を走る。友美は歯を食い縛って上体を起こし、右膝を立てた。自分の影がやけに濃い。違う……血だ。また体が崩れ落ちそうになるものの、痛みを無視して両手に力を入れた。怯《ひる》みそうな気持ちを無理矢理に叱咤《しった》して、一気に立ち上がる。

たちまち目が眩《くら》んだ。友美は何とか堪《こら》えた。間髪《かんはつ》を容《い》れずに自分の血だまりの上から一歩、二歩と踏み出す。その都度、酷い痛みに全身が襲われるも、ひたすらだまし機械的に足を動かしていく。息苦しさは消えない。呼吸を懸命にする。口の端から勝手に出る泡は増えていく。目蓋が重たい。そういえば、前にもこんな感覚があった。

あれは家の前の小路でシャボン玉を飛ばした九歳の時だ。大晦日《おおみそか》、除夜の鐘を聞きながら眠い目をこすり、一心にシャボン玉を飛ばした。どうしてあんなことをしたんだっけ？　そうだ。あの前年に、テレビで紙吹雪《かみふぶき》やシャボン玉が舞うニューヨークの新年カウントダウンの光景を見たからだ。隣で見守っていたお兄ちゃんは、お父さんのダウンジャケットを着て雪だるまのように膨れあがっていた。

道路際まで辿《たど》り着くと、ふっと視界が白けた。意識も薄れ、体が大きく揺れる。咄《とっ》嗟《さ》に友美は背筋を伸ばしてわざと痛みを発生させ、意識を覚醒《かくせい》させた。その場で踏ん張り、鞄に手を入れる。明日着る服、歯磨きセット、化粧ポーチ――。こんな時に限って携帯電話に手が触れない。

ここなら家よりも公園の方が近い。木のベンチに座って、落ち着いて通報しよう。だけど、声は出る？　さっきからの激痛にも呻《うめ》き声さえ漏れないじゃない。……心配は後でだってできる。友美はゆっくりと歩みを進めた。急速に体が冷えてきた。寒い。まだ十月になったばかりだし、今夜は蒸し暑いとニュースで言っていたのに。

全身を引きずるように公園の入り口に辿り着いた。夜の公園には誰もいない。ブランコ、滑り台、砂場、ジャングルジム。すべての遊具がひっそりと眠っているようだった。街灯の下には野球のボールが転がっている。昼間誰かがキャッチボールをして、忘れていったのだろう。

再び視界が白け、今度は聴覚も遠ざかっていく。友美は首を振り、意識を戻す。急に背後でエンジン音がした。友美は痛みもろとも、なんとか振り返った。真っ直ぐにライトを浴び、視界が奪われる。……足が思うように動かない。

ドン——。

友美は宙を飛んだ。植え込みに勢いよく落ち、枝や茎の折れる音が自分の周りで散り、土留《どど》め石に額が激突した。額から血が流れていくのを感じる。

車が去っていく。友美はうつ伏せに倒れていた。今度は土のニオイしかしない。目を開けようとしても、目蓋が重すぎて持ち上がらない。首も手も動かない。

右手の甲に馴染《なじ》んだ感触がある。携帯電話だ。鞄から飛び出したのだろう。右手に全神経を集めると、微《かす》かに指先が動いた。いつの間にか全身の痛みが消えている。二つ折りの携帯を開く。指の感覚だけを頼りに発信履歴を表示させる。あとは発信ボタンを押すだけだ。

指が動かない。なんで？　ここまできたのに……。脈絡もなく、真夏の神宮《じんぐう》球場で声を嗄《か》らす父母と、整列する選手たちの姿が目蓋の裏に浮かんだ。

　さっきから、やけに些細《ささい》な記憶が次々に蘇《よみがえ》ってくる。ひょっとして、これって走馬灯《そうまとう》？　私が死ぬの？　まだ二十歳なのに？　体だって健康でしょ？　来週には京都《きょうと》と奈良《なら》に行く予定だってある。建築学科でもまだまだ学び足りない。神保町《じんぼうちょう》、いや、全国各地でカレー店巡りもしたい。またオアシスのライブで『シャンペン・スーパーノヴァ』を大合唱したい。もっと本を読みたい。もっと映画も観たい。猫も飼いたい。結婚もしたい。自分の家を自分で設計したい。子どもを叱ってみたい。ファンキーなおばあちゃんにだってなりたい。やりたいことならまだまだある。

　友美は叫びたかった。声が出ない。咽喉《のど》の奥で詰まってしまう。目が開かないのに涙が瞳から溢《あふ》れ、頰を伝っていく。お父さん、お母さん、お兄ちゃん、そして――。

　助けて。友美は自分の悲鳴を耳の奥で聞いた。

第一章　敗者

1

「承知しました」

中澤源吾《なかざわげんご》は身じろぎもせず、簡潔に応じた。

なぜ自分がこんな大役を——。疑念は脳内に渦巻いている。表情や態度には出ていないだろう。あと二ヵ月ほどで検事任官丸十二年を迎えるのだ。感情を表に出さない術《すべ》は否応《いやおう》なく身に染みついている。検事は常日頃から被疑者や参考人と対決しており、聴取中には気持ちが盛り上がる時もあれば、沈む時もある。どんな感情であれ、それを相手に悟られてはならない。利用されかねないからだ。被疑者には、ごく僅《わず》かな隙にも食らいついてくる海千山千の猛者《もさ》もいる。

中澤は重厚な執務机の前に立っていた。じっとりと手の平に汗が滲《にじ》んでくる。視線の先には、東京地検特捜部で財政班担当副部長を務める村尾《むらお》進一《しんいち》が座っている。整髪料で固めた髪は蛍光灯でテカテカと光り、小太りの体を包む半袖シャツは糊《のり》がきいている。村尾の全身からはヤニのニオイがする。壁際の本棚に並ぶ、金の背文字の法律書からも煙のニオイが漂ってくるかのようだ。村尾はヘビースモーカーで知られている。

村尾は冷ややかに銀縁《ぎんぶち》眼鏡の縁を左手で上げ、机の端に置いた煙草を右手の人さし指と中指で挟み、小刻みに動かしはじめた。東京地検では副部長室に限らず、どの部屋も禁煙だ。村尾はいつもこうして指先で煙草を弄《もてあそ》んで気を紛らわせているのか。

「あなたの返事は実にご立派です」

村尾は部下にも折り目正しい口ぶりを崩さず、それで余計に胸中が読めない。中澤は十分ほど前、この広々とした副部長室に呼び出され、告げられた。

——あなたがこの事件の責任を持つように。

村尾の眼は中澤を捉えたまま、一ミリも動かない。

「いい機会です。はっきり言っておきましょう。この四ヵ月、あなたは何の結果も出していません。特捜検事として力不足です」

数ヵ月で結果が出せるほど特捜部が甘い持ち場ではないにせよ、何も言い返せなかった。

特捜検事――。この響きは耳に重たい。

中澤は自分が『日本最強の捜査機関』とも呼ばれる東京地検特捜部に在籍しているのが、いまだに不思議でならなかった。

検事は全国に約二千七百人いる。そのうち東京地検特捜部に所属できるのは、たったの約四十人に過ぎない。現場で成果を出し続けた任官十年から二十年目ほどの、脂の乗り切った者だけが抜擢《ばってき》される狭き門だ。検事を補佐する検察事務官も選ばれし約九十人しかおらず、詐欺《さぎ》などの知能犯を捜査する警視庁捜査二課に比べると、特捜部全体でも人員はその半分に満たない。いわば、『検察庁が誇る精鋭部隊』が日本国内に巣食う政治家や官僚の汚職、大型経済事件などの解明役を担っている。汚職や経済事件は「見えない犯罪」であり、法律を駆使しないと真相を追及できない上、警察は政財界の影響を受けやすい。

中澤は二〇〇一年に上智《じょうち》大学を卒業後、およそ二年半の司法浪人生活を経て二〇〇三年十一月、二十五歳で司法試験に合格した。翌年四月から一年半に亘《わた》る司法修習を終え、二〇〇五年十月、迷わず検事の道を選んだ。弁護士や裁判官になる気はなかった。検事になるため、司法試験を受けたのだ。親戚縁者に法曹関係者はいない。そのため、ホウソウという響きから『源ちゃんは、どのテレビ局に勤めるの？』と母親は祖父母に問われ、『テレビじゃなくて検事だよ』と答えると、今度は『ケイジ？　へえ、お巡りさんになるんだ』と感心されたという。ケンジと耳にしてもにわかにはピンとこないほど、検事は市民の日常生活とはかけ離れた存在だと言える。

初任地は横浜《よこはま》地検だった。裁判を担当する公判部、被疑者を取り調べる刑事部でみっちり鍛えられ、長崎《ながさき》地検、神戸《こうべ》地検と異動した。司法修習同期には「港街の男だな」と冗談にされる経歴となった。どの街にも思い入れがある。生まれ育った東京の三鷹《みたか》市を含め、自分は四つも故郷を持てたと思っている。

そして東京地検刑事部に二年在籍した後、今年四月、特捜部に配属され、東京国税局などと連携して脱税事件を扱う財政班の一員となった。

当時の刑事部長に特捜部への異動を言い渡された瞬間は、耳を疑った。近年、裁判員裁判対策で優秀な検事は公判部に配置される傾向にあるとはいえ、同僚検事の大半は特捜部を目指していた。その理由は、『検事となった以上は、悪徳政治家を追い詰めたい』『経歴に箔《はく》をつけたい』『同僚に負けたくない』などと様々だ。特捜部の一員に加わるには、彼らとの激しい競争にも勝たねばならない。組織での立ちまわり方も問われる。

中澤も任官当初は特捜部を志望した。その考えは、神戸地検時代に東京地検特捜部の応援に入った際に変わった。だいたい幼い頃から算数は嫌いで、数字自体も好きではない。特捜部では自然と数字と向き合う場面が多くなる。

それに中澤が検事になった目的は特捜検事でなくとも果たせる。特捜部の応援以来、希望調査票にも特捜部と書いていない。それだけに内示を受け、首を傾《かし》げたのだ。

中澤は静かに、且《か》つ深く息を吸った。正面の大きな嵌《は》め殺しの窓越しに、真夏のきつい陽射しを浴びる霞《かすみ》が関《せき》の官庁群が見える。景色が己の居場所を突きつけてくる。地下四階、地上二十一階建ての中央合同庁舎第六号館A棟。別名、検察合同庁舎。その九階にいるのだ、と。

検察合同庁舎には最高検や東京高検も入り、九階と十階に東京地検特捜部は陣取っている。かつての政治家や官僚は、夜、灯りを見るだけで『九階が動いているぞ』と姿勢を正したらしい。

もはや「今は昔」の話だ。大阪《おおさか》地検特捜部での証拠改竄《かいざん》事件のみならず、東京地検特捜部では大物政治家を標的にした捜査で杜撰《ずさん》な取り調べが露見し、その名は地に落ちた。

特捜部こそが巨悪。不祥事が相次いだ報いで、そう揶揄《やゆ》する者までいる。

村尾が指に挟んだ煙草の動きを止めた。

「力不足だろうと、あなたに任せるしかないんです。直告班の応援から戻った検事は投入できません。敗北のショックで、まだ頭が切り替わってないでしょうから」

現在、特捜部には「特殊・直告」「財政」「経済」の三班がある。また、様々な不祥事発覚後の組織改革で、金融商品取引法違反や脱税などの経済事件に重心を置く方針になった。しかし、政官財界の汚職事件や市民の告訴案件などを独自捜査する特殊・直告班が、『特捜部の中の特捜部』『特捜部の四番打者』であることに変わりはない。

その特殊・直告班は最近、ある政界汚職捜査からの撤退を余儀なくされた。普通は同じ特捜部内でさえ、互いの捜査内容を知らない。同じ班内ですら、部外者には秘密裡に捜査を進めるのが特捜部の流儀だ。それなのに今回の噂は耳にした。公正取引委員会や警視庁捜査二課から事件を受ける経済班も、特殊・直告班の撤退を知っているはずだ。九階と十階に満ちるいつにも増して重たい空気が、この推測を裏づけている。

「直告班応援組はともかく、なぜ私が聴取を？　主任が担当では？」

「その主任が電話してきたんです。彼はしばらく治療に専念しなきゃなりません」

特捜部の捜査は何人かの検事と事務官がチームを組んで行い、それを取り仕切る者を主任検事と呼ぶ。主任の大役を務める検事のほとんどは、特捜部で戦果を挙げてから他地検に行き、さらに経験を積んで特捜部に戻ってきた猛者だ。中澤が目下ブツ読み――資料解読を進めている事件の主任検事は、前任地では大物県議の絡んだ大きな脱税事件を手掛けるなど、その道のエキスパートと言えた。一昨日の夜中に検事部屋で突然倒れ、昨日は都内の大学病院で精密検査を受けている。

「主任とあなたの二人が進めたヤマなんです。あなたが聴取するのが筋でしょう」

村尾は噛《か》んで含めるような口つきだった。

調べているのは鷲田《わしだ》正隆《まさたか》、五十五歳。一部上場で業界三位の運送会社「ワシダ運輸」の二代目社長だ。ワシダ運輸は手薄だった東北はもとより、全国各地に新たな大規模配送センターや物流センターを建設したほか、個人情報や企業の秘密情報を扱うセキュリティ便サービスを業界で先んじて始め、近年業績を伸ばしている。

――ワシダ運輸社長の鷲田正隆は会社の金を横領し、少なくとも年間三億円の脱税を何年も繰り返している。

今年六月、東京地検に封書でタレコミがあった。ありふれたA４用紙に特徴のないフォントで印字され、送り主は不明。こうしたタレコミは本来、特殊・直告班が扱う。ただ、行き詰まる政界汚職捜査の局面打開を総動員で図ろうという段階だったので、脱税事件を扱う財政班にお鉢が回ってきた。その解明に四人――中澤、中澤と組んで聴取や資料精査などの事務全般を担う立会事務官、倒れた先輩検事とその立会事務官――で取り組んでいた。

関連銀行の口座記録などを内偵していくと、今年五月に不可解な金の動きがあった。

まず、ワシダ運輸が系列会社「ワシダ美術館」に十億円を送金。次にワシダ美術館もその日のうちに、十億円をケイマン諸島の銀行に振り込む。送金先は「アート・トレード・コインブラ」という口座名だった。すると、ケイマン諸島の同じ銀行の「マルコス・カンパニー」名義の口座から日本円にして約一億円が、東京第一銀行の「有限会社世界投資社」の口座に送金され、同日、その同額を世界投資社が鷲田の母親名義の口座に振り込んでいた。

この鷲田の母親の口座に入った一億円は、入金当日に引き出されている。鷲田の母親は脳梗塞《のうこうそく》で手足が麻痺《まひ》して入院しており、本人は引き出せない。銀行の取引記録では、委任状を持参した佐藤誠《さとうまこと》という税理士が出金していた。件《くだん》の佐藤の行方は摑《つか》めていない。この出金の翌日、鷲田は趣味で手掛ける先物取引の専用口座に原資不明の六千万円を投じている。

世界投資社は登記上、渋谷《しぶや》区の古い雑居ビルに会社を構えていた。その実、いつも誰もおらず、活動実態もなく、経営者や幹部もどこにいるかわからない、ペーパーカンパニーだった。それにもかかわらず、納税処理はきちんとなされている。三千万円以上の海外口座との取引は銀行が日銀に届け出て、国税局から当該社に問い合わせがいく。世界投資社は「投資の配当金」だと返答している。これらが誰の手による作業かは突き止められていない。

ケイマン諸島に日本の司法力は及ばず、パナマ文書のような内部文書でもない限り、コインブラ社もマルコス社も口座記録を調べられない。そのため、国内の金の動きを追うしかなかった。地道に調べた末、鷲田が鉄の先物取引で昨年六月と今年二月に大きな損失を負った件や、銀座《ぎんざ》界隈の高級クラブに連日連夜通う仔細《しさい》が明らかになった。

さらに捜査を進めると、ワシダ美術館とケイマン諸島の金融機関を経由した同様の金の動きは、前年には計三回あり、マルコス社から世界投資社へ送金された金は今年分と合わせて計二億円に上った。もっとも、この二億円はきちんと納税処理されており、鷲田の先物取引口座に入ったと明確に立証できるのも三千万円にすぎない。なお、鷲田はこの三千万円を納税申告していない。脱税では三億円が立件の目安で、それ以下の額では追徴課税処置が通例だ。

もちろん手口が悪質だと、脱税額が三億円以下だろうと立件する。今回も脱税だけでなく、複雑な仕組みを講じて会社の金を流用した背任、横領が疑えた。そこで鷲田の立件を視野に入れ、七月二十日、渋谷区松濤《しょうとう》の鷲田の自宅や大手町《おおてまち》のワシダ運輸本社の家宅捜索――ガサ入れに踏み切った。マスコミに勘づかれぬよう、応援事務官ら二十人が秘密裏に行い、中澤はその日から昼間は関係者聴取、夜はブツ読みに汗を流した。特捜部の捜査では必ず証拠物検討班が設置され、本件にも新たに三人の事務官が投入された。今回の押収資料は段ボール箱にして約百箱と、平均的な押収量だ。リクルート事件では千七百箱有余を押収したというから、決して多くはない。

鷲田の業界内での地位を勘案すれば、最低でも三人の特捜検事が携わるべき事案だが、財政班の検事の六割が特殊・直告班の応援に入っており、他の捜査業務もある。検事は主任と中澤の二人態勢で捜査を進めた。

背任、横領の線での捜査は早々に行き詰まった。

ワシダ運輸がワシダ美術館に投じた十億円は美術品購入資金で、コインブラ社は絵画取引の仲介業者だった。『取引先が個人のケースも多く、彼らは大抵タックスヘイブンの銀行を介した取引を望む』とワシダ運輸とワシダ美術館の担当者は説明した。実際、八月一日にスイスより三枚の絵画がワシダ美術館に届いた。欧州の個人収集家から購入した作品で、約十億円の領収証も交わされている。ワシダ美術館はこれまでにもコインブラ社の仲介で二十五枚の絵を買い、それぞれ領収証もあった。コインブラ社は、前任者の代から利用している仲介業者だという。その前任者は数年前に他界していた。また、マルコス社が世界投資社に送金し、その後、鷲田の母親口座に入った一億円については『関知しない』と両担当者は主張した。

「聴取といっても、脱税を立証できるのはまだ三千万円分だけです」

中澤は苦々しさを押し殺して言った。ブツ読みでも目ぼしい証拠は見つかっていない。

村尾が重たそうな目蓋を少し上げる。

「だったら、もっと探り出しなさい。ガサ入れは二週間以上前の話ですよ？　いつまでちんたらやるつもりですか。二週間以内に鷲田聴取の線で進めなさい」

「全力を尽くしますが、鷲田を聴取できる証拠が見つかるとは限りません」

「物証が見つからないのなら、割ればいい。狙った事件を立てるのが特捜部です」

割れ、立てろ。つまり、自白させて、立件しろ――。村尾は自白を得る「割り屋」として名を馳せたという。経済事犯の解明は資料分析だけでは難しい。はじめから帳簿類に記録を残さない種類の金だからだ。解明には自供が絶対必要になる。

「あなた、大番頭の聴取に出向くんでしたね。話を聞ける状態なんですか」

村尾は詰問《きつもん》口調だった。

ワシダ運輸を創業以来支えた大番頭、陣内銀三郎《じんないぎんざぶろう》は今年五月、認知症気味になって千葉《ちば》に引っ込んでいる。それでも現担当者からは端緒を得られず、前任者も死亡しているのだ。鷲田のお目付け役でもあった陣内に話を聞くしかないと中澤は提案し、主任に認められていた。陣内は今年三月までワシダ運輸だけでなく、ワシダ美術館やワシダコンサートホールの会計責任者も務めている。

「聞けない状態かどうかを現認できます」

「呼びつければいいじゃないですか。なにゆえ特捜検事が足を運ぶんです？」

「先方の体調を考慮しました。被疑者ではなく、参考人でもありますので」

「お行儀がいいことで」

村尾は肩をすくめた。中澤は皮肉をやり過ごし、言った。

「一点よろしいでしょうか」

村尾は面倒臭そうに顎《あご》をしゃくる。

「なんです？」

「私は随時、主任に首尾を詳細に復命してきました。ですが、主任割り当て分の委細はほぼ存じ上げません。鷺田聴取を担当していいのでしょうか」

特捜部の捜査は通常、全ての情報が主任や副部長に集約され、手足となるヒラ検事には下りてこない。検察はブラックボックス。幹部以外は取材を受けない態度をマスコミはそう批判する。実のところ、内部の者にだって検察はブラックボックスなのだ。ヒラ検事が予断を排して捜査に臨めるというメリットはあるが。……先ほど村尾は、このヤマは主任と中澤だけで捜査していると言った。それは違う。もう一人いる。他ならぬ村尾だ。日々、主任から諸々の詳細を知らされているはず。ここは上役の村尾が自ら出馬するのが筋ではないのか。

「私はやりませんよ」

村尾はにべもなかった。単に面倒なので押しつけてくる腹か、はたまた失点を防ぐ狙いか。村尾は熾烈《しれつ》な出世競争に身を置いている。検察官はある程度まで年功序列で昇進していき、ある時を境に実力や実績、上司の覚えなどが大きく加味され、階級に差がつく。検察だって官僚組織だ。ミスをしない点も評価の一項目になる。特捜部では各班に担当副部長がおり、村尾は彼らに対抗心を抱いているだろう。他方、副部長としてつつがなく過ごせれば、それなりの地位にステップアップできると目論《もくろ》んでもいるはずだ。特捜部の副部長というと、往時は第一線の野戦指揮官同然だったのに、いまや法務省や高検のしかるべき地位に座るまでの腰掛けポジションに成り果てている。

こんな村尾が、特捜部長たっての希望で財政班副部長に選ばれたのか。中澤は内心眉を顰《ひそ》めた。

近年東京地検と大阪地検の各特捜部で連続した不祥事を教訓に、検察は大幅な組織改革を断行中だ。ゆえに組織全体がまだ落ち着かず、特捜部の各班は細々とした事件を処理するだけで、十年近く事実上の沈黙を続けている。そこで今春、上層部はついに復活の切り札を東京地検の特捜部長に据えた。

鎌形英雄《かまがたひでお》。札幌《さっぽろ》地検ナンバー2の次席検事からの異動は格下げともいえ、異例の人事だった。鎌形は数々の政界汚職の捜査を受け持ち、東京地検特捜部にはヒラ検事、主任検事、副部長として計七年在籍している。元財務省官僚の贈収賄事件、IT企業の粉飾決算事件、ゼネコン汚職。特捜検事として手掛けた事件はどれも大きい。『ミスター特捜』として名を馳せ、現役検事で鎌形の名を知らぬ者はいない。その鎌形は特捜部長を引き受ける条件に、村尾の副部長就任を求めたらしい。二人は若い頃からともに多くの事件捜査にあたっている。

中澤は念のために確かめた。

「新たに捜査に加わる検事はいるのでしょうか」

「応援が欲しければ、人員を投入すべきだと私を納得させる収穫を見せなさい」村尾は火をつけていない煙草を机に放り捨てた。「今後はあなたが捜査の進捗《しんちょく》を報告してくるように」

中澤は軽く頭を下げ、副部長室を出た。

不思議と特捜部の廊下では同僚と顔を合わせる機会も少ない。天井の高い廊下に、自分の硬い足音だけが響いている。今はどの部屋も防音対策が施されている。一昔前の特捜部フロアでは取り調べの声があちこちから漏れ聞こえていたそうだ。被疑者を鼻が壁にふれるぎりぎりに立たせ、検事がその耳元で『さっさと話せ、俺の背後には国民がいる。国民に申し訳ないとは思わないか』と怒鳴りあげたり、机を両手で叩きつけたり、『黙っていれば、嫁さんや子どもがどうなるか覚悟してんだろうな』と脅迫まがいの文句を投げつけたり。中澤は古株の事務官から、その頃の手法を教えてもらった。村尾も強引な取り調べの果てに、割り屋の評価を得たのではないのか。

割れ……。以前、応援で東京地検特捜部に来た時にも、当時の主任検事に言われた。上質そうな生地のスーツに真っ白なシャツ、ぴかぴかの革靴という一ミリの隙もない身なりの主任検事は冷徹に言い切った。

——奴らはインサイダー取引を共謀したんだ。役員ならいきさつを知っている。割れ。

都内のファンド会社が、気鋭のIT企業による老舗《しにせ》出版社乗っ取りを計った株の大量買い付けに乗じ、所有する相当な量の出版社株を売った案件だった。ファンド会社がIT企業に乗っ取りをけしかけたインサイダー取引という見立てだ。

中澤は、自分とさほど年齢の変わらないファンド会社役員の聴取に当たった。役員は『何も知らなかった、ワンマン社長以外は誰もIT企業の件にタッチしていない』と証言した。その旨を急ぎ知らせにいくと、主任検事は仏頂面《ぶっちょうづら》で首を振った。

——君以外の検事は私の見立て通りの調書を次々に巻いている。全員が嘘を言っているのか、一人が嘘を言っているのか。どちらが正しいのかは考えるまでもない。

別の検事が巻いた調書も渡された。見てもいいのでしょうか。思わず、中澤は尋ねた。取り調べに先入観が入る恐れもある。

——構わん。みんなに見せている。今回に限らず、どの捜査でもやっている。

腑《ふ》に落ちないまま、調書に目を落とした。代表取締役が会議で計画を発表し、役員が賛同したと記述されていた。

――君は調べが甘いんじゃないのか。他の応援検事は声が嗄れるまで頑張ってるぞ。手の平も腫《は》れ上がっている。それに比べて君は何だ？

あの応援捜査中は毎晩、同じく神戸地検から派遣された若手事務官とホテルの部屋で缶ビールを一本だけ飲んだ。神戸地検では顔見知り程度の彼が、東京では中澤の立会事務官を務めていた。僕は特捜部に幻滅しましたよ。彼の感想は中澤の心中を代弁していた。

中澤は取り調べで声を張り上げ、机を叩くような真似をしなかった。日本で最難関とされる司法試験を突破した者がすべき行為ではない。いや、一人の人間として、肯《がえ》んじられる聴取手法ではない。胸には長崎地検時代に出会った先輩検事の指導もあった。

検事たる者、正々堂々と相手の目を見て取り調べろ。相手が冷血動物だろうと、こっちは血の通った人間として腰を据えろ。聴取の後、街で出会って目を逸《そ》らさなきゃならんような取り調べは絶対にするんじゃねえ――。

昼間は何度も同じ内容について角度を変えて訊く一方、役員の性格を把握するために趣味や好物など、雑談にも多くの時間を割いた。役員が何も知らないとの心証は変わらず、夜は主任検事に厳とした語調で叱責される日々が続いた。

――ここで失敗すれば、今後君が特捜部に引き抜かれる目はない。役立たずのレッテルを貼られるんだ。こそ泥やヤクザの殺し合いの処理に追われる、つまらん検事になるんだぞ。

――どうして君だけが割れないんだ？　調べ官交代の話が出ているぞ。

とうとうあからさまに示唆された。

――いいか、一般的に罪を認めると刑が軽くなる。そもそも、君が担当する役員を罪に問う気はない。そう相手に因果を含めれば、簡単に調書が巻けるだろ？

経済事件や政界汚職ではかねてより、実質的な司法取引が行われている。来年二〇一八年六月には導入が正式決定してもいる。しかし、当時の中澤は生返事するしかなかった。

主任の意見を何とかやり過ごし、自分なりの聴取を続けていたある日、役員が今回の株取引を解説し始めた。

「ウチはまず、出版社に株の公開買い付けを提案しました。ＩＴ企業の乗っ取りを防ぐ策としてです。それで当の出版社が買い付け額を発表するなり、今度はＩＴ企業にウチが保有する出版社株の半分を、出版社が提示した額以上の高値で引き取らせました。その後、ＩＴ企業に大量買い付けを発表させ、株価が上がると残り半分を市場に売ったんです」

「インサイダー取引より悪質ですね」

「ええ。自分が勤める会社の行いなので、対外的に私が言える立場じゃないにしたって、これは酷い。株価を操作して公正な取引を妨害したんですから」

「御社は稼いだ大金で何をしたかったんですか」

「目的なんてありませんよ。金儲け自体が目的なんです」

「そうはいっても、何かに使用するんですよね」

「稼いだ金は次の投機に使うだけです。弊社の正義は金をいかに稼ぐか。何かを製造したり、誰かの役に立ったりするわけじゃないので、金儲けに徹せられる」

その夜、中澤は商法の条文と一心に向き合い、ハッとした。この案件はインサイダー取引ではなく、有価証券取引の不正な手段や計画、技巧を禁止する金融商品取引法違反に問うのが本線ではないのか、と。

翌朝、主任にそう進言した。

――君は修習何期なんだ？　つべこべ言ってないで、こっちの見立て通りの調書をとれ。上も見立てを承認しているんだ。

主任検事は取りつく島もなかった。

検察官は一人ひとりが国の機関とされる「独任制の官庁」だ。検事には起訴するかしないかを決められる権限が与えられている。同時に、上司や指揮者に従わなければならない「検察官一体の原則」もある。各自がバラバラの基準で仕事をしたのでは統一性や標準性が失われ、公正さを保てないからだ。つまり、中澤がいくら論陣を張ろうと、上が聞く耳を持たない限り事態は変わらない。憤《いきどお》りで身体が熱くなる半面、無力感が全身を覆った。

結局、中澤は調べ官を外され、証拠物検討班に回された。中澤が受け持っていた役員の取り調べは、主任検事自らが引き継いだ。数日後の夜、神戸から一緒にきた事務官が声を潜めた。彼はそのまま主任検事の立会事務官を務めていた。

「主任は最初、『本当のことを言え』の一点張りで声を張り上げ、それがまるで利かないと見るや自分のスーツを乱暴に脱ぎ、床に叩きつけたんです。昨日は『君だけが真実を言わない。それが僕は悔しい』と涙まで流し、とうとう今日、『調書は検事が作るものなんだ。中身が違うと言うんなら、あなたは法廷で言い分を裁判官に言えばいい』と役員を押し切り、署名させました」

中澤はビール缶を握り締めた。被告人や証人が公判で検察官調書が誤りだと訴えても、検事が暴力を振るって得たなどの事情がない限り、検察官調書が否定される見込みはほぼない。主任検事はそれを見越した上で署名させたのだ。叩きつけられたスーツや涙は、そのための演技――。

ストーリーありきで聴取を進め、筋書きにそぐわない話は受け入れず、自分以外の検事が巻いた調書を読み合い、被疑者や参考人に検察側の見立て通りの自白をさせ、次々に新たな調書を作文していく。これは一連の不祥事の大きな要因になった手法だが、まだ問題視されていない時期だった。

神戸地検に戻ると、次席検事にしたり顔で言われた。

――いい経験だったろ？

十日余りかけても巻けなかった調書が、主任に変わった途端に巻けた。あの時、自分には能力不足というレッテルが貼られたはず。なぜこうして特捜部が陣取る九階の廊下を歩いているのか。

中澤は自室のドアノブを握った。東京地検では特捜部はもちろん、刑事部の検事一人ひとりにも個室が与えられる。ドアノブは、今が夏だとは信じ難いほど芯まで冷えていた。

2

中澤が自室に入ると、右手の応接スペースに立会事務官の臼井直樹《うすいなおき》がいた。臼井は上着を脱いでシャツの袖を捲《まく》り、膝を床について資料の山と格闘している。ワシダ運輸のガサ入れで押収した資料だ。今日は五つの段ボール箱がソファーセットの脇に積んである。毎朝、臼井がその日の予定分を地下の保管倉庫から台車で運んでくる。

検事部屋は二十畳ほどの広さで、臼井が作業を続ける右半分は普段応接室として使っている。いまも二台の黒革張りソファーがローテーブルを挟んで設置されたままだ。しばらくは誰も座れまい。

中澤は、臼井の背中に声をかけた。

「進展はいかがですか」

「まるでダメですよ」こちらを向いた臼井が、軽く首を振った。「僕の結婚相手が見つかりそうにないくらい先行きは暗いです。やっぱ、厄の影響もあるんでしょうね。ああ、早く後厄が明けないかな」

臼井は今年四十二歳になり、天然パーマの前髪には白髪《しらが》が目立ち始めていた。身長は百七十センチながら、学生時代はバレーボール部で活躍した運動能力の持ち主だ。特捜部の事務官としては六年のキャリアがあり、数字に強く、頭の回転も速くて頼りになる。

「副部長はどんなご用件だったんですか」

「この捜査の責任を持て、と」

「そうですか。夏休みは無理そうですね。ああ、海に行きてぇ、山にも登りてぇ」

臼井は大きく腕を振り上げ、伸びをした。

あと一週間もすれば、世間は盆休みに突入する。法曹界も例外ではないが、仮に二週間の夏休みがあったところで、検事が実際に休めるのは三日程度だ。あとは刑事部なら山積みにされた事件の処理に、公判部なら裁判の準備に追われる。特捜部に配属された時点で休みがないのは覚悟していた。別に構わない。むしろ丸々二週間休みとなる方が困る。独身の自分は間違いなく時間を持て余す。

中澤も上着を脱ぎ、部屋の左半分に置かれたL字形の執務机に歩み寄った。長い辺は中澤の、短い辺は臼井の席だ。黒革のアームチェアに上着をかけ、三十センチはある紙の山を睨《にら》みつける。押収した書類のうち、すでに臼井が目を通した大番頭・陣内に関する分だ。一文字たりとも見落とさないよう、ダブルチェックしている。明日のの会社プグループ会社の聴取に向け、この三日間は陣内関連の資料を読み漁《あさ》っていた。陣内はグループ会社の会計責任者も務めており、点検すべき会計帳簿、伝票、領収証の類《たぐい》は多い。

中澤は紙の山に手を伸ばした。昨年九月分のワシダコンサートホールの会計帳簿だ。細かな升目《ますめ》が連なる表には数字がびっしりと並んでいる。

それから二時間、臼井がチェック済みの資料を再精査した。ワシダ運輸が与野党問わず大物政治家に献金する事実などが確認できるだけで、中澤も特に気になる点はなかった。眉根を揉《も》み、アームチェアを回転させて嵌め殺しの窓に目をやる。八月の午後四時の空には入道雲がいくつも浮かび、その合間から強い陽が射している。

──算数が嫌いなら、数字を好きな女の子だと思えばいいんじゃない？　今はどうにもならなくたって、いつか振り向いてくれるかもよ。

あれは小学三年生の頃だった。実家で机を並べていた一つ年下の妹・友美は、頬に埋まりそうなほど目を細めて笑っていた。小学二年生にして大人びた一言を発したあたりは、いかにも友美らしい。……早く振り向いてくれよな。この一ヵ月、数字とのにらめっこが続いている。中澤はアームチェアを回転させ、また資料の山に手を伸ばした。

領収印の輪郭が鋭利な千葉県船橋《ふなばし》市の和菓子店「船橋庵《ふなばしあん》」の領収証、伝票、数字に齟齬《そご》がない会計帳簿。次々に読み込んでいく。

タレコミに脱税方法までは書かれていなかった。真に脱税だとしても、いま目にしている表の会計資料に、はっきりした不審点は十中八九ないだろう。専用の裏帳簿、あるいはそれに類するものがあるはずだ。かといって繋《つな》がりが見えるかもしれず、ブツ読みは疎《おろそ》かにできない。別の部屋でも事務官数人が陣内絡みの資料を優先的に精読しており、何かあればすぐに連絡が入る手筈《てはず》になっている。

中澤は、ワシダ運輸が五年前に千葉県習志野《ならしの》市に建設した配送センターの建設計画書を手に取った。東日本大震災復興事業の補助金を受けた計画で、陣内が主導したものだ。東日本大震災の復興補助金で千葉……？　そうか、千葉県も津波の被害に遭った。この建設計画以外にもワシダ運輸は復興事業補助金を使い、東北地方を中心に物流センターや倉庫を建設している。それらはここまでのブツ読みで会計資料と照らし合わせており、不明朗な金の流れはなかった。本件を含めると、ワシダ運輸は全国七ヵ所で総額約二十億円の復興補助金を受け取ったことになる。

この千葉の件でも引っかかる点は見つからなかった。

何の成果もなく午後五時になり、電話が小さな音で鳴った。聴取中にかかってくる場合に備え、普段からこうして最小限の音量に絞ってある。中澤が手を伸ばしかけた時、飛んできた臼井が立会事務官席の受話器を先にとった。ああ、ええ、言づて承ります。臼井が保留ボタンを押す。

「和歌《わか》様がいらっしゃりたいそうです」

「どうぞ、と伝えて下さい。ここらで休憩としましょう」

検事も事務官も人間だ。どうせ朝方まで資料と格闘する。

五分後、軽いノックと同時に勢いよくドアが開いた。大きくて形のいい目を吊り上げた高品《たかしな》和歌は、開けた時と同じ勢いでドアを後ろ手で閉め、大股でヒールの音を響かせて入ってきた。黒いスーツに映《は》える黄色のスカーフが首元で揺れている。

「ちょっと聞いてくれる？」

高品が肩まである髪を素早く耳にかけた。イライラした時の癖だ。

高品とはもう二十年近い付き合いになる。大学三年の時に刑法ゼミで一緒になり、一学年上の高品はゼミ長だった。すらりとした体型に長い手足、色白の丸顔。そんなしなやかで柔らかな気配を漂わせる見た目とは異なり、その性根はどっしりと据わっている。『和歌様、ちょっと盛り上げてよ』。学園祭の実行委員にそう拝み倒されてミスコンに参加すると、ウォーキングやウエディングドレス審査を堂々とこなし、見事グランプリに輝いた。『別人だと思ってやっただけよ、わたし、はちきんだもん。

ま、両親は横浜出身なんで純粋な高知人《こうち》じゃないのはご愛敬』。高品は涼しい顔をしていた。はちきんとは、高品が生まれ育った高知で「活発で気性がさっぱりした女性」という意味らしい。

高品は大学を卒業した二〇〇〇年、司法試験に合格した。司法修習年次は中澤の三期先輩になる。千葉地検時代の高品には有名な逸話がある。被告人が『高品を見続けたい』と二週間黙秘を続けたというのだ。むろん、実力も折り紙付きだ。前任地では、複数の県議が絡む汚職事件や市長の贈収賄事件を手掛けている。高品は中澤より一年早く東京地検特捜部に加わり、特殊・直告班にいる。中澤は特捜部への異動が決まった際、まず高品に一報を入れた。

――ようこそ泥沼へ。

歌うように言われた。

高品は憤然と中澤の執務机に腰掛け、スカートだというのに中澤の目の前で足を組んだ。

「アレ、知ってんでしょ?」

「なんとなくは」

「ほんと冗談じゃない。わたしの婚活くらいうまくいかない」

「和歌さん、結婚したいんですか」

「ぜんぜん。源吾と一緒」

上智大では下の名前で呼び合う風習があり、いまも二人の間では続いている。

おっと、おみ足が眩《まぶ》しい。臼井の軽い声が応接スペースから飛んできた。

「あら、臼井さん。挨拶が遅れてごめんなさい、全然見えなかったもので。苗字の通り、存在感がウスイんじゃないですか」

「随分とご機嫌斜めですね。今日のご機嫌傾斜角度は、苗場《なえば》スキー場の上級者向けクラスとお見受けしました」

臼井と高品は、こうした軽口をことあるごとに叩き合っている。

「っていうか、おかしいなあ。体は人並みでも、僕の存在感はデカイんですよ。和歌様の黄色いワンポイントくらい、否応なく目立っちゃう的な」

高品の服装は大学時代から黒と黄色の取り合わせが多かった。

――近寄るな、危険ってアピール。工事現場とか殺人事件の警察のナワバリもそうだし、スズメバチだって黒と黄色でしょ？

さすがに取り調べや対外的に人と会う際は、黄色のスカーフを外しているそうだ。検察は服装にも厳しく、女性であっても装飾品の類は注意される。

お茶でも淹《い》れてきますよ、と臼井がすっくと立ち上がった。

「わたし、コーヒーがいい」とすかさず高品が注文をつける。

「ほんと、和歌様は口がよく動きますよね」

「臼井さんほどじゃないでしょ」

「またまた。だいたい高品和歌って名前に何個の口が入ってんすか。八個ですよ、そりゃ口もよく回るってもんです」

「早くコーヒーを淹れて下さりません」

へいへい、と臼井が検事室を嬉しそうに出ていった。

高品がまた苛立《いらだ》たしげに髪を耳にかけ直す。

「ああ、もう。なんで、失敗した先輩のあおりを食わなきゃいけないの。三月頭から内偵して、ゆくゆくはバッジの贈収賄を狙ってたのに」

バッジ。国会議員の隠語だ。検事、殊に特捜検事は国会議員という単語を聞くだけで、自然と背筋が伸びる。特捜部には政官財の癒着《ゆちゃく》で生じた汚職事件、とりわけ政治家の金の問題を解明するよう国民からも求められている。ロッキード事件はその頂点と言えるだろう。逆に言えば、いまだ一九七六年のロッキード事件における田中角栄《たなかかくえい》の逮捕が特捜部の最盛期なのだ。今後ともロッキード事件がピークであり続ける可能性もある。近年、ますます国会議員の贈収賄での摘発が困難になっているからだ。その理由は二つ。

まずは職務権限の壁だ。贈収賄の成立には、国会議員が贈賄側の利益になるよう国会で質問したり、委員会で議決に関わったりした、『議員の職務権限に基づいた行動』が不可欠になる。が、いつしか議員は「公人」としては動かず、党員という「私人」として各省庁にそれとなく働きかけるようになった。そのため、議員が業者から金を受け取った上で活動しても、それは贈収賄の対象となる議員活動に対する金ではなく、法律上は私人の行動に対する金として捉えねばならない。

もう一つの理由は献金・集金の巧妙化だ。例えばリクルート事件では未公開株がばらまかれ、以後もゴルフ会員権や債券、仮想通貨など、金は様々な形に化けている。現状、政治家の金銭問題に切り込むには、ザル法とも言われる政治資金規正法を武器にするしかない。ただし同法では、闇献金とて政治資金収支報告書に記載しなかったという形式犯への罰則規定に過ぎない。所詮、『浄財』の手続き違反なのだ。それゆえ今回、特殊・直告班が贈収賄まで持っていければ、世間一般にとっても大きな戦果になった。

「とっかかりは政治資金規正法ですか」

「そう。八千万円の記載漏れ。某建設会社からの闇献金の疑いが濃いってわけ」

「バッジは誰です?」

高品が投げ出すように口元だけで笑った。

「民自党《みんじ》の馬場《ばば》」

与党の大立者だ。国会議員の小粒化が言われる中、魑魅魍魎《ちみもうりよう》がひしめいた昭和の政界を生き抜いた「最後の首領《ドン》」とも呼ばれている。ワシダ運輸も馬場の政治団体に献金していた。

特捜部に入りたてであっても、馬場クラスの基本データは頭に入っている。地元は福岡《ふくおか》市東《ひがし》区で、祖父と父親が地元の警官だった縁で東大卒業後、警察官僚の道に進む。三十代で国政に打って出て当選。以降、頭角を現し、四十代には建設大臣と大蔵大臣を歴任。党の人事と金を握る民自党幹事長や政調会長としても辣腕《らつわん》をふるった。自らは総理大臣になるのを望まず、派閥から首相を数多く輩出《はいしゆつ》して、それを背後で操ってきた。影響力は八十歳を過ぎた今も健在で、民自党最大派閥において陰のドンとして君臨している。党の主要ポストを離れて久しいのに、いまだ馬場の発言ひとつで大臣の首がすげ替わる話もあり、闇将軍、キングメーカーの異名もある。また、霞が関界隈では、内閣人事局の設置で官僚人事が政治主導となったため、馬場の動向が注視されている。

「どうして捜査にストップがかかったんですか」

「八千万だから。そりゃ、一億円に達してないよ。それにしたって、これって市民感覚だと大金じゃない？　先輩たちのへまの影響もろかぶりでしょ？」

政治資金規正法で切り込むには、違反内容が「闇献金で一億円」という暗黙の規定がある。ここ数年、このハードルがより厳密になっており、その原因は特捜部に帰せられる。

特捜部は二〇一〇年、「闇献金で一億円」の不文律を破った。戦後から長きに亘って続いた民自党政権を倒して与党となった自由共和党《じゆうきようわ》党首の政治資金を巡り、収支報告書に七千万円の記載ミスがあった、と公設秘書を逮捕、起訴したのだ。だが、秘書が取り調べに持ち込んだ録音機によって、供述と調書の中身が異なるなどの失態が明らかになり、結局、不起訴になった。建設会社からの賄賂だと目されていた渦中の七千万円を解明できないまま幕引きを迎え、特捜部は「最強の捜査機関」の看板にミソをつけた。司法が政治の駆け引きに利用された、民自党の意向を受けた国策捜査を行った上、失敗したのだ——と。

加えて、検察官調書の信頼性までもが揺らいだ。これは氷山の一角で、今までも筋書きありきの作文ばかりだったんじゃないのか。識者と称される大学教授や評論家らは、テレビなどで盛んにそう論じた。この一連の失態で、「闇献金で一億円」という不文律が厳密化したのだ。

「検事正がストップを？」

特捜部の捜査は、地検トップである検事正の承諾が要る。

高品が不愉快そうに眉を顰めた。

「止めたのは総括。失敗を繰り返すわけにはいかないってさ」

総括——総括審査検察官は、一連の不祥事を受けた検察改革で生まれた、新しいポジションだ。東京、大阪、名古屋《なごや》地検の検事正は、大規模だったり複雑だったりする特捜部の事件捜査で、公判部の検事を総括官に任命しなければならない。総括官は特捜部の捜査を、同じ証拠をもとに公判部の立場から、公判が維持できるか否かの検討ならびに主任検事が適正に対処しているかも審査する。当該事件が起訴されると総括官は公判担当になるため、起訴に慎重になる傾向がある。

「総括は誰ですか」

「田室《たむろ》サン」

中澤は胸の奥がざわついた。田室秀敏《ひでとし》。神戸地検時代、特捜部に応援に来た際の主任検事だ。

「証拠はなかったんですね」

「うん。建設会社から任意提出を受けた帳簿の類には手がかりはなかった。そりゃそうよ、だって闇献金だもん。送る方だってうまくやって金を作るに決まってんじゃん。そこを解明しないといけないんでしょ。切り崩せなかった時は潔く敗北を認めるけどさ。なんか不完全燃焼って感じ」

裏帳簿などの証拠がない限り、贈収賄案件は言うに及ばず、政治資金規正法の闇献金案件でも供述が立件の可否を左右する。田室の判断は解《げ》せない……。関係者を聴取した上で撤退するなら、納得もいくが。聴取如何《いかん》によっては金額が一億円に達するかもしれない。

軽いノックの後、静かにドアが開いた。

「どうも、お待っとさんです」臼井は検察合同庁舎から少し離れたスターバックスの袋を持っていた。「コーヒー淹れるのが面倒なんで、ひとっ走りしてきました。はい、和歌様は豆乳のキャラメルマキアート、ショートサイズ。たんと召し上がれ」

高品は満足そうに受け取った。

「へえ、臼井さんってわたしの好みを憶《おぼ》えてたんだ」

「敏腕事務官ですから。検事の皆さんには、いいトスを上げるんです。はい、中澤検事はカフェモカのチョコレート多め、トールサイズ。ついでに僕は抹茶ラテのグランデと」

「そのサイズ、体に合わなくない？」

「心が巨大なんですよ」

それから高品と臼井がカツオのたたきについて話しはじめた。つけるのは塩ね、いえいえポン酢ですよ。高品は屈託なく笑っている。こんな時間を求めて、ここに来たんだろう。

しばらくして控えめなノックがあった。顔を見せたのは、高品の立会事務官を務める吉見里穂《よしみりほ》だった。若手人気女優に似た端正な顔立ちで、これまで何人もの検事が言い寄ったらしい。高品と吉見が組むとなった時、東京地検内では美女コンビの誕生と囁《ささや》かれた。二十代後半で特捜事務官に抜擢《ばってき》されたのだ。かなり優秀なのだろう。中澤は吉見を見かけると、いつも気持ちが和《なご》む。

「高品さん、副部長がお呼びです」

「おっと、よくここにいるって見抜いたね」

「高品さんが愚痴を言うなら中澤検事ですから」

「ナイスアシスト」

「わたし、県大会でアシスト王でしたもん」

吉見が朗らかに微笑《ほほえ》んだ。吉見は高校時代、女子バスケットボール部の滋賀《しが》県大会で優勝した経験を持つ。インターハイにも出場したそうだ。

「源吾って大学の頃から愚痴のぶつけ甲斐《がい》があったんだよね。大きな壁みたいでさ。本人は何するわけじゃないのに、ほんと、不思議と周りに人が集まってぶつくさ言ってたもん。それはそうと里穂、内線くれればよかったのに」

「ちょっと体を動かしたかったので」

「臼井さん、ウチの里穂も敏腕事務官でしょ？　身長もほとんど変わらないし」

「なんだか対抗心がむくむく湧いちゃうな」

臼井は指を鳴らした。

高品たちが部屋を出ていくと、中澤と臼井はブツ読みを再開した。臼井は先ほどまでと違い、真剣な眼差しで資料に対している。

中澤も後れを取るまいと、数字だらけの資料を目で追った。

3

城島毅《じょうしまたけし》は紙の山にさらに紙の束を重ねた。ロの字に組んだ長机の一辺で、証拠物の分析に追われていた。他辺では同僚三人が黙々とブツ読みを続けている。財政班の村尾副部長から特捜部機動捜査班にブツ読みの依頼があったのだ。

小さな部屋が並ぶさまから「長屋」と呼ばれる一角の会議室に五日間詰めている。現今、目に留まるような記載を誰も発見できていない。当たり前とも言える。たちどころに結果が出るほど捜査は生易しくない。東京地検特捜部には特殊・直告班を中心に年間二千件強の告発やタレコミが寄せられ、特に筋が良さそうなネタは機動捜査班がある程度下調べした上で、各班に渡す。そこまでしても起訴に至るのはその一割にも満たない。

城島は東京大学在学中に国家公務員Ⅱ種試験に合格し、二〇〇一年、東京地検に入庁した。検事になる気はなかった。それでいて、捜査に携わる仕事には就きたかった。父が検察事務官だった点も大きい。どんな仕事をするのか知っていた。数少ない友人たちは呆れ顔で諭《さと》してきた。

——捜査したいんなら、警察官僚になればいいだろ？　検察事務官ってお手伝いさんみたいなもんじゃないのか。国Ⅰを受け直せよ。

城島は意志を変えなかった。検事に輪をかけて警察官僚には興味がない。

公判部や刑事部の立会事務官を経て、二〇〇七年に特捜部の一員になった。現在、選《よ》りすぐられた検察事務官だけが集う特捜部機動捜査班に在籍している。機動捜査班は特捜部長や副部長、主任検事の依頼を受け、聞き込み、資料押収、取引実態の精査、ブツ読み、張り込みなどの内偵を進める。『俺たちは容疑を固める陰の主役だぞ』。それが班長の口癖だ。

あっという間に午後五時を回っていた。ネイビーのソリッドタイをきつく締め直し、城島は別の書類に目を落とした。

ブツ読み作業は機械的に、且つ頭は柔軟に。そう自分に言い聞かせる。経済事犯は見えない犯罪と言われ、わけても特捜部が扱う事件は難しい。証拠らしい証拠はなく、走り書き程度の些細なメモなどから、大筋を解明しなければならない。必然、ブツ読みの腕が問われる。機動捜査班の一員たる者、検事よりも犯罪のニオイを嗅《か》ぎ取れる鼻が要求される。

視界の端には段ボール箱の山がある。ワシダ運輸から押収し、まだ手付かずの資料だ。封がされたまま壁際に積まれている。

ノート、決裁書類、報告書……城島は次々に資料に目を通していく。手がかりがない書類は精読するまでもなく、見た瞬間に「違う」と判じられるようになった。もちろん、それもちゃんと読む。

他の三人も口を開くことなく、粛然と資料に目を通している。その視線は鋭く、腕の動きは機敏だ。見方によっては、特捜部の事務官は特捜検事より優秀だと言える。特捜検事は、数字に強いわけでも簿記に詳しいわけでもない。検事としていい評価を得てきたから配属されたに過ぎない。かたや特捜事務官は数字に強かったり、経済事件で卓越したブツ読み能力や聞き込み力を発揮したりした点を評価され、配属される。

城島は同僚を横目で覗《のぞ》いた。負けていられない。懐かしい感覚だ。高校時代、よくこの感覚に襲われた。ブルペンで城島が渾身《こんしん》の白球を投げこむと、隣でも力強い直球が投げ込まれた。公立のダブルエース。最後の夏の都大会直前、新聞で自分たちはそう紹介された。これまでも度々、事務官仲間への競争心を意識した。それで高校時代を思い返すのは初めてだ。このワシダ運輸の件が影響しているのか。城島は雑念を吹き飛ばそうと、軽く首を振った。ウェーブがかった前髪が額で揺れる。意識を再び集中させ、ブツ読みを続けていく。

今日開けた段ボール箱の最後は、黒革の手帳だった。ワシダ運輸の大番頭・陣内の机から押収した品だ。

一枚目、二枚目と捲《めく》る。手帳は昨年分のもので、日々の予定のみならず、食したメニューや食材も几帳面《きちょうめん》な小さな字で記されている。陣内は細かい性格なのだ。手帳の書き込みには人柄が表れる。持ち主が粗雑な性格だと、やはり粗雑な文字が並ぶ。

まず目の動きが、続いてページを捲る手も止まった。城島は記載をじっくりと見つめた。違和感は消えない。

「どうかしたのか。十分近く手が止まってんぞ」

五十代後半のベテラン事務官が声をかけてきた。今回のブツ読みリーダーだ。

「少し気になる点が」

事務官にも出世争いがあり、確たる証拠の奪い合いも目にする。城島は興味がない。今この部屋にいる同僚が横取りするとも思えない。

「和菓子の購入回数が少し多いのではないかと」

一月は五回。一月二日に豆大福を六個、七日に草餅を一個、わらび餅を四個といった調子だ。リーダーに見せるため、城島はその他の月の購入分も、手元のメモ用紙にボールペンで素早く書き落とした。

二月は一回、三月は三回、四月は五回。五月と六月は二回、七、八月はなく、九月は三回、十月と十一月は四回、十二月は五回。購入した和菓子は多岐に亘り、どれも船橋市内の同じ店だ。豆大福、草餅、わらび餅、羊羹《ようかん》、草団子、芋羊羹、大福、栗羊羹。中には他店では見ない、草落雁《らくがん》、柿大福という品物もある。

「和菓子好きなら、あり得る回数じゃないか」

ベテラン事務官は思案顔で長い顎をさすった。

陣内は八十歳を超えている。世代的には洋菓子より和菓子を好むだろう。和菓子を食すのが、日常の楽しみであっても不思議ではない。それなら、なぜ五月に柏餅を食べないのか。仙台《せんだい》に出張した時もずんだもちを食べていない。購入すらしていない。九月に京都に行った際もそうだ。下鴨《しもがも》神社に参拝したのに、発祥と言われるみたらしだんごを食べていない。嫌いだから、もう食べた経験があるから。そう言われれば、それまでだが。

「妙に引っかかるんです」

「そうかい、城島サマ」

機捜班のフロアでは、誰の机上も筆記具や書類で溢れている。城島は最低限の必需品しか自席に置かず、帰宅前はウェットティッシュで水拭きもする。そのため、「誰も使ってないみたいだな」といつも同僚に驚かれる。半ば呆れているのだろう。

――もう少し隙を作れ。一部の同僚はお前を『サマ』付けて呼んでんぞ。言い換えりゃ、気取って見え、近寄り難いって当てこすりさ。

以前、先輩事務官に指摘された。

協調が大切なのは心得ている。かといって、職場は友人作りや大勢と群れるための場ではない。自分の、機捜班の、特捜部の職務を遺漏なく果たすのが本分だ。何事もきっちりしたいのは性分で、変える気もない。

「おい、誰か和菓子店の領収証を見たか」

ベテラン事務官が作業中の同僚に声をかける。残り二人の手も止まった。

「中澤検事担当分の『ブツ読み表』にありますね」

同僚の一人がファイルを読み、言った。

ガサ入れ現場では押収物をいちいち書き留めない。文字が書いてある物品を根こそぎ段ボール箱に入れていく。それは徹底され、NTTの電話帳なども押収する。そしてブツ読みの実務段階で、具体的な押収品名を記していく。今回も大番頭の執務室からは『池波正太郎《いけなみしょうたろう》作品集』、『萬葉集事典』、『草鳥堂短歌集』、『ポー傑作集』といった書籍類も片っ端から押収した。書き込みなどがあるかもしれないからだ。

「他に別の手帳を見た奴はいないか」

検証済みの資料に手帳はなかった。中澤のブツ読み表にも手帳の記述はない。

「和菓子に関する記述を見た者は？」

いなかった。決定的な書き込みがあれば直ちに担当検事に告げる。今回の和菓子の件は城島が違和感を抱いたに過ぎず、他に気になる文言や記号などが出た時、一緒に持ち込む運びになった。

「各自、和菓子の件は頭に入れておいてくれ」

ベテラン事務官が穏やかに言い、ブツ読みが再開した。資料を捲る音が定期的に聞こえ始めた。


午後七時、間もなく帰宅する副部長の村尾に今日の首尾を知らせ終えたベテラン事務官が長屋に戻ってきた。城島たちのブツ読みは今夜もあと数時間続く。

「城島、中澤検事に直接手帳の件を伝えろとの指示があった。又聞きより、直接の方がいいと仰《おっしゃ》ってな。お前さんが行ってくれ」

村尾は面倒なだけだろう。彼の良い評判は聞かない。

城島は一本の内線を入れ、長屋を出た。静まり返る廊下を進んでいく。天井のLED
陣内の手帳を入れたビニール袋を手に、静まり返る廊下を進んでいく。天井のLE
Dの光はどこか冷たく、妙に響く乾いた足音は自分のものではないようだ。特捜部に
加わった当初は、この森閑《しんかん》とした空気に戸惑った。今ではもう慣れ、むしろ出入り自
由な公判部のフロアに行くと、話し声や物音に戸惑ってしまう。
顔を合わせると、どんな感情が湧き上がってくるのか。
検事室のドアをノックする。どうぞ、と臼井の声が返ってきた。先ほど、訪問の連
絡をしている。
ドアを丁寧に開けた。執務机でブツ読みを続ける中澤の顔が上がってくる。
「よう」
声をかけられても感情は凪《な》いだままだった。
「失礼します、中澤検事」
「やめろ、ジョーにそんな呼ばれ方をしても気持ち悪いだけだ。ゲンでいい」
高校時代の互いの呼び名だ。
「あれあれ、城島選手と検事はお知り合い？」と右側の応接スペースでブツ読みをし
ていた臼井が興味深そうに言った。

「ええ」中澤が応じる。「高校の同級生です。部活も野球部で一緒でした。ジョーがエースで私は控えです」

顔を合わせるのも言葉を交わすのも久しぶりだ。二年前に中澤が東京地検に異動したのは知っていた。けれど、電話も入れていない。中澤からも音沙汰なかった。

城島は執務机に歩み寄り、手帳を中澤の前に置いた。

「これが例の手帳です」

「いい加減、こそばゆい物言いはよせ」

「けじめはつけましょう」

中澤の目が硬くなった。

「承知しました。城島事務官」

小さく頷《うなず》き、城島は和菓子の記載について説明した。

「確かに領収証はありました。臼井さん、ちょっと一枚持ってきて下さい」

それはワシダコンサートホール宛の和菓子店「船橋庵」の領収証だった。船橋市内の住所が記され、輪郭のはっきりした朱印も丁寧に押されている。

「あったのはこれ一枚ですか」

「いえ。かなりあって、宛名はワシダ美術館だったり、ワシダ運輸だったりします。

陣内氏は船橋庵の和菓子を贈答品として使っていたのかもしれません」

領収証に品目までは記されていない。

「念のため、陣内氏や店にご確認下さい。私の話は以上です」

「ご苦労様」中澤は表情を消したまま続けた。「髪、オバさんパーマのままだな」

城島には言外の深意が骨身に染みた。

「検事、けじめは？」

「仕事の話は終わったよ」

「では失礼します。明日の陣内銀三郎聴取の成功を祈っています」

城島は踵《きびす》を返し、部屋を出た。中澤の髪は相変わらず短いままだった。自分の方は耳を覆うまでの髪にパーマをかけ、前髪も額を覆っている。清潔感がない——。立会事務官時代、何人もの検事に何度咎《とが》められても、変えなかった。

決着がつくまでは変えられない。

＊

「差し出がましいですけど、城島選手と喧嘩でもしてんですか」

臼井の疑問は当然か。高校時代、同じ野球部で白球を追った仲には見えなかったはずだ。

「いえ」中澤は軽く首を振った。「喧嘩はしていませんよ」

「じゃあ、高校時代から仲が悪かったとか？　控えとエースの暗闘みたいな」

「仲は良かったですよ」

微塵《みじん》の嫉妬も起きない実力差があったからだ。ダブルエースと称されていたとはいえ、圧倒的にモノが違った。唯一、制球力だけは自分の方に分があったが。城島が東大野球部に入っていれば、六大学野球の歴史は変わったはずだ。百八十八センチの長身から繰り出す角度のある直球には、惚《ほ》れ惚《ぼ》れする切れがあった。自分はどんなに手を高く挙げたところで、所詮は百七十五センチから投げ下ろすに過ぎない。中澤がマウンドに上がるのは七回からだった。城島が明日も連投できるようにと。

学力でも勝てなかった。城島が司法試験を受ければ、間違いなく大学在学中に合格している。城島の頭脳が欲しい――と検事になって以来、何度嘆息しただろう。

「ま、城島選手はクールですからね。ハンサムなのに髪型がちょっと古くて、とっつきにくいって女性事務官の間でも評されてますもん。中には、近寄り難いのを『城島サマ』って揶揄する職員もいるくらいなんで」

城島は高校時代もとっつきにくいと言われていた。同じ野球部員の間ですらだ。それはある事件がきっかけだった。

自分は練習をサボるくせに「妥協すんなァ」と勇ましい掛け声を発し、筋トレでは下級生に暴力をふるう上級生がいた。その先輩とレギュラーを争った同級生が左手を怪我して、しばらく練習できなくなった。同級生のグローブに画鋲と釘が仕掛けられていたのだ。城島とブルペンからグラウンドに戻ると、同級生たちは件の上級生の仕業だと騒ぎ、監督に追放を訴えるといきり立っている。一緒に行こうと誘われるなり、城島はきっぱりと言った。

――証拠は？

案の定、証拠はなかった。『しらを切られて、腹が立つだけだ。その時間を練習に当てて、ぐうの音《ね》も出ないほど実力差をつければいい』と城島は最後まで同級生たちに与《くみ》しなかった。

「私と城島の間柄が気になるんですか」

「そりゃ、検事に仕事をびしっとしてもらうのが僕の役割ですから。城島選手の件で心を乱されているようなら、彼をワシダ運輸担当から外す交渉をしないといけませんん」

「それには及びませんよ」

あの決着がつくまで、城島の髪型も態度も絶対に変わるまい。

中澤は、陣内の執務室から押収した『草鳥堂短歌集』に栞《しおり》を挟み、ぱたりと閉じた。城島が来るまでページに書き込みがないかをチェックしていた。一つ二つ歌を拾い読みしても、素養が乏しいのか、中澤にはいかにも素人臭い短歌にしか思えなかった。

その立派な革張り装丁の短歌集を脇にやり、城島が置いていった陣内の手帳に手を伸ばした。

4

午前九時、中澤は東京駅のホームに臼井といた。数分後、総武《そうぶ》本線千葉行きの快速電車に運よく座れた。車内は冷房がきいており、汗が徐々に引いていく。

目指す陣内銀三郎の自宅は、千葉県佐倉《さくら》市内にある。陣内は一九三二年に佐倉市で生まれ、東京の上野《うえの》界隈で育った。昨年まで平日は東京の目白《めじろ》に持つマンションから大手町の会社に通い、週末だけ佐倉の自宅に帰っていた。二〇一二年の春先に体調を崩し、今年に入って認知症の症状も出始めたため、三ヵ月前から佐倉に籠《こも》っている。

中澤は電車の揺れに身を任せつつ、一冊の本を鞄から取り出した。昨晩読み込んだ、ワシダ運輸創業者・鷲田征太《せいた》の回顧録だ。陣内の記述があった箇所に付箋《ふせん》を貼っている。その一ヵ所目を開いた。


一九四八年の五月、上野の闇市で十六歳の少年と出会った。私は二十五歳で、闇市で仕入れた物資を習志野や船橋の辺りに持っていき、それを路上で売り、いわゆる闇屋としてなんとか生計を立てていた。満州《まんしゅう》より命からがら復員したはいいが、福島《ふくしま》の実家は空襲に遭って跡形もなく、東京に出たのだ。

少年と出会った時、私は進駐軍から流れた舶来煙草の買い付け代金を巡り、暴力団の息がかかった店主と言い争っていた。満州では無数の同胞が目の前で無残に殺されていったため、私の恐怖心は麻痺していたのだろう。駆けつけてきた愚連隊三人に囲まれても動じず、店主の胸倉を摑んでいた。そんな時、少年が声をかけてきたのだ。

少年は襟元が擦《す》り切れたからし色の国民服を着、短く整った髪、なによりすべてを見通すような鋭い目には大人の私をも圧倒する力があった。

彼こそ、後に私の右腕となって活躍する陣内銀三郎だった。私たちは二人三脚で戦後を駆け抜けた。

中澤は陣内の人生や人柄を復習するため、付箋を貼った別のページにも目を通していく。鷺田征太と陣内は一九五二年、チェーンの錆びついた自転車を三台買い、東京—横浜間で、ワシダ運輸を創業した。運送業界では、戦前に政府出資で設立された日本通運が民間企業となっても強い力を持っていたが、鷺田と陣内は復興経済の波に乗った。三台の自転車はやがてオート三輪、軽トラックと変わる。さらに横浜の小さな運送業者を吸収するなどして力をつけ、一九六四年には株式会社となった。回顧録によると買収工作は陣内が提案し、実務も担当したという。鷺田征太にとって陣内は、頭脳であり右腕以上の存在だったのだ。

陣内の人となりを評する記述もある。

日露《にちろ》戦争に従軍した祖父は、私を征太と名付けた。『敵を征する男』という願いが由来だ。陣内は私の名を嫌った。野蛮だと主張するのだ。陣内は戦争体験の影響で、威勢のいい言い回しを忌《い》み嫌った。大本営発表を知る世代なら深く得心がいくだろう。耳触りがよく、勢いのある謳《うた》い文句や美辞麗句ほど警戒した方がいい。

陣内は私だけでなく、よく社員の言葉遣いを窘《たしな》めていた。

「言葉は大切に使いなさい。使い方次第で自分たちを助けてくれます。反面、多くの人間を地獄に落とす道具にもなる」

私も同感だった。陣内と組んだ当初、彼のアイデアにより闇市で扱う商品や食料、金を隠語で語り合った。荒っぽい連中の目や耳があちこちにあったからだ。隠語を使う前は暗がりで何度も力ずくで物品を奪われたのに、そんな出来事もなくなった。

陣内は、在原業平《ありわらのなりひら》と吉田兼好《よしだけんこう》を敬愛した。先人たちが和歌や手紙に「かきつばた」「米をくれ、銭もほし」という例の暗号めいた文言を句の頭や尻に入れ込んだ技術や遊び心にこそ、言葉の真髄《しんずい》があるというのだ。彼らは語句を弄んでいるのではなく、尊び、吟味し、明るく使っている、と。音読みにしろ訓読みにしろ言言――一語一語には印《しるし》があり、我々はそれを使わせてもらっているのだ、と。

我々も何度か先人を見倣《みなら》った歌を作った。印象に残っている陣内の作がある。

わらび餅　塩ひとつまみ　誰気づく

彼は、私の名前を詠み込んでいる。素人らしい素朴さをたたえ、ユーモラスであり、社会風刺も利いている。皆さんはどう思うだろうか。

中澤は内心で呻《うな》った。わらび餅の「わ」、塩ひとつまみの「し」、誰気づくの「だ」で、わしだ、か。勉強不足なのか、理解力が乏しいのか、どの辺が社会風刺なのかは判然としない。もう一度、陣内の作品を読んでみる。

不意に脳の奥底に違和感を覚えた。知っているのに答えが出てこない、学校のテスト中のようだった。しばらく思案したものの引っかかりの原因には至らず、錦糸町《きんしちょう》駅に到着したのを潮に中澤は頭を切り替え、その他の陣内が登場する箇所に目を通していった。

やがて最後に付箋を貼った、回顧録の最終ページに辿り着いた。

私には二人の恩人がいる。一人は陣内だ。もう一人の名前は伏せておく。故人であり、ここに名前を出す許可も得ていない。

今日の私があるのは二人のおかげだ。この場を借りて礼を述べたい。

回顧録には、名前の出ていない恩人の言説もあちこちに記されている。

——日本は国土という体が傷つき、疲弊している。回復するには栄養を体の隅々まで運ぶ血の巡りが良くなければならない。それこそ君の仕事だろ。くじけるな。

——僕は君を後押しすることしかできない。日本の復活のために力を合わせて頑張ろう。

この『恩人』は、きっと陣内にも影響を及ぼしただろう。その弁は、一読しただけの中澤の印象にも残るほどだ。

小岩《こいわ》駅を通過して千葉県内に入った。車窓の風景はさほど変わらない。夏の強い陽射しに照らされたマンションやアパート、戸建てが平らな土地に所狭しと並んでいる。船橋、津田沼《つだぬま》と過ぎ、千葉駅に着いたのは午前十時前だった。成田《なりた》線に乗り換えると、少し風景が変わった。住宅街の合間に田畑が見え始め、緑も多い。

約十五分で佐倉駅に到着し、ロータリーでタクシーを拾った。

佐倉市は城下町の面影があちこちに残り、風情のある街並みだった。小さな側溝《そっこう》には鯉が悠々《ゆうゆう》と泳ぎ、佐倉城址のこんもりとした緑の山がマンションの合間に見え隠れしている。陣内宅は、その佐倉城址に近い古くからの住宅街に建っていた。築地塀《ついじべい》がぐるりと敷地を囲み、屋根のついた重厚な木製の門前に中澤は立った。

臼井がインターホンを押すと少し間が空き、女性の声で返事があった。来訪のアポイントは取っている。ほどなく薄い着物をまとった年配の女性が内側から門を開けてくれた。

「陣内の家内でございます」

中澤は軽く頭を下げ、木製の表札を一瞥《いちべつ》した。陣内銀三郎の隣に、桐《きり》、と薄い字で書いてある。門を潜り抜けると、空気が変わった。

大きく、頑丈《がんじょう》そうな平屋の日本家屋だった。立派な瓦屋根に陽射しが反射して眼に眩しい。雨樋もプラスチックやアルミではなく、銅製だ。縁側の掃き出し窓はすべて開かれている。その内側に広がる影は、夏の強い日光の下では際立って黒く見えた。

門から家屋まで五メートルほどあり、黒土に飛び石が敷かれ、その左右にはツツジが植わっていた。左手にある少し広めの庭には、松や柿が葉を茂らせている。

家屋の中は風が吹き抜け、ひんやりした。年季の入った板張りの廊下を進み、大きな柱時計が設置された壁の前を抜け、立派な本棚が置かれた和室を過ぎ、二十畳はある畳敷きの客間に通された。見事な一枚板の大きなテーブルが中央に鎮座している。

欄間《らんま》には雲や木々の細かな彫刻が施され、床の間には紫色の花の一輪挿《いちりんざ》しと水墨画が飾られている。

一枚板のテーブルを前に、中澤は臼井と並んで厚い座布団に座った。正面には今しがた横目で見た庭がある。

こちらでお待ち下さい、と桐がしずしずと出ていった。

客間をぐるりと見回す。中澤の背中側の小壁に、古いモノクロ写真が一枚だけ飾られていた。波止場で二十人近い男女が写っており、中央の三人の前には自転車が置かれている。

桐が冷たい麦茶を運んできた。

「では、主人を連れて参ります。ご存じの通りの症状ですので、ご了承下さい。いい調子だと思った次の瞬間には悪くなる日もございます」

「承っております」と中澤は柔らかに言った。

桐が再び部屋をしずしずと出ていく。柱時計の音が聞こえている。霞が関に比べ、時間がゆったりと過ぎていると感じる。中澤は麦茶を口に運んだ。

桐に背中と左腕を支えられ、陣内銀三郎がややうつむき加減で部屋に入ってきた。頬はこけ、鼈甲《べっこう》眼鏡の奥にある眼窩《がんか》が窪《くぼ》んだ、痩《や》せた老人だ。白髪こそまだ豊かだが、顔中に染みが浮き、薄い胸が目立つ着流し姿で、腰に巻かれた角帯もかなり余っている。認知症以外の病も陣内の体を蝕《むしば》んでいそうだ。桐に促され、陣内はテーブル越しに中澤の正面に座った。座椅子などは使わず、正座している。

陣内がゆっくりと顔を上げた。我知らず、中澤は息を止めた。その眼光は異様なほど鋭い。筋者《すじもの》の剣呑《けんのん》さとは違う。けものめいた眼と言えばいいのか。背筋もぴんと伸びている。

「東京地検の中澤と申します。本日は時間を取って頂き、ありがとうございました」

「いえ」

嗄《しわが》れた声だった。隣では臼井が断りを入れて録音装置を作動させ、ノートを開いている。

「私は、鷺田社長の金銭面を捜査しております」

「ご苦労様です」

陣内の鋭い眼差しは微動だにしない。中澤はその目を直視する。

「鷺田社長が給与などを何に使っているのか、ご存じでしょうか」

金遣いの荒さが原因で脱税に及んだ可能性は高い。捜査ではすでに趣味の先物取引のほか、銀座界隈のクラブでも羽振りが良かった件を突き止めている。お目付け役の陣内なら、より深い内情に通じているかもしれない。愛人の有無や具体的な金の使い方などに、だ。

「さて、知りませんな」陣内は薄い胸を膨らませ、深い息を吐いた。「社長とは長い付き合いになりますが、最近は私的な話をする間柄ではなくなりましたから」

「以前はどんなお話をされていたのでしょうか」

「なに、ヤクザ三人を喧嘩でぶちのめしただの、愚連隊を不忍池《しのばずのいけ》に放り込んだだの、くだらない与太話ですよ。社長は腕っぷしが強いんでね」

愚連隊？　戦後の混乱期に蠢《うごめ》いていた連中だ。陣内はひょっとして……。

「失礼、現社長の鷺田正隆さんについてお聞かせ下さい」

「タカは泣き虫坊主です。ま、いずれ喧嘩に勝てる日もくるでしょう。なにせ社長の荒々しい血を引いていますから」

カッカッと陣内は大口を開けて笑った。

「二代目として仕事面の出来はいかがですか」

陣内の返答はない。一分近くが経ち、中澤は同じ質問をした。陣内は鋭い目でまっすぐ中澤を見て、唇を真一文字に結んでいる。検事部屋での沈黙に似ている。互いの腹の内を探りあうような、あの緊張感が漲《みなぎ》る沈黙。刻一刻、肌がひりついてくる。

「主人は少し耳が遠くなっておりまして」と桐が横から申し訳なさそうに言った。

中澤は先ほどより声を張り、同じ質問をした。

「まだまだですね」

返ってきたのは、明瞭な口調だった。

「鷲田さんが入院中のお母さまの口座を、どう扱っているかはご存じですか」

「社長のお母さんは空襲で亡くなったはずです」

どうやら陣内の頭脳は過去と現在を行き来しているらしい。

「二代目の鷲田正隆氏が多額の金を使うとすれば、何に注ぎ込むのでしょうか」

また長い沈黙があった。

「肥溜《こえだ》めですな」

陣内はまた唇を引き結んだ。鋭い眼光に変化はなく、面貌《めんぼう》に動きもない。概して老人は表情に乏しいにせよ、さらに拍車がかかっている。

「昔はこの辺りにも」桐がしとやかな物腰で割り込んできた。「あちこちに肥溜めがあったんです。先代と駆け回った頃を想起しているのかもしれません」

……どう現在に引き戻せばいいのか。

「ワシダ運輸本社だけでなく、ワシダコンサートホールやワシダ美術館のお金も、陣内さんは会計責任者として把握されていましたね」

陣内は鋭い目つきで、じっと中澤を凝視するだけだった。中澤はここまでのやり取りを振り返った。陣内の反応が良かった話題は――。

「上野の闇市で先代の鷲田征太さんと出会ったそうですね」

陣内の目に何かが横切った。口元に微かな笑みが掠《かす》めたようにも見える。

「たいへんだ、進駐軍がくるぞ。そう叫んだんです。蜘蛛《くも》の子を散らすように愚連隊は消えていきましたよ。進駐軍なんて出任せでね。連中が落としていった煙草のカートンをたんまり手にして、社長と笑い声をあげて御徒町《おかちまち》方面に走った」

回顧録にはないエピソードだ。戦後の混乱期という世相を差し引いてもなお、どさくさに紛れての窃盗行為であり、大っぴらには書けなかったのだろう。

「なぜ鷲田征太さんの窮地を救ったのですか」

「簡単な話です。土壇場で逃げない人間が好きなんですよ。私自身もそうありたい」

やはり古い話題の記憶は鮮明だ。ここからこじ開けられないだろうか。

中澤は、鷲田の回顧録の記述に沿って問答を続けた。検事は相手の過去を追体験しながら聴取を進めるべきだ。相手の行動を深く理解しやすくなる。

陣内は快調に明答を重ねていき、箱根《はこね》の山中で自転車がパンクしてしまい、先代の鷲田と山道で野宿した懐古談などを楽しそうに話した。チューブの代わりに植物の蔓《つる》を巻きつけて走り切ったエピソードの時は、戦時中の知恵ですな、と陣内は薄い胸を張った。

「この部屋に飾られている写真にある三台の自転車はその折の？」

「ええ。箱根を走った自転車です」

「写真はいつ頃撮影されたんですか」

「昭和三十年頃でしょうか。横浜に大きな倉庫を買いましてね。その記念写真ですよ」

「二人で始められたのに、購入した自転車は三台なんですか」

「古い話なので忘れました」

不意に陣内が眼を閉じ、そのまま眠ってしまったかのような時間が続いた。ようやく開いた目蓋の下には、さらに鋭さの増した眼光があった。

「戦争というのは、人をふるいの網にかけます。道端に転がる、焼夷弾《しょういだん》で黒焦げになった累々《るいるい》たる遺体を私は忘れられません。そんな局面で人間の性根を試してくるんです。生きるか死ぬかという時にも他人の事情を慮《おもんぱか》れる人間もいれば、いつだって自分の事情しか頭にない輩《やから》もいる。後者の方が圧倒的に多いですがね。むろんいくら生きるため、復興のためとて、やっていいことと悪いことがある。戦後、こんな簡単な良識すら持てない連中が多くなりました。無理もないんでしょう。そういう連中に釘を刺す組織も人間もありませんから」

　庭から木々の葉が擦《こす》れる音がしたかと思うと、強い風が部屋を抜けていった。

　その後、話が先代の死去に伴って鷲田正隆が二代目社長に就任した時期に及ぶと、陣内は眼の鋭さを湛《たた》えた状態で、再び混沌に吸い込まれ始めた。中澤は少し話の矛先を変えた。

「陣内さんは、和菓子がお好きですか」

　陣内は中澤を見つめたまま、黙っている。けものめいた雰囲気は消えていない。こんな眼をしているのに、目の前の出来事がわからない……。

　ええ、と桐が穏やかな声を発した。

「主人は和菓子が好物です。それが何か」

「同僚に和菓子好きがおりまして。せっかく千葉に来たので、何か買って帰りたいんです。どんなお店がいいのかなと」

「でしたら、船橋の船橋庵でしょうね。創業二百年の千葉ではちょっとした老舗《しにせ》なんです。主人もよく手土産に使っておりました。定休日は月曜ですので、本日は営業していますよ」

押収した和菓子に関する領収証のうち、九割は船橋庵だ。中澤は桐に詳しい場所を訊いた。

「それと、陣内さんが過去に使用した手帳を拝借したいのですが」

押収している手帳は昨年度分だけだ。城島の疑問がある。他の手帳にも和菓子の記述があるのか否かを潰すべきだろう。

「承知しました」桐が恭《うやうや》しく応じた。「調子がいい時に主人に聞き出しておきます」

陣内宅を辞する際、中澤は客間の小壁に飾られた写真を見上げた。集合写真の前列中央に三台の自転車が並んでいる。その傍《かたわ》らに不遜《ふそん》な笑みを浮かべる若者三人がいた。真ん中は鷲田征太、その右隣に陣内。左隣の若者もどこかで見たような顔だ。にわかには思い出せない。桐も、結婚前の話ですので存じません、と言った。

外に出た途端、セミの大合唱が押し寄せ、全身に汗が噴き出てきた。そういえば、陣内の肌には一滴の汗も見えなかった。なるべく木陰を選んで駅まで戻り、千葉駅経由で船橋に向かった。

「今時、菓子折りに実弾を込める古い手を使いますかね」

臼井は周囲に乗客がいないのに小声だった。実弾は現金の隠語だ。

「何年か前、現役大臣の秘書がそんな古い手で受け取っていましたから。菓子折りを見れば、実弾を込められるかもチェックできます。念のためです」

「さすがですね、些細な可能性も疎かにされない」

「根が大雑把なんで、捜査漏れが怖いだけですよ。漏れがないよう必死に頭を捻《ひね》るしかない」

「検事が大雑把？」

「私の机がいつも汚いのをご存じでしょ」

「あ」臼井は素《す》っ頓狂《とんきょう》な声をあげた。「ですね」

船橋駅前は大勢の市民で賑《にぎ》わっていた。南口を出てすぐ左に曲がり、古そうな鰻《うなぎ》料理店や焼き鳥店が並ぶ小路を進んでいく。

船橋庵。ひと目で長い歳月を重ねてきたと見て取れる木製の看板が、軒上に掲げられていた。広い店内には高齢の客が多く、琴の音色が流れ、ガラス張りのケースには大小様々な商品見本が並んでいる。和菓子好きなんで記念に、と臼井が店員に断りを入れ、携帯で写真を撮影している。値段を記録するためだ。

中澤はざっと視線を這わせた。草餅、大福、芋羊羹、草団子……。頭の中で陣内の手帳に書かれていた商品と突き合わせていく。すべてあった。また、見る限り、菓子折りの箱は札束を入れられるほどの厚さもなければ、二重底構造でもない。

ちょうど客が引き、店内に中澤と臼井だけになった。

「いらっしゃいませ。お決まりになったら、お申し付け下さい」

ケースの向こうから夏物の和服に身を包んだ年配の女性が大人しやかに声をかけてきた。

「柿大福というのは、大福の中に柿が入っているのですか」と中澤は尋ねた。

「左様《さよう》です。当店の名物でございます。当店ではカキという訓読みではなく、シと音読みし、シ大福という名称で販売しております。近辺の受験生の親御さんは一月や二月にこぞってお買い求めになるんですよ。当店も知らないうちに、『私大——シダイを食う』との語呂合わせで一種の縁起物になっているようで」

「へえ、柿ですか」臼井が興味深そうに会話に参加してきた。「イチゴ大福なら何度か食べましたけど、珍しいですね」

「おそらくイチゴ大福より、当店の柿大福の方が先でしょう。亡くなった先代が常連客のお求めを受け、昭和四十年代に開発した商品でございますから」

「おお、古いっ」臼井が感嘆の声をあげる。「羊羹のハーフサイズもちょっと珍しいですよね」

一本が十五センチほどの長さで、ハーフ羊羹という商品名だ。羊羹は陣内の手帳にも記されていた。

「このハーフ羊羹も同じ常連客の依頼で始めた商品です。賞味期限内に羊羹一本を食べきれたためしがないので半分にしてほしい、と。もう二十年くらい前の話になります」女性店員が流暢《りゅうちょう》に続ける。「そうそう、草落雁という変わり種も、その常連さんの提案で生まれた品でした。扱っているのは全国でも当店だけでしょう」

「常連といえば、陣内銀三郎さんをご存じありませんか」と中澤は何気なく水を向けた。

「ええ。いつも贔屓《ひいき》にして頂いております」女性の顔が綻《ほころ》んだ。「何かのご縁でしょうか。実は、柿大福もハーフ羊羹も陣内さんのご提案なんです」

「ご本人がお買い求めに？」

「ご本人がいらっしゃる日もあれば、奥様や部下の方がお見えの時もありました。この数ヵ月、いえ、もう一年近くお見えになっていません。お客様は陣内様のお知り合いですか」

「ええ。陣内さんにこのお店を紹介されたので」

嘘ではない。鷲田や陣内を調べるいきさつがなければ、船橋庵を訪れなかった。中澤は柿大福を十個、ハーフ羊羹を一本買い、贈答用の箱に入れてもらった。

ＪＲ船橋駅のホームで包み紙を剝《は》がし、箱を見た。やはり札束を隠せる構造ではない。もちろん金の上に直接箱を置き、包み直して渡すという方法はまだ残されている。

中澤は船橋庵で貰った領収証をまじまじと見た。店員が軽く判を押したためか、縁が掠《かす》れているものの、押収した領収証にあった判と同じデザインだった。

＊

なかなかうまいな。同僚事務官が口々に声を弾ませている。城島も柿大福を一口含んだ。確かにうまい。柿の風味が、控えめな甘さのアンコと絶妙に合っている。

数分前、長屋に中澤が来て、人数分の柿大福を渡された。

――シダイフク。柿を音読みする以外、変わった点はありませんでした。

そう告げられた。検事が事務官に捜査の首尾を教える必要はない。中澤なりの仁義か。気になったままでは、ブツ読みに集中できないのではと懸念したのかもしれない。前者なら余計なお世話、後者なら検事として適切な行動だ。

中澤の心が読めなかった。高校時代は言葉を交わさずとも、互いの腹の内まで理解できたというのに。とりわけ、高校二年の冬の出来事は鮮明に憶えている。

練習試合後にチームメートと別れ、二人でラーメンを食い、渋谷《しぶや》のセンター街を歩いていた時だった。同じ高校の同級生が、小路の奥で当時渋谷にたむろしたチーマーと称する不良グループに絡まれていた。中澤は目を合わせてくるなり、ハア、と腹から息を吐いた。直後、中澤はバットケースから金属バットを引き抜き、チーマーめがけて駆け出した。やっぱりな、と城島もバットを手に続いた。

テメエら、オラァッ。背後から大声を浴びせてチーマーを驚かすと、中澤が出鱈目《でたらめ》にバットを振って連中を払いのけ、城島は同級生の手を引いた。三人で小路を脱して、京王井《けいおうい》の頭《かしら》線の渋谷駅まで一気に駆けた。散々礼を言った同級生と別れると、城島は問いかけた。

——喧嘩に自信があんのか。

——まさか。人を殴ったことなんか一度もねえよ。まあ、仕方ないわな、見ちまったんだ。気合だ、気合。ワルどもクソくらえさ。そういうジョーこそ、どうしてすかさず一緒に突っ込めたんだ？

——ゲンが突っ込むのが予想できたからな。俺は甲子園に行きたいんだよ。こんなとこで怪我されちゃ困る。

中澤が柿大福片手に長屋を訪れた意図は不明だが、汲《く》み取れる心情はある。中澤が何のために検事になり、何を成そうとしているのか。

静かに肩に手が置かれた。リーダーのベテラン事務官だった。

「今後もめげずに気になる点はどんどん言え。最終的にそれが何でもなかったとしてもな。なにせロッキードの時は、ピーナッツって一言が解明の突破口になったくらいだ」

ロッキード事件では、ピーナッツ一個が百万円を表していた。

「城島サマにとっては、言わずもがなの常識だったな」

「いえ。心しておきます」

そうか、とリーダーは別の事務官のもとに歩き出した。

城島は残りの柿大福を一気に口に押し込み、A4用紙に目を落とした。陣内の手帳にあった和菓子名と購入日を、ざっと書いている。柿大福、大福、豆大福の三種類のうち、購入回数が多い大福は柿大福だった。

指についた粉を払うと白手袋をつけ、城島はブツ読み作業に取り掛かった。

5

　午後八時、中澤は副部長室にいた。村尾は眠たそうな目でこちらを見据えている。中澤は陣内聴取の詳細や、陣内が手帳に記していた和菓子と領収証がある分の金額を機捜班が照合して、値段が一致した件などを伝えた。領収証がない分は点検しようがない。店の帳簿を入手したところで、当日の販売個数が記されているだけだ。

「なるほど、陣内の聴取も空振りで進展はない、と。つまり、あなたは貴重な時間を無駄にした」

　中澤は黙した。結果が出ていないのだ。何も言い返せない。

「それはそうと」村尾が眼鏡の縁を上げる。「部長に進捗具合を訊かれたので、鷲田を起訴できると言っておきました」

「お待ち下さい」中澤は声を大きくした。「根拠は何も見つかってません。タレコミがガセの恐れもまだあります」

「それが？　もうガサ入れしています。後戻りできませんよ。秘密裏のガサ入れですから対外的にはともかく、内部的には『何も出てきませんでした』では済まされません。万が一、マスコミが嗅ぎつけたら面倒です」

不祥事が続いたとはいえ、いや、それゆえ特捜部の動向は嫌でも世間の注目を浴びる。検察が誇る九九・九パーセントという絶対的な有罪率から、特捜部がガサ入れ、あるいは聴取したというだけで、その対象者や参考人は犯罪者扱いされかねない。今回、秘密裏のガサ入れだった所以《ゆえん》はここにある。記者が東京地検で取材できる相手は次席、特捜部長に限られている。自分に記者が直当たりしてこない分、マスコミの動きは読めない。ここで報じられると、起訴するしないにかかわらず、ワシダ運輸の株価などに大きく響くのは必至だ。

「あなたが起訴すればいいだけなんです。早く本人を割ってしまいなさい。あれだけ大きな会社の二代目なんですから、叩けば疚《やま》しい点は必ずあります」

「部長は起訴する根拠がない点をご存じでしょうか」

村尾は鼻先で笑った。

「そんな細かい事柄は上げていません。バッジでもない一民間人の脱税です」

「では、鷲田の起訴についてどう仰っているんですか」

「進めろ、と」

実際を知らない指示など無意味でしょう、そう言い返そうとした時、いいですか、と村尾が機先を制するように声を発した。

「特捜部は動き続けている。これは世間にそうアピールするための事件なんです。さっさと立てなさい」

「根拠がなければ、起訴も何も……」

「黙らっしゃいッ」

バン、と村尾が机を平手で叩いた。

「脱税の証拠が見つからない？　そんなの当然です。銀座のクラブ、その他の遊興費、先物取引なんかに消えたに決まってるでしょうが。あなたはこんな簡単な筋読みすらできないボンクラなんですか」

「証拠に基づいて検討すべきだと意見しているまでです」

バン、とまた村尾が机を平手で叩いた。

「あなたは私の言った通りになさい。さっさと割って、鷲田を起訴するんです」

あくまで起訴ありきの方針か。このまま続けても、会話が成立しそうもない。

「私が言った次第を忘れないように」

村尾がぐいと眼鏡の縁を上げた。レンズの向こうにある両目は冷え切っている。

言質《げんち》を与えないよう、口を噤《つぐ》んだまま中澤は軽く頭を下げ、副部長室を足早に後にした。十分な材料がない限り、鷺田を起訴しない。この方針は最後まで貫くつもりだ。ただ、担当検事を替えられてしまえば、村尾の意に沿った起訴がなされてしまうだろう。

どうするべきか。中澤は誰もいない廊下で足を止めた。

*

城島は午後十一時に庁舎を出た。昼間に比べると検察庁舎付近の交通量は少ない。ここ数日は中澤の陣内聴取日に合わせて連日午前三時までブツ読み作業を行っており、リーダーが「今日は中休みにしよう」と早めの帰宅となった。さすがに疲労が蓄積されている。

少し先に見慣れた歩き姿があった。中澤だ。姿勢がいいとか、腕の振り方がどうとかではなく、学生時代からしっかり歩んでいるという感じだった。今夜は、やけに足取りが遅々としている。そのまま中澤は地下鉄千代田《ちよだ》線に続く階段を下りていった。

すぐ脇の街路樹で一匹のセミが鳴き出し、二匹目、三匹目と慌ただしく周囲で鳴き声が重なっていく。子供の頃、こんな時間にセミは鳴いていなかった気がする。

城島は都営三田《みた》線に乗り、二十分ほどで文京区白山《ぶんきようはくさん》の自宅に到着した。革靴にシューキーパーを入れて揃えて置き、脱いだワイシャツを畳んでクリーニング店用の袋に入れ、ズボンを馬毛のブラシでブラッシングする。もしも中澤がこの部屋を見たら、「お前こそ学生時代と変わっていない」と言うだろう。

1DKの賃貸マンションを城島はざっと見回す。通勤前に整えたベッド、きっちりしまったカーテン、床には角を揃えて積んだ新聞、単行本も文庫も出版社別に高さを揃えて並べた本棚。高校時代の野球部の部室では、自分のロッカーだけが整理整頓されていた。調布《ちようふ》の実家が狭い団地のため、身に染みついた習性だ。こうして整理しておかないと自分のスペースを確保できなかった。カーテンやベッドカバーもモノトーンで統一し、我ながら殺風景な部屋だ。

エアコンをつけ、帰宅途中に二十四時間営業のスーパーで購入したハムとスライスチーズ、キュウリをレジ袋から取り出した。冷凍庫から食パン二枚を出し、電子レンジで解凍する間、水洗いしたキュウリを包丁で薄く切っていく。サク、サク、サクと心地よい音が散る。社会人一年目の初任給で購入した『有次《ありつぐ》』のペティナイフは、一度も研《と》いでいないのにいまだ切れ味は衰えない。

解凍したパンにマーガリンとマスタードを塗り、ハムを二枚とスライスチーズを一枚のせ、もう一枚のパンで挟み、ペティナイフで耳を切り落としていく。四辺の耳を手早く処理し終えると、パンの真ん中にナイフを入れて二つに切り分け、丸皿にのせてラップをかけた。これで明日の朝食の準備は完了だ。昼と夜は外食が多いため、朝食はなるべく自分で作ったものを食べている。できるだけ、人間としてちゃんとした生活を過ごしたい。

したくても、もうできない人もいる。

サンドイッチ、余った食材、マスタード、マーガリンを冷蔵庫に入れ、五本並べたミネラルウォーターのペットボトルの一本を取り出した。冷蔵庫には他に使いかけのブルーベリージャムがある。先ほど切り落としたパンの耳をつまんで食べ、水を一口飲むと、キッチンの引き出しを開けた。整然と並んだスパイスの量を確認していく。

ターメリック、チリパウダー、クミン、コリアンダー、ガラムマサラ。それぞれ昨年買った品で、賞味期限も過ぎていない。量も十分だ。

朝食を作るといったって、普段手の込んだ料理はしない。せいぜいサンドイッチの具がタマゴやツナに変わったり、トーストに添えるウインナーを焼いたりする程度だ。それでも年に一回、キーマカレーを作る。そのための鍋や炊飯器も戸棚の奥にしまっている。

カレー作りは一ヵ月以上も先の話。だが、仕事の状況如何で買い物をする時間は限られてくる。前もって調べておけば、空いた時間に補充できる。今年は具材とサラダ油、チキンスープの素を買い足すだけでいい。

……どんな甘味を加えるか。チャツネ、リンゴ、イチゴジャム、ヨーグルト、オレンジジュース、ハチミツ、チョコ。色々と試してきた。どれも舌で覚えている味とは違った。あの味の秘密は一体何なのか。甘味を加えていたのは絶対だ。冷蔵庫にあるブルーベリージャムを入れてみるか。このままでは余って捨ててしまう。余るとわかっているのに、パンにたっぷりジャムを塗れない。これもさほど裕福ではない家庭で生まれ育った者の性分か。

――それって食べ物を粗末にできないってことでしょ？　素敵じゃない。

ふっ、と耳の奥で弾んだ声が蘇《よみがえ》った。城島は目を瞑《つむ》り、静寂に身を沈めた。

＊

中澤は文京区湯島《ゆしま》にある官舎に午後十一時半過ぎに帰宅した。都内には他にもいくつか官舎が用意されている。この官舎は築二十年ほどの三階建て低層マンションで、

2LDKだ。家族連れには相応だろう。一人暮らしには広すぎる。

着替えもせず、キッチン備え付けのテーブルセットの椅子に座った。無造作に畳んだ新聞が乱雑に積み重なり、朝飲んだオレンジジュースの紙パックが転がっている。近くのコンビニで買ったおにぎり二個を、ペットボトルのウーロン茶で流し込む。今晩も味気ない食事だ。日本で独り暮らしする社会人にとって、これは標準的な食生活だろう。

机を置いた洋室に移動し、壁際の棚に置いたコンポの電源を入れた。ヘッドホンのプラグを差し込む。さっとヘッドホンを装着して、大音量で英国のロックバンド「オアシス」のアルバムを流した。大音量は無音と同じだ。隣室や窓の外で物音がしても思考を邪魔されないよう、自宅で考え事をする時にはこうしている。

机上にある一枚の小皿を見やる。大学二年生の時、バックパック旅行で訪れたギリシャで買ったものだ。ギリシャ神話の神が色彩豊かに描かれ、そこに赤く平たい模様が入ったビー玉を一粒飾っている。初任地に赴任する際、実家で荷造りしているとタンスと机の間から、このビー玉が転がり出てきた。もう十数年目にしておらず、すっかり存在を忘れていたビー玉を中澤は迷わず摘《つ》まみ上げ、ポケットに入れた。以来、各地をともにしてきた。

ビー玉を手に取った。夏なのにひんやりしている。

小学校四年の時、妹の友美がこれをくれた。きっかけは国語のテストで、文章に傍線が引かれ、作者はこの一文にどんな思いを込めたのでしょうか、という設問だった。中澤はその解答を記し、横に書き添えた。『本当は作者じゃないとわかりません』。担任の男性教員には『テストでは答えだけを正しく書きましょう』と赤字の指摘を受け、減点された。その答案用紙を机の上に出しっ放しにしていると、友美に見られた。

――これ、お兄ちゃんが絶対に正しいよ。ご褒美にビー玉あげる。そなたのおこない、わらわは誇りに思うぞ。

――『そなた』とか『わらわ』とか、何なんだ？

――この前、テレビで見た時代劇で、綺麗なお姫様が家来に言ってた。

――俺は家来かよ。

中澤はビー玉をじっと見る。鷲田の捜査をどう進めていくか。……それこそ妹が賞賛してくれたように、『本当は』を目指してしっかり進むしかない。部屋は散らかり放題で、朝食は食べずに夜もコンビニ食という出鱈目な食生活。ここ数年は好きだった読書にあてる時間もなく、人間としてきちんと生きているとは言い難い。せめて仕事だけはちゃんとしたい。感情を出さず、粛々《しゆくしゆく》と真実を追い求めるのだ。

ヘッドホンからは、友美が大好きだったオアシスの曲が大音量で流れていた。


陣内聴取の翌日から一週間、中澤は夜のブツ読みと並行して、昼間は夏休みに入ったワシダ運輸関係者の聴取を続けた。時折笑みを覗かせても声が強張っている者、最初から最後まで体が硬直する者、何か話すたびに顔を引き攣らせる者など様々いた。どれも特捜部の聴取を受ける人間の多くが見せる反応だった。

また、陣内の妻に問い合わせると、『手帳は、もう必要ないので以前庭で焼いたそうです。会社の机に一、二冊残っているかもしれないと申してはいます』と言われた。

――鷲田本人を割れば、周りの証言や物証なんていかようにもなるじゃないですか。

村尾の言を受け流す形で、中澤は自分なりの手順を踏んだ。脱税に繋がる証言は出てこず、城島ら機動捜査班によるブツ読みにも手がかりはなかった。

八月十二日午後十時、中澤は村尾に本日の報告を終えた。今日の副部長室は暗い。

村尾は広い部屋で自分の執務机に光があたる室内灯しかつけていない。その執務机には分厚い青色のファイルが五冊積まれている。いずれも背表紙は白紙のままだ。その割にたっぷり書類が挟み込まれ、紙は黄ばんでいる。

「あなたの行動は無駄ばかりです」村尾は呆れたように続ける。「鷲田本人に参考人として出頭を求めなさい」

「時期尚早ではないでしょうか。外堀は何も埋まっていません」

鷲田は本丸。物証や証言を得た上で聴取を行うべきだ。こちらに手持ちの武器がない限り、「脱税しました」と相手が認めるわけがない。

村尾が背もたれに体を預けると、黒革張りの椅子が後ろに動いた。全身に薄闇をまとった村尾は、聞こえよがしに溜め息を吐《つ》いた。

「何度も同じことを言わせないで下さい。その場で割ってしまえば終わりです。私は部長に起訴すると言ってあるんです。最悪、割れなくともその場で逮捕してしまいなさい」

「本気ですか」

「何日も呼び続ければ、いずれ認めます。押し潰してしまえばいい。幸い、まだ参考人聴取は録音録画は義務付けられていません。いいですか。一日中、耳元で怒鳴りつけなさい。机を力一杯に叩くんです。二代目社長なんて甘やかされて育っています。

そういう性根は何歳になっても抜けないんです。音を上げますよ」

村尾は唇の端だけで不敵に笑った。

みぞおちの辺りがカアッと熱くなった。これが割り屋の本性か。鷲田が不当な取り調べを受け、その仔細を表に出せば、それは特捜部にとって致命傷となる。風当たりはさらに強まり、解体論も現実味を帯びる。特捜部に愛着も未練もないが――。

特捜部は単なる一部門を超えた、まさに検察の核だ。存在が揺らげば、組織自体がぐらつき、余波は一般市民にも及ぶ。その恐れを検察の一員として黙過《もっか》できない。中澤は腹を括《くく》った。

「では、鷲田聴取を行います」

「最初からそうしていればよかったんです」

村尾はしたり顔で、その周囲の暗さが一気に増したようだった。

この夜から三日間、中澤はこれまで聴取した参考人の記録を読み返したり、新たな資料を精査したりとできる限りの準備をした。

そして八月十五日、鷲田正隆聴取の日を迎えた。

午前十時、検事室に現れた鷲田は黒色のポロシャツにベージュの綿パンツというラフな装いだった。色黒というには不自然なほどこんがり焼けた肌に、真っ白い歯が浮き上がっている。たびたびテレビや経済紙で見るまま目は小さく、鼻も潰れ、決していい男ではない。

「ご足労いただき、ありがとうございます。東京地検特捜部の中澤です」

「鷲田です。検事のお部屋というのはなかなか広いんですな」

鷲田がパイプ椅子に深々と腰掛けた。中澤の背後にある窓のブラインドは上げたままで、背中に浴びる陽射しはきつい。その分、鷲田の面相の変化がよく見える。

中澤は、右側に座る臼井に軽く頷きかけた。臼井が鷲田に断りを入れて録音機を作動させ、ペンを構える。

「鷲田さん」中澤が呼びかける。「あなたには脱税の疑いがあり、私は、あなたとワシダ運輸のお金の動きを調べています」

「そんな与太話、どこから仕入れたんです？」

「申し上げられません」

「そうですか。まあ、うちは成長し続けていますから、ライバル企業からのやっかみは絶えません。ここで徹底的に調べてもらって、潔白だと天下の特捜部が証明して下さい」

鷲田は声を張った。空元気なのか、高を括っているのか。少なくとも、心構えはできているだろう。これまでに特捜部が聴取したワシダ運輸の社員から、どんな聴取だったのかを注進されているはずだ。

「これから参考人としてお話を伺います。その内容や、今後の捜査によって鷲田さんは被疑者になる可能性もあります。鷲田さんには、回答したくない質問に応じなくていい黙秘権があります」

「承知しました」

三秒間、中澤は鷲田の小さな目を黙って凝視した。任官以来、自分で決めている聴取前の儀式だ。この三秒で大まかに相手の印象を摑んでおく。また、空気が一秒ごとに重く、鋭くなっていく中で自分の精神を落ち着かせる面もある。

中澤は視線を緩《ゆる》め、鷲田の全体を捉えるように心と体を構えた。

まずは鷲田の給与額などを質《ただ》していった。銀行への内偵捜査や押収した会計帳簿と齟齬のない返答があり、さらに中澤は質問を継いだ。

「給与は主に何にご使用されていますか」

「家庭に入れるほかは、飲食などに」

「どの辺りでの飲食が多いのでしょうか」

「銀座界隈ですね」

「年間、どれくらいの額になりますか」

「さて」鷲田は首をやや傾げた。「一千万に満たない程度でしょうか」

「ご趣味にはお金を使わないのですか」

「ゴルフはまあ適当にやってます。費用は年間二百万もいきません」

「他にご趣味はありませんか」

如才なく返答を続けてきた鷲田が、ぐっとその唇を少しきつめに結んだ。中澤は言葉を継がなかった。

数秒後、鷲田が唇を開いた。

「鉄の先物取引を二〇一二年から始めました」

「順調ですか」

「いえ」

「損失の方が大きいのですか」

「回答は差し控えます」

「損失を穴埋めする原資はどうされていますか」

「こちらも回答は差し控えます」

鷲田がすっと目を伏せ、一点を見つめている。中澤はたっぷり間をとり、おもむろに言った。

「お母様は、どこの銀行に口座を開設されていますか」

「東京第一銀行に」

「その口座に大金が送金されているのはご存じですか」

鷲田はぴくりとも動かない。世界投資社。その一言を待った。こちらから口に出したのでは誘導尋問になりかねない。核心を突かず、それでいて相手に仄《ほの》めかし、『特捜部はとっくに隅々まで洗っている、素直に話した方がいい』と理解させなければならない。

鷲田は目を伏せたまま、小さな声を発した。

「水を飲んで構いませんかね。喉がカラカラで」

「どうぞ」

中澤があっさり応じると、鷲田は驚いたように顔を上げた。相手を精神的に追い込むため、糖尿病などの持病を持つ被疑者にも取り調べ中は水やお茶を飲むのを認めず、話したら飲んでいいと条件をつける検事もいると聞く。鷲田はどこかからそういった知識を得たのか。

鷲田は自身の鞄からペットボトルのミネラルウォーターを取り出し、咽喉《のど》を鳴らして飲んだ。一気に半分ほど減る。鷲田はペットボトルを鞄に戻すと、その手でクリアファイルに挟んだＢ４サイズの白い封筒を抜き出した。

「検事さん、中身をご覧ください」

やけに神妙な声だった。

事務官席の臼井がまず手に取り、中澤に渡された。

封筒の中身は、鷲田の母親の委任状だった。弁護士のサインも添えられている。文面には、鷲田の母親が日本に持つ口座の金と、ケイマン諸島の会社が保有・運用している金を鷲田正隆が自由に使っていいとあり、生前贈与ととれる。作成日は二〇一二年の三月で、その口座名は「有限会社世界投資社」「マルコス・カンパニー」と記されていた。

「この委任状は今までどちらに保管を？」

「銀行の貸金庫です」

ガサ入れで見つからなかったのにも得心がいく。

「お母様の体調が悪くなった時期は？」

「二〇一二年の五月です。虫の知らせがあったんでしょうな。委任状を受け取った時は笑い飛ばしたんですがね」

「マルコス・カンパニーとは、どんな会社ですか。なぜ自由にそこのお金を使えるんです？」

鷲田は心持ち首を傾げた。

「詳しい業務や事情は知りません。なんでも父の遺産を元手にした、登記上は投資会社だとか。まあ、投資実態はないでしょう。社長をはじめとする幹部は全員、現地のエージェントが担っているようなんで」

「お母様がマルコス・カンパニーを設立されたのですか」

「いいえ、父が生前に作り、死後それを母が引き継いだんです」

二〇一三年分から五千万円を超える海外資産には、申告が義務付けられている。だが、この場合、鷲田にしろ鷲田の母親にしろ法律上はマルコス社が資産を保有している形になり、鷲田も鷲田の母親も申告しなくていい。納税も不要だ。こうした現地エージェントが表に立って実権者が裏に回る構図は、「パナマ文書」などで明らかになった手口だ。配偶者や子供への相続では、一定額以上で課税される。一代で一部上場企業のワシダ運輸を築いた鷲田征太の遺産ともなれば、その一定額を軽く超えるはず。鷲田征太は先々を見越して、タックスヘイブンのケイマン諸島に金を置いたのだろう。

「マルコス・カンパニーの口座には、いくら入っていますか」

「レートの変動で多少は上下しますが、十億円分はあったかと」

十億。かなりの大金だ。先代の実質的な遺産としては妥当な額か。

「世界投資社も、鷲田さんのお父様が設立に関与しているんですか」

「さて。母も父から詳細を聞いてないそうです。私もまったく存じません」

「どうやってマルコス・カンパニーの口座にあるお金を、お母様の口座に移すのですか」

「ケイマン諸島のエージェントに連絡すると、世界投資社から母の口座に入ってきます。日本国内で誰が作業しているのかは関知してません」

「世界投資社に何らかの費用を払っていますか」

「いえ」

内偵でも探り出せていない。世界投資社の何者かが振り込み作業をしているのは間違いない。鷲田は本当に知らないのか、隠しているだけなのか。

「佐藤誠という税理士が絡んでいるのですか。委任状を預けているとか」

「私は知りません」鷲田は間を取るように肩をすくめた。「預けているなら、母でしょう。会社の税理士じゃないですしね」

中澤はしばらく質問を重ねた。何も得られず、次の質疑に移った。

「引き出したお金の使い途《みち》は何でしょうか」

「先物取引の損失を埋めるため、専用口座に入れました」

「額は？」

「昨年と今年を合わせて九千万円」

「具体的な時期は？」

「昨年は一千万円を三回、今年は五月に六千万を引き出し、先物取引用の口座に入金しました」

臼井が快調にペンを走らせ、メモをとる音がしている。

「去年と今年、マルコス・カンパニーから送金させた総額はいくらです？」

「二億円ほど」

「今のお話ですと、今年と昨年に先物取引で使用した金額を差し引いたら、一億一千万円が残ります。このお金はどうされたんですか」

「世界投資社の口座に預けています。マルコス・カンパニーから少し大目に送金してもらったんです。入り用の時、世界投資社の口座から送金してくれと言えば済みます。国内間の送金ならタイムラグも少ない」

金額については、これまでの捜査通りだ。その残金に見合う額を世界投資社は納税している。振り込み作業といい、誰が行っているのか。

「マルコス・カンパニーの口座から鷲田さん本人の口座に直接送金しないのは、なぜです？」

「オヤジが母のために講じた仕組みを変えたくないんです。それに身内といっても他人の金だと肝に銘じるため、母名義の口座を通して入金するんです。そうすれば、一層大事に使えます」

あくまでも他人の金だと捉えており、脱税だと認識していないという主張だ。

「少し大目に送金してもらったのは必要以上の金を使う意思があったからでは？」

「いえ。母の闘病費用にも使えますので」

「何度も使用されていますよね？　それで大事に使っていると言えるのでしょうか」

「ええ、大事に使っています。失ったのは不徳の致す限りです」鷲田はきっぱり言うと、軽く身を乗り出してきた。「これが脱税になるんですか」

「今年分はともかく、昨年引き出した三千万円の所得申告をされましたか」

「いえ」

「では、それが生前贈与であっても、二千五百万円以上の相続には課税されます」

「私は逮捕されませんよね」

「今後の捜査によります」

鷲田の認識がどうあれ、鷲田の母親が金を贈与した趣旨の書類がある。横領などの罪には問えない。……が、鷲田の態度が気にかかる。普通、取り調べでは部屋中に息詰まる重苦しさが漂い続ける。それがない。

取り調べは攻防だ。相手は少しでもその罪を軽くしようと試み、こちらはすべてを引き出そうとする。鷲田が協力的な態度を崩さず、全てを明かしているからなのか。そうでないのなら、鷲田は脱税の罪に問われないため、さっさと追徴課税処置を落とし所にしようとする意向だろう。『逮捕されませんよね』と言うくらいだ。鷲田は三億円が逮捕のラインだと知っている。となると、真の脱税額は三億円を上回るのか。鷲田立件には脱税額を積み上げるしかなく、村尾は無理矢理にでも数字を作り上げるよう命じてくるはず。誰もが合点がいく事実を見極めねばならない。

歩む道筋は明確だというのに、中澤の気分はすっきりしなかった。鷲田正隆の脱税額うんぬんではなく、この違和感は残りそうだ。世界投資社の正体が何であれ、同社、鷲田の母親、鷲田と三段階で課税される仕組みは節税、脱税対策として機能していない。初代の鷲田征太がこんなお粗末な仕組みを講じるか？　考案時は今より海外送入金の課税が緩かったにせよ、鷲田征太なら、いずれ当局が海外資金の監視・課税を強めるのは推測できるだろう。何か別に狙いがあるのか。

読めない……。思考がぬかるみに嵌まりそうになり、中澤は頭を切り替えた。訊くべき件をまず訊いてしまおう。

「お父様の遺産以外に、お母様の口座に入金はありますか」

「ないですね。年金は別の東京第一銀行の口座に入ってますんで」

「お母様は、世界投資社から入った金額相応の税金をきちんと納付されていますね。誰がその代行を？　会社お抱えの税理士ですか」

「いえ、私が代わりに。金の動きもほぼない上、これくらいの作業をする時間はあります。母は自分でできることは自分でしろって気性ですしね。個人の財産管理は税理士にさせていません」

「二〇一二年から自由なお金だったのに、使用したのは昨年が初めてなんですか」

「ええ。母は存命で、ましてや他人のお金ですから。借入金扱いだとばかり思ってましたよ」

「借用書は作成しましたか」

「いいえ、内々の都合じゃないですか、母もそれを管理できる状態じゃないんで」

「昨年から使い始めた理由は？」

「先物取引で大きな失敗が続き、自分の金では補塡《ほてん》できなくなったんです」

「マルコス・カンパニーと世界投資社との具体的な取引記録は、通帳や電子通帳などの形で手元にありますか」

鷺田宅のガサ入れでは見つかっていない。

「いえ」

「どうやって残高のチェックや送金手続きをされてきたんです？」

「マルコス・カンパニーが作成した会員専用のホームページにアクセスして、登録した暗証番号やパスワードを入力するんです。すべてそのホームページで手続きします」

タックスヘイブン地域で表面上の代表を務める会社は、そうして多数のペーパーカンパニーを管理しているのだろう。

「暗証番号やパスワードを提出して頂けますか」

「すみません」鷺田は力なく首を振った。「書いた紙を紛失してしまって、できかねます」

タイミングが良すぎる。いや。絶対にないとは言い切れない。

「ご記憶にも？」

「ええ。暗証番号もパスワードも長くて複雑でしたから。とてもじゃないが憶えきれません。向こうに問い合わせて下さい」

すでにしている。電話では完全に拒絶されていた。

「問い合わせて頂けませんか」

鷺田が眉を顰めた。

「強制じゃないですよね」

「任意のお願いです」

「では、お断りします。今後は自分を甘やかさぬよう口座には触れずにおきたい。それに、私がいくら鷺田本人だと電話やメールで伝えても、もう教えてもらえないでしょう。本人確認できないと見なされますよ。パスポートだって精巧な偽造品が出回る時代ですので」

「では、これからケイマン諸島のお金を使えないじゃないですか」

「仕方ありませんよ。元々は他人のお金ですからね」

鷺田はあっさりと言った。

舐《な》めてんのか——。中澤は声を荒らげたい衝動に駆られた。腹の底では熱波がうねっている。鷲田が何らかの真相に至らせないため、追徴課税処置で済まそうとしているなら、今の返答は小馬鹿にされたも同然だ。

中澤は喉元まで込み上げた熱い息を呑みこんだ。検事たる者、感情を抑え込めなくてどうする？　粛々と真実を追い求め、しっかり仕事を進めんだろ？　鷲田が着地点を定めていると決まったわけでもない。

中澤はそう自分に言い聞かせ、生々しい感情を封じた。実際、現状では強制的に照会させる手段はない。また、鷲田が別のペーパーカンパニーを現地に設立して金を移し替える算段をしていようと、それを阻止する手段もない。

一呼吸置き、中澤は淡々と続けた。

「他にもケイマン諸島の銀行を利用されていますか」

「個人的にはありません」

「会社としてはあると？」

「弊社系列のワシダ美術館が絵の取引で何度か利用した、と報告を受けてます」

アート・トレード・コインブラとの取引だ。

「ご担当はどなたですか」

「陣内でした。創業時からの古株です。今は病気療養のため、外れています」

「ケイマン諸島で絵の取引に利用した金融機関は、マルコス・カンパニーの口座がある金融機関と同じでしょうか」

「おそらく」

「絵の購入資金はワシダ運輸が出しているのですか」

「ええ。入場収入なんて微々たる額です。施設の維持管理もワシダ運輸の寄付金で賄ってます」

「ワシダ運輸からケイマン諸島に絵画取引用として送金したお金が、マルコス・カンパニーの口座に入ったことは？」

「私に無断でそれはありえません」

鷲田の声はぶれなかった。面差しにも不審な動きはない。真実を話しているからか、調べられるはずがないという自信からなのか。中澤は陣内のけものめいた鋭い眼を思い返した。あの男が金の動きを把握していても、確かめるのは難しい。仮に陣内の体調がいい時に聞き出せたところで、病状が病状だ。信用性から証言は証拠採用されないだろう。また、ケイマン諸島の銀行を説き伏せるのも厳しい。日本とは犯罪捜査協定が結ばれていない。

中澤はそれからも方向を変えながら、同じ内容を繰り返しぶつけた。齟齬が出てこないまま正午を過ぎた。背中に当たる陽射しが強くなっている。

「いったん、お昼休憩にします。午後一時にまたお越し下さい」

鷲田を送った臼井が戻ってくるや、中澤は訊いた。

「受け答えに違和感がありませんか」

順調な問答なのに、気持ちの据わりが悪いままだ。いくら筋が通ろうと、すとんと腹に落ちてこない。かといって、供述が虚偽だという確信もない。

「すんなり過ぎますよね」臼井は右手を胸の前で、右から左に突き出すように滑らせた。「氷の上をつぅーっと滑るように進んじゃった的な」

庁舎内で簡単な昼食をとり、午後一時に取り調べを再開した。鷲田は、『午前中に話した以外、母親の口座から金を引き出していない。その金とワシダ運輸が出発点の絵画取引用の金との関連はない』との供述を続けた。

午後五時、中澤は鷲田の面前で、母親の口座から引き出した計三千万円を自身の先物取引に使用したのに所得申告しなかった旨の調書を作成し、鷲田の署名を得た。近年、調書は被疑者や参考人がいない場で作成してから彼らに読み聞かせ、完成に至る手順が主流だが、中澤はその場での作成にこだわっている。目の前で作成していけば、相手もその時に異論を言いやすい。

午後六時、この日の聴取を終えた。明日も午前十時から取り調べる予定だ。

検事室を出ていく際、鷲田の背中は微かに震えていた。検事に呼び出されると、不安や恐怖から手足が震えてしまう者もいる。今日の聴取が終わってほっとした途端、遅れてそんな感情が押し寄せてきたのか。

中澤は、鷲田の背中の残像をしばらく反芻した。

「ほう、まずは三千万ですか」

村尾は、中澤が作成したばかりの調書を斜め読みして、執務机に投げ置いた。机に両肘をつき、組んだ手に億劫《おっくう》そうに顎をのせる。重たそうな目蓋が少しだけ閉じられた。

「この調子で脱税額を三億まで積み上げなさい」

予想通りの要求だ。

「積み上げられるかどうかは実情次第です」

「十億の金を二〇一二年から使えたんですよ、あるに決まってます。それとも、三億に満たないと言える物証が存在するんですか」

「いえ、違和感ならありますが」

中澤は取り調べでの感触や見立てを、なるべく具体的に説明した。

村尾はつまらなそうに目蓋を持ち上げ、唇の端を上げた。

「それは鷺田が隠しているからこその感覚ですよ。鷺田は高を括っているんです」

決めつけには承服できないものの、村尾の指摘には同意できる面もある。

「あなた、まさか馬鹿正直に鷺田の弁解を信じてませんよね。さっさと割りなさい。あなたが抱く違和感の正体も突き止められるじゃないですか」

「努力します」

タレコミは内部告発の場合も多い。その多くは不満分子の仕業だ。告発対象者を殊更悪者として貶《おとし》め、特捜部など捜査当局に関心を持ってもらうべく大風呂敷を広げる傾向も強い。脱税が本当に三千万円しか認定できない事態もありうる。

「努力？　なに寝ぼけた戯言《ざれごと》を言ってんですか。努力が褒められるのは小学生までです。結果を出しなさい、結果を。あなたは特捜検事なんですよ」

「あと二日、勝負します」

鷺田の聴取は今日を含めて三日間の予定だ。鷺田は上場企業の社長であり、今は被疑者でもない。盆休み中とはいえ、経済は動いている。あまり時間を割かせては業務に滞りが出てしまう。特捜部の捜査相手は要人がほとんど。参考人レベルでは相手の日常業務に支障が出ないよう心配りすべきだ。

「期限なんて無視しなさい。最悪逮捕してしまえばいい。三千万だって脱税は脱税です」

「それでは他の人間との量刑が釣り合いません」

「もたもたしているよりマシです。どうせ脱税額は積み上がっていきますよ」

「いずれ到達する確証はありません。今は逮捕を視野に入れる時期ではないでしょう」

「最近の若いのときたら、情けないほど意気地《いくじ》がありませんね」村尾は先ほど投げ置いた調書をつまらなそうにちらりと一瞥《いちべつ》した。「それにあなたは調書がなってません。まあ、一度取ってしまったんです。仕方ない」

相手に署名させた調書を訂正するには、間違った部分について「違っていました」と相手に言わせた別の調書を新たに取る必要がある。今日の調書に不備はないはずだが……。

「何を仰りたいんですか」

「味付けがありません」

「味付け？」

「三千万の脱税を認めたのはわかりました。この機に乗じ、他にも三億円近く流用した可能性もあると一文入れておくだけで違ったはずです。どうせ聞き流しますよ。たとえ反論されたって、『単に忘れているだけかもしれない』と押し通せばいいな……。中澤は咽喉を押し広げるように声を発する。

「嘘をつけと？」

「調書とは、そもそもバレないよう嘘をつくものですよ。そんな調書だって裁判所が認めたら真実になる。いいですか、捜査は戦争です。勝つためなら何だってしなさい。どんな手を使っても割るんです。特捜部は復活しなければならない」

村尾は真顔だった。これが特捜部建て直しの一員として加わった人間が吐く台詞なのか。

まさしく村尾が地に堕ちた特捜部を象徴している。いくら身なりが整っていて、その語り口が折り目正しかろうと、その中身がとても是認できないのと同様に、特捜部がもっともらしく叫んできた正義そのものが的外れだった。

「そういう意識が一連の不祥事を生んだのではないでしょうか」

「それが？」

村尾は余りにも堂々としており、中澤は返す言葉を持たなかった。

「この案件如何で、今後のあなたの検事人生が変わっていきますよ」

村尾は冷然と言い放った。

副部長室を出ると、中澤は軽く奥歯を嚙んだ。

翌八月十六日、十七日と中澤は午前十時から午後六時まで昼やトイレ休憩の時間を除き、鷲田と対した。

初日に言質を得た三千万円のほかに、新たな脱税事項は見出せなかった。

6

午後九時を過ぎていた。城島は、壁際に積まれた段ボール箱をぼんやりと眺めた。ワシダ運輸絡みのブツ読みを明日も続けるのか否か。当初の指示では今晩までとなっている。班長によると、村尾は鷲田正隆聴取の収穫によっては明日以降の継続もあると示唆したそうだ。本日までに予定したブツ読みは終わった。依然、押収資料からは鷲田の脱税を立件できる裏付けは見つかっていない。

この一時間、長屋に詰めている事務官は誰も口を開いていない。普通なら、とっくに継続か打ち切りかの決定があってしかるべき時間だ。どっちつかずの状態では、明日の準備をしようにもできない。とっくに鷲田聴取は終わっているはずだ。どうなっているのか。

リーダーのベテラン事務官は、腕を組んで目を瞑ったままでいる。村尾か中澤に問い合わせる気はないらしい。

もし自分が主任検事ならどうするか。さっさと見切りをつけるか、自供や物証を得るまで続行するか。……ここからは中澤が検討する話だ。城島は首筋を揉んだ。全体が硬く強張っていた。

＊

「何なんです、この報告書は」

村尾が執務机に叩きつけるように書類を置き、ねめつけてくる。

検察の捜査では、内偵から本格的な捜査に移行する際や調書を取れない、取らない時など多くの場面で捜査報告書を作成して、上司に現況を知らせる。そこには事件名、適用法令、捜査の端緒や内偵の首尾、問題点、見通しなど様々な要素を盛り込み、上司が判断を誤らないようにする。中澤は、この三日間における鷲田正隆の聴取内容を詳述した午後八時過ぎ、捜査報告書をまとめるよう申しつけられていた。

時計の針は午後十時ちょうどを示している。

「あなた、『脱税額が三億に達する見通しは、今現在ない』と書いていますね」

「心証と現況をありのままに記しました」

「捜査報告書には、見込みは高いと書いておけばいいんです。鷲田に『読み聞け』するわけじゃないんですよ」

読み聞けとは、取り調べ相手に調書を読み聞かせする行為を言う。調書作成の際には必ず行う一方、捜査報告書の段には行わない。捜査報告書は公判にも証拠提出せず、あくまで内部資料という位置づけになっている。

「私の心証とは違います」

「今はあなたが主任なんですよ。そんな及び腰でどうするんですか」

村尾は眉を寄せた。

事件が潰れても主任が責任を負うだけで、村尾の失点にはならないはずだ。立件できれば副部長にも加点されるため、こうして焚《た》きつけてくるのか。中澤は失点が怖いのではない。心証を直視したいだけだ。

「これはそもそも」村尾は苛立たしげに執務机の捜査報告書を指先で叩いた。「取り調べ相手の顔色や身振り手振り、前後の発言から得られる趣旨を文章で補足するための代物《しろもの》で、少しくらい盛るのが当然です」

「供述の趣旨に反しない範囲において行われるべきでしょう」

「後で何か言われたら、記憶違いで押し通せばいいんです」村尾は黒革張りの椅子の背に、どかっと体を預けた。「昔、先輩検事に口酸っぱく言われました。特捜部の捜査とは正義と真相を追求するなんていう絵空事ではなく、一定の筋書きに沿った証拠をせっせと集め、事件を作りあげる行為なんだと」

しばらく互いに黙っていると、村尾がやおら身を起こした。

「これはタックスヘイブンのケイマン諸島と国内の間で、正体不明の会社を介した複雑な金のやり取りです。怪しさの塊《かたまり》じゃないですか。しかもパスワードを紛失したと言っていますが、今頃、金を別の口座に移し替え、ほとぼりが冷めた頃に日本に還流させる腹ですよ」

「仰る通り、怪しさにも金の動きにも同感です。だとしても、今現在、脱税が確定できるのは三千万で、額が三億に達する見通しはないとの見解は変わりません」

「昔の特捜が羨《うらや》ましい。あの手この手で事件を作ればよかったんですから。あと十年早く副部長の椅子に座っていたかった」村尾は執務机の捜査報告書に向けて顎《あご》をしゃくった。「あなた、これで部長が納得すると思いますか」

「部長の歓心を買うために仕事しているのではありません」

「青臭い。まるで学生ですね。今時の大学生はあなたより現実的でしょうが」

村尾は執務机に転がる煙草に右手を伸ばすと、物憂げにフィルターの端を唇に押しつけた。

「この程度の事件も作れないで、バッジに通じる大きな事件を扱えると思ってんですか」

「事件は大小ではないでしょう。それも青臭いのでしょうが」

「こいつ……」

こいつ？　村尾がいつもは使わない言い回しだ。地金が透けた――。

村尾は舌打ちしてから受話器を持ち上げ、短縮ボタンを押した。お疲れ様です、お待たせしました、ええ、これから参ります。慣れた口調で言い、受話器を音もなく置いた。

「あなたも一緒に来なさい」

「どちらに？」

「特捜部長室です」

同じ九階だというのに特捜部長室前は、肌が削《そ》がれるような鋭い空気で満ちていた。廊下のワックスもよくかけられている。村尾が軽いノックをして、厳《いか》めしい木製ドアを丁寧に開けた。

部屋の奥に据えられた重厚な執務机で、鎌形は書類に目を通していた。夏にもかかわらず、三つ揃いのネイビースーツをきっちり着ている。やせ型でも肩幅は広い。

失礼します、と村尾が声をかけると鎌形の顔が上がった。

「入れ」

低く、鋭い声だった。

中澤は特捜部長室に初めて足を踏み入れた。広さはヒラ検事室の二倍はある。厚い絨毯《じゅうたん》敷きで、執務机の少し先には黒革張りのソファーセットが、ドアに近い壁際には十人程度が集まれる会議用の机と椅子が設置されている。村尾と並び、執務机の前に立った。

こんな至近距離で鎌形と向き合うのも初めてだ。後ろに撫でつけた豊かな髪は肩まで届くほど長く、白いものも幾筋か混じっている。茫洋《ぼうよう》としていながら、なおかつ隙を見せると食いつかれそうな眼をしている。特捜部の切り札、ミスター特捜。鎌形の異名が脳裏をちらつく。

こけた頰と薄い唇が動き、短い一言が発せられた。

「で？」

「ワシダ運輸社長の脱税の件です」

村尾は中澤が二日前に作成した調書と、所見をぶつけあったばかりの捜査報告書を鎌形の前に恭《うやうや》しく置いた。鎌形は手にしていた書類を脇に置き、まず調書に目を通し始める。

調書を捲るほか、音は一切しない。鎌形の周りからは雑音や埃といった夾雑物《きょうざつぶつ》が逃げていくようだった。スーツには一本の皺《しわ》もなく、午後十時過ぎなのに、白いワイシャツもよれていない。調書に続き、鎌形は捜査報告書に目を通し始めた。ほどなくその眼が書面から上がり、中澤を捉えた。仮面さながらのポーカーフェイスだ。

「中澤は、村尾と意見を異にしているわけか」

「はい」

中澤は短く応じた。ここで嘘を述べても仕方がない。

「鷲田を割れなかったんだな」

「私の心証は捜査報告書に書いた通りです。今現在、脱税として認定できるのは昨年の三千万だけだと考えております。物証もありません」

鎌形は眼球だけを動かし、村尾を見やった。

「中澤は、どんな取り調べを行った？」

「私は折を見て、色々なテクニックを使うよう命じました。中澤検事はその助言を一向に取り入れません」

村尾は抑揚もなく言った。部下をフォローする気はさらさらないらしい。むろん、最初から期待はしていなかったが。鎌形の鋭利な視線が中澤に戻ってくる。

「なぜ村尾の言った方法で割ろうとしない？」

低い声はさほど大きくないのに、特捜部長室全体に響き渡った。

鎌形が特捜部長という火中の栗を拾うにあたり、村尾を副部長に据えたという話がある。この男は、村尾が促した無茶苦茶な聴取方法を認めているのだ。

中澤は深く息を吸った。ままよ、どこにでも飛ばしてくれ。

「暴言を吐いたり、怒鳴ったりして真実が得られるでしょうか。相手が誰だろうと、相応の敬意を払い、慎重に話を聞き、矛盾点を追及していくべきです」

「いい見識だ。しかし君はまだ経験も浅く、人を説得する技術を十分に持っていないのかもしれない。ならば、その理想に凝り固まらず、ひたすら相手を怒鳴りつけて力で相手を押し潰してしまう手も試すべきじゃないのか」

「大事な潮時には声を大きくする、あるいは冷たくするなど、ある種の演技は不可欠だと心得ています。ただ、それと相手を押し潰す手法とは違うかと」

鎌形は首を縦にも横にも振らず、その面《つら》つきに変化もない。

「今こそ、中澤が言う演技が求められているんじゃないのか」

「演技の裏付けにできる材料がありません」

「だったら、演技でその材料自体を引き出せばいい」

「手持ちの武器もない演技では、鷲田正隆に足元を見られる恐れがあります」

特捜部を真相に至らせないため、鷲田が落とし所を定めた線は消せない。こちらが演技に入れば、それを利用されかねない。鷲田のしたたかさを量りかねている。

「そう推測する根拠は？」

「ありません。勘です」

「そうか」

平板な声だった。鎌形は認めたというより、呆れた風に見える。

「ここで鷲田を逮捕したら、中澤はどうする？」

「取り調べでは、自分のやり方で正面から堂々と全力を尽くします」

「それで脱税額を積み上げられるのか」

「今現在の感触では、これ以上の脱税事項が出てくるとは思えません」

「予断じゃないのか」

「心証を改めて申し上げたまでです」

なおも鎌形はまじろぎもしない。

「解明済みの、たまりの用途は先物取引か」

たまり——脱税で作った資産の隠語だ。

「はい。他の用途は浮上していません」

「鷲田の三千万の脱税は確実だ。中澤はこの件をどう処理すべきだと思う？」

「額からして起訴すべきではありません。国税に渡して、追徴金で処理できる案件です」

「母親の処遇は？」

「病床にあって取り調べるのは難しいですし、節税対策の法人をタックスヘイブンに事実上所有していても違法ではありません。脱税に該当するか否か詳細に調べるには、やはり国税に任せるしかないと思います」

「どちらも国税に渡す選択肢はない」鎌形は、はっきりと言明した。「国税に追徴金の処理をされれば、匿名の告発人が『検察は無能だ』とマスコミに言い出す」

「国税に渡しても、『他の案件との公平性を鑑《かんが》みた』と理由をあげられます」

「告発人は三億という数字を持ち出している。立件の目安が三億だと知っているのさ。特捜部はそれを証明できなかったと騒ぐだろう。それくらいの火はすみやかに消せる。といって、不毛な作業に労力を使う必要もない」

「ではどうするんですか」

「このまま保留しておけばいい」

組織防衛、保身、隠蔽《いんぺい》、揉み消し、ことなかれ主義。気に食わない語句が次々と中澤の脳をよぎった。

「お待ち下さい」中澤は腹の底の感情を切り離し、冷静に訊いた。「特捜部にしろ国税にしろ、どこも鷲田の処分を下さない方が、告発人が無能さをマスコミなどにぶちまける確率は高いのではないでしょうか」

「マスコミを黙らせるのはもっと簡単さ。捜査中だと言えばいい。国税だって二年や三年、聴取に時間をかけるケースはある。検察改革の中、国税の手堅さを見習ったとでも言って、煙《けむ》に巻く。保留しているうちに、何か動きが出てくるかもしれんしな」

どんな手を使ってでも割れと言い放った村尾も村尾なら、それを特捜部に引っ張ってきた鎌形も鎌形か。手の中に握ったままにしておけば、事案を放っておこうと、いかようにも言い訳が立つという理屈……。こんな男が特捜部復活の切り札と言われているのか。

「我々に撤退は許されん。特捜部は絶対的存在だ」

鎌形は真顔で、こともなげに言い切った。

ガサ入れまでしておいて立件できないのは、見通しの甘さや能力不足を問われる。それは、いわば敗北に等しい。つまり、負けそうなので蓋をする——。中澤は爪が食い込むほど、拳《こぶし》を握っていた。しばらくそのままでいると、鎌形の低い声が耳朶《じだ》を打った。

「中澤の正義は、私の方針を許せんようだな」

「いえ。正義は私にとって重要な事柄ではありません」

「ほう。正義とは何か、中澤の見解は？」

正面から正義について問われるのは初めての経験だ。中澤は息を止め、ゆるやかに吐く。

「正義なんてものは、時代、状況、場所によってころころと変わり、捉えどころがありません。正義と正しさは違う。決して錦の御旗《みはた》にしたり、寄り掛かったりしてはならない。歴史を顧みれば、それは明らかです」

「正義を信じてないんだな」

「はい」

「検察は正義の側にいる、と一般的には認知されているが」

「権威を頭から信じてしまうのは、日本人の悪い癖ではないでしょうか」

「そんな見方に行き着いた経験がありそうだな」

友美の顔が目蓋の裏に浮かぶ。幼い頃から大学二年生までの顔が立て続けに。笑い顔、泣き顔、怒った顔、一心に小路のアスファルトに絵を描く顔、頬を真っ赤にさせて大晦日にシャボン玉を吹く顔、銀杏の臭いに歪《ゆが》めた顔、算数について揶揄《からか》ってくる顔、カレーのスパイスについて滔々《とうとう》と楽しそうに話す顔。不意にこみ上げてきた思いで胸がぎゅうっと締めつけられる。

友美のように道を踏み外さずに生きた人間にも、世の中は冷たい。そんな社会に正義はあるのか、あるとすれば、誰のために存在するのか。一時、駆られるように考え続けた問いだ。いまだに答えは見出せないが、確かなことはある。

自分の心の裡《うち》には、十八年前に城島と傍聴した判決公判に対する疑念が存在している。

あの時、裁判官や検事たち法律家が果たしたとされる正義に、学生だった中澤は強烈な違和感と怒りを覚えた。自分があの時の検事なら、もっと調べあげ、裁判官だったら異なる判決を見出しただろう。この感覚がすべての原点だ。それが崩れれば、検事になった意味がない。法律が持つ「公平な理不尽さ」を体験した者以外、検事に相応《ふさわ》しくないというのではない。自分はその分、別角度から物事を見られる武器を持つというだけだ。

「ここで説明する気はありません」

「別に構わん」鎌形は素っ気なかった。「話を戻す。正義を信じないんなら、中澤はこれまで何を拠《よ》り所に法を使い、罪を糾弾《きゅうだん》してきた？」

「一般的な感覚です。検事は日本中どこにでもいる人間の感覚を大事にすべきでしょう」

「なるほど。『一般的とは何事だ、検事たる者は一般と一線を画せ』と身内からも批判が飛んできそうだな。検事は秋霜烈日《しゅうそうれつじつ》、謹厳実直であるべし。検察には昔からそう唱える者も多い」

「私はできません。自分を律するのは結構ですが、他人をその枠にはめて断じかねませんので。それに彼らは法律を絶対視しています。法は従うべきルールであっても、盲従すべきではないと思うんです。誰もが異なる価値観を持つ現実においては、被疑者の心情や取り巻く環境を加味して、杓子定規《しゃくしじょうぎ》な価値観に陥らず、各事案に適した措置を下していくべきではないでしょうか」

実現不可能な理想論、と揶揄する者は検察内部にもいるに違いない。だからこそなのだ。特捜部は理想論を貫き、結果を出すべきではないのか。世間で検察といえば、多くが特捜部を想起する。すなわち、特捜部は検察の象徴だ。もしその特捜部までもが法を機械的に運用すべきだとするなら、究極、機械が人を裁けばいい。

鎌形はゆっくりと頷いた。

「杓子定規。誰しもが陥りやすい落とし穴だな」

にわかに部屋の空気の硬度が増した。

「憶えておけ。特捜部の正義とは」鎌形は執務机に両肘を突き、指を組んだ。その眼元がさらに引き締まる。「勝利だ」

勝利至上主義。それゆえ、村尾が言い張る無茶苦茶な取り調べも黙認する腹か。

鎌形が言葉を継いだ。

「たとえ相手が巨悪だろうと、我々は勝たねばならん」

巨悪——。もはや時代錯誤の、おとぎ話めいた戯言に聞こえる。また、自分には無縁だと捉える一般市民が大半だろう。しかし、同時にずしりと臓腑に響く単語でもある。時代を揺るがせたロッキード事件やリクルート事件のような巨悪が、政治家も経済人も軒並み小粒となった現代に眠っているのか。あるとして、今の特捜部が勝てるのか。

「中澤は、決して負けてはならない組織に属している」

属している？　まだ過去形ではない……。そうか。この四月に配属したばかりの人間を追放したのでは、鎌形や村尾の責任が問われる。

「現状、中澤は負けている」

中澤は頭の芯が引き攣った。なるようになれと思っていても、いざ面と向かって敗者の烙印《らくいん》を押されると、がっくりとくる。

「私はどんな局面を迎えても負ける気はない。中澤、組織とは何だ？」

根本的な問いに、中澤は返答に窮した。正義とは何かという問いに似ている。

鎌形は中澤の返答を待たず、ぶっきらぼうに続けた。

「人間の集まりだ。では、人間とは何か。考える生き物だ。葦《あし》であれ何であれ、人間は自ら頭を使わねばならない。組織と人間には一つの共通点がある。それは何だ？」

中澤は数秒思案した。まるで見当がつかない。

「何でしょうか」

「自分の頭で考えるんだな。そう言ったばかりだろ」鎌形は鋭い眼をあるかなきかに狭めた。「村尾が指示したのに、中澤はその手法で鷲田を割らなかった。この件をよく記憶しておく」

鎌形は組んでいた指を解《ほど》き、執務机に重ねた調書と捜査報告書を無造作に摑むと、村尾に突き出した。

「中澤は当面、鷲田の脱税を引き続き調べている形にする。このヤマはひとまずここまでだ。二人とも下がれ」

鎌形は、目の前から村尾と中澤が消えたかのように視線を切り、傍らに置いていた書類に手を伸ばした。

第二章　秘書

1

陽だまりのベンチに座る城島は、冷たい缶コーヒーを一口含んだ。

九月十一日午前七時の日比谷《ひびや》公園は、ここが都心とは信じられないほどの静寂に包まれ、清々《すがすが》しい空気に満ちている。セミはまだ鳴いておらず、風が吹けば木々の葉がそよぎ、遠くから池で魚が跳ねる音もする。温和そうな老人が二人、色とりどりの花が咲く花壇の脇を散歩している。城島は缶コーヒーをベンチに置いた。あと一ヵ月半もすると日に日に冷え込みが増していき、ホットコーヒーの季節になる。

昨晩、見事なハムサンドが作れた。食パン、マーガリン、ハム、レタスのバランスが絶妙で、我ながら完璧だった。部屋で食べるより、外で食べる方がこのハムサンドへの礼儀に適《かな》う。そう思い、朝の日比谷公園にやってきた。やはり部屋で食すよりもハムやパンの味が舌に鋭敏に伝わり、味も深みが増す。味覚とは不思議なものだ。

先週末に磨いた革靴が陽光を浴び、気持ちよさそうに輝いている。うまく磨けた。これ見よがしに光らせるのではなく、手入れを行き届かせる程度に磨くのはなかなか難しい。野球部でスパイクを磨きすぎてしまうと、『どうせ汚れんのにな、無駄だよ』と聞こえよがしに陰口を叩く連中もいた。彼らの言い分にも一理ある。

入念に支度し、準備を整えたからといって、必ずしも報われるとは限らない。高校時代、爪を切ってから三日目が最も球に力が伝わりやすいと気づき、試合前はそうなるように準備を整えた。それでも最後の夏の大会、爪は肝心な時にマウンド上で割れた。

「早いですね」

背後から声をかけられた。城島があえて首を動かさずにいると、案の定、中澤は正面に回り込んできた。眩《まぶ》しそうに目を細めている。

「検事こそ朝から散歩ですか？」

中澤が使用する地下鉄の駅から庁舎まで、日比谷公園を通らなくていい。

「ちょっとこれを」中澤は紙袋を掲げる。「この先にホットドッグのワゴン車販売が来るんです。臼井さんに教えられた店でね。無性に食べたくなった」

「そんなにうまいんですか」

「味というより、丁寧な仕事を見たかったからでしょうか。普通なら効率を優先しますが、この店は違うんです。客の注文があってからソーセージとパンを鉄板で丁寧に焼く。時間は当然かかります。その分、肝心の味は仕事ぶりを反映して、ちょっとしたものですよ。しっかりした仕事はきちんと実を結ぶ。そう再確認できる店です。自分もそうありたい」

中澤は鷲田正隆の脱税を探り続けつつ、多忙な特殊・直告班に代わり、溜まりに溜まった告発案件から財政班が扱うべきものを掘り起こす異例の役目も村尾に言いつけられたらしい。

それは表向きの話だ。鷲田の脱税に絡んだ依頼は、その後、機捜班に一向にない。要するに進展がないのだ。告発案件にしても筋が良さそうなヤマは、とっくの昔に別の検事が唾をつけている。見込みのない細々した告発と向き合う日々……。特捜部内では、簡単なヤマを立件できなかった懲罰《ちょうばつ》との噂もある。今の話を聞く限り、中澤も色々と思うところがあるのだろう。

「検事、コスモスがきれいですね」

「コスモス？　ああ、そういえば好きでしたね」

好きでした……。自分でふった話題にもかかわらず、その過去形が城島の胸を深くえぐり、感慨がこぼれ出る。

「もうすぐ一年も終わりますね」

ええ、と中澤が深い声を発した。

三毛猫、白猫、黒ぶち猫の三匹が悠々と二人の間を横切っていく。他人とは一年の区切りが違う二人の間を。


午前十時、城島は長屋の一室に呼び出された。

「城島たちは赤坂《あかさか》に行って、任意で帳簿や伝票類を提出させてくれ。もう騒ぎになってんだ。向こうも断れんだろう」

機動捜査班班長の稲垣雅之《いながきまさゆき》は、入道雲然としたのっそりした風貌とは裏腹に、きびきびと指示を飛ばした。四十代半ばでエリート部隊を率いる貫禄が滲んでいる。この大きな体をどうやってレーシングカーの狭いコックピットにねじ込んでいるのか。想像するだけで、城島は少し頬が緩む。フランクフルトソーセージみたいな太い指で、繊細なハンドル操作が可能なのだろうか。稲垣の趣味はカーレースだ。週末には茂木《もてぎ》に通い詰めている。城島サマという呼び名の含意を指摘してきたのは、他ならぬ稲垣だった。

稲垣直々の作業指揮は、今夏に立件を断念した民自党のドン、馬場の捜査に続いてのことになる。さらに今回は機捜班のほぼ半数にあたる十一人が捜査に加わる。九月も半ばとなり、いくら特捜部が鳴かず飛ばずの状態が続いているとはいえ……。

「腑に落ちんツラだな。どうかしたか」

「いや、班長が直接指揮をとるレベルの事案なのかと」

民自党の参院議員で議員歴三十年、国土交通大臣の西崎由伸《にしざきよしのぶ》を巡る捜査だった。地元岡山《おかやま》で参加した数ヵ所の夏祭りで、自身の似顔絵が入った手ぬぐいを配ったというのだ。公職選挙法では議員による金品などの寄付行為を禁止している。先週、野党第一党である自由共和党の代議士が本件を東京地検に告発した。同党は報道発表も同時にしている。

国会議員は一般的に、金の出入りを管理する政治資金管理団体のほか、代表となる政党支部や後援会など複数の政治団体を有している。西崎の政治団体は五つだ。民自党岡山一区総支部以外の四ヵ所はすべて港区元赤坂《みなと》のビルの一室にある。これからその事務所に、城島が責任者となって隠密裏に向かう。正式なガサ入れならば、二十人前後の事務官で正面から堂々と出向くが、まだ任意の段階だ。マスコミの目にも引っかかりたくない。稲垣の下知で、つい先ほど機動捜査班の三人がひっそりと岡山に出発した。議員会館の事務所にも一般来訪者を装った別動隊が赴く。

告発状によると、二〇一五年から同様の手ぬぐいが地元選挙区で配布され、この夏までの配布枚数は計約一万枚に達し、約二百万円相当になるという。西崎自身はマスコミを通じ、「違法性はないと認識している」と強弁したものの、厳密に法を解釈すれば寄付行為にあたる。

けれど、立件して政治家の地位を奪うほどの違法性はない。所詮は夏祭りでの手ぬぐい配布だ。自由共和党にも法律のプロがいるはずで、告発の行き着く先はお見通しだろう。結局、疑惑の花火を打ち上げる行為自体が自由共和党の目的で、特捜部は政治闘争に利用されたとみていい。

政治に介入すべからず——。これは特捜部が発足当時から掲げるテーゼだ。特捜部は権力機構の一部分である半面、政財官の汚職を洗う立場として、彼らとは一線を引かねばならない。むろん、時々の政局を鑑み、ある程度配慮して捜査を自粛する事例はあった。今回は違う。

政治家側が特捜部のテーゼを土足で踏みつけてきた。特捜部を畏怖するなら、利用しようという着想すら生まれない。舐められたのだ。事務官が口を出す話ではないと弁《わきま》えていてもなお、腹立たしさはある。

「告発された上、バッジに関わる。取り扱うしかない。世論もうるせえしな」

稲垣は何の感情も窺《うかが》えない声を発した。稲垣が特捜部のテーゼを知らないわけがなく、胸中は穏やかではないはず。この落ち着きは一体――。

「馬場が絡むから、班長が指揮を？」

西崎は民自党最大派閥・西崎派の長。ただし、その実権は馬場が握っている。鎌形は、西崎を突破口に馬場の致命傷になりうる手がかりを見出したいのかもしれない。ならば、こんな取るに足らない告発に機動捜査班の班長を投入するのにも得心がいく。鎌形は、自身が特捜部のヒラ検事時代に立会事務官として組んだ稲垣を信頼しているのだろう。

「さあな。俺は目の前の仕事に全力で取り組むだけだよ」稲垣が勢いをつけるようにネクタイの結び目を上げた。「なにせ鎌形さんが赴任してもう半年だってのに、初荷《はつに》は知っての通りだ。出荷すらまだない」

初荷とは、新たに就任した特捜部長が最初に手がける事件を表す隠語だ。出荷は、その他の立件を指す。

「そういや、城島のお友達も沈黙してんな」

城島は軽く鼻から息を抜いた。

「ええ」

「まあ、小さな事件でも、鎌形さんは俺に指揮するよう言ってきたんだ。あの人の勘には何かが触れたのさ。俺はあの人の勝負勘を信じる。色々とおいしい目にもあったしな」

「おいしい？　食事を奢《おご》ってもらったとかですか」

稲垣はカーレースのほか、新橋《しんばし》・銀座界隈の飲食店巡りも趣味にしている。

「それも含めてだな」稲垣は針のごとく細い眼をさらに細めた。「あの人は異常なほど勝負勘が鋭い。一緒に競馬場に行って、一レースから最終レースまで全て的中させた場面を何度も見た。ボートだろうと自転車だろうと、淡々と勝ち続けるんだ。『博《ば》打《ち》なんて簡単だ』。鎌形さんは常々言ってたよ。それに乗って俺は儲けたって寸法さ」

城島は素直に驚いた。高校時代、稲垣と似た体験をしていた。

高校の近くに部活帰りの学生が集う定食屋があった。食べ盛りの高校生が客の大半だったので、どの品も大盛りだった。その上、くじをひき、アタリが出るとさらに大盛りになり、連れも全員無料になるサービスも行っていた。透明なプラスチック箱に入った三角くじを一枚引く形式で、城島や他の部員は一度も当たらなかった。中澤だけは百発百中だった。おまえって、ひょっとして超能力者？　部員は騒ぎ立てた。城島は小声でくじが当たる理由を訊いた。

——自分なら、この辺にアタリを入れるなって場所を手で探ってるだけだ。くじ引きする時は子どもの頃からそうしてる。テストのヤマ張りも同じ要領さ。

本当に中澤のヤマ勘は冴える。テスト前、中澤の周りにはそれを頼る連中が群がっていた。

中澤は二年生になると、その定食屋に行ってもくじを引かなくなった。店員に言われたのではなく、自主的な行動だった。

——俺が当ててばかりいたら、店が儲からないだろ。

他の部員が文句を言う中で、城島は中澤を支持した。

高校では「中澤の制球力が自分にあれば」と毎日思った。今は日々、「中澤の直観力が欲しい」と内心歯嚙みしている。ブツ読みで今以上の量をこなせ、もっと深められもする。これまで中澤を模範に、隠す側の立場を意識してブツ読みに臨んできた。その甲斐もあり、事件と無関係の書類は見た瞬間に「違う」と感じるようにはなった。いまだあの直観力には遠く及ばないが。

さて、と稲垣が派手に手を叩いた。すっかり仕事の顔に戻っている。

「無駄話は終わりだ。さっさと資料を持ってこい」

城島は一礼して、部屋の隅で待機していたもう一人の年下事務官と部屋を出た。

＊

中澤が目配せし、臼井が分厚いドアを押し開いた。

「歓迎、源吾御一行。ようこそ、へぼ事件班へ」

執務机で高品が笑っていた。黒いパンツスーツに、今日も首には黄色のスカーフを丁寧に巻いている。高品の部屋も、中澤の部屋と広さや間取りは変わらない。高品の右側に設置された机では吉見がパソコンに何かを打ち込み、小気味よいタッチ音が散っている。

「熱烈な歓迎うれしいなあ」臼井がおどけた風に言った。「僕らが応援に入る事件はやっぱ、へぼなんすか」

「そう。へぼ中のへぼ。ゲロ吐きそうなほど、へぼ。でも、検事は五人態勢」

高品が顔をしかめる。

「和歌様の麗《うるわ》しき美貌は、醜い表情で汚い物言いをしたって損われませんねえ」

臼井が揶揄《からか》った。中澤は参考人や被疑者が使うスチールデスクに、臼井はそのパイプ椅子に腰かけた。

「源吾、こんな事件に応援なんて悪いね」

「いえ」中澤は肩をすくめる。「ご存じの通り、どうせ暇でしたから」

――あなたみたいな者には、これくらいがちょうどいい事件です。

村尾に特殊・直告班の応援に入るよう命じられた時、最後にそう冷ややかに付け加えられた。脱税を立件できなかった出来損ないに相応しい事件……。まさにその通りだ。鎌形が機動捜査班班長を投入したのも、どんな些細な事件にも全力を尽くすポーズを検察内部に示しただけだろう。『立件は難しい』という印象を、検察の人間なら誰もが抱く案件だ。

「外から見る限り、筋は悪そうですね」

「筋が悪いとかどうこうの前にさ、手ぬぐいだよ、手ぬぐい」高品が苛立たしげに髪を左耳にかける。「特捜部だからって、政治家絡みの案件をすべて扱わなきゃいけないわけ？　私たちは学生の飲み会の残飯処理班かっつうの。あぁ、もう。初めての主任検事だってのに、どうしてこんな事件にあたっちゃうかな」

高品が両手を頭の後ろに回して、アームチェアの背に体を預けた。中澤にとって高品は三期上の検事。年次的には特捜部で主任を務めても不思議ではない。むしろ能力からして、特捜部在任以来一回目という方が疑問だ。

「へえ。和歌様は初主任なんすね。だったら、本多《ほんだ》さんが何の考えもなしにへぼ事件を担当させますかね。それに特捜検事を五人も投入していますし」

臼井が首を少しだけ傾げた。

本多恭平《きょうへい》は特殊・直告班担当の副部長だ。中澤とも縁がある。長崎地検時代に『聴取後に街で出会って目を逸らすような聴取をするな』と指導してくれたのが、三席――地検ナンバースリーの地位にいた本多だった。

本多は曲がったことが嫌いだ。駆け出し検事時代、当時の次席に選挙違反捜査を止められ、実質的な庁内左遷をされた経験を持つ。そのあらましを本多は酒の席で苦々しげに話してくれた。中止の命が下ったのは捜査対象者に検察幹部の親戚がいたからで、本多は抵抗むなしく、結局は捜査班を外された。しかしこっそり調べ続け、とうとう地検支部の裁判担当に臨時で回された。その本多も村尾同様、鎌形の要請で副部長になったと噂されている。

「それが本多さんじゃなくて、どうも鎌形部長直々のご指名らしくてね。女の検事なら傷ついても構わない、って男性社会的な発想なんでしょ」

「そんな見方をするこころは？」と臼井が惚《とぼ》け顔で尋ねる。

「だって私、特捜部二年目だもん。しかも相手はバッジ。いくら事件がこんなへぼだって、普通なら特捜部二回目の検事が主任を務めるケースでしょ」

「ううん、そうっすねえ」

「へぼと知っていても手は抜けないしなあ」

高品らしい一言だ。この人は、それが不本意な作業でも携わったら本気で取り組む。ミスコンの時もそうだった。

「あー、せっかく特捜部にいるんだし、巨悪を暴きたい」

高品が腕を突き上げて強い口調で言うと、臼井も吠えるように応じた。

「僕も巨悪と闘いてえぇ」

高品と臼井の口から出た巨悪という一語と、鎌形が言ったものとを比べると、質も重さもまったく違う。高品も臼井も巨悪の存在に懐疑的で、軽口の材料に使ったに過ぎないのだ。

「それはそうと、部屋中がいい香りで満ちていますねえ。さすが美女コンビ」

臼井が小鼻をひくひくさせた。吉見が事務官席で声を殺して笑っている。

「なんか変態みたい。やめてくれません」高品はぴしゃりと窘め、声音をころりと変えた。「源吾にはひとまずブツ読みをやってもらう。検事部屋でやる？　それとも長屋を使う？」

「自分の検事部屋でやります。わざわざそれを訊くために呼び出しを？」

臼井さんとこっちに来て、と十分前に高品から内線があったのだ。

「まさか。二人を呼びつけて愚痴をぶつけたかっただけ。二人は私のストレス解消道具だもん」

「パンチングマシーン的な」と臼井がすかさず冗談めかす。

そうそう、と高品は悪戯《いたずら》っぽく微笑《ほほえ》み、シャドーボクシングの要領で右、左と拳を振った。

内線が小さな音で鳴った。……はい、お伝えします。吉見が涼やかな声で対応して、受話器を優しく置いた。

「今から本多副部長がお見えになるそうです」

「了解。ちょうどいいから、源吾も残ってなよ」

何がちょうどいいんだろうか。中澤には見当がつかなかった。五分ほど他愛ない話をしていると力強いノックがあり、ドアが開いた。

「おう、中澤もいたか」

本多だった。顔を合わせるのは、中澤が特捜部に異動した日に挨拶に出向いて以来だ。特殊・直告班は馬場の捜査で忙しく、腰を落ち着けて話す暇はなかった。

「ご無沙汰しております。今回、応援に入りますのでよろしくお願いします」

「ああ、よろしく」

本多は長崎地検時代と同様、相変わらず体が分厚く、彫りの深い顔だちだ。黒々と長い髪は耳の辺りで外向きにはね、獅子のようにも見える。何よりも姿勢の良さが本多のトレードマークだ。鉄の棒がスーツを着て歩いている、と長崎地検では言われていた。

「和歌、例の件はどうなった?」

「さっき決めました。その相談のために出向いて頂いたのに、勝手に一人で決定した格好ですが」

「別にいい。今回はお前が主任だ」

「中澤検事にお願いしようと」

「なるほど」本多の声が一段低くなる。「それで中澤がいるのか」

中澤は二人を注視した。視界の端では臼井と吉見が気配を消している。高品が真っ直ぐ見つめてくる。

「源吾、ブツ読みが一段落ついたら、西崎の筆頭秘書の聴取をお願い」

俺でいいんですか？　中澤は喉から出かけた台詞を呑み込んだ。陰で懲罰と言われる仕事を押しつけられていようと、鷲田の捜査で疚《やま》しい点はない。

「和歌、中澤に決めた訳は？」

「落ち込んだ様子がないからです」

中澤は胸の内で苦笑した。高品は愚痴を吐く傍ら、こちらの様子を観察していたのだ。

「どんな状況になろうと、源吾が取り乱さないのは知ってましたけどね」

高品が何の出来事を言っているのか、中澤は察した。

十八年前……友美の一件だ。あの時期、自分が周囲からどう見えようと、頭の中には声にならない叫びが四六時中渦巻いていた。心から大声で叫んでしまった方が楽。そう自覚していても、咽喉からは掠れた叫び声ひとつ出なかった。声になったのは、いつも通りの挨拶や会話ばかり。今なら理解できる。あの時、無理矢理に自分を現実に繋ぎ止めていたのだ。

当時の、今にも内面から火を噴き出しそうな怒りと心の痛みは、もうない。消えたのではない。自分の奥底に眠り、傷口から血が滲み出続けている。

「できるのか、中澤」

本多の眉には深い皺が刻み込まれている。村尾か鎌形に鷲田聴取の次第を聞いたのだろう。

「私がワシダ運輸の社長を取り調べた件は、ご存じですか」

「ああ」

「どうすべきだったとお考えでしょうか」

返事はなかなか返ってこない。夜明け前の静けさにも似た硬い無音が耳を圧してくる。

本多の目つきが険しくなった。

「俺に言えるのは一つ。今の特捜部に敗北は絶対に許されない。なりふりを構っていられん」

またか——。中澤は瞬《まばた》きを止めた。

勝つためには手段を選ばず、聴取後に相手の目を見られないような恥ずべき取り調べをも実行しろと？　もはや長崎地検にいた頃の本多ではないのか。本多も鎌形の忠実な細胞と化し、特捜部の負の空気に染まっている？　吉見や臼井の前では、真意を問うのは憚《はばか》られる。

「源吾、何か言いたそうだね」

「いえ」

「ほんとに？」高品は幾分不満げだった。「自制心も良し悪しだよ」

中澤、と本多が腕組みをする。

「もう一度訊くぞ。できるのか」

「ご満足頂けないようでしたら、直ちに外して頂いて構いません」

これでもう一歩も退けなくなった。自分には敗者のレッテルが貼られている。立て続けに二度目のレッテルを貼られれば、今後の検事生活で重要な事件捜査や公判を任される機会はなくなる。

「そうか」本多が微かに頷いた。「いい覚悟だ」

2

壁際には段ボール箱が所狭しと積まれている。午後六時を五分ほど過ぎていた。城島たちはつい今しがた、赤坂にある西崎由伸の政治団体事務所から、任意提出を受けた書類などを詰めた段ボール箱を長屋に運び終えた。

城島はネクタイを少しだけ緩め、汗ばんだ長袖シャツの袖口を捲りあげた。任意提出された資料は過去十年分の政治資金収支報告書などで、段ボール箱で約二百箱分になった。疲れを感じている暇はない。これからブツ読みが始まる。

長屋には四人の機動捜査班員がいた。段ボール箱を運び入れただけで、祭りの前を彷彿《ほうふつ》させる賑やかな空気が部屋に満ち始めている。いい傾向だ。不思議なもので通夜のような空気では、簡単に見つかるはずの書き込みや物証すら目に入らなくなる。

ドアが勢いよく開き、稲垣がのっしのっしと入ってきた。

「壮観な眺めだな。この中に犯罪のニオイがあればなおいい」

「岡山組の到着は何時頃ですか」と城島が問いかけた。

隣の部屋には岡山の西崎事務所で任意提出された書類が届く予定だ。また、議員会館の事務所から運ばれた書類は、すでに別の部屋にある。

「早くても未明だな。なにせ車だ。岡山を出発したって知らせもまだない」

「先に始めましょうか」

岡山の夏祭りでの出来事といっても、東京の政治資金管理団体に本筋の資料がある見込みが高い。西崎側は金を使ったのだ。

「ちょっと待て。ブツ読みの担当分けを主任の高品検事が練ってくれている」

あの威勢のいい検事が主任か、と城島は心中で独りごちた。立件できなかったにせよ、馬場の捜査では主力として活躍したらしい。今回の手ぬぐい案件はハナから不起訴のニオイが漂い、検察上層部は十中八九、「捜査したと社会に示せればいい」という方針だ。かたや高品は違うはず。主任検事は初めてだろうから、何もかもを疎《おろそ》かにできない。どうせ取り組むなら、そうこないと。

各自が壁に立てかけたパイプ椅子を手にとり、適当な場所に座っていく。城島は稲垣と長机を挟んで対座した。

「今回の告発をどう捉える？」

「政治の駆け引きに利用した意図が見え見えです。来夏の参院選に合わせた告発でしょう」

「ああ。自由共和党は、ここで西崎が起訴されれば儲けもの程度の感覚だろうよ」

「狙いは憲法改正阻止でしょうか」

「他にもあるさ。あそこは何でもかんでも政府の政策に反対だ。まあ、国民自由党《こくみんじゆう》を与党側に含めると、自由共和党に勝ち目はないがな」

二〇〇五年に民自党から分裂する形で誕生した国民自由党は、第三極として政局のキャスティングボートを握っている。

党首は海老名《えび》治《なおさむ》。五十代半ばの二世議員で、元々は馬場がドンとして君臨する民自党最大派閥に所属し、防衛大臣経験もある。海老名は二世議員らしからぬ才覚を持ち、したたかに政界を泳ぎ続けている。二〇一〇年、自由共和党が約六十年ぶりに政権を奪った際は、自由共和党と連立政権を組み、党から数人の大臣を出した。

また、二〇一二年の衆院選で民自党側が政権を奪い返すと、今度は「東日本大震災からの復興には巨大勢力が緊要だ」と民自党に近い論を張り、以降協力態勢を作り上げ、次の内閣改造では国民自由党が主要ポストをいくつか得ると目されている。

日和見《ひよりみ》主義、政界の渡り鳥。そんな非難を浴びても海老名は「是々非々の立場を貫いているだけだ」と意に介さない。いまや国民自由党は、民自党や自由共和党離党者の受け皿となり、国会議員を約三十人抱える一大勢力となった。

国民自由党は改憲派だ。民自党を合わせた改憲勢力は衆参両院で憲法改正発議に要る三分の二以上の議席を占める。それでも議論が遅々として進まないのは、憲法改正には慎重な議論が望ましいとの世論が根強いからだろう。

もっとも、次の参院選で改憲勢力側が獲得議席数を伸ばせれば、彼らは「多くの国民は憲法改正に賛同しており、期待もいよいよ高まっている」という大義名分を掲げられる。実際の世論とずれていても、そう解釈してしまえば良く、一気に改憲に雪崩《なだ》れ込むだろう。自由共和党は、それを阻止する一手として今回の告発に踏み切ったのだと睨める。

「どう思う？」

「憲法改正についてですか」

「まさか。俺は宗教と政治信条の話はしない主義だ。この段ボール箱の山から西崎を立件できる材料が見つかるかどうかって話だよ」

「蓋を開けてみないと何とも」

「そいつを聞きたかった。先入観は捜査の敵さ。先入観と筋読みは似て非なるもんだ」

一人、二人と連れ立って煙草やトイレに行き、長屋には稲垣と城島の二人だけとなった。

「ちょっと立ち入った質問をするぞ」二人だけなのに稲垣は声を抑えていた。「なんで検事にならなかった？　城島は東大法学部卒だけあって、元々の頭もいい。十分に司法試験を突破できる」

これまで何度か飲みにいっているにもかかわらず、初めての話題だ。突然、どうしたというのか。戸惑いを胸に沈め、城島は切り返した。

「その前に私からも一つ。班長は、どうして検事にならなかったんですか」

稲垣こそ司法試験を突破できる頭脳があり、法律を扱うセンスもずば抜けている。機動捜査班の班長にまで上り詰めたのが、その証左だ。

「勉強が面倒臭かったからだよ」あっけらかんとした口ぶりだった。「それに検事は地方を転々とするから、気軽にレースにも出られなくなる」

「副検事から特任検事になる気もなかったんですか」

検察事務官はある階級に至り、そこで一定年数を務めると副検事選考試験の受験資格を得られる。副検事は検察組織にとって欠かせない。全国にいる検察官の約三分の一を占め、基本は簡易裁判所の公判を担う区検で交通違反や軽い刑事事件を担当する。また、地検本庁や支部に配属されると、殺人や強盗など重い事件を扱ったり、別の検察官と組んで大きな事件の捜査や公判に臨んだりもする。現在、東京地検特捜部にも二人の副検事がいる。

その副検事を三年務めれば、司法試験を通った「正検事」と同等の権限を有する特任検事となれる検察官特別考試の受験資格を得られるのだ。特別考試は司法試験並の難易度と言われ、地検では検事が講師となる勉強会も開かれている。特任検事から地検トップの検事正になった例もある。

「その気があったら、とっくになってるさ。ま、目指したって試験に通った保証はないがな」稲垣は半笑いで続けた。「検事ともなれば、カレーうどんも食えなくなるだろ？　シャツにカレーうどんの染みがついた検事になんか、誰も何も話さねえよ」

昼食後、稲垣のシャツにはたびたびカレーうどんの染みが付着している。新橋界隈に絶品の店があるらしい。その店に誰も連れていかないのは、特捜部の事務官なら誰もが知っている。

「で、そっちは？」

「検事になりたくありませんでしたし、弁護士や判事には興味なかったので」

「なんでだよ」

「班長と同じで、転勤があるからです。腰を据えて東京で仕事がしたかったんですよ」

ほう、と稲垣は唸るように言った。「だからって普通、検察事務官を選ぶか？　東京で仕事したいんなら、他にも選択肢はあったろうに」

「父が事務官だったからでしょう」

稲垣の眼はぴたりと貼りついたように動かなかった。これっぽっちも合点がいってないのだ。まさか稲垣は知っている？　いや、そんなはずはない。中澤にすら話していない。中澤は察していても不思議ではないが、口にはしまい。

落ち着かない時間が続いた。城島も目を逸らさなかった。ふっと空気が緩み、区切りをつけるように稲垣が体をどかっと椅子に預けた。

「ま、それぞれに人生の選択があるもんな」

控えめなノックがあり、吉見が紙の束を持って入ってきた。城島は吉見と目が合い、気持ちがたじろぎそうになった。眼差しの雰囲気が友美に似ている。中澤の妹、そして……。城島は視線を逸らした。吉見との接触は必要最小限にしている。

「分担表をお持ちしました」

サンクス、と稲垣がざっくばらんに受け取る。城島も手にするなり、吉見の瞳を見なくてすむよう分担表に目を落とした。検事、事務官を合わせて三十人ほどの名前がある。自分の名前よりも先に中澤という印字が目に食い込んだ。最近、中澤と仕事で妙にかち合う。同じ特捜部にいても全く一緒に仕事をしない検事もいるというのに。

これも十月一日が近づいてきた因縁なのか。

「吉見」稲垣がいくらか声を張り、無造作に言った。「高品検事は初めての主任検事だったな。しっかりアシストしろよ」

「はい」

「パズルのピースは俺たちが集める。事務官、特に機捜班はピースを集めて絵の全体像を浮かび上がらせるのが仕事だ。その足りない部分は、検事が被疑者や参考人を呼んで探り出すしかない。おまえさんのサポートが高品検事を楽にするんだ」

「はい。皆さんもよろしくお願いします」

吉見は深々と頭を下げると、残りの分担表を配りに、きびきびとした足取りで長屋を出ていった。吉見は会議室を後にする際、あの瞳でこちらを一度見たようだった。

城島は分担表にまた目を落として、それをやり過ごした。

「実にいい女だ。あいつはいい事務官になる」

「芸能界みたいに、顔が反映される仕事じゃないですよ」

「心根がいい女だって意味さ。吉見は堂々と俺たちによろしくお願いします、と言ったろ？　高品検事の代理で来たって気概があんだよ」

ほどなく他の事務官がトイレや煙草から戻ってきた。分担表に従って段ボール箱を仕分け、自分たちの分を別の長屋に持っていったり、残りを地下の証拠保管室に運んだりしていると、台車を押した臼井が顔を見せた。

「中澤検事分の資料を取りに来ました」

城島と臼井で台車に段ボール箱を三つ載せると、急に臼井の動きがぎこちなくなった。

「いててて」臼井が力なく腰をさする。「参ったな。台車に載せる時に腰を痛めちゃったみたいでさ。城島選手、一緒に検事部屋まで押してってくれないかな」

長屋を稲垣に任せ、城島は台車を押した。臼井の腰に負担をかけないよう寂莫とした廊下をそろそろと進んでいく。靴音はしない。城島は長時間の立ち仕事に備えてゴム底の革靴を履いている。臼井もゴム底靴なのだろう。台車のタイヤも音を立てない。

静かだった。静かすぎるほどだ。……あの夜もそうだった。一九九九年十月一日、大学三年生だった自分が過ごした夜。

当時、久我山《くがやま》のワンルームマンションで一人暮らし三年目だった。調布市の実家は狭い団地なので、『大学進学を機に自立しろ』と両親に尻を叩かれたのだ。学業を疎かにしないよう、家賃だけは両親が払ってくれた。それ以外の食費や生活費などは引越しのアルバイトで稼ぎ、この日も夕方までアルバイトをしていた。そのアルバイト仲間に友美が観たがっていた古い映画のＤＶＤを借りられたので早速、『ウチに来るか』と携帯のメールで誘うと、『いく』と返信があった。

友美は到着予定の午後八時を過ぎても来なかった。いつも時間にきっちりしてんのに珍しい。城島はそう呑気《のんき》に思うだけだった。狭いキッチンには『買っておいて』と友美に頼まれた、スパイス各種、固形チキンスープの素がレジ袋に入ったまま置かれ、冷蔵庫のニンジン、ニンニク、生姜、トマト、しめじ、ナス、タマネギ、ひき肉とともに出番を待っていた。テレビもつけず、音楽もかけない部屋は森閑としていた。午後九時、午後十時、とっくに部屋には笑い声が満ちているはずの時間。いつまで待っても友美は来なかった。電話を入れても虚しく呼び出し音が鳴るばかりで、探すあてもない。

午後十一時、一本の非通知着信が閑寂を突き破った。

——いまどちらに？

険しい男の声だった。誰だ？　訝《いぶか》ったのも束の間、告げられた。

——あなたが繰り返し連絡をとろうとした中澤友美さんは、三鷹市の桃林《おうりん》大学病院に収容されています。

収容。耳に冷たく響いた。

スニーカーに足を突っ込み、靴紐も結ばず、鍵も閉めずに部屋を飛び出た。生暖かい夜だった。呼吸さえもどかしいほど気持ちは急ぎ、幹線道路の真ん中に全身を晒《さら》してタクシーを捕まえた。こちらの事情を察したのか、運転手は飛ばしてくれた。

太腿に置いた拳が震えていた。小路、大きな道路、また小路。車が信号を避けるように進み、メーターが数字を積み上げていく。窓を流れゆく景色はいくら目に入っても形を結ばず、城島にはただの灯りの塊だった。

三十分で、大きな大学病院の影が夜に浮き出て見えた。車寄せに停まるなり、城島は一万円を投げ出すように払い、お釣りもとらず、夜間出入り口に駆け込んだ。摑みかかるようにして看護師に友美の病室を訊き、静まり返った暗いリノリウムの廊下を全力で走った。走らないで下さい。そんな看護師の注意を背中で弾き返して。

エレベーターのボタンを押す。何度押しても、十階、九階となかなか降りてこない。待ち時間に耐えきれず、城島は近くにあった階段を一段飛ばしで駆け上がった。五階。カッと目を見開いて、壁に貼られた病室番号を素早く確認した。走る。二つ目の角を曲がると、人影があった。

薄暗い廊下の先、そこだけがさらに暗く見えた。長椅子に中澤の両親が並んで腰かけ、母親は力なく泣き崩れていた。父親は壁に背を預けて虚空を睨みつけている。二人には高校時代に何度か会った。夏の都大会の応援に来ていたからだ。特に中澤の父親は熱烈で、マウンドまでその声は聞こえた。

中澤は壁に向かって呆然と立っていた。その影が足元に長く伸びている。卒業以来、進んだ大学が違っても中澤とは何度も会っている。城島は息を止め、中澤に歩み寄った。

「容体は？」

無言で振り返ってきた中澤の目を見るなり、絶句した。真っ赤に充血している。勝てば甲子園だった夏の都大会決勝で負けた後も歯を食い縛り、空を仰ぎ見て瞳を濡らさず、一粒の涙も見せなかった男が……。

中澤は黙したまま、両親が座る長椅子の正面にある病室のドアを開けた。意を決し、城島は中澤の肩越しに中を覗いた。

薄明かりが灯る病室に一台のベッドが置かれ、白い布をかけられた膨らみがある。それは世界から浮き上がっているようにも見えた。あるいは沈んでいるようにも。

中澤がそっと病室に入り、城島も続いた。足元が覚束《おぼつか》なかった。自分の足が借り物のように感覚がない。まさか、なぜだ、嘘だ……。ぐるぐると三つの言葉が脳内を巡っていく。

中澤が優しい手つきで、ベッドに寝ている誰かの顔にかけられた白い布を持ち上げた。

友美だった。

見覚えのある、今にも微笑みそうな寝顔そのもの。けれど、柔らかな頬には酷い擦《さっ》過傷《かしょう》があり、顎《あご》の下には縫った跡も見える。城島の頭の中は真っ白になった。全身の力が抜けていく。

どれくらいの時間、その場で立ち尽くしたのだろう。

ジョー、と中澤の掠れ声が聞こえた。

「近所の公園の植え込みで発見された時には、出血多量で意識を失っていたそうだ」

「何があった?」

「路上で誰かに刺され、その後、車に轢《ひ》かれたらしい。出血多量でふらつき、車を避けきれなかったんだろうと、刑事は言っていた。どちらも目撃者はいないそうだ」

そんな不運が連続して友美の身に……。

「友美は右手に携帯を握っていて、ジョーの番号を呼び出していた。親指が動かなくなる前、友美の頭にあったのはジョーだったんだな」

城島は目を閉じた。痛みが出るまできつく閉じた。いくつかの呼吸を挟み、しずしずと目蓋を上げる。世界は何も変わっていない。……いや、変わった。もう友美はいない。

起伏のない中澤の声が続く。

「友達の家に行く、多分泊まってくるから。友美は母にそう言い残して午後七時に家を出た。俺はまだ帰宅していなかった」

中澤は友美と自分が付き合っているのを知っている。友美が誰の家に行く気だったのか、もちろん悟っている。二人は仲のいい兄妹だった。友美は中澤の彼女についても詳しかった。

中澤が目を合わせてきた。城島も黙って見返す。糾弾してくれ。心のどこかで願った。今日お前と会おうとしなければ、友美は死ななかった。そう問い詰め、激情に駆られるまま、こっちが気を失うまで殴ってくれ。頼む、殴ってくれ。城島は奥歯を食い縛って拳を待った。

中澤はいつまでたっても何も言わなかった。責めてくる眼差しにもならない。中澤は中澤で、自身の内側にある何かを責めているようだった。

翌日、三十五歳の暴力団員が逮捕された。三鷹市内に住む情婦の家に行った際に口論となり、むしゃくしゃしたから目についた女を持っていた包丁で刺した――。

中澤を通じて、警察の取り調べで明らかになった犯行の経緯を聞いた。暴力団員は頭を静めるために歩いて帰宅していると、友美を見つけ、その背中が情婦と酷似していたため、衝動的に襲ったと自供した。友美が車に轢かれた件については、『近くにいなかった。全く知らない』と関与を否定しているという。

城島は解せなかった。情婦宅を基点にすると、友美が襲われた公園や中澤の家まで二キロ近くある。駅からも遠ざかり、男の家に向かうバス停もない。そもそもなにゆえ包丁を持ち歩いていたのか。警察は、頭に血が昇っていたために情婦宅の包丁を衝動的に持ち出した、と解釈して捜査を終了している。だが、発作的に包丁を手にしたのなら、どうしてその場で情婦を襲わない？

初公判、法廷に現れた暴力団員はふてぶてしく法廷をぐるりと見回すと、満足そうに被告人席に座った。城島は傍聴席で唇を噛み締めるだけだった。

公判は機械的に進み、たった三回の審理で男は殺人未遂罪で懲役《ちょうえき》十年を言い渡された。判決の瞬間、怒りと虚しさがごちゃごちゃに混ざった黒い霧のような感情が城島の全身に広がった。

たった十年だと？　この男が友美を刺さなければ、ひき逃げもなかった――。

一人の法学部生として、量刑に納得できない遺族や被害者が多い実態は認識していた。法律の公平性や不可侵性を維持するには、やむを得ない成り行きだと知った風な口を叩いていた。いざ当事者となると、そんな頭で理解した程度の知識や浅見《せんけん》は何の役にも立たなかった。

判決公判後、東京地裁の小さな法廷を中澤と並んで出た。初公判から傍聴人は二人だけだった。中澤の両親ですら「一層辛くなる」と一度も来なかった。廊下には次の公判を待つ弁護士や傍聴人がベンチに座ったり、壁によりかかったりしている。城島と中澤の間には法廷からの重い沈黙が引きずられていた。友美の死からまだ二ヵ月。それでも事実関係に争いのない自白事件とあって、もう判決が出た。

広い階段を下りながら、城島が口を開いた。

「納得できないな。何もかも」

「俺もだ」

東京地裁を出ると、正面から淡い陽射しを浴びた。十二月初旬の光。その初冬の透明さが目に痛い。二人とも押し黙り、東京駅に向かって歩き出した。城島はブルゾンのポケットに両手を突っ込み、足元を漫然と見た。煙草の吸殻、空き缶、ペットボトルがそこかしこに落ちている。地裁脇の小路に入った。頭上を街路樹の枝葉が覆い、昼間でも薄暗い。少し進むと、片側二車線の車道越しに日比谷公園が見えた。前日に雨が降ったためか、湿った土や草や落ち葉の匂いがしている。信号が点滅しだした。横断歩道の警告音がやけに大きく、耳にうるさい。日比谷公園から笑い声の混じった賑やかな声も聞こえ、城島は横断歩道を渡りたくなくなり、左に折れた。中澤も黙ってついてくる。そのまま日陰の歩道を進んでいく。

すると風もないのに、公孫樹の葉がひらひらと二人の前に舞い落ちてきた。他の葉は黄色い中で、その一枚だけが青い。城島は何とはなしに立ち止まり、視線を上げた。

右手に公孫樹並木が続いていた。初冬の陽射しを受けた黄色い葉がキラキラと輝いている。左手には窓が整然と並んだ、素っ気ないほど無骨で無機質な高い建物がそびえていた。二人の真横には、重厚な御影石《みかげいし》がある。

検察庁。

御影石に彫られた文字が金色に光っていた。城島はポケットに突っ込んだ両手を固く握った。進むべき道が一本の線となってはっきりと見えたのだ。

しかるべき立場になって、友美の事件を掘り返す――と。

気づくと、一筋の涙が右頬を伝っていた。城島は友美の遺体を見た病院でも、葬儀ですらも泣かなかった。それなのにこの時は感情の昂《たか》ぶりもないまま、勝手に涙が溢れた。

……あの一枚の葉がその後の人生を決めたといってもいい。一冊の小説、ラジオでかかった一曲、一本の映画。そういった些細な事柄で人生が決まる場合もある。自分は、それがたまたま一枚の公孫樹の葉だった。

検事は二、三年で異動があり、東京に腰を据えられない。警視庁では日常業務に忙殺され、事件を洗い直すどころではない。ならば、と選択したのが検察事務官だ。特捜事務官だった父は刑事同然に尾行、張り込み、聞き込みも行うと言っていた。立場上、掘り返し捜査をしても不審を抱かれない。

あの時、中澤の頭に何が去来したのかは知らない。中澤も自分と同じように検察庁と彫られた御影石をじっと見つめて、両目の涙を流れるに任せていた。そんな中澤に、城島は胸に刻んだ決意を打ち明けなかった。口に出せなかったという方が正しい。犯人の動機の真相がどうあれ、自分が友美を誘ったのも暴力団員が友美を刺す状況を生んだのだ。

友美の判決公判以来、中澤とはどちらからともなく会わなくなり、連絡もとらなくなった。この東京地検で顔を合わせるまでは。

中澤が検事になったと知ったのは十年前になる。友美の墓前で――。命日に冥福《めいふく》を祈り終えて帰ろうとした時、中澤の両親がきた。見た瞬間、胸が押し潰されかけた。逃げ場はなく、腹をきめて顔を合わせると、中澤の両親は懐かしそうに顔を綻ばせ、中澤の現況を教えてくれた。マスコミ業界に就職したいと言っていた男が検事に？　中澤はもしや……。頭をよぎった。踏み込んで確かめはしなかった。何を耳にしようと、友美の死に自分が絡んだ事実に変わりはない。

出所してすぐ、友美を刺した暴力団の男は行方をくらませた。いまだその足取りは探り当てられていない。『必ずこの手で』と誓っている。今でこそ街に氾濫《はんらん》する防犯カメラも、事件当時はほとんど街頭に設置されておらず、懲役刑となった男の供述通りだったのかは、本人から聞き出す以外に再検証手段がない。

あの男の供述が虚偽ならば――。

……城島選手。小さいのに、こちらの耳に届くのをきちんと計算された臼井の声がして、城島は我に返った。台車を押す両手が汗ばんでいる。

「中澤検事と喧嘩してんじゃないんだろ」

「ええ」

「じゃあ、ひとついいかな。憶えておいてほしい。あの人は今、瀬戸際に立たされている」

心を乱すような言動を慎めと言いたいのか。釘を刺すために連れ出されたらしい。

臼井は検事を支える優秀な立会事務官なのだ。

「心に留めておきます」

「よろしく」

「検事はどんな取り調べをするんですか」

「ん？　やっぱ同級生の仕事ぶりが気になる？」

「ええ、まあ」

城島は今朝日比谷公園で会った中澤の様子を思い浮かべていた。

「僕なら怒鳴りつけたいような場面を迎えたって、粛々と聴取相手と対してるんだ。大したもんだよ。中澤検事って昔からあんなに落ち着いてたの？」

「私の知る中澤は、ピンチでは逆に誰よりも腹を据え、思い切った行動をとれる男です」

真っ先に想起される光景は高校最後の夏の大会、準決勝だ。五回ノーアウト満塁、相手打者は大会屈指の強打者。手入れしていたのに城島の人さし指の爪が割れ、ボールに力が伝わらずに招いた危機で、いつもより早くマウンドを譲った。

——任せとけよ、腕が鳴るな。ジョーは明日のために爪の治療に専念しとけ。

中澤は笑いかけてきた。そして、見事に直球だけで三者三振に仕留めた。

へえ、といつの間にか臼井は背筋を伸ばして歩いている。

「腰の具合はどうですか」

「どうやら、治ったらしい」臼井は嘯《うそぶ》いた。「僕なんか、もう二十年以上も高校時代の友達と会ってないよ。本当に友達がいたかどうかも怪しくなってくるよな」

自分も中澤以外には高校時代の友人やチームメートと会っていない。別に会いたくないのではない。なんとなく疎遠になり、それっきりだ。

「中澤検事にしろ城島選手にしろ、大人になっても古い友達が近くにいるって恵まれてるよ。二人ともありがたみを自覚してないみたいだね」

少し先に中澤の検事部屋が見えた。おもむろにそのドアが開く。

出てきたのは、東京地検ナンバーツーである次席検事の今林《いまばやし》良蔵《りようぞう》だった。

3

「次席が検事部屋に来るなんて珍しいですね」

臼井はごく軽い語調だった。台車で運んできた段ボール箱を、一人で応接スペースの壁際に手際よく置いている。

「たまには気分転換をしたかったんでしょう」

中澤は執務机で曖昧に応じた。別に疚しくないのに、後ろ暗さが心にある。目を閉じ、今林が訪問してきた件を思い返した。

臼井が押収資料の段ボール箱を取りに部屋を出た直後、内線が鳴った。見慣れない番号が液晶に表示され、それは今林からだった。

──今、いいかな。

中澤は突然の内線に戸惑いつつ、臼井がブツ読み資料を取りにいっていると返答した。

──では、君の部屋にいこう。

鷲田を立件しなかった方針を咎《とが》められるのか。待て。それなら、わざわざこっちに来るか？　思案を巡らせていると、本当に今林が検事室にやってきた。

「どうかね、特捜部の居心地は」

今林は丸い金縁眼鏡の縁を軽く上げた。表情も物言いも柔らかい反面、こちらに緊張を強《し》いる圧力を発している。黒無地のオーダースーツに、よく磨かれた黒い革靴。身長は同じくらいだというのにどこか見下ろしてくる目つきは、市民が描く高級官僚のイメージからそのまま抜け出たようだ。一流品ばかりを身に着けると、かえって胡《う》散《さん》臭い三流に見える人物も多いが、今林は違う。

二年前に中澤が東京地検刑事部に赴任した際、今林は刑事部長だった。長崎県で生まれ育ったからか、長崎地検を経験した中澤によく話しかけてきた。もっとも、中澤が特捜部に配属されて以来、一切の接触がなかった。今林は本来、赤レンガ派だ。

赤レンガ派とは法務省勤務が長い検事の呼び名で、特捜部などで活躍する現場派に比べると出世コースとなる。一連の不祥事で東西の特捜部が非難の的に晒された際には、赤レンガ派の一部から特捜部解体論も強硬に主張されたらしい。その赤レンガ派は東大法学部出身者が多くを占める。当の今林は早稲田《わせだ》大出身。派閥で生き残っているからには、官僚として優秀なのだろう。今林はかつて東京地検特捜部の副部長も務めている。今林本人に当時の自身の評判を聞いていた。

――『腰掛け副部長』だと現場派から陰口を言われてね。

中澤は一礼した。

「力を尽くす日々です」

「そうか、そうか」

今林は悠然とした足取りで応接スペースに進み、ソファーの上座に腰を下ろした。背もたれに深々と寄り掛かっている。中澤は執務机から今林の正面に移動した。

今林がおもむろに口元を緩めた。

「この時期の長崎はまだ暑いんだろうな。汗をかきかき食べるチャンポンも格別なんだよ。ほら、中華街から少し入った路地にあるあの老舗さ。君も知ってるだろ？」

こんな世間話をしに来たのか？　ええ、と中澤は簡単に答えるに止《とど》めた。

そうそう、と今林は柔和な声色を崩さない。

「先月、村尾君の意向に従わなかったそうだね」

「自分が正しいと思ったことを申し上げたまでです」

「なるほど」今林は鷹揚《おうよう》に頷いた。「検察は立場を問わず、とことんまで意見を闘わせられる組織だ。それはいい試みだよ。検事は御用聞きじゃない。で、村尾君は具体的にどんな指示を出してきたんだね」

「脱税額を積み上げられるはずだと。私の感触は違ったので、その見解を述べ合いました」

なぜか、やり取りをつぶさに語る気になれなかった。村尾に逆らった件は知っているのに、その中身は耳に入っていない？　改めて洗い出そうとしているだけか。正直に明かす必要もない。業務として今林が本格的に仔細を聞くつもりなら、正式に会議室で相対する場を設けるはずだ。

「鎌形君は君たちの相違点について、何と言ってたんだね」

「最終的には諸々を総合して、対処を決せられたようです」

我ながら差し障りのない返しだ。推し量るような長い間があいた。今林は顎を念入りに右手でさすり、腹の前で左手と緩やかに組んだ。

「この際だし、言っておこう。私は中澤君の味方だ。君にとっては大きな後ろ盾だよ。自分で言うのも面映《おもは》ゆいがね」

「どうして私を？」

「私だって伊達《だて》に年を重ねていないつもりさ。人柄や能力は話していればわかる。それが他愛ない雑談であってもね」今林はゆったりと身を起こした。「今後も特捜部では色々な面倒事があるはずだ。そんな時は、すぐに私に余さず相談したまえ。なに、遠慮はいらん」

「お気遣いありがとうございます」

「君のことは、コースに乗せてもいいと思っているんだ。法務省の経験はなかったね？　今からだって遅くはない」

心臓をざらついた手で荒く触られた気がした。今林の温和な態度は崩れない。だが、その丸眼鏡の奥にある目から体温は伝わってこない。

「私の胸の内は理解できたね」

言外の意味は一つしかない。特捜部幹部の言動を密告しろ、引き換えに赤レンガ派へ途中参入させてやる――。

「じゃあ、忙しいだろうからこの辺で失礼するよ」

今林と入れ替わるように、臼井が戻ってきた。傍らには城島もいた。

今林の思惑は情報収集か？　現場派の権化とも言える鎌形は、特捜部の本意に沿うようにあらかじめ取捨選択した捜査内容を、赤レンガ派の次席や検事正に伝えているだろう。かといって駆け出しの特捜検事一人を引き入れ、特捜部の内情を収集したところで、たかが知れている。今林の手先は特捜部の隅々にいるのか？　それよりも。

手の内に転がり込んでくる、と今林に踏まれた……。心が発火しそうだった。

「検事、準備ＯＫです」

臼井に声をかけられ、中澤は眼を開けた。目の前の作業に集中しよう。深呼吸して気持ちを鎮め、まずは昨年の政治資金収支報告書を開いた。

紙の音が耳に心地よかった。

午前零時、中澤が出向くと、高品検事室には吉見も残っていた。

「源吾、どうだった？」

「まず昨年分の収支報告書、業者への発注書、領収証、納品書を精査し、手ぬぐい約三千三百枚で約六十万の支払いがあったと確認できました」

「予想通りだね」高品は執務机に両肘をつき、細長い指を組んだ両手に顎を突き出すように置いた。「記載がなければ、政治資金規正法の虚偽記載との合わせ技に持っていけたのに。ううん、仕方ないっか。今年の分はどう？」

「昨年と同量の手ぬぐいを同じ金額で購入しています。当然、まだ収支報告書が提出されていませんので、作成途中のデータ、業者への発注書、領収証と納品書でチェックしました」

「機捜班に分析を任せてる一昨年分も、同じなんだろうなあ」

「でしょうね」

「他に突けそうな隙は？」

ある事件で資料解読を進めると、まったく別の疑惑に出くわす事例も多い。それゆえ、ブツ読みは地味な作業でも疎かにできず、センスや実力も問われる。主にブツ読みを担当する特捜事務官の間では、『ガサとブツ読みに事務官の真骨頂がある』とも言われている。

「今晩はありません」

「そんな簡単な相手じゃないか。公選法違反で起訴するにしろ、選挙のために手ぬぐいを配ったって言質《げんち》をとらないとね。今年が選挙なら、そんな証言がなくても完璧にアウトだってのに、来年だもんなぁ。選挙目的って証言を引き出せても、事件自体は微妙だけど」

じゃあ、お休み、明日もよろしくね。高品に朗らかに言われ、検事室を後にすると、中澤検事、とすぐさま吉見が廊下に出てきた。ドアはきちんと閉められている。

「これ、ブツ読み分担表の差し替えです。渡し忘れていました」

中澤は一枚のA４用紙を受け取った。機動捜査班で何人かが入れ替わっている。城島の担当は変わっていない。

あの、と吉見が躊躇《ためら》いがちに切り出してきた。

「中澤検事は城島事務官と高校がご一緒だと伺ったんですが」

「それがどうかした？」

「城島さんってどんな方なんですか」

「ん？　城島が気になる？　あいつ、いい男だもんな」

「いや、あの、そんなんじゃありません」と吉見が慌てたように言う。こんな吉見を見るのは初めてだった。「なんだか、城島さんに避けられているようで」

「例えば？」

「なかなか目を合わせてくれないんです」

中澤は分担表を持つ指に力が入った。おそらくこの瞳が原因だ。友美に気配が似ている。だから吉見を見るといつも懐かしくなって、気持ちが和む。城島は違うのだろう。

「城島が吉見さんを避けるのに何か問題が？」

「大ありですよ」吉見は頬をやや膨らませた。「今回の捜査には城島さんも加わっているんですから。高品検事をアシストするため、何事も円滑に進めたいんです」

城島への個人的な感情も含まれていそうだ。あえてそこに触れなくていい。

「あいつは昔から人付き合いがいい方じゃない。でも、性根はさばけた奴だよ。高一の時に同じクラスでさ、五月中旬頃にこんなことがあったんだ。みんな部活で疲れ果てていたら、あいつと同じ中学校だった奴が城島に、『例のやつ頼むよ』って言った」

ああ。城島のぶっきらぼうな返事が耳に残っている。あの頃は城島も坊主頭だった。

「そんで何が起きたかっていうと、あいつがクラスを代表して教師に議論をふっかけ、授業を流しちまった。その間、みんなは昼寝して体を休めたんだ。城島と教師とのやり取りが面白くて、俺は寝るどころじゃなかったな」

「どんな議論を？」

「言わぬが花かな。とにかくさ、城島は必ず和歌さんや吉見さんの力になる。城島と話す機会があったら、吉見さんと目を合わせてコミュニケーションをとるようにそれとなく言っておくから」

「あ、いや、ありがとうございます」

吉見と別れ、静まり返る廊下を進んだ。中澤の心は、どこかほっこりしていた。

——お兄ちゃん、城島さんってどんな人？

友美が瞳を輝かせて訊いてきた日も、こんな心境だった。

＊

午前八時、透明な朝陽が窓から射し込んでいるのに、長屋の空気はどんよりと重い。城島は今朝のサンドイッチの味を覚えていなかった。政経《せいけい》新聞の朝刊に改めて目をやる。

東京地検特捜部が東京と岡山の西崎由伸の各事務所から資料の任意提出を受けた、と一面で大きく報じられている。他紙に同様の記事はなく、政経新聞の特ダネだ。政経新聞は政治経済の業界紙として戦前に発刊しただけあり、伝統的に政官財ネタには強いが……。

長屋には東京の議員会館と赤坂の事務所に出向いた者だけでなく、未明に岡山から戻った事務官もいた。誰もが押し黙り、各自が自宅から持ってきた新聞各紙に黙って目を通している。時折紙面を捲る音が冷たく響く。城島は運動面や文化面を開いても、文字が頭に入ってこなかった。ここにいる誰しもがそうだろう。政経新聞の一面と社会面が胸中で燻《くすぶ》っている。

長屋のドアが勢いよく開き、稲垣が新聞片手に大股で入ってきた。

「おはよう。誰か記者に見られた憶えはあるか」

「赤坂はありません」

城島が静かに明言した。昨日のガサ入れで記者の目が周囲にあったのか、朝から何度も振り返った。政経新聞だけでなく、報道各社は特捜部の動きをマークしている。そのため、注意深く事務所周辺を観察したのだ。赤坂の事務所近辺に記者はいなかったと断言できる。

こちらもありません、と岡山組と議員会館組の事務官も言い切った。

よもや西崎側が自分から政経新聞に耳打ちしまい。つまり、政経新聞は紙面にした一方、任意で特捜部が立ち入るタイミングを察知していなかった。紙面に写真がないのが、その間接証拠だ。特捜部の動きを摑んでいれば、必ず写真を撮られたはず。報道にとってガサ入れの写真掲載は、確たるネタを握っていたとアピールできる証左になる。

記者は、中澤や高品ら第一線のヒラ検事への取材を固く禁じられている。事務官への直当たりもご法度《はっと》だ。検事や事務官は記者にぶつかられると、記者名と社名を幹部に告げる。そのため当該社は早々に検察庁などの関係機関への出入り禁止処分を受け、毎週木曜日の次席検事レクにも出席できなくなる。そんな無茶をする勝負所ではない。要するに、政経新聞の記者はしかるべき幹部からリークされた線が濃い。幹部で特捜部の足を引っ張ろうとする者——。

特捜解体論を公言した赤レンガ派強硬組か。昨日、その一人と目される今林と中澤は顔を合わせていた。まさかあいつ。

「不祥事で評判が落ちていてもなお、世論は特捜部に期待するだろう」

稲垣は独り語りのような声音だった。盛り上がれば盛り上がるほど、それが潰れた時の落胆と批判は激しい。あまつさえ、今回の事件はハナから不起訴の公算が大きいのだ。

城島は長屋の壁をはったと睨んだ。

＊

午後二時、中澤は自室のソファーセットで本多と向き合っていた。臼井は、コーヒーを持ってきます、と先ほど部屋を出た。副部長は滅多に応援検事の部屋を訪れない。臼井は重要な用件だと察して、腹蔵なく二人で話せる場を作るべく気を使ったのだろう。

「こんな風にして焼肉弁当事件の相談をしたのは何年前だ？」

本多が感慨深げに言った。

出所直後の男が焼肉弁当の匂いに誘われ、一つ盗み、店員に取り押さえられた案件だった。男は窃盗の常習犯で、一定期間内の服役回数と各刑期を鑑みると、通常の窃盗罪より重い常習累犯窃盗罪として最低でも懲役三年を求刑する事件だった。しかし、中澤は普通の窃盗罪で起訴すべきだと判断した。所詮は人間の行為だ。弁当は六百円。それに男は大の焼肉好きだった。数年ぶりに街の空気を吸い、何年も他人に決められた食事をした人間が焼肉弁当に手を伸ばしたからといって、そこに強い悪質性は窺えない。

——なるほど、検事には人情も大切だ。

本多は賛成してくれた。他方、当時の次席は大反対だった。

——上級庁から必ず問い質しがくる。そんな面倒を自ら背負い込まず、定石通りに常習累犯窃盗で起訴しろ。

本多と相談を重ねた。結局、厳罰を求めない旨の調書を店側からとる運びで次席も折れ、通常の窃盗罪で起訴した。福岡高裁は常習累犯窃盗罪にしなかった根拠を、型通りに厳しく問い質してきた。本多のおかげもあってそれも乗り切れた。

「こうして特捜部員同士として話す日が来たんだな」

「そうですね」

長崎地検当時、中澤はまだ特捜部志望だった。特捜部に選ばれるべく、経験者の本多に今できることを訊いた。

——些細な事件が抜群のトレーニングになるんだ。例えば、窃盗の余罪を追及しようとしても相手は否認するだろ。そこでいかに被疑者の口を割るのか知恵を絞るわけさ。特捜部の知能犯捜査も本質は同じだ。

助言を心に留めていると、「この事件を配点する。やってみろ」と本多に言われた。主婦が亡くなったひき逃げ事件だった。配点とは事件の割り当てを表す法曹界の用語だ。

逮捕された運転手の男は「今はお巡りさんに事故状況を聞いたので、カーブを曲がる際に左後輪で轢いた、と真摯《しんし》に受け止めています。事故当時は何も気づきませんでした」と警察で弁明していた。運転手は中澤にも同じ申し開きを続けた。中澤は運転手の整った語り口が釈然とせず、立会事務官と新たな目撃者を探した。すると、男の車は確かに左後輪で主婦を轢いていたものの、カーブを曲がり切っていないうちに急発進した事実を突き止めた。運転手は事故を認識してその場から逃げた、それを取り繕《つくろ》うために言い訳を練りあげた――そう見立てて厳しく追及した。二日後、男は読み通りの経緯を白状した。

「中澤がいい捜査をするのは知っている。警視庁でも『中澤は細かい』と評判だったらしい」

大きな事件や立件が難しい事件では、警察は事前に地検刑事部の担当検事のもとを訪れる。そこで自分が出す指摘や要望を、警察は細かく感じているのだろう。

「特捜部ではより高いレベルの捜査力が求められる。先月、村尾の指図を承服せず、言い争いになったそうだな」

「上司の描いた筋書きと自分の読みとが異なる時は、そう申し立てるべきです」

「結果的にお前は些末な仕事に回された。懲罰とも言える」

「上に言われた通りの調書を巻かないといけないなら、いくら聴取相手が一所懸命話していても、『どうしたら予定通りの調書に署名させられるのか』で頭が一杯になり、様々なサインや徴候を見逃してしまいます」

「模範解答にも聞こえるな」

「そうかもしれません。『捜査当局にとっては検察の筋書きこそが真実で、裁判所にその通りの有罪認定をさせるのが検事の職分だ』とは思えないだけです」

「中澤にとっての『検事の職分』とはなんだ？」

「真相を得ることです」

　病室で横たわり、血の気の引いた友美の顔が目蓋の裏にちらつく。なぜ呼吸していないのか、なぜ眼を開けないのか、なぜ声を発しないのか——。

　ずっと気になっている点があった。友美が死んだ直後、父親は都議として主導したカジノ開発プロジェクトから身をひき、計画はあっさり立ち消えとなった。妙なタイミングだ。問いかけても父親はただ首を振るだけで何も答えなかった。次の都知事選ではカジノ反対派の候補者が当選している。

友美を刺した男の判決公判後、城島と検察庁舎を長い間眺めた。あの時、一つの思いが去来した。検事となって友美の事件をこの手で洗い直す、と。警官は最終的に立件を検事に委ねなければならない。友美が生きていれば、そのまま報道マンを志《こころざ》しただろう。

事件を洗い直す決意を、城島にも明かさなかった。あいつなら自分も加わると必ず言う。城島には城島の人生があり、巻き込むべきではない。……同じ東京地検特捜部で働くとは想像もしていなかった。城島は今も友美が好きだった髪型を貫いている。自分と似た決意を秘めているに違いない。

「いいか」本多は険しい声だった「今回は起訴しないと世間は納得しない」

起訴には『選挙のために手ぬぐいを配布した』という裏付けが不可欠だ。

「国会議員の秘書を取り調べた経験は？」

「ありません。神戸地検時代、県議選の選挙違反で候補者陣営の幹部を取り調べたくらいです」

「国政は県政とはレベルが違う」

同感だ。動かす金や力の規模が異なる。自ずと隠れている犯罪の規模にも差が出る。

「中澤」本多は声を低めた。「今なら引き返せるぞ」

「降りる気はありません」

「初めてなのにできるのか」

「誰にだって、初めてがあります」

「秘書は最重要参考人だ」

「心しています」

「口でなら何だって言える。一皮剝《む》けられるかどうかだ」

すでにこちらの覚悟を把握しているのに、再確認してきた。一皮剝けるという言葉まで添えて。本多が鎌形の忠実な細胞になっているのなら、この意図は——。

「起訴に持ちこめる証言を、無理矢理にでも作れと？　なりふり構わず、胸を張れない捜査もしろと？」

ぎらり、と本多は眼光を尖《とが》らせた。

「特捜部の正義は、勝利だ」

やっぱり、か。中澤は、本多と目と目を見交わしたままでいた。

4

「手ぬぐいは選挙用に配布した物品ではありません」

西崎の公設秘書である赤城《あかぎ》達也《たつや》は穏やかでありながらも、きっぱりとした口調だった。

広い窓を背にした中澤は、正面の赤城をじっと見据えた。

赤城は公設秘書として西崎に三十年近く仕え、現在は七人いる秘書の筆頭だ。赤坂の各政治団体事務所に指示を出す任も負っている。五十五歳という年齢相応に赤ら顔には深い皺が何本もあり、垢ぬけない風貌や朴訥《ぼくとつ》とした話し方に切れ者の印象は受けない。その代わり、実直さが中肉中背の体全体から滲み出ている。

中澤は任意の資料提出から十日間、ブツ読みを続けた。脳裏には変節したと思《おぼ》しき本多の姿があり、一層身が入った。捜査手法を押しつけられてたまるか、あるべき検事像を貫き、成果を出してみせる——と。

勝利を求める点に異論はない。肝心なのはやり方だ。結論ありきで正義の刃を振りかざして供述を作るなど、あってはならない。それでは友美に顔向けできない。いわば友美も正義の刃の犠牲者なのだ。『この程度の供述があれば、他の同程度の事件と遜色《そんしょく》ない判決が下せる』という通り一遍の正義で着地点が決められ、その筋書き通りに捜査も公判も進んだに相違ない。

ブツ読みの首尾は上々だった。公選法違反や政治資金規正法違反にずばり問える物証はないにせよ、領収証や納品書など、「選挙のために配布した」という一言を得ればたちまち事件に直結する物品が多々あったのだ。

そして今日、九月二十一日午前十時、中澤は検事室で参考人聴取を始めていた。たとえ任意聴取だろうと、供述によっては逮捕もありうる。一言たりとも聞き漏らせない。

中澤の検事部屋以外でも別の検事が、手ぬぐい業者や赤坂の政治団体事務所幹部、後援会長を一斉に聴取している。口裏合わせをされないためだ。そのうちの誰かが「西崎の命による選挙用の配布だった」と言えば、西崎本人の任意聴取にもっていける。幸い、国会も会期中ではない。

「では、何のために配布したんですか」

「夏は汗をかきますから、それを拭いてもらうためです。二〇一五年から始めています」

「夏祭りに出かけるのなら、普通、各自でハンカチやハンドタオルを用意しているでしょう」

「用意していない方もいらっしゃいます」

「でしたら、無地の手ぬぐいを配布すればいい。西崎議員の似顔絵がデザインされていますよね」

手ぬぐいに西崎の名前や他の文字はないが、似顔絵でそれとわかる。特徴的な鷲鼻と七三分けが強調されている。

赤城は眉ひとつ動かさなかった。

「あのワンポイントの柄は、ブランド物ハンカチのワニやポロプレーヤーのように、人間の顔を染めてはどうかと業者から提案があったんです。それは西崎のことではなく、人間一般の顔だと私は解釈し、諸々の作業で忙しかったので、その場で一任しました。以後前年踏襲《とうしゅう》という形で、毎年柄を引き継いできた次第です」

「西崎議員の似顔絵柄が、公選法違反になる危険性は頭にありましたか」

「いえ。選挙のために配布したのではないので。そもそも西崎由伸の名は地元有権者に深く浸透しております。今さら選挙のために名前を売らなくていいんです」

「夏祭りでの手ぬぐい配布は誰の発案ですか」

赤城はきっぱりと言った。はいそうですか、とここで素直に引き下がるわけにはいかない。

「どうして二〇一五年から配布を？　初当選以来、西崎議員は夏祭りに参加していますよね」

「もちろん地元の夏祭りには毎年欠かさず参加しております。ここ数年、夜も気温が下がらない猛暑が続き、一昔前に比べて暑さの体感が違うじゃないですか。そこで何かできないかと」

「西崎議員は、手ぬぐいの配布行為自体はご存じで？」

「自由共和党が告発するまでは、西崎は与《あずか》り知らぬ件でした。こういう細かな部分は秘書の仕事で、西崎は地元の皆さまとのお話に集中しておりましたから」

「祭り会場などで見かけたのでは？」

「私には何とも申せません」

西崎本人にしかわからないと言いたいのだ。物証に加え、証言を得ないと、特捜部とて国会議員を被疑者として簡単に聴取できないと赤城は見越している。夏祭りで手ぬぐいを受け取った市民に「西崎に手ぬぐいを見せていないか」と片っ端から聞き込めば、何人かは該当するはずだ。手ぬぐいをありがとうございました、と西崎に声をかけた市民もいるかもしれない。それでも西崎が見ていない、記憶にないと言えば、それまでだ。「見た、見ない」は水掛け論に過ぎず、簡単に言い逃れられる。

角度を変えてみるか。国会議員秘書の聴取は初めてだ。色々と探るべきだろう。どこに切り崩す余地があるか定かでない。

「秘書の方は、どんな日常を過ごしているのですか」

「午前八時までに議員会館の割り当てられた部屋に出勤します。その後、西崎の代理で様々な委員会や会合に出席する日々です」

「一日でどれくらいの委員会や会合に代理出席するのでしょうか」

「たいてい二十くらいでしょう。受け取った資料を積み上げると、一メートル以上になる日もあります。当然、西崎自身も別の会合に出席しております」

赤城は平然と言った。国会議員は恐ろしく多忙だとよく聞く。どうやら予想以上だ。秘書も時間に追われている。今回の手ぬぐい配布のような細かい事柄が前年踏襲される点は理解できる。

「資料は一年でとんでもない量になりますね」

「ええ。国会はいまだ紙文化です。エコではありませんね」

「検察もですよ」

おや、という驚きの色が赤城の目元に出た。軽く笑みを交わし合う。

「委員会や会合の資料は全て保管するんですか」

「その日のうちに捨てていい資料、保存しておく資料、データにしておく資料に仕分けるんです。それだけで二時間近くかかり、帰宅が夜中の二時を過ぎる日もざらです。帰宅しても仕事は続きます。いつ西崎から明日の予定や委員会の問い合わせが入るかわからず、緊張状態が続くんです。完全に寝入らないよう携帯を握り締め、ソファーに座ったまま眠る秘書も多いと聞きます」

「お休みはあるんですか」

「年に一日か二日は。検事さんも同じような生活じゃないんですか」

徐々に打ち解けた空気になってきた。いい傾向だ。聴取相手に過度の好感を抱くのは禁物だが、相手も人間だ。

「ええ、まあ。もう少し休みはありますよ。お給料はいいのですか」

「一般会社員並みでしょうか」

激務の割には高くはない。金のために議員秘書になる者はいなそうだ。

「そんなきつい仕事を続けられる要因はなんでしょうか」

「私の場合、二人三脚でやってきた西崎を総理大臣にしたい一念です」

赤城は強い声だった。秘書なら誰もが自分の仕える議員に総理になってほしいはず。赤城は三十年仕えている。その願いも一入《ひとしお》か。総理大臣を目指すなら、衆院議員が一般的だ。そのうち西崎は鞍替えする意向なのだろう。

「私は西崎に拾われたんですよ。もう三十年余り前になります。バブル全盛期にもかかわらず、私は大学を出ても郷里の岡山で燻っていましてね」

赤城はしみじみ言い、遠い目になった。

「高校の先輩だった西崎に『選挙を手伝わないか』と声をかけられたのが縁で、一緒にやってきました。あの時に声をかけられなかったら、今頃何をしていたのやら。西崎は私の恩人です」

この感謝の念も、きつい仕事に耐えられる一因だろう。

「手ぬぐい配布が、その恩人である西崎議員の告発に至りかねない行為だ、と頭をよぎりもしなかったのですか」

「思い至らず、慚愧《ざんき》の念に堪《た》えません」

赤城は神妙な声つきだった。

解せない。政界は生き馬の目を抜く世界だ。三十年も議員秘書を続けた人間が、敵に利用される恐れを一考もしない？　本当に頭になかったかどうか、確信を得られるまで尋ねるしかない。

「会合や委員会に出席しない日はどうされていますか」

「地元の岡山に戻ったり、東京の後援会を回ったりします。国会会期中は議員会館のモニターで議会や委員会の模様を注視するんです。法案や業界の勉強も欠かせません」

「お忙しいですね」

「議員にはなれても秘書にはなれない、と冗談めかす議員も多いですよ」

赤城は、いたずらっ子よろしく目と口元を緩めた。

「西崎さんには、赤城さん以外にも秘書がいらっしゃいますよね」

「ええ。公設秘書は私のほかに二人、私設秘書は四人。皆忙しくしております」

「いくら皆さん忙しいとはいえ、手ぬぐい発注を筆頭秘書の赤城さんがされたのですか」

些細な業務だ。筆頭秘書がすべき仕事ではない。

「その時に手が空いていたのが、たまたま私だっただけです」

赤城は真顔で、議員秘書らしい抑制のきいた口つきだった。

昼休みを挟み、様々な角度から手ぬぐいと選挙の接点を探った。赤城は真摯な態度のまま供述を変えず、そこに矛盾もなかった。

背に当たっていた窓からの日はとっくに翳《かげ》り、午後五時になっていた。

＊

水――。

城島はその一文字を見つめる。西崎の議員会館事務所から任意提出を受けた、筆頭秘書の卓上カレンダーに書かれていた。手紙大のカレンダーの日付は今年五月十一日。他にも書き込みはあったが、岡山県北経済開発会議、講演会、東京後援会との会食など、仕事に深く結び付いたメモばかりだ。他の字体からして、水という一文字は赤城の手によるものだと類推できる。

水。妙に引っかかる。少し前、似た感覚に陥った。あれは何だったか。……そうだ。中澤の案件だ。和菓子の購入頻度が気になった。あのワシダ運輸の捜査は、このまま闇に埋もれていくのだろう。担当の中澤も西崎の捜査の応援に入っている。

城島は卓上カレンダーに思考を戻した。

今年度の政治資金収支報告書用データを印字し、直ちに閲読した。五月十一日、西崎が有する五つの事務所のいずれにも水にまつわる取引支出はない。ただし、大抵の政治資金収支報告書は年末の公開に向け、十月から十一月にかけて慌ただしく作成される。まだ記載していないだけかもしれない。

それから一時間をかけて領収証や納品書を漁った。水をめぐるブツはなかった。自宅に水が届くとの私的な書き込みか？　それなら手元のメモ用紙や付箋に記せばいい。わざわざ卓上カレンダーには書くまい。城島は、この十日間同じ部屋にいる事務官たちのブツ読み表を見た。目当ての押収資料はない。長屋の隅にある受話器をとり、別部屋でブツ読み中の稲垣に内線を入れた。

「どうかしたか」

「赤城の手帳に目を通させて下さい。もうどなたか洗っていますか」

城島がいる部屋以外のブツ読み状況も、稲垣に集約される。

「ちょっと待て。折り返す」

城島は待つ間、国会議員の筆頭秘書がどういった事柄を卓上カレンダーに記すか検討してみた。卓上カレンダーなら机にいる間は折々目に入る。秘書も外を飛び回る仕事が多いだろうから、忘れてはならない用件を書き込むだろう。

内線が鳴った。

「ないな。ちょっとこっちに来い。気になる点を聞こう」

城島は稲垣のいる部屋に移動した。今まで自分がいた長屋同様、段ボール箱と資料が整然と並んでいる。簡潔に卓上カレンダーのメモについて述べた。

「なるほど」

言うや否や稲垣は何本も内線をかけ、手帳の件以外にも、昨年までの政治資金収支報告書や領収証などの記録を洗うよう手配した。いい上司に恵まれたと思う。一ヵ月ほど前、中澤の案件で引っかかった和菓子の件では、そこから何も出なかった。今回の「水」という記述への違和感にも根拠はない。どうせ何もない、と一蹴《いっしゅう》されても不思議ではない。

「少しここで待て」

稲垣は受話器を滑らかに置くと、壁に寄り掛かった。午後七時、窓の外はもう暗い。一日一日と秋が深まっている。

内線が鳴った。稲垣がとる。了解、と短く言って通話を切る。二本目、三本目と内線が次々に入った。

「水に関しての記載も領収証の類もないな。中澤検事が赤城の任意聴取を行っている最中だ。訊いてもらうか」

単に違和感を抱いただけだ。頼むとなると、内線を入れないとならない。向こうではちょうど赤城が意を決し、全てを話し始める頃合いかもしれない。

「いえ、明日以降で構いません」

「なら、俺から高品検事に言づてしておこう」稲垣の面持ちが微かに緩んだ。「周りの事情に目を配れるのは、事務官として成長できる大きな要素だ」

さすが特捜事務官の筆頭だ。こんな時にも抜け目がない。仲良しこよしで務まるほど、検察事務官は甘い仕事ではない。こちらも常に誰かに力量を量られている方が気が緩まずに済む。

「馬場の口癖を知っているか？」

「いえ」

「きつくなったら、水を飲め」稲垣が顎をさする。「何かの経済誌で昔読んだ。人間に必須な水と休憩を表現しているらしい」

水という一文字で馬場を連想して、方々に内線をかけてくれたのか。知識量が違う。自分は根拠のない違和感で動いただけだ。負けた、と城島は唇を嚙んだ。

「何度聞かれましても、手ぬぐい配布は私の一存で始めたいきさつに変わりありません」

赤城は言い切った。強い自信が全身から滲み出ている。今日も申し立ては揺らぎそうもない。昨日に引き続き、中澤は午前十時から検事室で赤城の任意聴取を始めていた。

＊

昨晩、高品に指示を受けた。過去の分も含めて赤城の手帳を任意提出させて、と。早々に今年度分を任意提出してもらった。使用中のため聴取の間だけ借りることで合意し、現物はブツ読み班に回している。

任意提出を求める際、昨年までの手帳は捨てた、と赤城は強弁した。中澤はまるで合点がいかなかった。前例を調べるためにも捨てないはずだ。他にも記録はありますから、と赤城は言い抜けようとしているが……。そういえば、ワシダ運輸の陣内も手帳を焼いたと言っていた。赤城は病気の陣内とは違い、徹底的に質《ただ》せる。

この一時間は昨日と同じ問いを、違う言い回しでぶつけてみた。主張が虚偽ならば、そのうちどこかに齟齬が生じる。今のところ、赤城の説明はぶれていない。高品の話では、他の関係者の任意聴取でも「選挙のために手ぬぐいを配布した」という言及はなかった。

——相手は大物議員の縁者だもん、そうだったとしても簡単に認めるわけないよ。

高品は軽く言った。口ぶりとは裏腹に、主任検事としての胸中は平らかでないだろう。同じ起訴しないという結論でも、違法性が認められても悪質ではないので立件しないのと、何も突き止められずにできないのとでは意味合いが違う。

「赤城さんは手帳以外にも予定を書かれますか」

「ええ、カレンダーなどに。議員会館にいる時は手帳を開くよりもそっちを見る方が早いので」

「カレンダーは壁掛けですか？　それとも卓上でしょうか」

回りくどいが、そのものずばりをぶつけては誘導尋問となりかねない。赤城の口から『卓上カレンダーに書いている』という言葉が要る。

「両方ですね」

「個人的な書き込みはされますか」

「いいえ。昨日もお話しした通り、国会議員秘書にプライベートはありませんので。少なくとも私は、手帳にもカレンダーにも私的な書き込みはしません」

少し輪を狭められた。

「では、二種類のカレンダーに赤城さん以外の方が書き込む時もありますか」

「壁掛けカレンダーは共用ですので、各自が色々と書き込みます。それで各秘書の行動もチェックできます。ですが、各自の卓上カレンダーに別の人間は書きません」

これで赤城以外の人間が、赤城の卓上カレンダーに書き込まないとの言質がとれた。常識的な事柄でも、捜査ではこうした丁寧な積み重ねが大切だ。

「ご自身の卓上カレンダーに『水』と書き込みましたか」

「いえ」

即答だった。反応が早すぎる。記憶になかろうと、少しは考える局面だ。自分、ひいては西崎逮捕に達するかもしれない聴取なのだ。

中澤は口を引き結んだ。卓上カレンダーの水という記述は、城島が見つけた。今日任意提出された手帳にも書かれていなかったのだ。記述があれば即時内線が入る手筈になっているのに、それがない。

たっぷり間をとり、じっと赤城を見続ける。検事室は衣擦《きぬず》れの音一つなく、しんとした。臼井のメモを取る手もぴたりと止まっている。

赤城も目を逸らさなかった。しかし一分、二分と経つと、視線を壁や目の前の机に移動させた。落ち着いた態度と顔色は変わらない一方、その内面ではごそごそと何かが動き始めているのが見て取れる。水。何か含意がある。

数分後、張りつめていた空気が動いた。

「ひょっとすると」赤城が小さな声を発し、目を上げた。「妻の親族が経営する会社関連のメモかもしれません」

赤城の妻が専業主婦なのは、はっきりさせている。ただし、その親族が何をしているのかまでは調べていない。

「奥様のご親族はどんな会社を？」

「妻の兄が、企業などにウォーターサーバーを販売しております」

「私的な書き込みはしないと仰っていましたよね」

「ええ、無意識に書いたんでしょう。どうりで身に覚えがないはずです」

「お義兄《にい》さんの会社に関わるメモだとして、何を表しているんですか」

「さて」

赤城がやおら腕を組み、長考に入った。

＊

城島がもう一人の特捜事務官と出向いた銀行から帰庁したのは、午後三時を過ぎた頃だった。赤城の親族が経営する「ウォーター・ウォーター」の所在地や業務内容をもとに取引銀行を割り、昼過ぎにそのデータを取りにいった。こうした疑念を一つ一つ潰していく動きにこそ、機動捜査班の存在理由がある。

実際、意味はあった。

銀行の応接室で担当行員に渡された資料をひと目見た時、閃《ひらめ》きが脳内を走った。庁舎に戻る間、電車に乗っているのももどかしいほど、気が急《せ》いた。一報を入れ、誰かに振る――この案が選択肢に浮上したのは一瞬だけだった。皆、それぞれに仕事がある。水という書き込みに何の中身もないかもしれず、余計な作業はさせられない。それに自分自身で掘り起こすのが、気になる書き込みを見つけた人間の責任だ。

友美を待ち続けたあの日以来、待ち時間が苦手になった。矢のように動きまわっていれば、その行動に集中できる。時には沈黙が不可欠な取り調べは、今の自分には無理だろう。動きまわる有様《ありさま》は、自ら進んで日々の時間に押し流されているとも言えるのか。頭を振る。目の前の捜査に集中しろ。

二階、三階と昇っていくエレベーターの速度がいつもより遅い気がする。九階のドアが開くと、城島は稲垣への略説をもう一人に任せ、長屋に駆け込んだ。証拠物の保管箱から分厚い紙の束を取り出し、目を落とす。眉間に力が入った。

やはりあった。

カイレイカイ。銀行の応接室で見覚えのある名前だと思った通りだった。

海嶺会《かいれいかい》。西崎の資金管理団体に寄付した政治団体と同じ名前だ。

政治資金規正法上、海嶺会は「その他の政治団体」にあたる。同法では政治団体を三つに区分している。まずは国会議員が五人以上いるか、前回の衆院選、前回もしくは前々回の参院選で得票率が二パーセント以上の条件をクリアした「政党」、次に政党の「政治資金団体」、最後に「その他の政治団体」だ。「その他の政治団体」には、政治家の「資金管理団体」も含まれる。当の海嶺会は政治家の紐がない団体だ。

今年六月、西崎の資金管理団体は海嶺会から二千万円の献金を受けている。城島は昨年分の西崎の政治資金収支報告書を手に取った。手早く、それでいて確実に記載に目を通していく。

海嶺会は昨年、六月と十二月で計四千万円を西崎の資金管理団体に寄付していた。

政治資金規正法では、その他の政治団体間で寄付する際、その額は年間五千万円以内と定められている。その上限に近い額だ。

城島は銀行記録を見直す。

赤城の親族が営む会社は、今年五月十一日に二千万円を「カイレイカイ」から振り込まれている。その日は、赤城の卓上カレンダーに「水」と書かれた日と同じだ。

政治団体が飲料水を二千万円分も購入？　選挙期間中の事務所だってそんな金額にはならない。一度に大量に買って、何十年も溜め込んでおくはずもない。ならば、秘書、その親族を通じた西崎への闇献金か？　いや。海嶺会のような「その他の政治団体」は一般企業と違い、政党や政党の政治資金団体への寄付には量的制限がない。肩入れする議員がいるなら、その所属政党に紐付き献金すればよく、闇献金する必要はない。紐付き献金は禁止されているが、実質的には野放し状態だ。政治資金団体に集まった献金に名前が書いてあるわけもなく、追跡しようがない。

ウォーター・ウォーターへの振り込みは他行からなので詳細は不明です、と出向いた銀行では「カイレイカイ」の住所を特定できなかった。もっとも、西崎の政治資金収支報告書に記載されている海嶺会の住所は港区虎《とら》ノ門《もん》。住宅地図と突き合わせると最寄り駅は日比谷線の神谷町《かみやちょう》で、地検からもほど近い。足を運ぶべきだ。

城島が内線をかけると、ワンコールもなく稲垣が出た。城島は海嶺会について報告した。

「そうか。現状では手ぬぐいとの絡みはわからんにせよ、経緯を明らかにするべきだな。出向く前に、まずはできる限り海嶺会周辺のブツを洗え」

「了解です」

逸《はや》る気持ちを抑えて諾した。稲垣の言う通りだ。何も調べないまま出向いても、さりげない一言に隠れた重大事を聞き逃しかねない。

「聞き分けがいいな」

「この仕事は、神社仏閣巡りと似ていますので」

「ん？」

「学生時代、成り立ちや歴史、建物の由来など背景を知った上で神社仏閣、名所旧跡を回った方がより多くを得られる、と友人に言われたんです。捜査も物証というバックボーンを積み上げて、実情を洗った方が結果も出しやすいかと」

友美の顔が目蓋の裏に浮かんだ。あの事件と事故がなければ、一週間後に一緒に京都と奈良に行く予定だった。

5

午前十時、城島は眼玉だけで正面の建物を見上げた。

フィルム張りの窓に焦げ茶色の外観。その六階建ての雑居ビルは、造りがしっかりしているのか壁に罅《ひび》一つ入っていない。一九八〇年代後半から九〇年代にかけ、盛んに全国の主要都市で建てられたインテリジェントビルだ。一階のフロア入居表示板を見ると、政治団体海嶺会は最上階にあり、フロアには他にも税理士事務所や小さな会社が入居している。付近の通りには休日出勤したスーツ姿の会社員のほか、警官や外国人も多い。外務省飯倉《いいくら》公館やロシア大使館も近いからだろう。

城島はもう一人の事務官とインテリジェントビルの狭いエレベーターに乗った。昨晩は午前一時まで二つの海嶺会の基本情報を調べ、頭に叩き込んだ。

そう、海嶺会は二つあったのだ。

昨日、まずはウォーター・ウォーター社に二千万円を振り込んだ「カイレイカイ」について、振り込み元の銀行に照会した。漢字は海嶺会で登録住所も港区虎ノ門。……が、西崎の政治資金収支報告書の海嶺会とは微妙に番地が違い、しかも有限会社だった。政治団体海嶺会と有限会社海嶺会の関わりは不明だ。その後は登記などの資料を入手し、両者の基本情報を頭に叩き込んだ。本多と高品の間では、一斉に二つの海嶺会関係者を検察庁舎に呼ぶ処置も考慮されたらしい。結局、手始めに両者を機動捜査班が聞き込む措置になった。担当は無論、城島だ。赤城は中澤に、『卓上カレンダーに「水」と書いたのを憶えておらず、事由もわからない』と言い続けているという。

どちらの海嶺会にも訪問を前触れしていない。いきなり出向く方が相手の気を呑める。政治団体の多くは土日祝日なく動いているため、まずはこちらを選んだ。それに有限会社は、政治団体が関与する企業かもしれない。

捜査が進む足掛かりになってくれ。城島は胸の裡で独りごちた。

エレベーターのドアが開いた。フロア中央をリノリウムの短い廊下が伸び、左右のコンクリート壁にドアが三つずつ並んだ素っ気ないフロアだ。表札を確認しながら廊下を進む。

一番奥の呼び鈴を押し、インターホン越しに名乗った。

「東京地検特捜部の城島と申します」

相手の空気が硬くなったのがドア越しに伝わってくる。ドアはほどなく開いた。

事務所は公立中学校の教室程度の広さで、スチールデスクが六台合わさった島のほか、壁際にはスチールキャビネット、テレビが整然と並んでいる。全体的に簡素な設《しつら》えだ。玄関ドア脇にはウォーターサーバーも設置されている。事務員たちに剣呑さはない。政治団体と一口に言っても、怪しい筋もある。

応接間に通され、対になった黒革張りのソファーの奥側に城島は座った。

「水？　ええ、ウォーターサーバーを購入しています。金額は毎月一万円にもなりません」

応対に出てきた初老の事務局長、小柳義一《こやなぎぎいち》は困惑気味に言い、購入先として大手飲料メーカーの名前を上げた。赤城の親族が経営するウォーター社ではない。城島は、とある事件の捜査で伺いたい件があると告げ、話を継いだ。

「こちらの事務所は何人いらっしゃるのでしょうか」

「常駐スタッフは六人です。それ以外の会員は二十七名になります」

城島は政治団体海嶺会の概要を反芻した。設立は二〇一一年十月で、会長は今年五十九歳の野本永太《のもとえいた》、会員数は三十三人。政治資金収支報告書で、西崎の資金管理団体などへの多額の寄付の原資は、北は岩手《いわて》、南は福岡までの全国各地大小様々な八十八社の企業幹部約二百人の個人献金だと読み取れた。

政治資金規正法により、海嶺会のような「その他の政治団体」は企業の献金を受けられない。この新しい政治団体には、その規定をものともしない集金能力がある。西崎にだけでなく、民自党の別の議員に五百万円、民自党に一億円、最大野党の自由共和党に三千万円、政局のキャスティングボートを握る国民自由党にも三千五百万円を寄付している。ただ過去の政治資金収支報告書によると、西崎以外、馬場や海老名といった大物の資金管理団体には献金していない。

「政治団体として、どのような活動をされているのでしょうか」

「政党職員との会合や、我々と意見を同じくする政党、議員への寄付などです」

「どの政党のどんな方にお会いになるとか、具体的な寄付先などは、どうお決めに？」

「寄付先なども含め、会長が方針を語り、皆が賛同する形です。私は事務局長で会計責任者という立場ですが、単なる事務屋ですので関知しておりません」

いわば独裁だ。小さな政治団体では珍しくない。

「海嶺会設立のご趣旨は？」

「東日本大震災がきっかけです。会長が宮城《みやぎ》出身でして、震災復興に向けて各党に働きかけるためだと」

「会長は元々どんなお仕事を？」

書類では、こういった細かな経歴までは捕捉できない。

「印刷会社を経営していたそうです。いわゆる街の小さな印刷会社だったとか」

「その会社と兼務でこちらの事務所に？」

「いいえ、印刷会社はたたまれ、今は海嶺会の活動に専念されています」

企業の政治献金は、その額が資本金や社員数など企業規模によって年間七百五十万円から一億円以内で段階的に定められている。小規模の印刷会社なら、最低ラインの七百五十万円が限度だっただろう。さらに企業は政治家個人への寄付を禁じられ、政党か政党の政治資金団体に寄付するしかない。それではもどかしいほど、野本は政治への情熱が高まったのか。確かに東日本大震災は国民の人生観を揺さぶる大惨事だった。

「今日、野本会長は？」

「あいにく外出中でございます」

大義名分があるとはいえ、金が回らないこのご時世に、各企業の幹部が新参の政治団体に寄付する訳を知りたい。有限会社海嶺会との接点の有無も探りたい。

「お戻りは？」

「昼過ぎには」

「このまま待たせて頂きます」

あと二時間。海嶺会の業務実態も観察できる。

「少々お待ち下さい」

小柳は慌てて立ち上がり、応接室を出ていった。丁寧に閉まったドアの向こうでは、事務員の誰もが息を殺している気配がある。目を窓にやると、ビルとビルの間から東京タワーが見えた。

静かにドアが開き、小柳が戻ってきた。

「予定をキャンセルして、あと二十分ほどで会長が戻って参ります」

「恐れ入ります」と城島は応じるしかなかった。「ところで、スタッフの皆さんは元々何をされていた方ですか」

「私は代議士の公設秘書でした。あとは一般の会社員だった者ばかりです」

「小柳さんはどうやってこの事務所に？」

「秘書時代に、ある議員のパーティーで会長と知り合いましてね。私が仕えた議員が落選したため、浪人になっていた折、会長に声をかけてもらって」

「小柳さんが仕えていた方はどなたですか」

「民自党の矢部春馬《やべはるま》元議員です」

馬場チルドレンの一人だ。馬場チルドレン——一時は盛んにマスコミで報じられた、にわか議員連中の総称になる。彼らは二〇〇七年、馬場が陰で仕切る派閥から出た当時の首相が、たった一つの法案を通すために衆院を解散した後、同じ党でも反対派の選挙区には刺客《しかく》候補を立てて大勝した選挙で大量に生まれた。矢部はグラビアアイドルとの不倫騒動を起こした挙げ句、学生時代にも女性問題があった過去も明るみに出て、落選後は政界から退いた。馬場の意向が働いたらしい。

「小柳さん以外の方はどうやってこの事務所に入られたのですか」

「私のツテや転職サイトで応募してきた者など色々です」

その後も雑多な話を聞いていると、派手なノックがあり、城島は目顔で小柳に促した。小柳が返事をするなり、ドアが大きく開く。

押し出しの強そうな大柄の男だった。南方系の濃い顔立ちに坊主頭。ダブルのスーツを着て、胸を張り、大きな腹を突き出している。自信過多な中小企業の社長に多いタイプだ。見る人によっては、一昔前の暴力団幹部や右翼活動家の印象も受けるだろう。

「会長の野本です」

体型通り、太い声だった。軽い会釈を交わす。野本はネクタイピンに手をやってネクタイを整えると、ゆったりと城島の正面に腰を下ろした。小柳が出ていき、応接室には三人になった。城島は野本に、小柳にした質問を繰り返した。返答も似たようなものだった。特捜部という名に臆する素振りもなく、野本は堂々と対してくる。

「印刷会社をやめて政治活動に入るなんて、思い切った決断でしたね」

「それだけの災害が日本に起きましたからな」

「ご家族の反対は？」

「いえ、独り者ですので。早稲田にあった会社も従業員三人の小さな所帯で、自転車操業だったので余り悩みませんでした。あと何年か続けていれば、従業員に退職金も払えなかったでしょう」

「寄付金はどうやって集めていらっしゃるのですか」

「私どもの政治資金収支報告書はご覧に？」

「ええ」

「不思議なのも、ごもっとも」野本は悠然と言った。「うちは新参者で、議員由来の団体でもない。印刷会社時代、色々な政治家のパーティーに参加したんですよ。当時から政治に興味がありましてね。その際に知り合い、意気投合した議員秘書の方に頼んで、全国各地の色々な企業を紹介してもらい、幹部の皆さんに賛同を得たんです」

その秘書がいわば海嶺会の身元引受人か。名だたる企業の幹部をはじめとする二百人強が寄付するほどだ。それなりに力のある議員の秘書だろう、赤城はその候補対象に当然入る。

「その秘書はどなたでしょうか」

「城島さんたちは、何を調べていらっしゃるんですか」

「捜査については口外できません」

「検察の活動資金は我々国民の税金です。私にも知る権利があるのでは？」

「申し訳ありません。何も言えません」

「そうですか。事の次第が判然としない限り、私も何も申し上げられませんな。先方は現役議員の秘書を続けていらっしゃいます。私のひと言でご迷惑が掛かりかねません」

野本はきっぱりと言った。任意の聴取で無理強いはできない。

「海嶺会はこの場所以外に事務所や倉庫、支部、それに類する団体はお持ちですか」

「いえ」

「野本さんが設立された海嶺会と、まるっきり同じ名前の会社があるのはご存じですか」

「いえ」

「西崎議員に多額の献金をされていますね」

「それが何か」

「秘書の赤城さんはご存じですか」

「ええ」

野本が最低限の受け答えしかしないのは、後ろ盾となってくれた議員秘書への影響を考慮してだろうか。ならば、やはり該当人物は赤城と踏んでいいのか。

「西崎議員ないし赤城さんが、『水』にまつわる企業の話をされた憶えはありますか」

「いえ」

野本の短い応答と、鷹揚《おうよう》とした態度は毛ほども揺るがなかった。

*

午前中、簡易的な筆跡鑑定の速報値が中澤のもとに届いた。八〇パーセントの確率で、卓上カレンダーに「水」と書いたのは赤城本人だという。さらに昼過ぎ、不審な水取引を追っている城島の現段階での首尾を高品経由で聞いた。そして――。

吉見が昼も薄暗い廊下を小走りで戻っていく。高品の伝言を持ってきたのだ。聴取は十五分間の休憩に入っていた。中澤が検事室に戻ると、赤城と臼井は談笑中だった。

「検事、議員秘書って不安定な仕事なんですね」

「イメージと違いますね」と中澤は赤城を見た。

「ええ、いまも臼井さんに聞かれ、ご説明していたんです。議員は『落選したらただの人』なんて言いますよね。公設秘書だって無職になります」

「優秀な秘書なら引く手あまたじゃないんですか。評判も立っているでしょう」

それが違うらしいんですよ、と臼井が合いの手を入れて会話を進ませる。

「ええ」赤城は軽く頷いた。「優秀な秘書ほど黒子に徹するので評判がないんです」

「では、どうされるんですか」

「履歴書を持って、議員会館で政党を問わずに一部屋ずつ議員を回るんです。西崎の事務所にも何度も元秘書がやってきました。幸い、私には経験がありません」

「なおのこと、売り手市場じゃないですか。与党だったら野党の内情や立案中の政策を知っている人間が欲しいでしょうから。逆もまたしかりですし」

「仮に野党から与党に入っても、秘書は元の政党で知った政策や国会の質疑戦略などの委細を一切漏らしません。相手の秘密を平気で口に出す者と一緒に仕事をできますか？　秘書はそういう重たい仕事なんです」

赤城の熱っぽい語調には仕事への誇りが滲んでいた。社会人の一先輩として、この情熱は尊敬に値する。自分が今の赤城と同じ年頃になった時、こうして仕事を誇れるだろうか。……そうなれるべく毎日を過ごすしかない。

中澤は執務机の端に両手を置き、軽く組んだ。ちょうど休憩時間の十五分が経っている。

「そろそろ再開しましょう」

たちまち検事室に漂っていた和やかな雰囲気が消えていく。

「日本海の海に分水嶺の嶺、会長の会と書く海嶺会をご存じですか」

「ええ。献金して頂いております」

「会長の野本永太氏もご存じですか」

「ええ」

「お会いになったことは？」

「パーティーの席や西崎事務所で何度か」

「事務所の来訪者記録はありますか」

「ええ。日常的にいらっしゃる、野本さんのような常連は記録に残しませんが」

押収資料に来訪者記録がある。今の発言の真偽は後で調べればいい。

「赤城さんは、海嶺会に寄付するよう各企業の幹部に呼び掛けましたか」

推し量るような間があった。

「パーティーで何人かに紹介した程度で、呼びかけるというほどでは」

海嶺会に献金する約二百人は「何人か」と括れる数ではない。後ろ盾の秘書は赤城ではない？　あるいは虚疑か。先刻の間を鑑《かんが》みると、後者の方がありうる。だとすれば、その事情は何だ。

「野本さんとは、いつもどんなお話を？」

「世間話程度です」

赤城の顔は強張り、語勢も鈍く、先ほどまでの熱っぽさも消えている。

「もう一つの海嶺会をご存じですか」

「いえ」

「本当にご存じありませんか」

中澤は睨むでもなく、眺めるでもなく赤城を見据える。赤城はこちらの視線を外し、斜め前方を見ている。一分近く経ち、赤城は目を戻してきた。

「記憶にありません」

「もう一度、よくお考え下さい」

思い出せ、とは言わなかった。

「記憶にありません」

「私には信じられません」中澤は整然と言い添える。「特捜部では目下、赤城さんのお義兄さんにも話を伺っています」

赤城の目が広がった。義兄が何を話したのか察しただろう。

先ほど吉見が急報を持ってきた。これは、『取り調べに先入観が入る』と中澤がかつて特捜部の応援で抱いた低次元の情報共有ではない。指揮官だけが全貌を把握し、ヒラ検事は自分の仕事だけを全うする特捜部の伝統的捜査手法は、もう時代遅れなのだ。しかるべき情報は適切に共有して、日々の捜査に臨むべきだろう。高品とならそれができる。

赤城の義兄は二ヵ月に一度、赤城が指定した日に、千葉の倉庫に水を届けている。届け先は運輸会社の貸倉庫で、水の宛先は有限会社海嶺会だった。義兄は『海嶺会については何も知らない、義弟に言われるがまま配達しているだけだ』と供述している。倉庫に預けた後、荷物がどこに配達されるのかもノータッチで心当たりもないという。義兄は当初、金額にして五百万円の大口取引になる点を加味してもなお、別の取引先への納入に支障が出そうな量なので断っている。すると数日後、赤城を通じて千五百万円を上乗せする条件を提示された。義兄はなぜそこまでと疑問を抱いたものの、結局詳しくは尋ねず、最後には承諾したそうだ。五百万円の取引に千五百万円の上乗せは大きい。民間同士の契約に外野が口を挟むべきではないが、気にはなる。海嶺会に倉庫を貸しているのは、何の因縁かワシダ運輸だった。

赤城を介して二つの海嶺会は繋がった。手ぬぐいとは無縁だとしても、何か金に関係する秘密があるのではないのか。政治団体海嶺会の異常ともいえる集金能力、赤城が何も語らない点が、この疑念に拍車をかけている。中澤は黙し、じっと待った。

＊

「またか」

我知らず、城島は古いドアの前で呟いていた。有限会社海嶺会の社長は不在だった。

登記によると、有限会社海嶺会は二〇一一年十月に設立され、主な業務は食品小売業、不動産業、貿易業、鉄鋼業、運送業とされていた。要するに何でも扱う小さな総合商社で、社名と業務の相関性は窺えない。

二時間前、城島たちは政治団体海嶺会から引き上げた。こちらの質問に野本は短い応答を最後まで繰り返し、有限会社海嶺会との関連性も見出せなかった。その後、有限会社海嶺会に出向くと、そこは愛宕《あたご》神社に近い、寺社が多い一画の六階建てマンションの一室だった。虎ノ門にまだこんな建物があるのかと驚くほどの古さで、オートロック設備もなく、外壁は黒ずんで無数の罅が走り、階段の隅には小さな虫の死骸や煙草の吸殻が転がっていた。廊下も薄暗く、ドアのペンキは所々が剝《は》げて錆《さび》が浮いていた。インターホンを押しても無反応で、中にひと気もない。電気メーターも止まっており、両隣は空き部屋で、不動産会社からも海嶺会の仔細を何も得られなかった。いくら小さな会社といえども本社とは思えない。登記では代表取締役社長の住所は千葉県船橋市。赤城の親族が営む業者が水を運ぶ倉庫は習志野市の海岸部で、船橋市から目と鼻の先だ。

そこで、こうして船橋に転戦したが、虎ノ門同様またしても古いマンションで、部屋に誰かが住んでいる様子もない。捜査対象者が住む場所が公的資料の住所と異なるケースには、これまでも何度か遭遇した。いずれも解明できずに終わった詐欺や脱税事件だ。最近では鷺田正隆の脱税疑惑を巡り、鷺田の母親の口座にケイマン諸島からの金を流した有限会社世界投資社がそれだ。城島は嫌な予感を振り払うようにマンションを後にして、少し離れた路地で稲垣に報告を入れた。

「ついでだ。赤城の親族が水を届ける倉庫を見てこい。できれば話も聞け」

言われるまでもなく、城島は倉庫に足を運ぶつもりだった。

「ええ。他の役員とは接触できましたか」

「いや。どこも城島と一緒で空振りだ」

有限会社海嶺会の登記には役員三人の住所も記載されており、それぞれ事務官が赴いていた。

午後六時前の夕焼けが建物を染めている。ここから電車を使うと、乗り換えに時間を要しそうなので、大通りに出てタクシーを拾った。渋滞気味の国道を横切り、十五分で習志野市の倉庫街に着いた。幅広のいかにも産業道路という市道沿いだ。時間帯のせいか、行き交うトラックや乗用車の姿はない。一帯が海沿いの埋め立て地で、辺りには大型の倉庫や工場、鉄くず置き場などが連なっている。どこかもの寂しい景色だ。風や空気に質感がなく、影も重みがない。東京の有明《ありあけ》などと同様、埋め立て地特有の無機質さが漂っている。

——どれくらいの人間や生物がその場所を踏みしめたのかで、土地の質感って変わるんだよ、きっと。

お台場《だいば》の人工砂浜で友美はそんなふうに言っていた。

長方形の倉庫は新しくて巨大だった。倉庫のシャッターは下り、道路と敷地を隔てる鉄門は閉じられ、近づけない。鉄門から続く壁には、呼び鈴も人の出入り用ドアも見当たらず、周囲にはひと気もない。

背後でエンジン音がして、ほどなく隣の運輸倉庫に車が入っていった。鉄門が開けっ放しだったので城島は慌てて駆け込み、車から降りた作業服を着た中年の男をつかまえた。

よく日に焼けた中年男は首を捻った。

「隣の貸倉庫？　そういや、最近誰も見かけないね」

「見かけたのは、どんな方ですか」

「どんなって言われてもねえ」男は困惑顔だった。「白いバンが出ていったり、ドアにカタカナの社名が書かれたバンが入っていたりするのを見ただけだし」

ドアにカタカナの社名が書かれたバンとは、ウォーター・ウォーターのバンだろう。別の機捜班が現物を検《あらた》め、撮影もしている。となると、白いバンの主が海嶺会か。

「その出入りの時、倉庫側の人間は誰もいないのですか」

「そりゃ、いるんじゃないの。運送業者が勝手に他人様の倉庫を開けるわけがないもの」

「今日は誰かいますかね」

「さあ」中年の男が親指を立て、後方に振った。「裏に回ってみれば？　ワシダさんのでっかい配送センターがあるから。あそこは二十四時間稼働で必ず誰かいるよ。敷地も一緒だしね。にしても、ワシダさんはうまくやったよなあ」

「うまくやった、というと？」

「市役所の人が言ってたんだ。隣の倉庫も裏の配送センターも、震災復興の予算も使って建てたんだってさ。この辺の土地と東日本大震災とに、どんな関係があんだかね。うまい理屈を見つけたんだろうな」

「千葉も死者が出ていますよ」

「それは外房で、ここは内房だろ？　今、習志野にもう一個倉庫を建ててるしさ。浮いた金を回したんだろうよ」

城島たちは、高さが人間の身長ほどのコンクリート塀をぐるりと回り、ワシダ運輸の配送センターに足を向けた。入り口付近にまで、奥の方での機械音や段ボール箱を積み下ろしする音が漏れている。

プレハブ小屋のような事務所に通された。片隅に申し訳程度に置かれたソファーで、宿直主任だという四十歳前後の男は困惑顔だった。

「貸倉庫には我々も自由に出入りできません。向こうに管理員を置いているんでもないので、先方がどう使ってるかなんて知らないですよ。担当部門も違いますしね。もちろん向こうから依頼があれば、ここから倉庫に荷物を取りにいきますよ。倉庫の裏側にもシャッターが設置されているので、フォークリフトが行き来できる設計になっていますから」

「では、借主が倉庫をいつ利用しているのかは定かでないと」

「ええ。先方に訊いて下さい」

「今日、海嶺会の方がいらっしゃるかはご存じですか」

「さあ。こっちはこっちの仕事で手一杯なんでね」

「連絡先をご存じですか」

宿直主任は膝に手を突いて億劫そうに立ち上がると、戸棚から一冊の薄いファイルを手に戻ってきた。書いてあったのは、特捜部も入手している連絡先だった。

「これ以外の連絡先は？」

「そちらで本社の管理部門に問い合わせてみたらどうですか」

城島は応対の礼を言い、ワシダ運輸の物流センターを出た。

ＪＲ新習志野駅に近づくにつれ、人や生活のニオイが漂い始めた。自転車の後ろに幼い少年を乗せた母親や、レジ袋からネギが突き出た主婦がいて、風の肌触りも倉庫街とは違う。

城島は不意に首の辺りにむず痒《がゆ》さを覚え、振り返った。

薄闇の歩道に人影はなく、背の高い街路樹が風にそよいでいるだけだった。

＊

三時間近い沈黙で、検事室の空気は硬く固まっていた。赤城はうつむき、身じろぎひとつせず、なおも机の一点を見つめ続けている。中澤は赤城の言葉を待っていた。何度か内線もかかってきただろう。臼井が消音にしていたため、検事室内の空気は乱れなかった。

十年を超える検事生活で、これほど長い沈黙が続いたのは初めてだ。沈黙にもいくつかの種類がある。被疑者が真実を語り出す寸前の沈黙、こちらが何を言っても相手が無視する沈黙、検事があえて何も言わない沈黙。どの沈黙にも、その中に無音の音がある。気配と言い換えてもいい。真実が語られる前の沈黙には一線を越えようという緊張感が、抵抗の沈黙には岩の塊のような、検事が仕掛けた沈黙には相手の心が揺れる波がある。

いま目の前にある赤城の沈黙は、そのどれにも当てはまらない。もしや赤城は、三時間近い時間が経ったと感じていないのか。中澤にしても、いつの間にかこんなに時間が経っていた、という感覚だ。

ふっ、と赤城が顔を上げた。目の前に人がいる現実に初めて気づいた、とでも言いたげな面持ちだった。

「中澤さんはおいくつですか」

「今年三十九になりました」

「ご結婚は？」

赤城は、三時間もの沈黙が存在しなかったかのごとく明るい声音だ。

「どうも縁がありません」

「私は三十九で結婚しましてね。二人の息子はもう高校生と中学生です。歳なのか、最近自分の人生を顧みる時間も多くなりました。中澤さんの年齢は、まだまだ前に進むのに集中する時期ですから、過去を噛み締める機会なんてないでしょう」

どんなに忙しかろうと、一年に一回だけある。今年も間もなく訪れる友美の命日。いまだ友美のために何もできていない。出所した男の行方を探すにも手がなく、時間もなかった。

「若い頃は自分が五十歳を過ぎるなんて、頭をよぎりもしませんでした」

しみじみとした口ぶりだった。赤城の話はどこに行き着くのか。中澤はどこまでも付き添っていく腹を決めた。気持ちよく話している時は、どんな内容であれ話させればいい。こちらの話はそれが終わってからだ。

「西崎は総理大臣になるべき男です。心からそう言える男に出会え、本当に良かった」

赤城は満足げに微笑み、数秒後にそれを消した。

「中澤さん。海嶺会の件を含め、全ては明日にお願いできないでしょうか。一晩、私に気持ちを整理する時間を下さい」

「この三時間余り、お気持ちをまとめるために過ごされたのではないですか」

「ええ。ですが、もう少し一人で考えたいので。今日は自宅に戻らせて下さい」

赤城は深々と頭を下げ、その動きをぴたりと止めた。

帰していいのか？　中澤の心に迷いが生じた。……この迷いを整然とした質問に言い換えるのは不可能だ。所詮、ただの感情の動きに過ぎない。第一、聴取に感情を交えるべきではない。検事の正道から外れるではないか。それに、もう午後七時を過ぎている。午前十時過ぎから始めた聴取の区切りとしては、いい頃合いだ。任意である手前、引き留める手立てもない。

「では、明日も同じ時間にお越し下さい」

ゆっくりと赤城は顔を上げた。

「すみません、中澤検事」

中澤は赤城を見送ると、高品の部屋に向かった。

「源吾、どうだった？」

「だんまりです。赤城さんは明日話すと言っていますが」

「そう。こっちは大きな進展があったよ。機捜のブツ読み班が大活躍。赤城の義兄が経営するウォーター社が民自党の政治資金団体に七百五十万円を寄付して、さらに個人としても義兄夫妻と専務を務める二人の息子、もう九十歳近い赤城の妻の母親が、西崎の資金管理団体に個人寄付の年間上限額百五十万円を納めてたの。どちらも有限会社海嶺会との取引が始まった二〇一一年からね」

「合わせて千五百万か。大金ですね」

千五百万……。中澤は細い息を吐いた。

「なるほど。ぴったりですね」

「そうなの。海嶺会と取引した二千万から千五百万を引くと、取引として適正価格の五百万になる。仮に有限会社海嶺会と西崎が手を組んでて、表にできない金だったとしたって、千五百万なんてマネーロンダリングにしちゃ、小さすぎる額だけどね」

「赤城の義兄は何と？」

「赤城に寄付を促されて、やっただけだってさ。海嶺会との二千万の取引で得た通常取引との差額分を、赤城が寄付させる意図があったかどうかは知らないって。義兄としては、今までは売り上げが伸びずに寄付できなかったし、これからも海嶺会のような大口取引の相手を紹介してくれるかもしれないから上限一杯に寄付したら、差額分になったって言ってる」

鵜呑《うの》みにはできない。だが、取引自体は合法だ。高く買ってくれるのなら、高く売るのが商売。赤城に差額を寄付させる意図があったとしても、ウォーター社は適法に稼いだ金を適法に寄付したに過ぎず、金の素性は有限会社海嶺会から洗うしかない。

「源吾にも内線を入れたんだよ。臼井さんも出なかったから。取り調べが佳境なんだってなって、それ以上は控えたの。というわけで、明日は今の件を確かめてみて」

朗らかな高品の口調が、中澤の胸にずしりと響いた。

申し訳ない。自分だけが何も割れていないに等しい。明日こそは——。

6

ブーン、と遠くから振動音が聞こえた。中澤は眠気を引きずり、薄目を開けた。まだ暗く、辺りは寝静まっている。意識がじわじわはっきりしてくる。振動の発生源は耳元の携帯だ。手を伸ばすと高品からの着信で、午前三時過ぎだった。ベッドから上体を起こし、耳にあてる。

「こんな時間にごめん」

「いえ。どうかしましたか」

すっ、と電話の向こうで高品が息を吸い込む音がした。

「赤城さんが自殺した」

中澤は一気に目の前が真っ白になり、腹の底が急速に冷えた。携帯を握り締め、何とか自身を保つ。

「どこから出た話ですか」

「さっき、刑事部の本部係検事から急報を受けた。ほら、西崎事務所に任意の資料提出を求めたって報道が出たでしょ。だから身元が赤城さんと思《おぼ》しき時点で、警察から本部係検事に連絡が入ってさ。すぐ私にも知らせがあったの」

地検刑事部の本部係検事は殺人などの重大事件が発生した際、現場に駆けつける役割を担っている。本来なら事件性もない自殺案件には出動しない。渦中の西崎事務所の人間とあって、警察も伝えてきたのだ。

「自宅マンションから飛び降りたんだって」

身元がすぐさま判明した経緯も納得がいく。中澤は目の前の漆黒を凝視した。聴取で自殺の予兆はなかったのか……。

「遺書は見つかってないらしい」

「そうですか」

「ショックだろうね。でもさ、起こったことは起こったことだと切り替えるしかないよ」高品は強い声だった。「じゃあ、あとで、おやすみ」

通話を終えた途端、中澤は体がどっと重たくなった。このまま何事もなかったかのように、もう一度寝られるわけがない。

携帯をベッドの隅に放り投げ、両足を床に投げ出してベッドの縁に腰掛けた。昨日、赤城が検事室を出ていく直前のやり取りを思い返す。赤城は妙に明るかった。早々と自殺する意志を固めていたのか。

すみません。あの一言は、その暗示だったのか？　全身が地の底へと沈み込んでいきそうだ。自分は正面にいた男の何も見えていなかった……。中澤の両手は微かに震えていた。

「自殺に追い込むほど苛烈な取り調べはしていないと言うなら、その証拠はあるのか」

「ありません」

午前九時過ぎ、広めの会議室でコの字に組まれた机の開いた部分に、中澤は立たされていた。

正面に次席の今林、左手に事件担当副部長の本多と所属班担当副部長の村尾、そして右手に鎌形が陣取り、それぞれ仏頂面《ぶっちょうづら》で座っている。日曜だというのに、特捜部の関係幹部が軒並み揃った恰好だ。鎌形だけが起伏のない声で問うてくる。

「録音録画はしていないのか」

「はい、していません。赤城本人も、録画してほしくないと言っておりましたので」

特捜部では被疑者に対する取り調べは、特例を除いて録音録画が義務付けられている。かたや参考人聴取には義務付けられていない。二〇一七年現在、まだ試験的に行われている段階だ。

「中澤だけ聴取が進んでいなかったそうだな。その焦りのせいで無理な取り調べをした結果、赤城が死んだんじゃないのか」

「無理な取り調べはしておりません」

何らかの暴行を加えたか？　いえ。机を叩いたか？　いえ。怒鳴りあげたことは？　いえ、ありません。これまで君が聴取している最中に自殺した者は？　おりません。過度な尋問だったんじゃないのか？　適切な聴取だったと認識してます。中澤はありのままを答弁した。

「自殺する素振りはなかったのか」

「はい」口の中に苦みが満ちていく。「私には察せられませんでした」

「誰だってミスをする、と特捜部が開き直ったらお終《しま》いだ」

「はい」

「政経新聞の朝刊は読んだか」

はい、と応じた。またも政経新聞の特ダネが今朝の朝刊を飾った。特捜部が西崎の筆頭秘書である赤城を任意聴取している、と一面で報じたのだ。昨晩、赤城は取材を受けたのだろうか。

「各紙、後追い取材に走るから赤城の自殺も耳にする。夕刊で一斉に報じられ、特捜部の不手際だと責め立てる論調もあるはずだ」

「はい」

「失われた命は戻ってこない」

中澤は拳を握り締めた。

「承知しております」

「だったらなぜ自殺に追い込んだ？」

その後も同じ話の繰り返しだった。本多も村尾も押し黙っている。村尾は自分の存在を完全に消し、本多は口を真一文字に結んでいた。二人の擁護が皆無なのはともかく、非難すらしないのは気味が悪い。特にいつもの村尾なら、かさにかかって責めてきそうな場面だ。

「鎌形君」今林がゆるやかに身を乗り出してきた。「まあ、待ちたまえ。これで明快になった側面もある。政治家絡みの事件では、昔から言うじゃないか。捜査過程で自殺者が出れば、それは本物の事件だと。つまり、中澤君は核心に迫りつつあったんだよ」

キーパーソンが自殺してしまい、捜査が頓挫《とんざ》した政治家絡みの事件は数多い。赤城が西崎に至る何かを握っていたのは間違いない。それは決して手ぬぐい案件ではないだろう。あの程度の違反で死を選ぶ必要はない。西崎に懸けていた赤城は何かを、おそらく深い闇を抱えて死んだ。その核心に迫ったのか……?

水。あの書き込みしかない。赤城が義兄の会社に付随するものだろうと言ったのは、そう話した方がベターだと計算したからだろう。特捜部が調べれば、たちどころに赤城の親族が水ビジネスを手がけていると判明する。また、政治団体海嶺会と有限会社海嶺会に結び付きがあるのか否か、赤城なら知っていたはずだ。

今林はおもむろに体の向きを変えて中澤を見据えた。ゆったりと頷きかけてくる。

「私は君を信じよう。記者が何を言ってこようが、撥《は》ね退《の》ける。今回の件をバネにして、真相解明に全力を尽くしなさい」

「では、中澤の処分は？」と鎌形がポーカーフェイスで問いかける。

「不要だ」

「赤城はキーパーソンでしたが」

「何度も言わすな。鍵を握っていたから自殺したんだ。誰が取調官だろうと、赤城は死んでいたさ。肝心な点は、これからの捜査じゃないのかね」

そうか。今林に恩を売られたのだ。取り調べに瑕疵《かし》がなかった証拠はない。外部に発表する見解はどうあれ、内部的には処分を受けてもおかしくない。

「中澤君、期待しているよ」

今林は大人しやかな口ぶりだった。

返事ができなかった。聴取相手が死んだのは初めてだ。自分はこのまま今回の捜査に参加していいのか。いや、今後も検事として生きていいのか。やりきれなさが体中に広がっていく。

「下がれ」

鎌形がケリをつけるように冷淡に言った。

＊

――なにやってんだよ、中澤検事はさあ。特捜部にいる資格ないよな。

――数字が嫌いで、小学校の頃から算数が嫌だったって言っているらしいぞ。

――そんな人間が金に関する捜査に入っても失敗するわな。

事務官の一部では中澤の陰口が広まり、城島の耳にも届いていた。自分が後ろ指をさされている気分で、こそこそ悪口を言う連中の胸倉を摑んで問い質《ただ》したかった。お前が中澤の何を知ってんだ、と。

城島はブツ読み中の書類を置き、眉根を揉んだ。何かが潰れるような音がする。目蓋の裏は窓からの陽射しで赤く染まった。くそッ。腹の中で誰に対してでもなく吐き捨てた。あるいは自分への憤りなのか。自分が「水」の書き込みに中途半端な違和感を抱かなければ、赤城は死ななかったかもしれない。死んでしまえば、聞ける話も聞けなくなる。

「ご機嫌斜めだな」背後から穏やかな声をかけてきたのは稲垣だった。「中澤検事の件か」

「知らないくせに色々と言う人間が気に食わないだけです」

ほう、と稲垣は細い眼を皺のように狭める。

「友人として声をかけたらどうだ」

「私の出る幕なんてないですよ。私の知っている中澤はヤワじゃないので」

「突き放すのも優しさってやつなのかな」

「そんな麗《うるわ》しい話じゃありません」

我知らず吐いた息は長いものだった。

夕方、城島が庁内の食堂で遅い昼食をとっていると、特捜部の事務官が五人入ってきた。いずれも城島の先輩だ。彼らはうどんなどを手に、広くて空いている食堂でわざわざ城島を取り囲んで座った。中澤の陰口を聞こえよがしに叩く連中で、余り一緒にいたくない。席を立とうにも城島のカレーはまだ半分近く残っていた。

右隣に座った一人がぬっと顔を近づけてくる。

「政経新聞に西崎の件が漏れてんだろ？　あれ、中澤検事らしいぞ」

城島は心に冷たい風が吹いた気がした。赤レンガ派の今林が中澤の検事室から出てきた光景がある。普通なら特捜部の失敗は次席の今林にも影響を及ぼす。しかし、赤レンガ派としてみれば特捜部の力を削《そ》げたとも言え、派閥の中では今林の加点になる。その今林が中澤を赤レンガ派に取り込んだ？

正面の男はしたり顔で口元を軽く緩めている。右隣の男が声を潜めた。

「上の事務官の間で広まっている話だ」

上。地検次席や検事正の周りにいる事務官を表している。

「根拠はあるんですか」

「火のないところに煙は立たないって言うしな」

「誰かが火を点《つ》けた悪意のある噂でしょう」

また右隣の男が吐息を吹きかけてきた。

「官舎付近で記者と話す中澤検事を見たって話もある」

「誰が見たんですか」

「知らんよ。噂だ」

右隣の男はニヤッと口元を歪め、他の四人も何が楽しいのか粘着質な笑みを浮かべている。

「塵《ちり》ひとつ見逃さない城島サマなら、許せない所業だろ？」

城島は彼らの視線を浴びながら、カレーをかき込むように胃に押し込んだ。味はまるでしなくなっていた。

五人に挨拶し、先に食堂を出て薄暗い廊下を歩いていると、足が止まりかけた。正面からやってくるのは、他ならぬ中澤だ。城島は進み、中澤も近づいてくる。互いに表情はない。

あと三歩ですれ違うという位置で、揃って真っ直ぐ前を見たまま立ち止まった。

「検事、今は食堂に行かない方がいいかと」

「その理由は？」

「気分を害されるだけです。色々と噂されています」

「どんな？」

「言えません。告げ口はしたくないので」

中澤は構わずに歩みを進めてきた。横に並んだ時、城島は中澤の右腕を握った。なおも顔を向けずに押し殺した声を発する。

「検事として事件を潰す真似をしましたか」

「正当な取り調べでした」

「それ以外は？」

「それ以外？」吸い込まれるような間が生まれた。「なるほど。そういうことか」

「どうなんですか」

「噂通り、私がリークしたとすれば？」

城島は、中澤の二の腕を握る右手に力が入った。

「許されません。人が死んでいます」

「殴りたければどうぞ」

「認めるんですか」

「どう解釈してくれても結構」

芯まで硬い声だった。二人とも目を合わさず、別々の方向を向いたまましばらくいた。食堂から大きな哄笑《こうしょう》が漏れてくる。あの五人組が発信源だ。どうして、あんな根拠もない話をできる連中が特捜事務官になれたのか。……そんな連中が発した噂を耳にして心を波立たせている自分も同類か。

「そろそろ手を離して下さい」中澤が腕をちょっと振った。「食欲がなくても、パンくらいは口に入れろって臼井さんに注意されましてね。買ってきてもらうのは気が引けたので自分で来たんです。このまま手ぶらで戻れば、また注意されてしまう」

城島はさらに一度ぐっと力を込めて握り、腕を離した。中澤は正面を見たまま、軽く右腕をぶらぶらさせる。

「では、失礼」

「ちょっと待て」城島は中澤の横顔を直視した。「ゲン、俺の目を真っ直ぐに見て、検事として恥ずかしくない仕事をしていると胸を張れるか」

中澤の顔がやおら城島に向いた。硬い面貌だ。とりわけ目つきは硬く、鋭い。城島にではなく、中澤自身を射貫《いぬ》く眼差しに見える。かつて一度だけ、こんな中澤と対峙《たいじ》した。友美の遺体を安置していた部屋で。

中澤は粛然と口を開いた。

「恥ずかしくはない。かといって、胸は張れない。人が死んだんだ」

態度や顔つきから、中澤が本心で言っていると気取れる。なにより声に感情が滲んでいる。それなのにこいつは……。

「ジョー、何か言いたそうだな?」

城島は顎をぐっと引いた。

「別に」

「そうか」

中澤が正面に顔を戻し、歩き出した。その乾いた足音が廊下に響いた。

第三章　水脈

1

「さて、第一人者はどう見る？」

ソファーセットで対座する高品は、口では半ば冗談めかしているが、瞳は真剣だ。

午後三時、中澤は高品検事室で、臼井と横並びに腰掛けていた。

赤城の自殺から明日で一週間になる。あの日は今林や鎌形に説明した一時間後、まず村尾に呼び出された。

「あなた、何てミスをしてくれたんです」村尾は右眉だけを器用に上げた。「まさか事件を潰したいんですか」

「いえ。赤城さんの胸中を見抜けませんでした」

そう応じるしかなかった。

「あなたは検事なんです。言動は他人に影響を及ぼします。それを弁えているんですか」

「もちろんです」

「どうだか」村尾は執務机に転がる煙草を指で無造作に挟み、その先を中澤に向けた。「自分がとるべき行動を一晩よく考えなさい」

自ら捜査班を外れる意思を申し出ろという示唆か。

「なぜ先刻の会議で仰らなかったんです？」

「きな臭さが漂っていたからですよ」

村尾の声はいつにも増して冷えていた。腐っても特捜部の副部長だ。今林の魂胆は見透かしていたのだろう。

村尾の副部長室を出て自室に戻ると、今度は本多が腕を組んで壁際で待ち構えていた。何を言い含めたのか、臼井の姿はない。

「赤城はヤマの鍵を握っていた。手ぬぐいだけでなく、他の何かも解明が困難になった。この責任はとれ」

「私の退室後、次席や部長は私を西崎の捜査から外すべきと判断されたんですか」

「いや」

「では、私から捜査を外れる旨を申し出ろと？」

やにわに本多の目の鋭さが増した。

「それが中澤の責任の取り方ならな」

言い終えるなり、くるりと背を向けて部屋を出ていった。

少しして、臼井が検事室に戻った。しばらく黙ったまま、それぞれの作業をしていると、ちょっとよろしいですか、と臼井が抑制のきいた声で話しかけてきた。

「なんでしょう」

「赤城の聴取には何の問題もなかった、と僕は誰よりも知ってます。上の人間がごちゃごちゃうるさいようなら、いつでも証人になります。できる限りアシストするんで、何でも言って下さい」

「ご心配ありがとうございます。大丈夫ですよ」

「そりゃ、上の人たちの追及はかわせるんでしょう。けど、僕には今の検事の姿は全然大丈夫に見えません。僕を信用してくれるなら、本音を吐いて下さい。立会事務官としてではなく、臼井直樹一個人としてのお願いです」

この人は……。中澤の胸に臼井の真心がじんわりと沁みわたった。赤城の自殺を知らされた瞬間に生まれた、率直な心情が思わず口からこぼれ出る。

「自分が関わった人の死は、骨身に応《こた》えますね」

「それは検事が機械ではなく、人間だっていう証明です」

「本当に俺は弱っちい人間だな。間違った聴取はしてないと主張できる半面、果たして自分が検事に相応《ふさわ》しいのかと迷いがあります」

「何の迷いもない人が検事になって、法律を駆使して正義をまっしぐらに追求する世の中の方が僕は怖いですよ。きっと国民のほとんどもそうでしょう」

一拍の間を置き、臼井が続ける。

「数年前、僕は特捜部の一員として、世界的な光学機器メーカーの巨額粉飾決算の捜査に携わりました。約一年間の捜査の末、何代もの社長が粉飾を黙認してきたにもかかわらず、事態が明らかになった時の責任者を訴追するだけで、呆気なく事件は幕引きされました。もちろん、法律的に色々と難しい兼ね合いがあるのは理解できます。でも、腑《ふ》に落ちませんでした。問題の本質は粉飾が続いてきた体制そのものにあり、歴代の幹部も責任に問われるべきでしょう」

起訴しても有罪にできない、と当時の特捜部は踏んだのだろう。時効の壁もある。

「捜査チーム解散の夜、地方の地検から応援に来ていた事務官とサシで飲んだんです。少し年上の彼は、僕の胸にあったもやもやを見事に言語化してくれました。『法律って誰のためにあるんでしょうか、正義って何なんでしょうか、組織って誰のためにあるんでしょうか』と」

正義に疑念を抱く検察の人間が、自分以外にもいた。

「難しい問いですね」

「ええ、今も僕は答えを見出せません。この三つの疑問を忘れないで毎日を過ごす、僕にできるのはこの一点に尽きます」

赤城の死は生涯忘れられまい。そう認識した上で過ごす日々と、ただ忘れられないだけの日々は違う。臼井は自身の体験を通じて、励ましであり、叱咤《しった》でもある言葉をかけてくれたのだ。

自分も、やれる仕事をきちんと果たしていこう。

「臼井さん、ありがとうございます」

今度の礼は心の底から言えた。

自ら捜査班を外れる申し出はしていない。する気もない。村尾や本多の思惑がどうあれ、逃げるに等しく、責任放棄だ。むろん、まだ気持ちがどこか宙ぶらりんなのは否定できない。いくら仕事に集中しようとしても、聴取中の相手が自殺した衝撃は体の節々《ふしぶし》に残っている。色々と陰口を叩かれ、腫《は》れ物を扱うように接してくる同僚検事や事務官だっている。高品や臼井の何も変わらない態度が、かえって気を使わせているようで申し訳ない。……忘れるのでも立ち直るのでもなく、赤城が自殺したという事実を抱えて進めるようにならねば。

「紛れもなく僕たちはワシダ運輸の第一人者ですもんね」

臼井も高品同様、おどけた声調とは違い、顔は真面目だ。高品は、中澤が脱税の疑いでワシダ運輸社長の鷲田正隆を調べたので第一人者だと言っている。

有限会社海嶺会の銀行口座記録を機捜班が分析すると、今年六月に八十万円の入金が集中していた。他の入金額は様々で、二十件も同じ金額での入金は目を引いた。そこでこの二十件の送金元を洗った結果、いずれも岩手県内の中小建設会社で、現在宮《み》古《や》市《こ》内で物流センターの建設工事に従事していると判明した。その施工主がワシダ運輸だったのだ。まだ建設会社社員の聴取を行っていないので、各八十万円が何の代金かは定かでない。

さらに機捜班ではこの一週間、政治団体海嶺会に寄付した企業幹部約三十人にも当たった。いずれもパーティーや事務所を訪問した折、赤城に寄付を勧められた、と口を揃えている。

海嶺会が西崎のトンネル献金機構とは思えない。彼らは誰も西崎に献金していなかったのだ。個人が海嶺会のような「その他の政治団体」に寄付できるのは年間百五十万円以内で、政治家個人にできる寄付と同額だ。海嶺会に寄付した人物が西崎にも献金していない限り、海嶺会がトンネルとなった闇献金システムではない。

なにゆえ赤城は西崎の資金管理団体ではなく、海嶺会への寄付を促したのか。また、声かけしたのは赤城だけだったのか。機捜班は引き続き、海嶺会への寄付者に当たり続けている。

水の書き込みが話題に出た直後、赤城は死を選んだ。手ぬぐいの配布は筆頭秘書が死を選ぶほどの問題ではない。よって、「水」の解明が必須で、その線で名前が浮上した二つの海嶺会を洗うべきであり、高品も同じ意見だった。この問題は西崎の手ぬぐい配布はもとより、その奥にある政治と金を巡る問題にも至りそうだ。海嶺会双方の関連性の有無や「水」の含意など、詰める部分を詰めて西崎の聴取に入らないと、逃げ道やはぐらかされる隙を与えてしまう。

一体、赤城は何を抱えて死んだのか。その胸中に分け入れてさえいれば……。中澤は忸怩《じくじ》たる心持ちで注意深く話を転じた。

「有限会社海嶺会とワシダ運輸の間には倉庫の賃貸契約もありますよね」

「機捜班の調べだと、二〇一二年十一月に貸倉庫が完成。すぐに海嶺会の申し込みがあって、十二月から利用されてんだってさ。契約は三年の自動更新で、契約解除はどちらかが申し出ないといけない仕組み。鷲田社長の脱税捜査では、海嶺会の名前は出たの？」

「いえ。ワシダ運輸の金の動きより、鷲田個人の金の動きを主に探っていたので」

「で、鷲田社長を立件するほどの証拠はなかったと」

「ええ」

「岩手の会社の入金ってのが、どうも気になってさ。偶然にしてはでき過ぎじゃない？」高品が細い腕を組む。「政治団体海嶺会は、東日本大震災復興を目指して設立されてんの」

東日本大震災――。

「ん？　どうかした？」

「頭の片隅に何かが引っかかって」

「んじゃ、里穂が買ってきてくれたケーキでも食べて、ぼつぼつ分析して」

お、ここのケーキはうまいんだよね、と臼井が声を弾ませた。そうなんですよ、と押し黙っていた吉見も軽快に相槌を打つ。中澤は一口含んだ。チョコレートケーキは生地が柔らかく、カカオの風味と甘味がふわっと口中に広がった。

鷲田にまつわる記憶を探っていく。捜査が事実上打ち止めとなったのは一ヵ月前。記憶はまだ鮮明だ。どこかで東日本大震災という単語に行き着くはず……。

「和歌様、海嶺会がワシダ運輸に借りている倉庫ってどこにあるんすか」

臼井がケーキを刺したフォークを口に運びながら尋ねた。

「千葉の習志野だったか、船橋だったか」

習志野です、とすかさず吉見がフォローする。アッ、と中澤は横目で臼井を見た。

「臼井さん、ナイストス」

「いえいえ」と臼井は涼しい顔で無造作にケーキを頬張った。

ん？　なになに？　高品が興味深そうに目を向けてくる。中澤は口元を僅かに緩めた。

「引っかかりの原因がわかりました。ワシダ運輸は震災復興補助金を使って千葉県内に物流センターを建設したんです。宮古市のもそうでしょう？」

「ザッツライト。でもさ、なんで復興補助金を使って千葉に倉庫を建てられんの」

「すみません。当初そういう制度だったとしか知りません。ワシダ運輸はこれまで全国七ヵ所の配送センターや倉庫建設で、総額約二十億円の復興補助金を受け取っています」

「ワオ、大金じゃん。里穂、後で復興補助金について調べといて」

了解です、と吉見はケーキを口に入れた。高品がフォークを持つ手を止める。

「源吾、良く思い出せたね」

「臼井さんとケーキのおかげです。糖分で脳が回転したみたいで」

「甘いものバンザイ」と高品はおどけた。

甘いもの――。鷲田の脱税捜査でも城島が妙にこだわっていた。大番頭・陣内の手帳に記された和菓子の購入回数が多い、と。

「有限会社海嶺会は、他にもどこかに倉庫を借りているんですか」

「さあて。口座記録では読み取れない。ニコニコ現金払いかもしれないし、海嶺会に接触できない以上、都内近郊の倉庫を片っ端から潰していくしかないね。これは時間がかかるよ」

「有限会社海嶺会に八十万円を送金した会社には、いつ話を聞くんですか」

「本多さんを通して機捜班にお願いした。ひとまず現地に飛んでもらってる。今日中には一報が入るんじゃないかな。機捜班にかなり負担がかかってるね」

ケーキを食べ終え、中澤と臼井が自室に戻ると、ほどなく関東《かんとう》大学文学部の老教授から外線が入った。教授は筆跡鑑定の第一人者だ。中澤は東京地検刑事部時代に何度も世話になっており、今回も赤城の件で依頼した。先だっての簡易鑑定では、八〇パーセントの確率で赤城本人が記したとされている。

簡単な挨拶を交わすと、あの、と教授が切り出してきた。

「例の卓上カレンダーの筆跡で結論が出ました。詳細は書類にまとめて送付します。まずは早急にお知らせしようかと」

いつもゆったり話す教授にしては、らしからぬ速い語勢だ。何かあったのか。

「実は、最終的に比較対象者の筆跡とは異なったんです」

「え？」中澤は受話器を握り直した。「簡易鑑定とは正反対ですが」

「ええ。簡易鑑定では照合できないほど非常に微妙な点で差異が認められまして」

赤城の身近に、赤城の筆跡に似た人間がいた？

「比較対象者と酷似した筆跡を持つ人間が存在する、と解釈していいんですか」

「その確率はゼロとは言えませんが……」教授は苦しそうな声を発した。「差異は本当にごく僅かで、肉眼では見極められない部位に止まっております。したがって、誰かが似せて書いたと解釈する方が自然です。私としては恥ずべき事態になってしまいました」

何者かが筆跡鑑定の第一人者の目をも欺《あざむ》くほど巧みに赤城の直筆を模して、その卓上カレンダーに「水」と記した……。しかし、卓上カレンダーは議員会館の事務所にあった。

「他の秘書が書いたという線は？」

赤城と比較すべく、地検が入手した他の秘書の文字を教授に送っている。同僚秘書は赤城の直筆に幾度も接しており、手本を手に入れるのも容易で、記入のタイミングも計れる。

「どなたにも合致しませんでした」

いったい誰が……。裏返せば、いつなら外部の人間が赤城の卓上カレンダーに文字を書きやすいのか。議員会館という場所柄、訪問者は多い。その分、不審な動きをすれば人の目、特に秘書の目につく。外部の人間が赤城の卓上カレンダーに近づくのは難しい。

「こんな風に評するべきではないと心得た上で、あえて申し上げます」教授は声を少しだけ高くした。「これは、見事な偽物です」

＊

夕陽が射す長屋の窓際で、稲垣が目を細くした。

「岩手から連絡があった。有限会社海嶺会が売ったのは作業員の飲料水だ」

「なぜ私に？」

「ちょうど戻ってたし、城島が大本だろ」

「大本？　なんだか病原みたいですね」

「日本に健康な社会人なんて存在しないさ」稲垣が肩をすぼめる。「哀しいお国柄だな」

城島は日中、もう一人の事務官と政治団体海嶺会に寄付した人物に聞き込みをかけた。今日は土曜とあって三人しか会えず、ちょうど長屋に戻ったところだった。誰に寄付を勧められたのかを確かめると、『え？　赤城さんです』と戸惑い気味だった者、『ああ……えーと……赤城さんだったかな』と途切れがちに言った者、『赤城さんですね』と即座に断言した者、と反応は様々だった。

「水なら専門業者があるのに、海嶺会に発注したのには何か事情がありそうですね」

「ああ、元請けに購入を勧められたそうだ。適正価格より少し高めとはいえ、下請けは断れんわな。付き合いの範疇《はんちゅう》だろう」

工事の元請けは大企業だ。そんな大企業が古いマンションの一室を本社にする有限会社を紹介？　規模が大きな会社ほど多くの企業と付き合うにせよ、他社に紹介するなら相応の繋がりがあるはずだ。解《げ》せない。

稲垣は思案顔で顎をさすった。

「たった一文字が、文字通り水のように流れていくな。この水脈には何が潜んでいるのか」

「下請け業者は海嶺会とのやり取りをどのように？」

この一週間、機捜班が海嶺会の事務所を何度か訪れている。いずれも人がいる気配はなかった。

「電子メールでの発注だそうだ。生身の人間とは会っておらず、声も聞いたことないと言っている。水購入を勧めた元請けの聴取は今日、明日は難しい。週明けの月曜からだろうな」

内線が入り、班長、と事務官が声をかけた。稲垣は城島の肩を軽く叩いて、電話機に歩み寄っていく。

城島は窓から景色を眺めた。九月最終日の土曜夕方。日比谷公園には最近増えた外国人観光客を含め、大勢がいた。園内のテニスコートはさらに賑わっている。

もう明日で一年が経つのか。時間なんてあっという間に過ぎていく。特にここ数年はそう痛感させられる。何も解決できないまま、時間だけが重なっていくのが苛立たしい。

今日は何時に帰宅しようと、キーマカレーを作る。そのレシピを頭の中で念入りに反芻していく。たっぷりひいたサラダ油に粉末スパイス各種を入れて香りを移した後、微塵《みじん》切りにしたニンニクと生姜を投入して熱し、さいの目に刻んだタマネギとニンジンを炒め、シメジ、角切りのナスを入れる。野菜に軽く火が通った時分にひき肉を加え、染み出した肉汁がじゅうじゅうと音をたてはじめる頃、さらに各種スパイスと塩を適量振って、トマトとチキンスープを少々と、甘味を入れる。さらに具材を炒め続けて塩で味を調え、最後にガラムマサラで風味付けして完了だ。三十分にも満たない調理時間。真相が判明しても、毎年この三十分を過ごし続けるだろう。

城島、と稲垣に呼ばれた。

「西崎事務所に出入りした人間を早急に一人残らずリストアップしてくれ。期間は今年一月から、うちが任意の押収に入るまでだ」

2

青くて高い空には雲ひとつなく、空気もすがすがしい秋晴れだ。中澤は午前六時前に湯島の官舎を出て電車とバスを乗り継ぎ、三鷹市内の古い寺を訪れた。水を入れた木桶とひしゃく、花束を持って進んでいく。境内《けいだい》で踏むこの砂利の感触で、もう一年が経ったのかと毎年思う。

十月一日。十八回目を迎える、友美の命日。午前九時には霞が関の庁舎にいたいので、早い時間に訪れた。毎年この日は、成人式に際して友美が贈ってくれたワインレッドのソリッドタイを結んでいる。

ザクッ、ザクッと足元で砂利を踏みしめる音が跳ね、頭上では数羽の小鳥が舞うように飛んでいく。トンボが行き交い、あちこちからコオロギや鈴虫の鳴き声が聞こえる。虫の声と自分の足音を除けば、午前七時過ぎの寺は静まり返っていた。

友美の墓前に立った。朝日を浴び、墓石は輝いている。

中澤は花立ての枯れた草花を抜き、新しい花束を入れた。名前を知らない白い小さな花と菊の香りがふわっと舞う。墓石に水をかけ、軽く洗う。気持ちの底が次第に緩んでいく。ライターで線香に火を点け、香炉にさした。屈《かが》んで目を閉じ、手を合わせる。

ごめんな――。

今年も語りかける台詞は昨年までと同じだ。事件を洗い直すには友美を刺した当人を探し出し、問い質さねばならないのに、男の行方には何の手がかりもない。一ヵ月に一度、必ず男の名前で検察庁のデータベースを検索する。あの事件以後、男はどんな事件も起こしていない。

目蓋を押し開け、手を解く。中澤はじっとその場に屈みこんでいた。

……俺が悪かったのか？　追い詰めるような致命的な何かを言ったのか？

いつの間にか、赤城の件を心中で語りかけていた。答えは返ってこない。当然だ。自分の中に答えがないのだから。

背後から砂利を踏みしめる足音が近づいてきた。自分以外にもこんな時間に墓参りする稀有《けう》な人間がいるらしい。

それはスーツ姿の城島だった。ショルダーバッグを肩にかけ、右手に木桶を、左手には花束を持っている。そうか。城島も今日は仕事だ。

「よう」と中澤から声をかけた。

「早いな」

「今日は敬語を使わないのか」

「仕事中じゃない」

城島は水の入った桶を足元に置くと、隣にしゃがみこんできた。スーツの衣擦れの音が辺りに散る。花立てにはもう入れる余地がないため、城島は墓石の横に花束をそっと置いた。城島がゆっくり手を合わせ、目を閉じると、空気がより静まった。線香の煙はまっすぐ立ち昇り、その香りが二人を包み込んでいく。

城島が目を開けた時に合わせ、中澤は静かに腰を上げた。

「先に行ってるよ。色々と話もあるだろ」

「悪いな」

中澤は自分が持ってきた木桶を手に、墓を後にした。曲がり角で振り返ると、城島はまた手を合わせていた。

寺を出て幹線道路を進んでいく。車一台通らず、誰もいない日曜の朝は墓地と同じくらい森閑としていた。バス停の手前にある自動販売機が目についた。

——お兄ちゃん、知ってた？　城島さんって短いサイズの缶コーヒーが大好物なんだって。それも冬だってアイス派。

——なんで友美が知ってんだ？　俺も知らないのに。

——へへ。さあね。

あれは大学二年の五月だった。その直後、城島と友美が交際し出したと知らされた。いつもクールな城島が柄《がら》にもなく照れていた。

——どうして友美が源吾の妹なんだ？　それだけが不満だ。

中澤は短いサイズの缶コーヒーを二本買った。いい機会だ。まだ今日の出勤時間には間がある。赤城の自殺を城島がどう考えているか訊きたい。

小さな山門が見える場所まで戻ると、電柱に背を預けた。ひんやりとする。境内の巨大な楠《くすのき》に次々と小鳥が止まり、別の小鳥が羽ばたく。山門のすぐ脇には塀が建ち、歩道もない狭い車道と寺の敷地を隔てていた。中澤から見ると狭い車道と幹線道路は逆丁字路になっており、どちらも車一台走っていない。その狭い車道を挟み、まだ新しいマンションとその駐車場がある。

缶コーヒーの重みが手に懐かしい。形状は違っても、重さは硬球とほぼ同じだ。

やがて城島の姿が見えた。城島が山門を抜ける。その時、いきなりエンジン音がして、マンションの駐車場からジープが飛び出した。ジープは猛然と狭い車道をこちらに向かってくる。城島が寺の敷地から幹線道路の歩道に入ろうとした。

まずい――。中澤は弾かれたように電柱を背中で押した。下半身で踏み込み、右腕をしならせるように振る。ジープが狭い車道から幹線道路に突っ込んだ。急ブレーキ、急発進。けたたましい音が連続して耳をつんざく。

城島が突如立ち止まった。刹那《せつな》、その鼻先を中澤が投げた缶コーヒーが抜けていく。ジープは、タイヤが路面に擦《こす》れる荒々しい音を発し、幹線道路から今まさに城島が入ろうとした歩道に食い込む形の楕円運動をみせ、走り去った。城島の肩にかかった鞄が大きく揺れている。

中澤は棒立ちになっている城島に走り寄った。

「大丈夫か」

「ああ」城島は肩を大きく上下させた。「何かが飛んできて足が止まった。ゲンか？」

「礼なら友美に言え。友美にジョーが缶コーヒー好きだと聞いてなけりゃ、俺も手に持ってなかった。ナンバーを見る余裕はなかったけどな」

「助かった。今の件、どう見る？」

「襲われる心当たりがあんのか」

検察も警察と同じように犯罪者から逆恨みされるケースも多い。刑務所を出所した人間から脅迫めいた手紙が届くのもしばしばだ。検事だけでなく、ともに取り調べにあたる事務官が恨みの対象となるケースもありうる。

辺りには静寂が戻っていた。少し間があり、城島は眉を寄せた。

「海嶺会がワシダ運輸に借りる倉庫を見た帰り、誰かに見られている気がした。あれから通勤途中にも度々視線を感じた。今朝は特に何も感じなかったが」

「ジョーを消したって捜査は止まらない。こっちは組織だ」

「警告にはなるさ」

「……あながち否定できないな。今のはタイミングが良すぎる。この辺りならひと気もないから、どこかの監視カメラ映像に車が映っていても、逃げる時間は稼げる」

「この件はまだ誰にも言うな。ある程度は自分で調べさせてくれ」

放っておけば、捜査班の他の人間も襲われかねない。だが、被害は出ておらず、これでは警察は動けない。おまけに機捜班はとうに膨大な作業量で、その人員を割くのも無理だ。

「わかった、と言うしかなさそうだ」

「すまんな。缶コーヒーも一本無駄にさせちまった。なあ」城島の声音が低くなった。「ちょっと付き合えよ」

「メーカーに謝りにでもいくのか？」

返事もせずに歩き出した城島の後を、中澤は追うしかなかった。

中澤は一メートルほどの距離を置いて城島と向き合い、再び友美の墓前にいた。花の香りがひっそりとした墓場に満ちている。

「ゲン」城島の顔は先ほどよりもさらに引き締まっている。「教えてくれ。赤城が自殺した日、食堂前の廊下で正当な取り調べをしたと俺に言ったな。お前が考える正当な取り調べってなんだ？」

赤城の自殺に対する城島の見方を訊きたい。しかし――。中澤はいささか戸惑った。

「ここで話すのか？」

ああ、と城島は微動だにしない。

小鳥が頭上で囀《さえず》り、一陣の風が吹き抜けていく。……どこで話そうと同じだ。中澤はその場で踏ん張った。

「しっかり進めることだ。感情を出さず、粛々と真実を追い求める。そうすれば前後左右、上下を視野に入れられ、杓子定規な枠に囚われず、個々の事案に適切な対応をとれる」

「ゲンの理念には賛成するよ。皮肉だな。お前こそ正論って枠に囚われてんだ。その果てに赤城を自殺させちまった」

中澤はカッと全身の体温が上がった。咄嗟に力を入れた喉で、荒ぶりそうな声を抑えつける。

「どういう意味だ」

「お前は甘えてんだよ」

「何だと？」中澤は、城島の胸倉を摑もうと動きかけた右腕を反射的に押し止め、言った。「ふざけるな」

「別にふざけちゃいない」城島は言下にいった。「いいか、日比谷公園でホットドッグ屋の話をしたよな？　あの時、お前はこっちが尋ねてない内容までべらべら喋った。高校時代の同級生で、同じ痛みを抱える俺にぶちまけたかったんだろ？　鷲田正隆の件を起訴できなくとも、『中澤源吾は正しい道を選んだ』って、俺なら共感を得られると思ったんじゃないのか」

中澤は返答に詰まった。にわかに否定できない自分がいる。あの時、そんなつもりはなかった。裏を返せば、無意識に共感を得ようという心境に至ったからこそ、何げなく口から出たのであり、こうして城島の見方を訊きたくなったのではないのか。

「ゲン、お前は聴取で相手に馬鹿にされたような局面を迎えても、整然と相対するそうだな。きっと自分を律しているつもりなんだろう。俺に言わせれば、お前はそんな自分の在り様を疑ったことのない甘チャンでしかない。単に検事としての自分を取り繕ってるだけじゃないのか。バット片手にチーマーを追っ払った時の思い切りはどこにいった？　上手下手、できるできない、他人にどう見られるかじゃなく、あの頃のお前は何事にも自然と腹でぶつかっていた。投球練習で常に俺と張り合ってきたのもそうだ。頭でっかちになってんじゃねえよ」

中澤は唇をぐっと結んだ。

「正論、大いに結構さ。けど、そんなもんは絶対視する対象じゃない。俺らは機械じゃないんだ。もし俺の言葉がゲンに響いたんなら、お前もやってみろよ。できるはずだ。お前の歩き方は高校の頃と変わってない。それは、今もぶれない核がゲンにあるからだと俺は思う」

城島は目を見開き、熱を帯びた語気で唾を飛ばして続ける。

「赤城の聴取を振り返った時のお前の声やツラには悔しさ、疑問、後悔、検事の誇り、そういった生の感情が、ごちゃ混ぜになって滲んでた。今さっきだって、俺に殴りかかってこようとしただろ。それでいいんだよ。時には聴取でそんな『人間・中澤源吾』を見せて、腹からぶつかってみろ。感情に左右されるんじゃなく、利用するんだよ」

聴取に自分の感情を入れ込む手法など、これまで一顧《いっこ》だにしていない。赤城の聴取では最後、心に迷いが生じた。迷いを抱えた自分をぶつければ、赤城の心を揺り動かして、違う結末を迎えられたのか？　少なくともその可能性を考える必要はあったのでは……。

だとすると、自分は今まで聴取相手の心に、事件の核心に、本気で迫ろうとしてきたのか？　事件は大小ではない。けれど、特捜部が扱う大きなレベルの事件の捜査に自分が通用していないのは明白だ。『検事は秋霜烈日、謹厳実直であるべし』と唱える検察の人間を見て、杓子定規な価値観に陥っていると感じていた自分こそ、正論に凝り固まっていたのか……。そういえば。

――杓子定規。誰しもが陥りやすい落とし穴だな。

ワシダ運輸社長の捜査を中止する際、鎌形が放った言葉。あの時は気にも留めなかった――。

城島が大きく一歩を踏み出して、中澤ににじり寄った。ザクッ、と足元の砂利が鳴る。

「俺たちは何のために検察の世界に飛び込んだ？　俺が友美の判決に納得できないと言ったら、『俺もだ』って言ったよな。お前の『俺も』ってのは表面的な相槌だったのか？　自分で勝手に作った枠に縛られて鷲田正隆を割れず、赤城の自殺も防げなかった人間が目的を達成できんのか」

中澤は愕然《がくぜん》とした。肺腑を抉《えぐ》られるような衝撃だった。

城島は、たとえ相手が友人だろうと他人の気持ちに踏み込む男ではなかった。事務官の間で囁《ささや》かれる『城島サマ』というあだ名を鑑みれば、その性根は変わっていまい。それがこうしていつもの自分をかなぐり捨てている。それだけ城島の根幹に友美の死が色濃く残っている証明だ。翻《ひるがえ》って自分は――。

友美の死はむろん、哀しかった。今もって納得していない。もっとも、身内の出来事だからこそ、どこかで思いに折り合いをつけていないか。真剣に解明を追い求めてきたのか。

城島は他人であるがゆえ、友美の死に接し、自身を、人生を変えざるを得なかった。覚悟の深さがまるで違う。

ふっと今まで考え及ばなかった疑問が中澤に生まれた。野球部の同級生部員がグローブで怪我した件だ。自分は城島の意見に賛同した。城島が何も言わなければ、どうしたたろう。いきり立つ他の同級生部員の波に呑み込まれたのか、やはり踏み止まるべきだと主張したのか。同級生の熱量はすさまじかった。自重して正解だったと思う。しかしあの熱量に晒され続けてもなお、正常な選択を下せたのか。

異臭のする部屋に入ると、人の嗅覚は鋭敏に反応する。時間が経つにつれて嗅覚はきかなくなり、遂には変な臭いだと感じられなくなる。自分はそれと同じように「正論を貫くべき」という部屋にい続けているため、正確な判断が下せなくなっているのか……。

「まあ」城島が軽く肩をすくめる。「俺もお前のザマを非難できない。日比谷公園でだって、食堂に続く廊下でだって、今の指摘をできたのにしなかった。他人の気持ちに介入するのは柄じゃないと思ってな。心変わりしたのは、ついさっきだ。俺だって自分を取り繕い、ぶつかってなかったと気づいた。いや、気づかせられた」

「さっき?」

「ああ、轢《ひ》かれそうになった時だ。人間はいつ何時、何かを言いたくても言えない羽目になるかわからないと心底悟れた。友美の一件がありながら、俺は自分だって何かの被害者になる恐れがあるのを、まともに考えてこなかった。友美の件を真剣に考えてきた、と取り繕ってきただけじゃないかと自分を疑えたんだ。今回、初めて友美の恐怖を生々しく想像できた。友美の事件に全身でぶつかってなかったも同然さ」

城島はおもむろに友美の墓を見やり、数秒後、中澤を直視し直した。その鋭い眼光が中澤には懐かしかった。三振を狙う時、いつもこんな眼差しをしていた。

「ゲンには言わずもがなだろうが、言わせてくれ。秘書の自殺で頓挫した政界捜査は数えきれない。今回の件をその一つに加えるな。このまま赤城の狙い通りに物事が進めば、今後も特捜部がいくら真相に迫ろうと、キーパーソンが自殺を選び、多くの事件の真相が闇に消えちまう。失われた命のためにも、死んだって無駄だと知らしめろ。それができるのは検事である、お前だ」

中澤は一度深く息を吸い、口を開いた。

「ああ」

「俺の話は終わりだ」

城島は区切りをつけるように鞄から銀色の弁当箱を取り出して、蓋を開けた。アルミの仕切り板を境に白飯とキーマカレーが詰まっている。

「良かった、ぐちゃぐちゃになってなかった。カレーってのは結局混ぜて食うけど、見た目も大事なんだ。なにせ俺の昼飯だ」

城島は照れ隠しで、話題をころりと変えたのだろう。中澤は感謝の念を込め、会話に付き合った。

「弁当男子か。四十前で男子って呼び名も微妙だな」

「弁当なんて一年に一度しか作らないさ。さっき友美の墓前に供えたんだ。毎年そうしている。本当は肉類やニオイのきついものは控えた方がいいらしい。そこは目を瞑ってくれ」

「墓前に置いたままにできないから、ジョーの昼飯になるってわけか」

「ああ」と城島は弁当箱の蓋を閉める。

「どうしてキーマカレーを供えるんだ？」

城島は意外そうに目を広げた。

「友美はカレー好きで、キーマカレー作りに凝ってただろ？　実家でもよく作ってたんじゃないのか」

今度は中澤が驚く番だった。好きが高じてカレー店巡りをしていたのは知っていた。よくスパイスの話もしていた。だが――。

「俺は友美のカレーを一度も食べたことないな。友美は家で料理はしなかった。そのキーマカレーはあいつの味なのか」

「いや。作り方も材料もほとんど同じなのに、コクの深さがまったく違う」

「コクってのは、何で出すんだ？」

「甘味だな。普通はチャツネとかハチミツ、果物なんかを使う。今年はブルーベリージャムを使ってみた。でき上がったのは、全然別物だったよ」

「今までで一番味が近くなった食材は？」

「少し甘めの板チョコかな」

友美のキーマカレーか。一度食べてみたかった。中澤は長い瞬《まばた》きをした。

「かなり雑だなあ。まあ、精査する余裕もなかったんだろうね」

高品はやんわり非難しつつ、ある程度の理解も示した。

中澤は午後九時過ぎに高品に呼ばれ、吉見に震災復興補助金のレクを受けていた。

復興予算は東日本大震災発生の二ヵ月後、瓦礫《がれき》処理費用などに第一次補正予算の四兆円が計上され、さらに第二次補正予算で約二兆円、十一月には第三次補正予算の約九兆円が加算されている。財源は半分以上が所得税や法人税、個人住民税などで、主に国民への増税で賄われている。今後三十年近く続く増税を、誰もが「復興のためなら」と受け入れたのは記憶に新しい。

それにもかかわらず、当初は被災地以外にもその復興予算が投じられた。特に生活再建の本格的な予算として位置づけられた第三次補正予算では、九兆円という大枠が決められると、各省庁が競い合って要求を出し、それを積み上げる形で中身が作られ、いわば、予算の奪い合いが公然と行われた。

各庁の予算要求の根拠は、政府が作成した復興基本方針だ。その冒頭に掲げられた理念は「被災地における社会経済の再生や生活の再建に国の総力を挙げて取り組み、活力ある日本の再生を図る」という立派な一文。このうち、『活力ある日本の再生』という文言によって、被災地以外にも復興予算投入が可能になった。

当時の第三次補正予算で組まれた約五百事業のうち、四分の一が被災地とは無関係の事業だったと現在判明している。例えば、法務省は北海道《ほっかいどう》と埼玉《さいたま》県の刑務所で職業訓練を拡充するために、文部科学省は今や跡形もない旧国立競技場の補修費に、農林水産省は反捕鯨団体の対策などに大金を使用している。

中澤が抱いた感想も高品と同じだ。非難はいくらでも簡単にできる。ただ、一人の官僚として自分が同じ立場に置かれた場合、一つの誤りもなく仕分けられたかどうかは心もとない。恐ろしい仕事量だっただろう。そうはいっても……。

「役人は犠牲者に手を合わせて、仕事に臨んだんですかね」

「ほんとだね。手を合わせていれば、もう少し真っ当な使い途《みち》を講じられたはずだよ。自分が事業精査できたかはともかく、予算分捕り合戦なんて、あさましい。わが法務省も入ってるから大きな声で言えないのが辛いね」高品は眉を顰《ひそ》めた。「そんで、ワシダ運輸が千葉県に倉庫を建てたのは、どんな名目？」

吉見が手元の紙をぱらりと捲る。

「経済産業省の『国内立地補助金』です。成長分野の産業や、被災地に波及効果があると認められると、復興予算を使えたんです」

「被災地への波及効果か。いかようにも言い繕えそうだね。将来被災地での雇用が拡充できるとか、別の土地で売り上げが伸びれば被災地に販売店を増やせるとか。成長産業ってのが一応の蓋なのかな」

「そうでもないみたいです」吉見が首を振る。「成熟産業の自動車メーカー、じり貧の半導体産業のメーカー、レンズメーカーだって補助金を受け取っていました」

「ふうん。企業はお金が欲しかったんだろうけど、ここで申請するかね。それに輪をかけて、通しちゃう国ってどうなの？」高品は髪を左耳にかけた。「今もそんな有様？」

「いえ、報道などで多くの批判を受けたためか、今は福島、岩手、宮城、青森《あおもり》、茨城《いばらき》の津波で被害を受けた地域に工場とか物流センター、研究施設などを建設する際に、決められた上限額以内で費用の数割を補助する規定になっています」

「最初からそうしろって言いたいね」

以上です、と吉見が紙を置いた。

「サンクス」高品が天井を力なく見上げる。「さて、この知識が今後役立つのでしょうか」

今レクチャーを受けた件が役立つとは限らない。しかし、こうして時間を見つけて知識を蓄えていかないと、いざという時、検事はその筋を問い質せない。今回のヤマでは、端々で東日本大震災の文字がちらつく。政治団体海嶺会は東日本大震災を機に設立され、有限会社海嶺会は岩手の復興事業に従事する建設会社に水を納め、さらにはワシダ運輸が復興補助金を使って建設した倉庫を借りている。そして双方の海嶺会に、国土交通大臣に仕える筆頭秘書の赤城が関与していた。国交省といえば、東日本大震災復興の政府方針に則り、道路や護岸整備、下水道対策、復興住宅など復興復旧施策を進めている。

高品がゆるやかに姿勢を戻した。

「源吾、顔つきが変わったね。もち、いい方向にね。期待してるよ」

3

「ありがとうございました」

城島は低い声を発し、薄暗い廊下の隅で携帯電話での通話を終えた。朝一番に問い合わせを入れた、三鷹南警察署からだった。昨日のジープについて、近隣マンションに車庫証明があるのかを照会した。該当車両はない。この回答は予想通りだった。あの時間に、友美の墓参りに行くと知られていたはずがない。誰にも話していないのだ。何者かに尾行されたのか……。

長屋に戻ると、西崎の議員会館事務所を訪れた者をリストアップした書類を手に取り、すみやかに出た。今日はこの作成作業に掛かり切りだった。資料も多く、予想外に手間取った。政治団体海嶺会に寄付した者への聞き込みより、こちらを優先するよう稲垣の指示もあった。

廊下を足早に進み、機捜班が陣取る部屋に入る。午前十一時の明るい陽射しが、窓際の班長席にいる稲垣の大きな背中に注いでいる。城島は稲垣に紙を差し出した。

「リストが完成しました。一日平均二十人、全部で計約五千四百人です。岡山からの陳情者や会社役員など、訪問者の地位や立場はそれぞれです。また政治団体海嶺会に寄付した人物データと突き合わせると、重なる者も多々います。ただし、日常的に出入りする人間を省いているそうで、これが全訪問者ではありません」

「西崎は、さすがに実力者だな」稲垣が紙を机に置いた。「城島はリーダーとなってリストにある人間の筆跡を入手してくれ。作業に割ける人員は城島を含めて四人だ。お前がやっていた、政治団体海嶺会に寄付した人物にぶつかる作業は他に割り振っておく」

捜査で単独行動はできない。二人一組となり、各組で約二千七百人の筆跡を入手する勘定になる。捜査は無駄の積み重ねが常とはいえ、これは前途多難だ。

「承知しました。で、何のために筆跡の入手を？」

「お前が見つけた『水』って書き込み、赤城の字じゃなかったんだと」

「……意外ですね」

「ああ。言い出しっぺとして責任をもってやれ」

「では、『水』という文字を入手しろと？」

名前を書かせるならともかく、特定の文字を手に入れるのは難しい。水という文字を書いて下さい、という申し出は不自然極まりない。ましてや相手が赤城の卓上カレンダーに書き込んだ張本人なら警戒して、普段とはまったく異なる筆跡で記そうとするだろう。

「中澤検事が直《じか》に説明したいそうだ。ちょっと待ってろ」

稲垣は受話器を持ち上げると内線表に目をやり、ボタンを押した。

城島の脳裏に、昨日鼻先を抜けていった缶コーヒーの残像がよぎった。中澤には抜群の制球力があった。もし投げたのが中澤でなかったら、立ち止まれず、今頃は病院のベッドの上か棺桶の中だろう。

あの後に自分が吐いた一語一語の余熱が今も心身の奥深くに残っている。あんなことを言う自分をこれまで想像できなかった。いまだにちょっと信じられない。

「ええ、例の件です。今から担当者を向かわせます」稲垣は受話器を置いた。「中澤検事の部屋に行ってくれ」

五分後、城島は中澤の前にいた。

「臼井さん、例の紙を城島さんに」

城島は、臼井に一枚の紙を渡された。中澤が淡々と続ける。

「そこに書いてある文章を入手して下さい」

態度も物言いも今まで通りだった。友美の墓を後にしてバスに乗った際、今後も状況に応じて話し方のけじめはつけようと二人で決めた。城島は印字された文字に目を落とした。

私は　月　日（　曜）に西崎議員の議員会館事務所で議員・秘書に面会を求め、承諾されました。

城島は視線を上げた。

「水という文字がありませんね」

「水を分解した要素が入っています。要素でも照合できるそうです。本音では水という文字が欲しいので、曜日も入れました」

「入手した文章はその日に提出する形でいいですか」

「ええ。まずは五月下旬の訪問者を優先して入手して下さい。この書き込みに何らかの含みがあるのなら、ひと目につかない方がいい。一月から四月中に書いたのでは、五月は丸々誰かの目に留まりやすくなってしまう。また、書いたのは同僚秘書ではないという鑑定結果も出ています。外部の者が秘書の目を盗んでカレンダーを捲って六月や七月に書くのも困難です。つまり、五月下旬に何者かが書いたと睨むのが筋でしよう」中澤が軽く身を乗り出した。「で、車の持ち主は割れたのか」

口調が砕けたのは、公的な仕事の話が終わったとの合図だ。

「いや」

「次の一手は？」

「検討中だ」

「無理は禁物だぞ。こっちを挙げれば、自然と治まるはずだ。何か俺にもできないか？」

検察庁舎内で敬語を交えずに中澤と話すのが不思議だった。城島は臼井を一瞥した。あたかも何も耳に入っていない様子で、立会事務官席でパソコンをじっと見ている。

「じゃあ」城島は中澤に向き直り、頬を緩めた。「さっさとこのヤマを仕上げて下さい」

「仕事をしろって叱咤ですか」

中澤が苦笑した。

長さんに行き着くんです」

「おかしいですね」中澤は軽く首を傾げた。「色々な方のお話を聞くと、出発点は部長さんに行き着くんです」

「それは、部下の担当課長から上がった案件でした」

＊

中澤は、地味なスーツを着た五十代半ばの男を見据えた。地下鉄大手町駅に近い、ガラス張りのビルの三十三階にいた。日本で五指に入る大手建設会社、新日本建設の自社ビルだ。応接室内の壁掛け時計に目をやる。午後四時を過ぎていた。

新日本建設は、宮古市で建設中のワシダ運輸物流センターの元請けで、その下請け業者に有限会社海嶺会から水を購入するよう促していた。中澤はその経緯の洗い出しを高品に求められた。機捜班は目一杯動いており、この作業を行う余裕がない。

工事責任者である第三事業部長とコンタクトを取り、午後三時半から一時間を確保した。部長は午後四時半から本社で取引先と会議、その後は会食だというので地検に呼び出さず、直接訪れた。聴取相手が政治家や病人でもないのに特捜検事が赴くのは異例だ。それだけ、なるべく早く経緯を明らかにしたいと思っている。

ここまでの聴取では、部長は課長から、課長は部下から、部下は部長からの案件だと供述している。各供述の任意性を保つため、個別に話を聞いていた。

「私に行き着くと言われましても、申し上げた通りですので」

このままでは、らちが明かない。こうして特捜検事が足を運んだ点をうまく利用するか――。

「明日以降のご予定は？」

部長が怪訝《けげん》そうに眉を寄せる。

「どうしてでしょうか」

「後日に記憶が鮮やかになる例も多いので、日を改めましょう。その際、東京地検にお越し頂いてじっくりお話を伺います。丸一日お時間を頂戴するでしょう。その点はご了承下さい。こちらは明日、明後日でも構いません。土日も歓迎しますよ」

部長の頬が硬直した。その名が地に落ちようが東京地検特捜部の呼び出しを示唆されれば、誰だっていい気分はしない。企業の評判にも響くだろう。

「少々お待ち下さい」

部長が急ぎ足で出ていき、応接室はしんとした。エアコンの稼働音さえしない。中澤は冷めきった苦いコーヒーを口にした。

「さて、どう出ますかね」と隣の臼井が楽しそうに呟いた。

十五分後、部長は白髪頭で品のいいスーツを着た男を伴い、戻った。弊社常務でございます、と部長が慇懃《いんぎん》に紹介した。常務は中澤の正面に腰を下ろし、鷹揚に話し始める。

「現場で購入している飲料水の件なら、私の方でお答えできます」

じゃあ、最初から応対に出てこい。言いたくても堪《こら》えた。部長にアポを取ったのは自分だ。

「あれは二〇一二年の六月頃でした。弊社も東日本大震災の被災地での工事を様々請け負い、その作業が本格化し始めておりました」

そうですか、と中澤は相槌を打った。建設業界大手なら当然だ。

「通常、マンション建設などでは区画内に自動販売機を設置します。この工事では無理な相談でした。電源がないんです。検事さんもテレビで映像をご覧になったでしょう。当時の現場付近には瓦礫以外は何もありませんでした。そこで作業員は宿舎から弁当とともにペットボトルや水筒を現場に持参した。ただ、すぐに飲み終えてしまう作業員も多かった。季節柄、蒸し暑くなり始めていましたからね。現場では十分な水分補給が求められている。そんな時、私は海嶺会さんの話を耳にして、水の購入を決めたんです。以来、継続的に購入しております」

「常務は海嶺会の話をどこでお聞きに？」

「経済関連のパーティーで、被災地の作業現場では水分補給もままならないと話した際、ワシダ運輸の陣内専務に海嶺会を推薦されたんです」

ここでもワシダ運輸と繫がった。二〇一二年六月の段階では、ワシダ運輸と有限会社海嶺会にはまだ倉庫の賃貸契約も存在しない。

常務に目顔で促された部長が折り目正しく頭を下げ、それを上げた。

「申し訳ありません、私の勘違いでした。いま常務が申した通り、常務から私に下りてきた話で、私から課長に下命したのが正しい経緯でございます」

「突然、ご記憶がクリアになったんですか」

「いえ。この部屋を出てから課長と精査したんです。その際、直前に常務と私が話をしていた点を指摘された次第です」

仮に嘘だろうと、見逃してもいい嘘だ。それ以上に追及するべき疑問点がある。海嶺会のような小さな会社を、なぜワシダ運輸の大番頭が知っているのか。

「常務はそれまで海嶺会の名前を耳にしていましたか？」

「いえ、一度も」

「ワシダ運輸の陣内専務は、どこで海嶺会さんをお知りになったと？」

「私は存じません。きっと陣内さんは親交があるんでしょうな。『先方はきちんとしている』と太鼓判を押していらしたので。弊社も様々な大手企業から飲料水を購入していますが、陣内さんほどの方の推薦ですし、ワシダ運輸さんとは長く取引しています。その場で電話番号を聞き、本件は海嶺会さんに頼む運びになったんです」

電話番号？　機捜班が何度かけても常に留守番電話に繋《つな》がる。

「常務が海嶺会側のどなたかとお会いになったんですか」

「いえ。実務は現場の者が行いますので」

担当者にはすでに質している。宮古市の下請け業者同様、海嶺会の担当者とは一度も顔を合わせず、話もしないまま、電子メールでやり取りしていると言っていた。担当者が把握する電話番号やメールアドレスは、特捜部がとっくに割り出したものだった。特にメールは海外サーバーを複数経由していて発信元を辿れそうもなく、怪しさが増している。

常務と部長と入れ替わる形で、念のためにもう一度担当者に来てもらい、いきさつを訊いた。

「何度訊かれても一緒ですよ。最初は電話での注文で、二〇一二年の十月からメールでのやり取りになりました。先方の業務が忙しくなり、社員数も少ないので夜中もチェックできる電子メールで発注して欲しいと言われたんです」

新日本建設を出ると、正面から強いビル風が吹きつけてきた。中澤は風に立ち向かうように一歩を踏み出す。

「検事、さっきよりも目つきが険しいですよ。何かありましたか」

城島が襲われて以来、中澤も周囲に注意を払っていた。臼井にも事情は話せない。しばらく黙っておくと約束した。

「いえ。前途多難だな、と」

「はあ。そういや、城島選手に何かあったんすか。ほら、この前は敬語抜きで話してたじゃないですか。無理するなとかなんとか」

「何でもありませんよ」

そうっすか、と臼井は次の質問を足さなかった。

地下鉄を乗り継ぎ、日比谷線の神谷町駅で降りた。神社仏閣が集まる、緑の多い一画だった。やや勾配がきつい坂を下り、路地を進んでいく。

新しいマンションや雑居ビルが周囲に立ち並ぶ中、その古いマンションは異質だった。有限会社海嶺会の本社が登記されている建物だ。外出ついでに訪れてみた。

「五〇三号室ですから、五階でしょう」と臼井はマンションを見上げている。

五階の電気はすべて消えていた。それどころか、電気が灯る部屋は各階一戸あるかどうかだ。このマンションの一室が本社の有限会社を、ワシダ運輸の大番頭が新日本建設に推薦した……。企業の価値は規模の大小で決まらないにせよ、格はある。明らかに格が違い過ぎる。

薄暗くてカビ臭い階段で五階まで上がり、五〇三号室の呼び鈴を押した。何の反応もなかった。電気メーターも動いていない。

「電気、ガス、水道は海嶺会名義で契約されていない。されています」

臼井は小声で、何の資料も見ずに言った。こちらの目線で電気メーターを探ったと察したのだろう。もう一度、呼び鈴を押す。虚しい響きがドアの向こうから漏れるだけだった。

日比谷線で霞ケ関駅に戻って地上に出ると、ほのかに秋の風の匂いがした。赤レンガの法務省を回り込んで検察庁舎に至った時、すぐ目の前の歩道橋を二人組が渡っていた。

「あのシルエットは城島選手ですね」臼井が足を止める。「あれ?」

いつも軽妙な臼井の語調が急に重たくなった。城島たちも検察庁舎の前にやってくる。臼井の目は城島たちにではなく、歩道橋越しにある日比谷公園に向けられている。

「なるほど」

臼井がぼそりと言った。

4

JR成田線の車窓を彩る景色は、以前中澤が目にした時よりも穏やかだった。季節が移り変わり、陽射しが弱くなったからだろうか。隣の臼井は正面の窓を見ている。

中澤は新日本建設を訪れてからの、この一週間を思い返した。

新日本建設の常務と会った翌日、ワシダ運輸の倉庫管理部門で有限会社海嶺会を担当する男性社員に来庁してもらった。男性社員は困惑顔だった。海嶺会は元々、陣内の薫陶《くんとう》を受けた部長が直々に扱っていた。それを二年前、部長の定年退職を機に引き継いだだけだという。当の元部長はもう鬼籍に入っている。

――どんな経緯で申し込みがあったのかは、見当もつきません。海嶺会の契約書は一般的な代物で、特別な引き継ぎもなかったですし。賃料は銀行振り込みで毎月滞りなく支払われています。

海嶺会側の連絡先は、特捜部が入手している電話番号とメールアドレスだった。機捜班が何度メール送信しても、いまだ返信はない。その後、一応倉庫管理部門の他の従業員にも当たった。誰も何も知らなかった。そこで念を入れ、陣内のもとへ出向く運びになった。あらかじめアポイントを取った際には、『病状は相変わらずです』と言われている。

水。たった一文字から、赤城は死を選んだ。致命的な疑惑となった段階での自殺なら、理解できるが……。闇は相当深い。

闇——犯罪は時代を映す鏡だ。今回の問題にも現代的な要因があるに違いない。自分はそこに腕を突っ込んだのだ。全容を解明する責任がある。機捜班も政治団体海嶺会に寄付した者に接触し続けている。いずれも赤城の紹介だと口を揃えている。

佐倉駅に到着すると、涼しい風が吹いていた。こんもりと茂る佐倉城址公園の森には、色づき始めた気の早い樹木も見受けられる。

屋根のついた重厚な木製の門をくぐり、中澤と臼井は陣内邸に入った。福々しい陣内の妻に案内され、八月にも訪れた客間に通された。庭の柿は、実がオレンジ色に染まり始めている。床の間には見覚えのある水墨画と、白い花の一輪挿しが飾られていた。

見事な一枚板で飴色のテーブルを前に、臼井と並んで厚い座布団に座った。蓋つきの温かい茶を出されるとほどなく、厚めの生地で仕立てた和服姿の陣内が入ってきた。相変わらず頬はこけて体が薄くても眼光の鋭さは健在で、背筋がぴんと伸びている。

「ご無沙汰しております。東京地検の中澤です。本日もお時間を頂き、ありがとうございます」

「いえ、構いませんよ。時間ならたっぷりありますから」

嗄れた声が喉の奥から発せられた。中澤は居住まいを正した。

「では、始めさせて下さい。海嶺会という会社をご存じですか」

「ええ。新しい会社の割に古風で、変わった名前ですから憶えております。東京タワーの近くにある会社でしたね」

良かった、陣内の意識は現在にある。

「どんな会社かはご存じですか」

「できたばかりで小さな会社でした。色々と取り扱っているそうですな」陣内は眼鏡の縁をぐいと上げる。「私見を申し上げるなら、小さいうちは余り手を広げない方がいい」

「海嶺会は、ワシダ運輸とも取引がありますか」

陣内の眼はぴたりと中澤に据えられ、微塵も動かない。中澤もまじろぎもせずに対する。庭から鳥が羽ばたく音が聞こえた。

「確か」陣内は慎重な口ぶりだった。「千葉の新しい倉庫を貸したのでは」

「陣内さんがご紹介を？」

「そうなりますね」

「海嶺会の社員とお会いになったことはありますか」

「いいえ。一度も」

経済界のパーティーなどで知り合ったのではないのだ。もっとも、設立まもない小さな有限会社は、陣内のような大物経済人が出席するパーティーに普通は参加できないだろう。

「では、どこでどうやって海嶺会をお知りになられたので？」

「海老名さんの紹介です」

「何をされている方でしょうか」

「国会議員の海老名さんです」陣内は口元だけで微笑んだ。「あなた方の業界で言えば、バッジというやつですよ」

中澤は虚を衝かれた。海老名治が党首の国民自由党は、第三極として政局のキャスティングボートを握っている。そうだ。ワシダ運輸は与野党を問わず、大物政治家に献金していた。その中に海老名もいた。

「陣内さんは、海老名議員と親交があるんですね」

「親交のある政治家は、なにも海老名さんだけじゃありません。先代の頃から、ワシダ運輸として色々な政治家に献金しております。批判を受けようとも、政治献金は大きくなった企業の義務ですよ。政治が社会を支えるんですからな」

鷲田の脱税を調べた時、ワシダ運輸の金の流れも追った。その際、複数の政治献金先が確認できた。民自党の馬場や西崎、自由共和党の大物などだ。どれも違法性はなかった。

「私くらいの年齢の男はね、国というものに複雑な感情を抱かざるを得ないんです。検事さんのような若い方にはわかりにくいでしょうな。無謀な戦争を始めたのも国なら、経済発展の大枠を作ったのも国。どちらも国民が駒とされた。良くも悪くも日本人は号令一つでひと塊になって進む傾向があります。この性質を国はうまく利用した」陣内は顎を重々しく引いた。「国のためというより、日本人のためにワシダ運輸は献金を始めたと述べるのが正しいのかな」

「海老名議員とは、いつ頃からお付き合いを？」

「彼の父親の代からですよ。先代は大臣にもならなかった。けれど、しっかりした、いい男でね。風流人でもあった。短歌の会を結社して、まあ、結社といってもたった三人でした。立派な装丁の歌集も自費で編纂《へんさん》したんですよ」

現役の海老名治は千葉一区選出で、先代も同様だ。千葉県という括りで捉えると、陣内にとっては地元選出の議員になる。中澤は先代の海老名の顔を知らない。

「海老名議員に海嶺会の紹介を受けたのが、いつ、どこでだったのかを憶えていますか」

「あれは、東日本大震災があった二〇一一年の年末です。帝国ホテルで開かれた彼のパーティーでした」

中澤は脳内で時系列を速やかに整理した。陣内が新日本建設に有限会社海嶺会を紹介したのは、その半年後だ。

陣内がおもむろに眼を瞑った。口も真一文字に結ばれ、周囲の空気までもが収縮したようだった。庭の木々の葉が揺れる音がし、ガラス窓が揺れた。少し強い風が吹いている。

陣内の眼が静かに開いた。眼光の鋭さがさらに増している。

「戦争体験者なら、被災地の光景で戦後すぐの焼け野原を連想したでしょう。私は、テレビ画面から空襲後のニオイを驚くほどはっきりと嗅ぎ取りました。何とも言えない、人間のニオイをね。分厚く固まった人間のニオイと言えばいいのか。テレビや新聞では、被災地に転がるコンクリート片や木片を瓦礫と報じていた。私は、それは違うと言いたい。あれは大勢が生活していた器を破壊された痕《あと》なんです」

中澤は頷きかけた。話を切り替えよう。このまま戦争直後の話に入れば、前回のように記憶が混同しかねない。

「海老名議員は陣内さんに、海嶺会をどう紹介されたのでしょうか」

「被災地復興には大規模な工事が不可欠だというのに、作業員用の物資が滞りがちなので、それを解消するために立ち上げられた会社だと。聞いた瞬間、後押しすべきだと感じ入りました」

政治団体の海嶺会と設立趣旨が似ている。……今は有限会社の方を探るべきだ。話を複雑にするべきではない。

「物流なら大手企業の方が色々な手段もモノも人も持っていて、円滑に進められますよね。わざわざ海嶺会を支援したのには何か理由が？」

「心意気を買ったんです。大手はウチが絡まずとも仕事を進められる。彼らは違う」

「陣内さん自らが海嶺会との窓口に？」

「いやいや、私は海老名議員に電話番号を聞き、それを部下に回しただけです。対応は部下に全て任せていました。例の倉庫を貸した件は、何かのついでに伝えられたんです。あとは『海嶺会が水の販路を紹介してほしいと頼んできた』と部下に相談されて、新日本建設さんを紹介したくらいですかね」

その部下は、現担当者の言った通り、他界した陣内子飼いの元部長だった。惜しい男を早くに亡くしました、と陣内は深い声を発した。

「海老名議員に海嶺会を紹介された際、他にも震災復興に携わる企業や団体の話題は出ましたか」

「いえ、海嶺会だけでした」

中澤は冷めかけたお茶を啜《すす》り、湯呑をゆっくりと置いた。この辺りで出すべきだ。

「政治団体にも海嶺会という組織があるのはご存じですか」

「さて」

呟くように言ったきり、陣内の言葉は続かない。

「あ、ええ、その日に出向いていますね」

「では、訪問の旨を例文通りに一筆頂けますか」

　城島は一枚の紙とペンを差し出した。国際森林保全組合の理事は言われるがまま、ペンをとり、例文通りの文字を書き連ねている。……先はまだ長い。五月下旬に西崎事務所を訪れた約二百人を潰すには、うまくいっても二十日間はかかる。相手にも予定があり、一日に五人と会うのがやっとだ。逮捕状もなく、こちらに時間を割かせる強制力はない。筆跡収集担当の別班は目下岡山県におり、二日間で五月に事務所を訪れた十人と会う予定になっている。むろん、五月下旬に訪れた誰かがビンゴとは限らない。残りは五千人以上。溜め息を吐きたくなってしまう。

＊

　赤坂の雑居ビルにある国際森林保全組合事務所を出ると、午後二時を過ぎていた。次は麹町《こうじまち》にある警備会社だ。多種多様な業界の人間が国会議員を連日訪問している。

　永田町《ながたちょう》駅まで歩き、有楽町《ゆうらくちょう》線に乗った。吊革につかまり、城島はガラス窓越しに乗客の顔を数秒ずつ見つめていく。目を逸らす者も、目が合う者もいない。

「何か気になる人間がいるんですか」

同行する後輩事務官が小声で問いかけてきた。機捜班に配属されるだけあって勘は鋭い。

「いや。先の長さに気分が滅入りそうになってな。自分よりきつい仕事をする人もいるだろうと眺めてただけさ」

「前向きというかなんというか」

後輩事務官は肩をすぼめた。

麹町駅で降り、地上に出ると路地に入った。路上駐車している車の窓やビル一階のミラーガラスに視線を飛ばしていく。

——城島選手、尾行されてるぞ。

臼井に指摘されて一週間になる。検察庁舎前に中澤と臼井がいて、城島が日比谷公園側から歩道橋を渡って帰庁した時だった。中澤が城島と一緒にいた後輩事務官と話し出すと、臼井が囁きかけてきた。

——日比谷公園に城島選手を見る人影があった。ほら、中澤検事と意味深な会話をしてたから、気になってさ。

さすがの眼力に驚かされた。臼井の尾行、張り込み技術は超一流だと、以前に稲垣も舌を巻いていた。警視庁からは「刑事にならないか」と幾度も誘いがあったらしい。

——相手の面を割った方がいい。街を歩く時、辺りの景色を利用するんだ。ジェームズ・ボンドになった気分でね。

教えてもらった方法が窓やカーブミラーの活用だった。この一週間見続けている。怪しい人物も、同じ人間も目にしていない。

別の方法も教わった。まずはなるべく人混みを歩き、いきなり路地に入って背後にいる人間の顔を頭に叩き込む。次にまた人混みに戻り、再度路地へと進んで顔を現認する方法だ。まだ試せていない。業務が立て込み過ぎている。

城島が帰庁したのは午後八時過ぎだった。食堂に続く廊下はひと気がない。昼は若い相棒に付き合ってステーキランチを食べたので胃は重たいが、まだ夜は長く、今のうちに軽いものを腹に入れておきたい。時間的に食堂は閉まっている。目当ては食堂前に設置されたパンの自動販売機だ。何の変哲もないクリームパンがやけにうまい。時間帯によっては売り切れの日もある。

——わたしは断然チョココロネ派だね。

かつて友美とクリームパンとチョココロネのどちらがおいしいかを二時間も話した。城島はクリームパン派だった。お手製のキーマカレーを食べた後も、友美はチョココロネを口にしていた。今もふとした瞬間に、こうして友美にまつわる他愛ないエピソードが蘇ってくる。心温まる瞬間でありながら、気持ちの底は冷えていく。

パンの自動販売機の陰から、不意に吉見が出てきた。友美とのやりとりに浸ったばかりだったので、城島は鼓動が大きく跳ね、一瞬足が止まりかけた。

吉見の口がもぐもぐと動いている。自動販売機の向こう側にあるベンチでパンを食べていたのか。吉見は口の中にあるものを飲み込むと、ぺこりと頭を下げてきた。

「城島さんもパンですか?」

「ああ」

「ちなみに何を?」

「クリームパン」

「おいしいですよね。でも、城島さんがクリームパンを食べるなんて意外です」吉見が含み笑いする。「ちなみに私は子どもの頃から生粋《きっすい》のジャムパン派です」

自明の事実なのに、友美と吉見が別人だと痛感する。鼓動が徐々に落ち着いていく。何か会話を続けるべき。そう思っても何も浮かばない。

失礼します、と吉見が脇を足早にすり抜けていき、城島は力なくポケットに手を突っ込んだ。

幸いクリームパンは売り切れていなかった。『俺は何パンが好きそうに見えるんだ？』。こんな簡単な話の接《つ》ぎ穂《ほ》が今になって浮かんでくる。取り出し口からクリームパンを取ると、今度は先日食堂で中澤の陰口を叩いた先輩事務官が、エレベーターの方から近づいてきた。

「城島、ちょっといいか」

ブーンと自動販売機の低いモーター音が唸っている。先輩事務官は二人しかいないのに声を落として、真面目くさった表情だ。

「特捜部、このままじゃマズイよな。鳴り物入りで鎌形さんが部長になったってのに、鳴かず飛ばずだ。下がいくら頑張っても上が無能なら、どうしようもないのさ」

「無能？　鎌形部長と仕事をした経験があるんですか」

「いや。するまでもないさ」

「我々は司法の世界にいるんです。当て推量は余り口にしない方がいいのでは？」

「勘も大事な世界だよ」

この男、こちらの足を引き留めてまで何を言いたいのか。

「ほら、西崎の件で秘書が自殺したろ？　ＳＮＳ上じゃ、特捜部を血祭りにあげようと非難《ひなん》囂々《ごうごう》さ。中澤検事の名前こそ出ていないが、『担当検事は首を吊って詫びろ』だの『ガソリンかぶって火を点けて死ね』だの言われてる」

いつからか誰かの失敗や弱みを集団であげつらう世の中になっている。これからさらに拍車がかかるのだろう。良くも悪くも現代はすべてが集団化している。

「そういった点じゃ、中澤検事も上の犠牲者なんだよ。無茶な事件を配点されれば、誰だって失敗する。上が筋の良し悪しを識別できない弊害さ。同情するよな」先輩事務官は眉を上げた。「どうやら中澤検事も愛想を尽かして、次席派になったらしい。城島は高校時代、中澤検事とチームメートだったんだろ」

「それが何か」

「歩調を合わせたらどうだ」

検察も所詮は組織だ。派閥が生まれるのは理解できる。かといって、城島はまったく興味を持てない。勝手にやっててくれ。

それにしても赤レンガ派は事務官レベル、いわば組織の末端まで勢力を拡大したいのか。この男は嘘をついてまで自分を誘ってきた。つまり、赤レンガ派は中澤を取り込めていない。中澤が赤レンガ派なら、中澤自身が声をかけてくる。中澤も派閥に興味がないに違いない。

「忙しいのに悪かったな」

先輩事務官は親しげに肩を叩いてきた。

5

豪奢《ごうしゃ》で、広い部屋だった。紀尾井町《きおいちょう》のホテルニューオータニの一室からは迎賓館《げいひんかん》や赤坂御用地も一望できる。中澤の正面には、背もたれの高い椅子に悠々と座る国民自由党の海老名治がいる。豊かな黒髪をオールバックに撫でつけ、すっきりした目鼻立ちに縁なし眼鏡という容貌からは、政界を優雅に泳ぐ利口さが滲み出ている。政治家特有の胡散《うさん》臭さと言い換えてもいい。

午前九時にして、海老名の顔には脂が浮き出ていた。中肉中背の体に上質なスーツを着ているのに、ネクタイの趣味は悪い。極彩色のペーズリー柄だ。

容疑もない政治家やその秘書に話を聞く際、検察施設ではなくホテルを使う機会が多い。その費用は相手もちのケースがほとんどだ。西崎についてはもう報道されているため、赤城や他の秘書を特捜部に呼べた。今回、この部屋を指定したのは海老名だ。

中澤にとっては初の国会議員聴取になる。

――源吾がとってきた線は、源吾が辿るのが筋でしょ。

高品に指示を受けた。鎌形や本多の意向がどうあれ、任務を全うしたい。

昨日の陣内訪問では、有限会社海嶺会を海老名に紹介されたという話を深められなかった。陣内の意識はあれから戦後すぐの時代に埋もれてしまった。

同行した臼井が録音、録画機を作動させるのを横目で見ると、中澤は話を始めた。

「急な申し出にもかかわらず、お時間をとって頂きありがとうございます」

「なに、特捜部の要請とあれば当然でしょう」海老名は低くよく通る声だ。「まあ、それなりに忙しい身なので、なるべく早く終えて頂けるとありがたい」

語り口には押し出しの強さが多分に含まれている。落ち着いた物腰にはある種の圧力があり、向き合うだけで浮足立ってしまう人間もいるだろう。

「では、早速お伺いします。ワシダ運輸の陣内専務をご存じですか」

「ええ。父の代からワシダ運輸さんには長年、多大なご支援を賜《たまわ》っています」

「二〇一一年の年末にパーティーを開かれましたか」

「もちろん。毎年その時期に行っています。あの年は東日本大震災があったため、パーティーを自粛した議員もいた。私に言わせると、そんなのナンセンスですよ。パーティーは政治活動に欠かせません。それを自粛すれば、その分政治活動が停滞してしまう。ひいては国の歩みを止める事態に至る。だから例年通りに開いたんです」

「その時、陣内さんとお会いになりましたか」

「でしょうな。必ず挨拶する間柄ですから」

「どんな話をされましたか」

「もう何年も前なんでね、そんな細かな内容は憶えていませんよ」

「海老名さんは、海嶺会をご存じですか」

中澤は海嶺会の漢字での書き方も付け加えた。

「聞き覚えはあります。それが何かと聞かれるとはっきりしませんな」

海老名に動揺の気配はない。

「誰から海嶺会の名前を耳にされましたか」

「おそらく秘書からでしょう。定かじゃないですが」

陣内に紹介したんだろ――。端的にぶつけたい。しかし、それでは誘導尋問になってしまう。どう引き出せばいいのか。中澤は束の間、思案を巡らせた。

「二〇一一年、海老名さんは様々な面で東日本大震災の対応に携わりましたか」

「ええ。未曾有《みぞう》の大災害を前に官邸の機能不全が露呈した分、野党議員にも多くの仕事があった」

「その際、色々な企業や人物と一緒に仕事をされたり、その仕事ぶりを耳にされたりしましたか」

「それはもちろん」海老名が目を広げた。「そうか、思い出しましたよ。海嶺会は震災復興の一助になるべく起業された会社だ」

政治団体の方はどうなのか。……先走るな。まずは有限会社の方を探ろう。

「海嶺会の方と、ご面識は？」

「いえ。献金授受もないでしょう。何かの折、秘書がそういう企業があると触れただけですよ」

「秘書の方はどこで、どうやって海嶺会を知ったのでしょうか」

「さあ」海老名は軽く首を左右に振った。「もう確かめようもない」

「秘書の方はお辞めに？」

「いえ。四、五年前に亡くなりました」

中澤は、糸がぷつりと途切れる音が耳の奥でした。

「おいくつだったんですか」

「彼はまだ四十代半ばでした」

「お若かったんですね」

「ええ」海老名は重々しく顎を引いた。「事故でした。震災対応や国会で論戦が続き、徹夜が続く日々でね。疲労のためか、駅のホームから落ちてしまった。一種の過労死で、私としても有為な人材を失ってしまい、忸怩たるものが今もあります」

海老名はとってつけたように神妙な面貌だった。

「亡くなった秘書のお名前は？」

「アサノヤスシです」

偶然にしては都合が良すぎないか？　赤城の件がある。仕える議員は違うにせよ、海嶺会に至る鍵を握る秘書が二人も死んでいる。中澤は漢字で浅野康と書くのを確認し、続けた。

「浅野さん以外の方とも、海嶺会のお話をされましたか」

「失礼。なぜ海嶺会の件ばかりをお尋ねに？」

「様々な目的のためです」

短く曖昧に切り返した。こちらに答える気がないと伝わったのか、海老名は深追いしてこなかった。ややあって、海老名がやおら口を開いた。

「あるかもしれません。当時、話題は震災一色でしたから。先ほど開催したと申し上げたパーティーで話していても不思議ではない。随分前ですので、具体的に誰とどんな会話をしたのかは、さっぱりですがね」

まさに玉虫色で、国会答弁なら満点だろう。

「その際、海嶺会をどなたかに紹介されましたか」

「いえ。どんな会話をしたのかは漠然としていても、それはわかる。なにせ、何も知らん会社ですから」

「連絡先はご存じですか」

「いえ。ですから、何も知らない」

陣内は海嶺会の連絡先を海老名に聞いたと言う一方、当の海老名は百八十度違う。陣内の記憶違いか、海老名の意図的な隠蔽か。ここで突き崩せる材料は、今はない。

次に炙《あぶ》り出すべき事項は――。

「震災関連では、様々な団体とお会いになりましたか」

「そう言えるでしょう。私も党首ですから、被災地から多様な相談や陳情を受ける」

「では、もう一つの海嶺会はご存じですか」

「もう一つ？」海老名は小首を傾げた。「はて」

政治団体海嶺会は海老名に接近しようともしていない？　そういえば、政治団体海嶺会は海老名に献金していない。その動き方が信念とちぐはぐだ。彼らは震災復興を第一に掲げている。与党を突き上げる戦略の一つとして、政局の鍵を握る第三極の海老名にも近づくべきだろう。加えて、民自党の馬場に献金していない点も妙だ。

それからいくつかの問答を続けた。実《じつ》はなく、陣内の話の裏づけは取れなかった。

「秘書の方にも、お話を伺わせて頂きます」

「どうぞ。この部屋をお使い下さい。ただし」海老名は唇の端だけで巧みに笑みを覗かせ、冗談めかした。「私の仕事を邪魔しない範囲でお願いしますよ。秘書がいないと、議員なんて何もできない生き物でね」

「調整します」

「ご配慮、痛み入りますな。いやあ特捜部の検事はもっと横柄《おうへい》なのかと思っていましたよ。机をバンバン叩いたり、怒鳴り声をあげたり。ほら、一連の不祥事があったでしょ？」海老名は目を凍《い》てつかせているのに、口元の技術的な笑みを消さない。「どうです？　特捜部は変わりつつありますか」

「私は今年の春に特捜部に入りましたので、それ以前については言及できません。現在はやるべき責務を果たす組織となっています」

「結構な限りです」海老名は鷹揚に両手を組んだ。「特捜部の不祥事は今までもかなりあったんでしょうね。我々国民は『検察は正義』だと盲信して、実像が見えていなかった。もしここで特捜部の改革が失敗した場合は、不要論も再燃するでしょう」

特捜部が廃止されても、いずれ同じ役割の機関が生まれるだろう。だが、規模はおそらく縮小する。それで喜ぶのは地下で蠢《うごめ》く経済犯、その金に群がる政治家や官僚たちだ。現にそういう連中は存在してきたし、今も表に出ていないだけでそこら中にいる。

経済事犯は被害者のいない犯罪だと言われる。それは違う、と中澤は心から思っている。経済事犯の被害者は真面目に生きている人間すべてだ。

真面目に生きる人間が虐《しいた》げられる現実を変えたい。それが経済事犯だろうと刑法犯だろうと、実直な人間は踏みにじられるべきではない。なんで友美は死なねばならなかったのか。結論の出ないその一念が自分の根幹にある。

「検事さん。なにゆえ過去の特捜部では都合の悪い証拠を隠したり、調書を捻《ね》じ曲げたりしたんですか」

「簡単に言うと、それができるからでしょう」

「怖い話だ」

「ええ。できるからといって何でもやっていいわけではないのに、それを忘れてしまった検事が複数いた。これは特捜部だけでなく、誰もが陥りかねない問題です。私が言うのも妙ですが、国民全体が特捜部の不祥事を反面教師にすべきでしょう」

自分の吐いた台詞が中澤の胸に重たく響いた。海老名が幕を下ろすように結論づける。

「政治家も特捜部も、お互い責任重大ですな」

＊

城島は周囲に目を光らせ、神経を張りつめたまま青山《あおやま》一丁目駅に近い十階建てのビルに入った。真新しい建物で、フロアごとに異なる企業が入居している。

六階でＩＴ企業の専務と向き合った。会議室は一面ガラス窓で、乗用車が行き交う外苑東通りが見渡せる。お二人は高所恐怖症じゃありませんか。専務は世慣れた口ぶりだ。ＩＴ業界で五十代半ばを過ぎた男が重役という例は珍しいのだろうか。業界動向に疎《うと》いので、城島にはわからない。

「息子が社長をしておりましてね。名義貸しみたいなもんです。クラウドだの、アプリだの私にはさっぱり理解できませんよ」

専務は豪快に笑い飛ばした。専門用語が乱発される会議や商談の戦力にはならずとも、初めての企業と顔を合わせる際などは案外重宝される性格だろう。城島は用向きを簡潔に述べた。

専務は老眼鏡をかけると手帳を胸元から取り出し、目を細めて手帳を見た。

「ええ、間違いありません、手帳に書いてあります。この日、五月二十九日午後三時に、私は議員会館の西崎事務所を訪問しています」

「その旨の一筆をこの例文通りに頂けますか」

お安い御用です、と専務はさらさらと書いた。その紙を受け取り、城島はクリアファイルに挟んだ。今日の一通目だ。午後六時までにあと四人と会う予定になっている。

専務はずずっと音を立てて茶を飲むと、訳知り顔で話し出した。

「西崎事務所の訪問者全員をチェックされてんですか？　例の手ぬぐいの件で？」

「申し訳ありません、業務に関しては何も申し上げられません」

「そうでしょうな。検察の方がおしゃべりでは国民が不安になる」専務は間をとるように顎をさすった。「実際、法的にはどうなんです？　手ぬぐい配布なんて些末なチョンボでしょう」

「私は検事ではありませんので」

城島がいなすと専務は前のめりになり、眉を寄せた。

「この後、ヨツギさんも訪問されるんでしょ？」

「はい？」

「検察の人ってのは、本当に口が堅いんですな」専務は眉を開いた。「私が西崎さんの所に行った時、そうだな、十五、六年ぶりに会ったんですがね。同業者だったんですよ」

訪問者名簿にヨツギという名前はないはずだ。五月下旬の訪問者が約二百人いるにしても、ありふれた苗字ではなく、あれば印象に残る。城島は関心を見抜かれないよう、何気ない調子で話を継いだ。

「どんな漢字を書かれる方ですか」

「数字の四に、代々木《よよぎ》の木で四木さんです」

「やはりITのご同業の方ですか」

「これは失敬。昔の同業者です。私は板橋《いたばし》の志村《しむら》で印刷屋を細々とやってたんですがね、このご時世、なかなか経営が厳しくて、息子がこの会社を立ち上げたのと同時に引退したんですよ。四木さんはどうされてんだろうなあ。私が帰る間際に入れ違いで、簡単な会釈しかできませんでした」

「その四木氏も志村で印刷業をされているんですか」

「いやだな、知ってるんでしょ？　水道橋《すいどうばし》だか神保町だかですよ」

城島は頭の中にある五月下旬分の筆跡採取対象者リストを素早く捲った。……四木という苗字はない。水道橋や神保町の辺りに出向く予定もなかった。

「茶目っ気のある人でね。名刺には苗字にちなんで名前の横に四本の木のイラストを添えたり、印刷所の看板にも同じような装飾を施したりしてましたよ。お会いされたら、よろしくお伝えください。いやあ、検察の方をメッセンジャーにするのは気が引けますな」

専務は軽口を叩いた。

ＩＴ企業のビルを出ると、城島はすぐに同行している後輩事務官に話しかけた。やはり後輩事務官の記憶にも四木の名はなかった。リストは持ち歩いていない。大量だし、万一、紛失したら大変だ。城島は路地に入り、機捜班に電話をして稲垣に繫いでもらった。

「神保町の四木だと？」

「ええ。リストに名前があるか照会をお願いします」

「ないな」稲垣は確信に満ちた声音だった。「その名前があれば、俺が見落とさん。一応調べてみるがな」

＊

父親に似てすっきりした顔立ちだった。黒のパンツスーツを上品に着こなし、長めの髪は真っ直ぐ肩甲骨《けんこうこつ》の辺りに伸びている。背の高い椅子に浅く腰掛け、膝の上で上品に手を組む所作に気負いはない。午後一時、中澤がホテルニューオータニで対しているのは海老名の私設秘書を務める海老名の一人娘、保奈美《ほなみ》だ。五分ほど前、吉見とドア前ですれ違う形でこの部屋にやってきた。吉見は新たな録音機を急いで持ってきてくれた。昼、この部屋で、あらかじめコンビニで買っていたおにぎり片手に海老名治の発言を録音データで確認しようとした際、機械の調子が悪くなったのだ。

本音では、まずは筆頭公設秘書に話を聞きたかった。今週は連日朝から晩まで会議が入り、時間が取れないそうだ。海老名が被疑者ではないので、無理強いはできない。赤城に秘書業務の多忙さも聞いている。海老名には保奈美を含めて私設秘書が五名、公設秘書が三名いる。そのうち今日は保奈美しか都合がつかなかった。

「海老名議員の秘書としては、いつからお勤めに？」

「今春からです。大学を卒業して三年間は外資系金融機関に勤務しておりました」

有限会社海嶺会を海老名に紹介した秘書の浅野とは時期が被《かぶ》っていない。とはいえ、見知っている可能性はある。

「どうして政治の世界に？」

「世襲議員への非難は多いですし、個人的にも政治家の能力は遺伝しないという意見です。それでも、わたしは政治家になりたいんです。いずれは祖父、父の地盤を継ごうと考えております」

「政治に興味がおありなんですね」

「どちらかと言えば、人間に興味があるんです。学生時代、ボランティアサークルに入っていて東南アジアや中南米の小国を訪問した時、政情が不安定な地域で暮らす人間が被《こうむ》る悪影響の大きさを実感させられて。そんな時、東日本大震災が起き、決意したんです。政治家になって、きちんと安定した政治を担う人間になろうって。政治に手が届く境遇にいるなら、個人的には世襲に批判的だろうと、やるべきじゃないか、それが自分の使命じゃないかと」

熱っぽい口調だ。中澤は職業柄、多くの嘘つきに出会ってきた。神妙な面持ちでつかれた虚偽証言の数々。保奈美には、そういう連中の持つ厭《いや》らしさを欠片も感じない。政治家を志す者なら最初は誰しも保奈美同様、真っ直ぐな理想を抱いているのだろう。

「海老名議員は震災復興事業に熱心ですか」

「程度なんて個人的な尺度ですので、正確にはお答えしかねますが、深い関心がある方でしょう」

「では、耳にした些細な事柄も憶えていらっしゃるでしょうか」

「本人ではないので何とも申し上げられません。個人的な感想を言えば、海老名は記憶力がいい方ではあります」

受け答えから、保奈美が客観的な目を持っていると窺える。中澤は、有限会社海嶺会を海老名に紹介した秘書・浅野の名を出して、面識があるかどうかを問いかけた。

「ええ。浅野さんには高校時代に物理を教わりました。教わってもちんぷんかんぷんで、こんな科目なくなれって心底思ってました。もちろんお好きな方もいるし、大切な科目なんでしょうが」

保奈美は笑窪《えくぼ》を作って微笑み、年相応の若々しさを覗かせた。

「同感です。私も理系科目を好きになれませんでした。それはそうと、浅野さんは亡くなった頃、やはりお疲れの模様でしたか」

「わかりません」即答した保奈美から笑みが引いている。「とてもいい方でした」

「親しく接せられていたんですね」

「いえ。それほどお話はしていません。だけど、温かい人柄は伝わってきました。見知った方が亡くなれば、誰しもが抱く弔いの感情を私も持っているだけでしょう」

「浅野さんは会話中に海嶺会という名前を出したり、それについて何かを話したりしませんでしたか」

「当時、海老名の仕事に関わる話はしておりません」

率直な口ぶりなのに、何か奇異な感があった。数瞬、思考を走らすも原因は判然とせず、中澤は聞き取りを続けた。陣内と海老名の仲は、よく知らないという返答が繰り返された。

こうして西崎の手ぬぐい配布から別の議員、その秘書に接触していると、特捜部が扱う事件の特異さを思わずにはいられない。手ぬぐい案件のような些細な公選法違反ですら、深く掘ろうとするほど横へ横へと広がっていく。

「検事さん、わたしからも一つ伺っていいでしょうか」

「どうぞ」

「海老名の呼称ですが、わたしに『お父上』や『お父さん』と仰らないのは、なぜですか」

「失礼、質問がよく呑み込めませんが」

「娘のわたしに海老名の話をする際、誰もが『お父さん』や『お父上』と言い、誰からも『海老名議員はどうか』などと言われた経験がなかったもので」

「単純な理由ですよ。あなたは確かに海老名議員の娘さんです。そうかといって、いま私と向き合っているのは、海老名議員の私設秘書である海老名保奈美さんで、そこに血縁は関係ない」

なるほど、と保奈美が頰を緩め、笑窪を復活させた。

保奈美はこれまで『海老名治の娘』という立場でしか見られてこなかったのかもしれない。中澤は自分の境遇を反芻した。中澤都議の息子として見られたためしは一度もない。そこが国会議員と地方議員の差異なのだろう。

6

「やはりリストに四木の名前はなかった」

稲垣は、きっぱりと言った。城島が午後八時に帰庁するなり、稲垣は長屋にやってきた。

長屋の壁際には段ボール箱が積まれ、長机にはブツ読み表が置かれたままだ。この部屋でブツ読みを続ける事務官と、城島に同行した後輩は今しがた夕食に出ている。

「四木をご存じなんですね」

「その筋では有名だった男だ」稲垣の細い眼が鋭くなる。「B勘屋《ビーかんや》って言葉を知ってるか」

「おぼろげにではありますが」

「ほう、お前の世代で珍しいな」稲垣が顎を振る。「言ってみろ」

「偽造領収証なんかを発行して脱税を手助けするブローカーで、ブラックマネーのBと裏勘定を合わせた隠語ではなかったでしょうか」

「ご名答。主にバブル期に暗躍した連中だよ。当時から戸籍売買に手を出す連中もいたくらいだ。今も姿を変えて生き残っている輩《やから》もいる。十年くらい前だったかな。大手精密機械会社の工場建設を巡って、建設ブローカーになった元B勘屋の何人かが逮捕されたのは。最近は３Dプリンターやパソコンの進歩で偽造領収証の作成もたやすくなったろうが、人が手書きする部分もまだまだある。いまだに腕のいいB勘屋は裏社会で重宝されているそうだ」

「四木は生き残りの一人だと」

「四木紀明《のりあき》。バブル崩壊後も、いくつかの事件で名前が浮かんだ。まるで尻尾を摑ませない男でな。もう十五年前になる。特捜部で俺が鎌形さんの立会をしていた頃、鎌形さんが主任検事となった大型経済事犯の捜査だった。俺は鎌形さんと、四木が経営していた神保町の会社に出向いた。今日、城島が会ったITの専務が見知っていた時分だな。事務所兼作業場はもぬけの殻だった。土地も建物も別に所有者がいて、借主と貸主という以外に四木との接点もなかった。消息不明のまま、事件は公訴時効を迎えてそれっきりさ。以後も何度か出向いてみたんだ。いつの間にかワンルームマンションが建っていたよ」

特捜部が扱う経済事犯は発覚までに時間がかかるケースが大半で、せっかく捜査を始めたのに公訴時効を迎える事例も多い。

「まさかこんな所で四木の名前が出るとはな」

「いわくつきの男が西崎の事務所で目撃されている……」

「待て待て、それがB勘屋の四木と決まったわけじゃない。西崎事務所の訪問者名簿に名前はなかった。事務所に直接ぶつからんとな」

西崎事務所は四木と思しき男の連絡先を知っているはずだ。訪問者名簿にないのなら、日常的に出入りしている線が濃い。

「ところで、少し時間あるか？　カレーうどんでもどうだ」

「ご一緒していいんですか」

いつか行ってみたい店だった。店を突き止めようと尾行した事務官を、稲垣が撒いたという噂もあり、諦めていた。

「お前は知っておいた方が良さそうだ」

庁舎を出て日比谷公園脇を抜け、新橋方面に歩みを進めた。夜といえども、できる限り店のガラス戸やタクシーの窓に視線をやった。並ぶ稲垣は速くもなく遅くもない歩調だ。稲垣はむっつりと口を噤み、城島も話しかけなかった。

焼き鳥店の煙が立ち込め、会社員らでにぎわうガード下を抜けて路地に入ると、平屋建ての古い家が並ぶ一画に出た。路上には小さな植木鉢が並び、アスファルトは打ち水で湿っている。

路地の突き当りにその店はあった。ネオン看板はなく、紺地に白文字で「うどん」と抜かれた素っ気ない暖簾《のれん》だけが下がっている。稲垣が無造作に引き戸を開けた。

店内はひどく狭く、飴色の一枚板で設えられたカウンターの五席のみだった。先客はいない。戸建ての一階を改造したのか、三和土《たたき》から床に上がる構造だ。艶《つや》のあるカウンターはもちろん、木の床の隅々まで掃除が行き届いている。

「靴は脱がなくていい」稲垣はカウンターの向こうで新聞を読む初老の男に手を挙げた。「おやっさん、カレーうどんを二杯。てんこ盛りで」

「ご無沙汰だな」

「忙しいんですよ」

「不幸なこった」

カウンターの奥に並んで座った。従業員はおやっさんと呼ばれた男だけで、メニューらしき紙も置いていない。壁にも貼っていない。おやっさんは六十代から七十代といったあたりか。うどんを湯に投入し、丼を温め、カレーあんを作る手つきは外科医を思わせるほど無駄がない。城島はセルフサービスの水を二杯注いだ。よく冷えた水だった。

あいよ。十分ほどで目の前にカレーうどんが置かれた。カツオ、昆布などが混ざった出汁《だし》の香りとスパイスの匂いが鼻から突き抜けていく。九条ネギと細く切った油揚げ、牛肉がカレーあんの具材だ。麵の量も多い。一口すする。すぐさま口中にパッと旨味が広がった。

「どうだ、うまいだろ」稲垣は自分の手柄のように言った。「俺が食ってきたカレーうどんの中で、こいつが最高の一品だ」

「文句なしです」

城島は夢中で麵をすすった。口に入れれば入れるほど、出汁のコクと香辛料の風味が相まって味を深めていく。

いなやん、とおやっさんが声をかけてきた。

「ちょっと煙草吸ってくっからよ」

「店番は任せて下さい」

おうよ、とおやっさんがのっそりとした足取りで引き戸から出ていった。

麵を食い終わると、城島はつゆまで飲み干した。香辛料と出汁がそうさせた。隣では稲垣もつゆを飲み干している。引き戸が開き、おやっさんがのっそりと戻ってきた。

「右だ。あっちでもこっちでもねえな」

「おやっさんは仕事が速いですね」

「とろいうどん屋なんか、刃が腐った鋏《はさみ》よりも役に立たねえわな」

おやっさんは皺だらけの顔を、笑みでさらに皺くちゃにした。

ここは奢っておく、と稲垣が代金を払い、店を出た。路地から大通りに入る際、稲垣はちらりと右を一瞥する。

「ほう」

低い声が漏れてきた。城島も右を見る。スナックなどの小さな飲み屋が連なっているだけだ。稲垣は歩みを止めず、庁舎に向かう左の路地に曲がった。城島も続いた。

稲垣は無言のまま、ずんずん進んでいく。城島も黙っていた。

帰庁すると、ちょっといいか、と機捜班の班長席に城島は連れていかれた。稲垣は体を放り投げるように椅子に座り、城島は執務机前に立った。

「ごちそうさまでした」

「六百五十円で感謝されちゃ世話ねえな。それはそうと、城島は大崎《おおさき》機関って知ってるか」

「いえ」

「B勘屋の知識はあっても、こっちまでは知らんか。ま、戦後から昭和五十年代にかけての古い話だしな。かつて社会党系政党の大物議員だった大崎次郎《じろう》が抱えた調査機関さ。調査員は私設秘書だ。なかなかの腕利きが集まってたらしい。当時、そういう機関を持ったのは大崎だけじゃない。与野党を問わず溢れていた。その中でも特に大崎機関が有名だったんだ。今は政治家の機関なんて、まったく聞かんがな」

「どうして今、機関の話をされるんです？」

稲垣が軽く身を乗り出してきた。

「おまえ、誰かにつけられてるよな」

中澤や臼井が稲垣に告げたのか？　返答に詰まっていると、稲垣が話を継いだ。

「昨日、新橋を歩くところをたまたま見かけてな。お前の目の動きは尾行を探すものだった」

城島は瞬きを止めた。臼井は相手を現認し、尾行の事実を導き出した。それだって舌を巻いたのに、稲垣は目の動きだけで……。捜査員として格が違う。

「相手の目星はついてんのか」

「いえ」

友美の墓参りで襲われた一件。相手の正体は見えておらず、まだ口に出せる段階ではない。

「そうか。今日の連中はどっかの機関員か、経験者ってとこだな」

「どこで？」

言った瞬間、城島は息を呑んだ。うどん店に入る小路は行き止まりだった。尾行の有無を見分するにはもってこいの場所だ。そして、うどん屋のおやっさんの右という一言。帰る際に稲垣が一瞥した右側にいたのか。自分には何も見えなかった……。

「ひと目で素性に見当がついたんですか」

「あっちでもこっちでもない、っておやっさんが言ったろ？　裏社会でも当局側でもないって分析さ。俺にもそう見えた。探偵の臭気もない。じゃあ、誰が特捜事務官を追う必要があるのか。政治家周辺と推し量るのは常道だ。ありゃ、並の力量じゃない。普通の秘書とは思えん。で、俺の頭に往年の機関が浮上してきたわけさ。まさか機関が今も実在してやがるとはな」

稲垣がどかっと背もたれに体を預けた。

「この先も事務官を続けんだろ？　お前も、おやっさんみたいに目が利く知り合いを持っておくんだな」

「あのおやっさんは何者ですか」

「ん？　カレーうどんがうまい店の店主だよ」稲垣はこともなげに言うと、ワイシャツに目を落とした。「ああ、くそ、また汁が飛んでやがる」

＊

正午、中澤は高品検事室で報告していた。先ほどまで約二時間、赤城の自殺後、筆頭秘書となった中年男性を聴取した。機捜班が昨日仕入れた端緒に基づき、西崎事務所の訪問名簿にない人物を洗い出すためだ。

中澤はまず、五月二十九日に訪問者名簿に記さなかった訪問者がいたのかを秘書に質した。IT企業の重役となった元印刷業者が、四木らしき男を西崎事務所で見かけた日付だ。秘書は四木という人物を知らず、訪問者も憶えていないと言った。無理もない。毎日約二十人が事務所を訪れる。五月のとある一日の来訪者を十月まで憶えておけという方が無茶だ。

次に五月下旬にどんな人物が訪れたのかを思いつく限り列挙するよう求めた。すると、政治団体海嶺会会長の野本が日を置かずに出入りしていたとの供述を得た。

もっとも、いつも西崎か赤城が応対していたので用件は知らず、野本は最近事務所に顔も見せていないそうだ。なお、秘書は有限会社海嶺会の存在を把握していなかった。

「ううん、源吾もか」高品が背もたれに勢いよく体を預ける。「わたしが捜査主任を命じられたのは、へぼ公選法違反容疑だったのになあ。どんどん横に伸びて、胡散臭さだけが増していく」

「和歌さんは引きが強いんですよ」

「まあね。じゃないと特捜部に配属されないもん」

「そういや、『源吾も』って言いましたよね。他の秘書も野本に触れたんですか」

「そうなの。五月に事務所で何度も見かけたって。あと、どの秘書も『四木なんて知らない』と言ってるのも一緒」

筆頭秘書だけでなく、別の秘書も同時に聴取している。

高品は、がばっと背もたれから上体を起こした。

「里穂、政治団体海嶺会の資料ある？」

吉見は自分の机上にある何冊もの分厚いファイルから、たちまち青いファイルを選んで高品に手渡した。高品は一枚一枚手早く捲って目を通し、ぱたんと閉じる。

「野本って、なかなかしたたかそうな男だなあ、源吾ならどう攻める？」

「正面から攻め、加えて感情面も揺らすでしょうか。物事を決断する際は理屈だけじゃなく、感情も大きくかかわるので」

「源吾も感情で何かを決めた経験があんの？」

「ええ。つい最近、はっきりと思い出しました」

　高品はポンっと机に両手をついた。

「ここは源吾にお願いする。機捜班で野本に聞き込みをかけたのは城島君だしね」

　城島の名前が出た瞬間、中澤は吉見の様子を窺った。吉見は何げない顔つきで手元の書類に目を落としている。

「主任自ら乗り出したい場面だけど、なにせ、わたしは西崎って大物を抱えてるからさ」

　高品はつとめて柔らかな声を出した風だった。西崎は報道で大きく騒がれており、秘書ならともかく、本人を相手にする際は慎重に動かねばならない。特捜部が聴取する――即有罪、と見なすメディアも出る。まだ聴取に臨める戦局ではないものの、高品が綱渡りに挑むのにも似た心境なのだと察せられる。

「今の源吾なら任せられる。ちょっと前までは、なんていうか正しくあろうって感じが強くて、頭での突破にこだわりそうだったのに、今は違う。全身を使って立ち向かいそう」

城島の指摘がなければ、間違いなくいまだ正論に凝り固まったままだった。高品は言い渡すべき点はさっさと告げる人柄だ。こうした心構えは自分で悟るべきだと、これまで言及しなかったのだろう。城島といい高品といい、自分は周りに恵まれている。ここで二人に礼を述べるだけでは、感謝の意を真に表したとは言えない。結果で返すしかない。

午後八時、中澤は自室に城島を呼んだ。城島は被告人や参考人が座るパイプ椅子に深く腰掛け、部屋には臼井もいる。先だって臼井には、「水」の筆跡照会用例文の入手者リストを検めてもらった。野本の名前はそこになかった。

中澤は城島に、野本と会った際の仔細をひと通り訊いていく。野本が馬場や海老名に献金しない所以を、城島は探っていなかった。無理もない。その時は疑問点に挙がっていない。ただ、野本が西崎事務所によく出入りした背景や西崎への献金額を合わせて考えると、政治団体海嶺会が企業幹部から献金を集める際の後ろ盾は、やはり赤城だった公算が大きい。揃い過ぎているきらいはあるが、献金者は一様にそう説明している。これがどんな事柄に繋がっていくのか。赤城が死を選ぶほどの問題に至るのか。

「野本について申し上げられる内容は以上です」

城島はごくあっさりと言った。中澤は、はたと気づいた。

「野本については以上、ですか。他の件では話せる材料があるんですね」

「ああ」城島は急にぶっきらぼうな口調になった。

検事、と臼井が席をすっと立った。「ちょっとトイレに。話の腰を折ってすみません」

城島が口調を変えて仕事を離れたと示したので、気を使ってくれたのだろう。臼井が足早に出ていく。

城島の口から出たのは、尾行してくる人間が政治家絡みの線が濃いとの見立てだった。

「根拠は？」

「プロ集団で働いていると、恵まれた点もある」

城島は一拍置いて、稲垣の見立てだと言った。

昭和の政治家の多くは党を問わず、私設秘書を様々な調査に使った。多額の費用がかかるため、現在はまるでそうした活動を耳にしない。今も伝統を引き継ぐ議員もいるのか。

中澤は腕を組んだ。

「だとしたって、その連中が人を襲うような荒っぽい仕事を？　まあ、よほどのワケが隠れているって線もあるな」

「ゲンはどうだ？　誰かにつけられてないか」

「いや」

「俺だけが尾を踏んだんだな」

城島は抑揚もなく言った。

第四章　失踪

1

政治団体海嶺会会長の野本永太がゆっくりと手元の手帳を太い指で捲り、のっそりと猪首《いくび》を動かした。濃い顔が上がってくる。

「確かに五月は、西崎事務所に何度か出入りしています」

大きく、低い声が検事室に響いた。中澤の正面で午前九時半の陽を浴びる野本は、出っ張る腹を隠すようにボタンをきっちり留めた黒のダブルスーツに、ワニ革のタッセルローファーという出で立ちだ。大柄な体型のせいか、その筋にも見える。城島に聞いた通り、押し出しも強そうだ。同席する臼井は今日も気配を消している。

「野本さんは、いつから西崎議員の事務所を頻繁に訪れるように？」

「お会いするようになったのは二〇一二年頃からですかね。先生のパーティーで知り合い、意気投合したんです。あれは色々と招待を受けた政治パーティーのうちの一つでした」

政治家のパーティーには千人単位の参加者がいる。顔を合わせても、余程でない限りは一分か二分で会話は終わり、頻繁に出向くほどの親交にまで発展しない。

「パーティーのような大勢が西崎議員を目指す場で、よく親しい間柄になれましたね」

「共通の知り合いがいるのがわかりましてね」

野本は片手で挟み込むように手帳をぱたりと閉じ、こちらをじっと見据えている。

「それはどなたですか」

「差し控えます」野本は言下に拒絶した。「先方に迷惑をかけたくありません」

特捜部が接触した場合、影響が出る立場の人間か。政治家のパーティーに参加する人間にはその範疇《はんちゅう》に入る者も多い。政治家、政治家秘書、経済人、官僚。このままでは参加者名簿を片っ端から当たるしかなくなる。その作業を厭《いと》う気はないが、機捜班も担当検事もすでにかなりの仕事量になっており、端折《はしょ》れるのなら端折りたい。

「私に話すくらいで、その方に迷惑が及ぶのですか」

「特捜部は、でっちあげで事件を仕立て上げられる組織です。今もなお、私を含めた国民の少なくない数が不信感を抱いている現実をお忘れなく」

逆ねじを食わされた格好だった。

「西崎議員とはどんなお話を？」

「東日本大震災の復興事業についてです。海嶺会はそのために設立した政治団体なので」

声には『何を今さら』という不遜さが混じっていた。

「お会いになるのは、いつも議員会館ですか」

「ええ。西崎先生もお忙しい方なので、秘書に自説を訴えるだけの日もあります。私は必ず面と向かって、相手の目を見て自説を論じるんです。昨今は電話、電子メールやそれに類するツールなど、顔を見ずとも誰かとやり取りできる手法が多いのは知ってますがね。直接言う方法が最も熱意が伝わる。政治とは結局、熱意です。整然とした理論だけで現実は動きません」

野本は朗々と語り、大きな目を爛々《らんらん》と光らせ、向き合う者を押し潰さんとする圧力を全身から発している。この男は、自分の見た目や声を最大限生かす術《すべ》を知っている。

「野本さんが議員会館の西崎事務所に行った日付を教えて下さい」

野本は太い指で再び手帳を開き、七日……十一日……と途切れ途切れに言った。五月は計十回も訪れている。だが、四木と見られる男が訪れた二十九日は含まれていない。残念だ。野本なら西崎事務所で鉢合わせしていれば、憶えていたかもしれなかった。二人とも過去に印刷会社を営んでおり、会合などで顔を見知っていても不思議ではない。

つと中澤の思考は進んだ。では、別の日はどうだ。野本が四木を見かけていれば、西崎の秘書たちは何らかの事情で当該事実を隠したことになる。想像力を働かせすぎか？

いや、四木はB勘屋という胡乱《うろん》な素性。それらしき男が西崎事務所で見られているのだ。折を見てこの線も確かめるべきだろう。まず中澤は回数の多さをやんわりと指摘した。

「これで多い？　私としては足りないくらいですよ。東日本大震災関連の議論は尽きません。それとも検事さんは、震災の復興事業など適当でいいとお考えですか」

「まさか」と中澤はかわした。「野本さんが西崎事務所に行った日を確認できる、その手帳のページをコピーさせて頂けませんか」

「お断りします。欲しければ、正式に令状をとって押収して下さい」

野本は堂々とした佇《たたず》まいを崩さず、取りつく島もなかった。

「海嶺会は、どういう基準で政治献金先を決定されるんです？」

「志《こころざし》の有無です。志のない人間には震災復興事業を託せません」

「民自党の馬場議員や国民自由党の海老名議員、野党第一党の自由共和党の主要議員など、いわゆる大物に献金されていませんね。彼らには志がないというご見解ですか」

「いえ」野本は尊大に鼻を鳴らす。「海嶺会が献金せずとも、大物には資金が集まります」

「西崎議員も大臣ですから十分に大物ですよ」

「共通の知人がおり、意気投合したと申し上げた通りです」

「海嶺会の主張を国政に反映させるためには、他の大物議員、例えば馬場議員らに献金し、接近を図るのは効果的でしょう。なぜされないんですか」

「海嶺会はまだ小さな団体です。発言力を持たないうちに大物にアプローチしたところで、その他大勢に埋もれてしまう。それより、今は西崎議員との結び付きを強めた方がいい」

理屈は通っている。

「海嶺会に献金が集まるよう、西崎議員に後ろ盾になってもらう思惑もありますか」

「赤城さんが自主的に寄付を呼びかけてくれたんです。私は頼んでいません」

「西崎議員が赤城さんに指示したのでしょうか」

「赤城さんが自主的に呼びかけてくれたと申し上げました。聞こえませんでしたか？」野本は殊更、声を響かせた。「こうして話をまともに聞けない点が不祥事を生んだんでしょうな」

中澤は受け流す恰好で話を継いだ。

「以前、特捜部の者がどうやって寄付を募っているのかを質問した際、野本さんは意気投合した議員秘書に様々な企業を紹介してもらったと仰った。その時は赤城さんの名を口にされなかった。どうして今日はすんなり赤城さんの名を出したんです？」

「亡くなったからですよ。どこかの組織が葬儀も執り行えない亡くなり方に追い詰めた件を、私は一生忘れません」

野本は巨眼をぎらつかせた。中澤は厳しい指摘を心でしっかり受け止め、続けた。

「政治活動に入る前は印刷会社を営んでいたそうですね」

「ええ」野本がゆったりと頷く。「小さな印刷屋を長年細々と」

「当時の仕事仲間や同業他社とのお付き合いは今もありますか」

「いいえ。そもそも同業他社とも、組合の会合で顔を合わせる程度でしたから」

「他地域の業者と交流がない業界なのですか」

「人によるでしょう。地域組合の会長は、東京全体の印刷組合の会合にも出ます」

「野本さんはいかがです？」

「私は知りません、末端にいた人間ですのでね。もちろん、数名は知っておりますよ」

中澤の背中から急に温《ぬく》もりが失われ、射し込んでいた陽が部屋から消えた。

「野本さんが西崎事務所を訪れた際、別の訪問者を見かけたことはありますか」

「ええ、何度も。力のある議員のもとには陳情者がひっきりなしに訪れます」

「訪問者に知った顔はありましたか。あるいはよく見かける顔とか」

「いえ」

即答。もっとも、野本の言い分を素直に受け取れば、理解できる。

中澤は間を数秒取った。野本は早稲田、四木は神保町の業者だった。四木を知っているか？　単刀直入に切り込むか否か……。

不意に野本が顔を歪め、頬を窪ませた。奥歯を嚙み締めたらしい。

「どうかされましたか」

「いえ。少し腹が痛みまして。ちょっと息苦しさも……」

野本はおもむろに前屈みになった。スーツのボタンを手荒く外すと、ネクタイピンを強く摑んでから取り、ネクタイを素早く緩めた。顔が紅潮してきている。

「大丈夫ですか」

「……ええ」

先刻までとは打って変わり、押し殺した声だった。

「何か持病が？」

「いえ」

野本は言葉少なだ。相当苦しいのか？　ますます顔が紅潮してきた。肩を上下させ、息苦しそうに喘《あえ》いでいる。このままでは倒れてしまう。

「臼井さん、救急車を」

臼井が受話器にさっと手を伸ばすと、野本が即座に顔を上げた。

「それには及びません」

「しかし」

「及びません」と野本は口早に繰り返した。睨みつけてくるような目は血走っている。「大事をとって、今日は失礼しても構いませんか」

赤城の件もあり、一気に参考人聴取を進めたい。中澤は数秒、野本を見つめる。喘ぐような呼吸は収まりそうもない。ここは仕方ないだろう。

「お話を伺いきれていないので、日程を再設定させて下さい。後日こちらから連絡します」

「申し訳ない」

野本は荒い呼吸のままネクタイをむしり取ると、シャツの一番上のボタンを外した。臼井が付き添い、二人が検事室を出ていく。野本は覚束ない足取りだった。中澤は椅子に背をもたせかけ、天井を見上げた。自分や城島への対応を勘案すれば、野本は相当図太い。体調に表れるほど、特捜部の聴取に重圧を感じるタマではないはずだ。本当に体調不良なのか、あるいは探られたくない何かを隠すための演技か、その『何か』そのものに重圧を覚えたのか。腹でぶつかる前に、対象が目の前から消えてしまった。

数分後、臼井が小走りで検事室に戻ってきた。

「表でタクシーを拾って、乗せました。外気を吸って、だいぶ気分は良くなった様子です」

「それなら明日の午後、野本さんと再聴取の日程を決めましょう」

ぽっかりと時間が空いた。午後三時まで野本聴取の予定だったのだ。

「和歌さんに断りを入れて、久しぶりにちゃんとした店で昼飯を食いますか」

たまには気分転換も大切だ。

「いいですね」と臼井が指を鳴らす。

「虎ノ門にでも行きましょう。政治団体海嶺会がどんな場所にあるのかも見たいので」

中澤は高品に内線を入れた。『私も行きたい……ううん、ちょっと無理だよなあ』。

高品は口惜しそうだった。

中澤は目の前のインテリジェントビルを見上げた。フィルム張りの窓は黒光りし、茶色の外壁もきれいだ。政治団体海嶺会はこの六階に入っている。有限会社海嶺会が登記している古い雑居ビルとの位置関係は、地下鉄神谷町駅を挟んで徒歩十分といったくらいか。

「有限会社の方とは全然雰囲気が違いますね」

「同感です」と臼井が軽快に言った。

城島の話によると、政治団体海嶺会の事務所は内装も整っている。機捜班の調べでは、家賃が月二十五万円と判明していた。土地柄、相応の家賃だ。解せない点がある。今日の聴取で問いたかった点の一つだ。

野本は小さな印刷会社をたたんで政治団体海嶺会を立ち上げた。記録によると、すぐこの場所に事務所を構えている。国会にも近い港区近辺に事務所を置きたい心情は十分理解できるが、探せばもう少し安い物件もある。いきなり月二十五万円の事務所を構えられる資金を、どう工面したのか。政治資金収支報告書によると、発足時の資金は二百万円。年末には相当額の寄付が集まっているにせよ、いくら赤城が呼びかけてくれても本当に寄付が集まるのかが未知数の時点では、運営の目途《めど》がつくまで無駄な出費を抑えたいのが本音のはず。銀行口座を洗い、金の流れを追った方が良さそうだ。……待て。西崎の手ぬぐい案件に関与するのかまでは見通せない。「水」の書き込み解明のためとはいえ、やりすぎだろうか？　高品に判断を仰ぐか。

高く青い空の下、ファッション雑誌からそのまま抜け出たようなスーツスタイルの会社員や、観光客と思われる集団がひっきりなしに行き交っていく。そよ風が頬に心地よい。

「野本さん、大丈夫だったんですかね」と臼井が思案深げに言った。

「じゃないと困ります」

「祈りますか」

「祈りつつ有限会社海嶺会の方も念のため、回っておきましょう」

十分ほど勾配のきつい坂や路地を歩き、寺の多い一画に出た。ひと気がなく、自分たちの足音しかしない。さらに進むと、街路樹が頭上を覆う小路に出た。大ぶりのブリーフケースを手にした、身だしなみが細部まで行き届いた中年男性とすれ違った。植物が多いせいか、花の香りが辺りに漂っている。

今日も有限会社海嶺会が入る五階の電気は、すべて消えていた。秋らしい爽やかな陽射しが降り注いでいるにもかかわらず、建物の暗い印象は消えない。外壁には罅やくすみが目立ち、近寄り難さが漂っている。中に入ると、ひんやりした。

「あれ？」と臼井が小声を発した。

「何か？」

「いや、ちょっと。とりあえず行きましょう」

羽虫の死骸《しがい》や煙草の吸殻が転がる階段を五階まで上がった。薄暗い廊下を進み、錆が浮いたドアの前に立つ。インターホンを押した。反応はなく、ひと気もない。電気メーターは止まっており、両隣も空き部屋のまま。ただ、何か違和感がある。

「いませんね」

「ええ、でも」と臼井は鼻をひくつかせた。「やっぱりだ」

「そういえば、先ほども何か気になっていたようですが」

臼井はドアをじろりと見ると、小声で言った。

「外に出ましょう」

ビルの外は数分前と変わらず、気持ちのいい陽射しで満ち、心地よい微風が吹いている。臼井は少しビルを離れてから言った。

「ここに来る途中、身だしなみの整った男性とすれ違ったのを憶えていますか」

「何となくは」

「同じ香水の匂いがビルの中でしました。特に海嶺会のドア付近で」

ドア前で抱いた違和感の正体はこれか。

「といっても、ほんの僅かなニオイです。すれ違った辺りはちょうど花の匂いがきつかったから、検事が嗅ぎ取れなくて当然で、ドア前だってそれと思っていないとわからない程度でした。僕はちょっと鼻が人よりいいんです。香水男の顔を思い出せますか」

「いえ」

「僕もです」臼井が親指を背後に振る。「あのビルは防犯カメラがないので、付近の人の往来だけでも確かめるなら周囲から映像を借りなきゃいけませんね」

男が海嶺会の事務所に入ったとは限らない。……が、ここは万一に備え、張った方がいい。香水男がまた雑居ビルに出入りするかもしれない。

中澤は高品に電話を入れた。ちょっと本多さんと相談する、と弾んだ返事だった。高品の折り返し電話はすぐだった。

「今から機捜班に向かってもらう。彼らが到着するまで源吾たちで張ってちょうだい。男が現れたら、当たって」

中澤と臼井は少し離れたマンションの樹木脇に立った。二人の足元を、ぴんと尻尾を立てた白黒猫が、警戒心も見せずにのんびりと通り過ぎていく。

機捜班の二人がやってきたのは午前十一時過ぎで、結局、それまでに香水男は姿を現さなかった。臼井が簡単な引き継ぎをして、その場を離れた。申し送るべき内容もほとんどない。

「そろそろ飯を食っておきましょう」と中澤から言った。

「せっかくなんで神保町でカレーはどうですか？　久しぶりに食べたい店があるんです。ここからなら御成門《おなりもん》まで抜ければ三田線で一本だし、帰りも三田線の内幸町《うちさいわいちょう》で降りればバッチリですから」

神保町にはカレーの名店が多い。虎ノ門や麻布《あざぶ》近辺の店に行く必要もない。御成門駅から三田線に乗った。

「検事、僕らって大概庁舎にいるから、こうして昼間に外にいると、なんだか授業をサボった高校の頃が懐しくなりますよね」

「授業、よくサボったんですか」

「たまにですよ。息抜き程度に」

臼井はあっけらかんと言った。

十分で神保町駅に着いた。白山《はくさん》通りと靖国《やすくに》通りの四叉路を三省堂《さんせいどう》書店方面に進み、お茶《ちゃ》の水《みず》小学校に至る道へと曲がった。中澤の知る、いくつかのカレーの有名店からは離れていく。片側一車線の通りには、スキー用品店や早くも大勢が並ぶ讃岐《さぬき》うどん店などが連なっている。

あそこです、と臼井が指さした。ドアや外壁が軽井沢《かるいざわ》辺りのロッジを思わせる丸太づくりの店構えだ。看板にはガネーシャ風の絵と「ムーン・パレス」とある。ガネーシャの絵がいかにもカレー店らしいのに比べると、店名はそれっぽくない。

「ここの店主は変わりもんでね。あ、偏屈っていうんじゃないです。大学卒業後にインドや中近東諸国を放浪した挙げ句、ニューヨークで食べたカレーに感激して、その店で修業した後、店を出したんです。店名はそのニューヨークの店と同じなんだとか。店は十五年以上前から、ここで営業しています」

臼井がドアを開けた。チリンチリン。ドア上部に取り付けられた細長い金属片が甲《かん》高《だか》い音を奏でる。まだ昼前とあり、客は中澤たちだけだった。店内はそれほど広くない。カウンターが十席、テーブル席は四つ。アクリル板越しの厨房には、かなり背の高い四十代半ばの男がいて、寿司店の店員さながらねじり鉢巻きをまいている。

いらっしゃいませ、と若い女性店員が声をかけてきた。近くの大学に通うアルバイトだろう。神保町は学生街の顔も持つ。窓際のテーブル席に座ると中澤はキーマカレーを、臼井はポークカレーを頼んだ。友美のキーマカレーはどんな味だったのか。これからキーマカレーを食べるたび、想像を巡らせるのだろう。どんなに望もうと、もう食べられない味を。

約十分後、カレーが出てきた。コクがあり、香辛料がかなりきいていた。ハンカチ片手に食べ終わる頃には、頭の毛穴という毛穴から汗が噴き出ていた。

「ちょっと店主を呼んでくれるかな」

鼻の頭に汗をかいた臼井が陽気にアルバイト店員に声をかけると、ほどなく厨房からねじり鉢巻きの男がのっそりと出てきた。

「なんだ、やっぱり臼井か。久しぶりだな」

「うっす、カレー旨かったよ」

「そりゃそうだ。俺が作ったんだからな」男が豪快に笑い飛ばす。「そちらは？」

「一緒に仕事をしている中澤検事。悪さしてんなら、今のうちに自首しな」

「バカ野郎」男は苦笑いして、中澤に向き直った。「木島《きじま》と申します。臼井がお世話になっています。大学時代の悪友です」

「じゃあ、バレー部の？」

「ええ」木島が親指を振った。「こいつのトスを打ち込んでいました。仕事の方は知りませんが、トスは上手《うま》かったですよ」

「僕の同僚は来た？」

「ああ。仕込みの時にな。何も答えられなかったよ。昔、印刷所があったのは憶えてるけど、行き交いはなかったから」

事情が呑み込めず、中澤は臼井に素直に訊いた。

「この辺に例の四木が経営していた印刷所があったんで、機捜班の一組が急遽《きゅうきょ》聞き込みしてんです。舞い戻っていたり誰かと今もやり取りがあったり、ってな可能性もありえますからね」

「時間が空いた今日のうちに、我々もその跡地を見ようとこの店に？」

「それもあります。まあ、旧友に会いたかったんですよ」

臼井は涼しい顔だった。どうだかな、と木島は揶揄《からか》うように言う。昔から臼井はこんな調子なのだろう。

「というわけで、機捜班の連中も呼んで、売り上げに貢献しちゃいましょう」

臼井は携帯を取り出した。ああ、うん、さっきの店……。口ぶりからして相手は後輩らしい。

「十五分で来るそうです」臼井は口元を緩めた。「木島、感謝しろ。お客を呼んだぞ」

「そいつはどうもな、じゃあ、準備があるからよ」と木島は厨房に戻った。

ぼんやりと時間を潰していると、臼井が窓の方を見やった。かなり険しい目つきだ。どうしたというのか。

やがて正面やや右側の路地に現れたのは、城島ともう一人の若手事務官だった。臼井の目は細かく動いている。食えない人だ。臼井はこの店を何度も訪れており、周囲の建物や地形も頭に入っている。それに城島が尾行されている事態に感づいている。尾行者を現認するため、この店を訪れたのだ。

城島たちの三十メートルほど後方の暗がりに、地味なスーツを着た男が一人いた。顔ははっきりとは見えない。あれが尾行者か。つと濃密なさむけが中澤の背筋を貫いた。

似たシルエットを見た記憶がある。あれは確か——。

2

午後一時過ぎに中澤が帰庁するなり、待ち構えていたかのように内線が鳴った。見慣れない番号だ。臼井がすみやかに受話器をとって応対し、保留ボタンを押した。

「公判部の田室検事です」

中澤が神戸地検から東京地検特捜部に応援に来た際、主任検事だった男だ。今は公判部にいる。数ヵ月前は、特捜部の捜査を同じ証拠で公判部の立場から検討する総括審査検察官として、特殊・直告班が進めた馬場の案件を葬っている。一体何の用なのか。中澤が東京地検に異動しても疎遠で、挨拶を交わす機会すら一度もなかった。

「代わりました、中澤です」

「ようやくの帰庁か。事件に何の目途もついていないのに外出したくらいだ、成果はあったんだろうな」

「そう願っています。ご用件は何でしょう」

「今からそっちに行く」

唐突にガチャンと通話を切られた。

五分後、上質なスーツを着た田室が肩をいからせ、胸を張り、大股でつかつかと検事室に入ってきた。髪をきっちり真ん中で分け、縁なし眼鏡の奥にある吊り上がった目は冷ややかだ。真っ白なシャツは清潔というより潔癖という単語を連想させる。ご無沙汰しています、と中澤はその場で立ち上がった。田室は目上の先輩検事になる。

「ああ。まさか君が特捜部とはね」

「こちらが奮い立つような叱咤をありがとうございます」

田室は唇の端を神経質そうに曲げた。

「皮肉かね」

「まさか、本心です」

「西崎の手ぬぐいの件、君が自殺した秘書を取り調べたそうだな」

「ええ。それがどうかしましたか」

もう査問は終わっている。今さらなんだ？

「そこの君」田室は顎をしゃくり、臼井に命令口調で呼びかけた。「ちょっと外のスターバックスでラテを買ってきてくれ。ショートサイズでいい」

「失礼ながら」臼井はぴくりとも動かない。「私は中澤検事の立会であって、田室検事の立会ではありません」

田室の顔つきが冷たくなった。

「私を誰だと思ってるんだ？」

「ありのままの立場を述べただけです」

「臼井さん」中澤はすかさず割り込み、衝立《ついたて》を指さした。「例の資料を、あっちで探しておいて下さい」

承知しました、と臼井は粛然と立ち上がり、衝立の向こうに消えた。段ボール箱をごそごそと漁る音が早速聞こえてくる。探しておくべき資料などない。場を収める出任せの意図を、臼井は読み取ってくれたのだ。中澤は執務机を回り込み、田室の前に立った。

「これで小声なら気兼ねなく話せます」

「まあ、いいだろう」田室が抑制のきいた声を発した。「単刀直入に言う。自分で結論を下すな。すべて上の判断を仰げ」

「私の判断ミスが秘書の自殺に結びついたと？」

「さあな。真相はもう藪《やぶ》の中だ。解明しようがない」

「田室さんに指示されるいわれはないはずですが」

「指示？　私からの助言だよ。知らない仲じゃない」

文字通りには受け取れない。田室に評価されているはずも、親しみを持たれているわけもない。

「相談すべき点は相談し、自身で決定すべき事柄は自分で決します。検事たる者、そうあるべきでしょう。我々は組織人である傍ら、一人ひとりが官庁の役割も担う『独任制の官庁』です」

だからこそ、赤城の自殺を一生背負わねばならない。

「教科書に載せたい意見だな」田室は顔を寄せてくると、さらに声を潜めた。「自分の身が可愛いだろ？　上に投げれば責任転嫁できるんだ。助言を受け入れろ。君の将来がかかっている」

「それでは、なおさら意見を変えられません。将来を他人に左右されたくないので」

「変えた方がいい意見もある」

「変えてはならない意見もないでしょうか」

田室は顔を起こし、吊り上がった眼を訝《いぶか》しそうに絞《しぼ》った。

「何か？」

「別になんでもない」田室は言下にいった。「自分にとってどんな選択が得か、よくよく吟味したまえ。こんな手ぬぐい配布ごとき、どうだっていい。時間を使うのは愚《ぐ》の骨頂《こっちょう》だ。我々には、もっと労力を割くべき難事がある」

「お言葉を返す恰好ですが、西崎議員の件、田室さんは部外者です。助言は結構です」

「部外者ではないさ。本日、この件の総括審査検察官を仰せつかってね」

今になって検事正は、大規模だったり複雑だったりする特捜部の事件捜査を公判部の目で検討する総括官を任命したのか。納得はできる。当初は「へぼ事件」と高品が揶揄するほどだったのに、複雑な様相を見せている。

「でしたら、『どうだっていい』などと口に出してはならないのでは？」

「何度でも言うさ」田室は鼻先で笑った。「こんな手ぬぐい案件ごとき、どうだっていい」

中澤はその場で軽く拳を握った。夏祭りでの手ぬぐい配布など、取るに足らない。最初は田室同様の心証を抱いた。今は、どうでもいいと感じた自分が恥ずかしい限りだ。おそらく高品も同じ心境だろう。どんな些細な問題も、別の事件に至る見込みがある。この事件はそう教えてくれた。すでに特別な意味合いも生じている。赤城の死、そして何者かに城島は狙われた。

なぜ田室は『どうだっていい』などと言えるのか。手持ちの材料を総合すれば、この件が異なる犯罪に繋がりそうだと察せられる。曲がりなりにも田室は特捜検事を務めたほどだ。そこまで鈍感とは思えない。高品と本多はすべての情報を開示していないのか。

田室は衝立に目をやると、再び顔を近づけてきた。

「大きな仕事をしたければ、出世するしかないぞ。所詮、組織は上意下達《じょういかたつ》だ」

「出世して何がしたいんですか」

「君に言う気はない」田室がゆっくりと姿勢を戻す。「では、失礼する」

田室が上品ぶった足取りで検事室を去ると、すぐさま臼井が衝立の陰から出てきた。

「いやあ」臼井の面つきは明るい。「中澤検事の啖呵《たんか》、すかっとしましたよ」

「啖呵？　そんなに声を張り上げていましたか」

「いやいや。検事の仕事はどうあるべきかを淡々と仰ったじゃないですか。平静に撥ね返した分、じわっときました」

「それを言うなら、臼井さんがコーヒーを断った時の方が骨っぽかったですよ」

「なんとも、お恥ずかしい」と臼井が後頭部をかいた。

果たして田室の目的は何だったのか。

＊

「さあ、悪いね。何にも知らないよ」

蕎麦《そば》屋の主人はぞんざいに手を振り、厨房に引っ込んだ。

店を出ると、城島は相方の事務官と目を合わせた。もう午後七時。朝から空振りが続き、四木に関した手がかりは何も出てこない。あるわけがない、と心の片隅では思う。四木が神保町で印刷会社を営んでいたのは、もう十五年も前の話だ。だが、可能性は潰さねばならない。稲垣の命により、今日は「水」の筆跡集めではなく、神保町で四木の消息を追う作業に徹した。一つの仕事に集中できないのは、特捜部の捜査が少人数で回すしかないひずみとも言える。人員が豊富にいる警視庁では、こんな状態にはならないだろう。……与えられた仕事で身を粉《こ》にするしかない。

「あー、腹減りましたね。さっきの蕎麦屋もアリですけど、夜は長いんで。もう少し胃に溜まらないと」相方が悩ましげに言った。「おお、あそこに中華料理屋がありますよ」

金華楼《きんかろう》。名前は何やら豪華な割に、店構えは街の中華料理店だ。店に入ると、勤め帰りと思しき会社員二組五名が二席に陣取っているだけだった。店の片隅にあるテレビではNHKのニュースがかかっている。いらしゃい、と片言の日本語で出迎えられた。夜も定食があり、城島は回鍋肉《ホイコーロー》定食と餃子、相方は青椒肉絲《チンジャオロース》定食と春巻きを頼んだ。

相方が無言で携帯を取り出して、慣れた手つきでいじりだす。SNSだろう。別に構わない。携わるのは機密性の高い業務だ。こういう場で仕事の話はできない。差し障りのない話をする気にもならず、めいめい時間を潰すしかない。城島はNHKのニュースをそれともなしに見た。

画面では、昭和の武闘派政治家の系譜を継ぐ自由共和党の大物議員・入来誠《いりきまこと》が、民自党が打ち出した東日本大震災の復興政策をがなるように批判している。その大柄な体格もあり、入来は政界の弁慶《べんけい》を自称している。城島は入来の基本情報を反芻していく。特捜部の機捜班として、主な政治家の来歴は脳に叩き込んでいる。

入来の父親、拳《けん》は「イリケン」のあだ名で知られ、国会の委員会で力任せにパイプ椅子を投げたり、時の首相の胸倉を摑んだり、煙草を記者に投げつけたりした逸話を持つ政界の暴れ馬だった。入来誠は二十五年ほど前、その父親の政界引退に伴って地盤を継ぎ、民自党から衆院選に出馬して当選した。が、消費税増税を巡って執行部と対立し、一九九六年に党を割って出た。その際は父親よろしく、当時も民自党を牛耳《ぎゅうじ》っていた馬場の胸倉を摑み、床に引き倒したと言われている。以後も出身の四日市《よっかいち》市の一部を含む三重《みえ》二区の議席を守り続けている。

次のニュースに変わった。関西地方で生後半年の幼児が両親に虐待《ぎゃくたい》され、殺されたという気が滅入《めい》る話だ。城島は視線を落とした。テーブルの木目をぼんやりと眺める。

深みのあるいい香りがした。定食が運ばれてくる。かなりの量だ。

「神保町って気取ってないのがいいっすね」相方が声を弾ませる。「銀座周辺はどうも」

「気取ってない店もあるぞ」

稲垣と行った、うどん店がある。今日もカーブミラーやガラス戸を使って背後を探った。自分を追ってくる者はまだ見えていない。尾行の気配だけは感じていたが。

東京地検に戻ったのは、午後九時前だった。夕食後の聞き込みにも収穫はなかった。稲垣に不首尾だったと伝え、城島は長屋を出た。

ひと気のない廊下を進み、目的のドアをノックした。どうぞ、と返事があり、開ける。

「忙しいのに、悪いな」

中澤は書類を執務机の脇に置き、のっけから砕《くだ》けた物言いだ。仕事の話ではないのか。城島は後ろ手で静かに閉め、パイプ椅子にどかりと座った。臼井はL字に組んだ執務机の短い一辺で書類に目を落としている。昼間合流したカレー店で、食後、中澤に耳打ちされた。庁舎に戻ったら何時でもいいから検事室に来てくれ、と。

「いいさ。何の用なんだ？」

「ジョーを尾行する人間の件だ」

「臼井さんにアドバイスされた方法で探っているものの、さっぱりだよ」

すっと臼井が背筋を伸ばし、顔を上げた。

「簡単に見つけられたら、苦労しないさ。心中、お察しするよ」

「ええ」城島は肩をすくめた。「鬱陶《うっとう》しい限りです」

中澤が臼井に目配せし、城島に向き直ると表情を消した。

「今日、それらしき人影を見た。お前には相方がいただろ。あの場で出す話題じゃないから、こうして来てもらった」

「それらしき人影？」城島は脱力しかけた。「どうやら、俺はよほど間抜けらしいな」

「その発言には賛同できないな。ピンときた理由があるんだ」中澤が前のめりになった。「昔、オヤジがつけられている、と偶然気づいた経験があってな。その人影に似ていた」

「いつの話だ？」

「大学の頃になる。大荷物を駅に運ぶのを手伝ったんだ。一緒に家を出たオヤジが忘れ物をしたと走り戻った際、変哲もないスーツ姿の男とすれ違った。俺はその場で待ったので、男に追い抜かれた。オヤジはしばらくして戻ってきた。で、またオヤジは忘れ物をしたと言って帰宅した。そしたら、さっきの男がまた俺たちの後方にいたのさ」

「オヤジさんのそそっかしさが功を奏したのか。そういや、お前のオヤジさんって、そんな人だったか？　きっちりした印象だったが」

「そう、しっかり者だ。俺と違って日頃から部屋を整理整頓して、翌日の着替えや荷物も前日に用意する人だった。ひどく珍しい出来事だったんだ」

あの、と臼井が会話にするりと入ってくる。

「実はわざとかも。中澤検事のお父さんは何か異変に気づいていた。なので、何度も忘れ物をしたふりをした。違いますかね」

中澤は驚いていない。とうに頭にあった見方なのだろう。

「ゲンは、オヤジさんと妙な男について何か話したのか」

「ああ。知らん、と素っ気なくあしらわれたよ。その時は、どうせ答えは返ってこないだろうと、食い下がらなかった」

「狙いだったとして」と臼井がさらに話を広げる。「中澤検事のお父さんは、その妙な男の正体を突き止めたのでしょうかね」

さあ、と中澤は控えめに言った。

城島は腕を軽く組んだ。中澤の父親を尾行していた男が今、この自分を追っていると仮定する。都議だった中澤の父親との共通項は友美しかない。

「そのエピソードの時は、まだ生きている頃か？」

友美の名前は出さなかった。出したくなかった。

ああ、と中澤はぼそっと応じた。

「オヤジがまだ都議だった頃の話さ」

友美の死後、中澤の父親は余り間を置かずに都議を辞した。推進したカジノ構想をうっちゃっての引退だった。選挙では実現を公約に掲げ、使命とまで言っていた。その気力が湧かないほど娘の死が応《こた》えたに違いない。

「ジョーと仕事する羽目《はめ》になったし、オヤジが尾行された件も思い出したし、なんだか今回のヤマは妙な具合になったな」

「仕事する羽目？　お前、嫌々なのか」

「不思議議ってだけだ。高校時代の同級生、それも同じ部活の奴と仕事まで一緒になる確率なんて、かなり低いだろ。地方の役所や基幹産業ならともかく、全国転勤もある職場だぞ」

いかにも友達同士のやり取りですねえ、と臼井はニコニコしている。

3

午前十時、中澤は臼井と帝国ホテル八階の一室にいた。足元の肉厚な絨毯《じゅうたん》が雑音を吸い込む、静謐《せいひつ》な部屋だ。

「本日はよろしくお願いします」

石岡大輔《いしおかだいすけ》は秘書という職業から連想される、冷静で事務的な語り口だった。国民自由党党首・海老名治の筆頭秘書で、中澤と同じ三十九歳。石岡は十年前に団体職員の職を辞して、政治の世界に飛び込んでいる。がっちりした体を上品なスーツで包み、よく磨き込まれた革靴は実用的なゴム底だ。落ち着いた物腰で風貌も柔らかい。

帝国ホテルを面会場所に指定したのは、石岡だ。今日はこれからこの部屋で三人の秘書から話を連続して聞く予定になっている。野本がまだ体調不良のため、手が空いた中澤が石岡をはじめとする海老名の秘書の聴取担当になった。面会日程は吉見が取り付けている。

――優秀な人間を使わない手はないっしょ。

高品は冗談めかした。まだ戦果を出せない後輩への配慮もあるのだろう。実際、その後に本多に呼び出された。

――必要なのは結果だ。覚悟に変わりないな?

隣では臼井が、今日は慎重を期して二台持ってきた録音機の作動状況を確認している。その間、中澤は昨晩臼井とおさらいした、これまでの捜査経緯を頭の中でざっとなぞった。

――検事、ちょっと整理させて下さい。箇条書き風に申しますね。西崎の筆頭秘書の赤城は、検事が「水」の書き込みを追及した直後に自殺。その赤城の義兄が経営するウォーター・ウォーターは民自党の政治資金団体に七百五十万円を寄付し、義兄夫妻と専務を務める二人の息子、九十歳近い赤城の義母は、西崎の資金管理団体に個人寄付の年間上限額百五十万円をも納めている。各寄付を合計すると、有限会社海嶺会がウォーター社との取引に上乗せした千五百万円と一致する。

――ええ。寄付はどちらも、海嶺会との取引が始まった二〇一一年からです。

――さらに岩手の震災復興事業現場には、ワシダ運輸の陣内氏が口利きした有限会社海嶺会が水を納入。その海嶺会に水を卸すのは、ウォーター社。ちなみに昨日、海嶺会本社に行ったと思われる香水男の正体は判然としない。あの辺り一帯の防犯カメラ映像を機捜班が集めたところ、いずれも古いタイプのカメラで鮮明な映像はなかった。有限会社海嶺会に関しては、陣内さんは海老名治議員に紹介されたと言い、その時の陣内さんに脳が混濁した様子はなかった。当の海老名議員は、海嶺会を知ったのは過労のためか駅のホームから落ちて亡くなった元秘書経由だと言い、陣内さんに紹介した憶えはない。海老名議員の実の娘で私設秘書の保奈美さんからは、特に何も得られなかった。僕の理解、大丈夫ですよね？

――ええ、それと捜査ではB勘屋の四木の名も浮かびました。

——あ、そうっすね。

——四木と思しき男が西崎事務所を訪れた時期には、政治団体海嶺会会長の野本も頻繁に足を運んでいます。西崎と野本は意気投合し、同会は西崎に多額の政治献金をしている。なお海老名は、政治団体海嶺会も野本も知らないと供述しました。政治資金収支報告書によると、両者には献金による結び付きもありません。

海老名の秘書は保奈美を除いて七人。相応の検事を投入して一気に全秘書を聴取したい局面だが、海老名は被疑者ではない。業務を妨げないよう、一人ずつ潰していくしかない。

臼井が頷きかけてきたのを横目で見て、中澤は本題を切り出した。

「海老名議員及び事務所全般の実務は、筆頭秘書の石岡さんが取り仕切っているという認識でいいでしょうか」

「はい」

「では、海嶺会をご存じですか」

あえて政治団体か有限会社かには触れなかった。

「ええ。震災復興の一助になるべく起業された会社だと記憶しております」

「どのようにお知りになりましたか」

石岡はちょっと考える素振りを見せ、口を開いた。

「何年か前に、当時筆頭秘書だった浅野に聞いたのではないでしょうか」

「浅野さんはいまどちらに？」

惚《とぼ》けて尋ねた。

「残念ながら」石岡は顔色一つ変えない。「もう亡くなりました。その後、私が筆頭秘書に抜擢されたんです。荷が重いと何度か断ったんですが、その都度海老名が『もう決定事項だ』と言い張り、私も腹を括りました。昨日の出来事のようです」

「浅野さんが、海嶺会をどのように知ったのかはご存じですか」

「いえ」

「どんな会話の中で海嶺会の名前が出たのでしょうか」

「うろ覚えですね。深夜に復興事業の資料を整理していた際、その名前が出たような……」

「海嶺会の方と面識はありますか」

「いえ、私はありません。浅野がどうだったのかは知りません」

石岡は柔和な面持ちでこちらを直視したまま、平板な声を発した。

有限会社海嶺会の質問は、誰に投げても明確な返答がなく、何もない空間に拳を振っている気分にさせられる。まさに影のような団体だ。

だが、海老名は陣内との会話に出している。普通、素性も定かでない団体の話題を、長い付き合いで信用を逸してはならない人物との会話に取り上げるだろうか。それも陣内の解釈では紹介というレベルだ。

アッ……。中澤は口から声が出そうだった。素性を解明する、一筋の光明が見えた。

「正体不明の団体が議員に近づいてくる時もありますか」

「正体不明の団体とは？」

「初めて接する企業や団体などです」

「ええ、そういった団体にもかなりアプローチされます」

「その際はどんな対応を？」

「秘書が精査します。怪しげな団体などは弾き返すんです。初めて接するといっても、名の通った大企業や人物は特に調べません」

中澤は内心が大きく波立った。有限会社海嶺会は、浅野の段階で正体不明ではなかったのだ。海嶺会にまつわる何らかの引き継ぎはないのか。海嶺会は名の通った企業ではない。よってその素性を調べたはず。どう話を運んでいくか。一呼吸置き、中澤は手順を練った。

「精査内容は秘書で共有されますか」

「はい。紙にまとめた資料や、パソコン上のデータで。怪しい団体や人物が何度も接触を図ってくるケースがありますので」

「大丈夫だと結論づけた団体のものも共有されますか」

「ええ」

「海嶺会の精査もされましたか」

「私はしていません」

「浅野さんはした、と?」

「さて、私は存じません」

「資料はありますか」

「どうでしょうか。見たことないので」

石岡は隙のない口調で言う。わざと沈黙を挟み、中澤は話を転じた。

「海老名議員とワシダ運輸の陣内専務とのご親交は長いのでしょうか」

「そう聞いております。なんでも先代からの仲だとか。海老名はパーティーでも必ず陣内さんに挨拶しています」

「その際、石岡さんは海老名議員の傍に？」

「はい」

「海老名議員が陣内専務に、海嶺会を紹介していた場面はありましたか」

「紹介だったのかは存じません。海老名がパーティーの席で話していた憶えは、ぼんやりとならあります」

「何年の出来事でしたか」

「あれは二〇一一年の年末ではないでしょうか」

「どうして海老名議員は、海嶺会の話を陣内さんにされたのですか」

「時節柄、震災関連の話の流れで出たのでしょう。パーティーは、無難な話題ばかりですから。皆さん、よく天気の話をされています。その類の一つかと」

「それは不自然です」

興奮を気取られぬように、中澤はここまでと変わらぬ声音で齟齬《そご》を指摘した。

「長く交流のある陣内さんとの話題に出すほどです。海嶺会を真っ当な団体だと結論づけていないと口には出せないはずです」

あえて数秒あける。石岡はあたかも能面を被ったかのごとく柔らかな面貌を崩さず、じっと黙している。

「石岡さん」中澤はここで声を強め、彼我の間合を詰めた。「海老名事務所がまとめた海嶺会の資料を拝見させて下さい」

「喜んで協力しますよ」石岡は平然と乾いた声で言った。「資料があれば」

この男……。石岡が本気で言っているのか否か、中澤は読み取れなかった。本音ならいい。そうでないなら、鼻先であしらわれたも同然だ。ぐつ、と中澤の血は沸きった。夏の鷺田正隆聴取でも今回に似た感懐を抱いた。あの時は検事の理想像に固執して、切り込まなかった。この固執は赤城の時にもあった。今回は——。

中澤はカッと両目を見開き、石岡の腹の底を抉《えぐ》り出さんとの気迫を視線に込めた。

「念入りに探して下さい。返答がおざなりな時や隠し立ての気配を少しでも感じれば、特捜部——私は何か疚《やま》しい点があると疑い、海老名議員を徹底的に洗う事態となるでしょう」

「かしこまりました」

平坦な声色は微塵も変わらず、本心か否かまるで見通せない。

その後、中澤は政治団体海嶺会の探りを入れた。何も知らないとの応答があるだけで、最後まで石岡の性根は摑み切れなかった。

いや。石岡の底が量れない点は導き出せたか。

＊

城島は相方の事務官と、秋葉原《あきはばら》の雑踏を上野方面に歩いていた。平日の午後一時過ぎでも大勢で賑わっている。学生の集団や外国人観光客が物珍しげに辺りを見回し、メイド服の若い女がビラを配り、見るからに電化製品が好きそうな中年男がぱんぱんに膨らんだリュックを担いでいる。

「あれですね」

相方が指さした。

一つ目の目印となる老舗料理店だ。店は木造二階建てで、春夏はウナギを、秋冬はアンコウ鍋を扱い、江戸末期からこの地で営業している。店の脇には細い路地が伸びていた。

その細い路地に入ると、雑踏のざわめきが遠ざかり、空気も心なしか落ち着いた。両脇に古い民家と年季の入った雑居ビルが並んでいる。少し進むと、壁に亀裂の入った古い五階建て雑居ビルと、昭和初期のモダン建築らしい装飾が壁に施された六階建て雑居ビルの境に、路地というよりも切れ目と言った方がいい隙間があった。

「ちょっとした冒険気分だな」

城島は相方の背中をぽんとひとつ叩き、体を横にして狭い隙間に肩から入った。背中と胸がぎりぎりビルの汚れた外壁面につくかつかないか、カニ歩きの要領で進む。稲垣なら腹がつかえて通れないだろう。足元は最近雨も降っていないのにじめっと湿り、カラスの羽や魚の骨、何の動物なのか判別できない白骨が落ちている。頭上には後付けされたビルの室外機やダクトがいくつも見え、油汚れが長い筋となって壁のあちこちにこびりついている。本当にこの先にあるのだろうか。城島は半信半疑だった。十メートルほど進むと、突き当たりを左に折れ、大人一人が正面を向いてやっと通れる幅の小路に出た。

本当にあった。

古くて、小さな平屋建てだ。外壁は長い板を横にして、板の下側がその下の板の上側に少しだけ重なるように張られている。板の表面は色褪せ、木目に沿ってささくれ立ち、ひび割れも目立つ。凹凸のある窓は全体的に灰色に曇り、まったく中は窺えない。

グーグルアースではビルの一部のように点として存在し、住宅地図にも載っていない建物だ。登記を調べると、所有者は身内のない一九二〇年生まれの杉森重吉《すぎもりじゅうきち》という男性で、二十年前の五月に他界している。現在の所有者は不明だ。登記は義務付けられていないため、日本には相続過程で持ち主不明となる土地建物がかなりある。

　コオロギの声がした。小路は舗装されておらず、小石があちこちに転がり、ひざ丈の雑草が生い茂っている。建物に近寄った。雑草の間からバッタが何匹か跳ね、小さな蛾が慌ただしく飛んでいく。城島は格子の引き戸をまじまじと見た。格子には埃が分厚く付着しており、何年も誰も触っていないとわかる。引き戸の脇に木製の表札が掲げられていた。その文字は長年の日光や風雨に晒されて掠れ、まるで読めない。

　すみません、と念のために相方が大きな声をかけた。反応はない。

　一時間前、長屋で今日分の「水」の筆跡集め用資料を準備していると、昨日訪れたカレー店の店主から代表番号経由で城島に電話が入った。臼井の友人だ。

　――地元の会合で何年か前に出た話を思い出しました。昨日の印刷屋さんが、裏帳簿の付け方を伝授してくれるって噂があったんです。それ目当てに全国からひっきりなしに客が来ていたとか。真偽はわかりませんよ。小さな印刷屋にのべつまくなしに来客があったんで、誰かが面白半分に冗談を言ったのかもしれません。私はウラとかかわりたくないんで、近づかなかったんです。それで、五、六年前ですかね、秋葉原に似たような場所ができたって話題が出たのは。え？　その話をしてくれた人ですか？　昨年亡くなりました。

カレー店の店主も秋葉原の詳しい場所までは知らなかった。城島はすぐ稲垣の耳に入れた。待機を命じられ、十分後に席に呼ばれると、住宅地図では空白のこの場所を示された。

「ここだ。ちょっと見てこい。なかなか一つの仕事に専念させられんが、もはや遊軍だと割り切ってくれ」

「はい」特捜部の独自捜査は横へ横へと広がり、日増しに内偵事項が増えていく一方、人員は乏しく、誰かが遊軍的に動かねばならない。「どうやって調べたんですか」

「知っていそうな人に訊いた」

情報屋の類なのだろう。刑事顔負けに、彼らと通じる事務官もいる。昭和には連中と深いよしみを結んだ特捜検事もいたらしい。『特捜部の副部長は情報屋と頻繁に会い、事件のネタを仕入れるのが仕事だ』と檄を飛ばした特捜部長も存在したそうだ。今ではそこまでする検事はいない。彼らは余りにも多忙だ。……ともかく。裏帳簿は犯罪に関わる。どうせ言うくらいなら耳にした時点で警察なり、稲垣なりに通報すればいい。

「最初から知らせてこい、とでも言いたそうだな」

「ええ」

「自分から首を突っ込んで誰かが傷つくのを嫌がる人なんだ。その代わり、こっちから聞けば、手元にある限りのネタを話してくれる。それも無料でな。世の中には色んないわくを抱えた、様々な人間がいるんだよ」

「城島さん、どうします？」

相方が判断を委ねてきた。城島はもう一度、小さな平屋建てを見た。ここで張っていても、誰もこないだろう。再びカニ歩きで隙間から這うように出ると、一息ついた。

「一応、聞き込むか」

何軒か空振りが続いた。は？　路地なんかあるの？　冗談でしょ。隙間？　小路があって建物が存在する事実すら、誰も知らなかった。

切れ目の斜向《はすむ》かいにある民家に住む高齢の痩せた女性は、眼鏡の奥で目を緩めた。

「杉森さんのお宅ねえ。もう何年も出入りを見ていないな。ほら、あの路地でしょ？人の出入りは、ついつい面白半分で見ちゃってね。私もご覧の通り、暇なのよ」

「杉森さんが亡くなった後、どなたかがあの路地に入ったのを見ていませんか」

ずだ。

ごく軽い口ぶりだった。あの路地に入る以上、杉森が所有した建物に用があったは
「見たよ」

「いつ頃でしょうか」

「そうねえ、東北で大きな地震があった頃。一ヵ月もしないうちに、ぱったり見なく
なった」

「どんな方でしたか」

「私が言うのもなんだけど、あと四、五年で老人の仲間入りって感じの男の人。周り
を窺って、人の目がない時にするりと入っていたよ」

「その方のお名前はご存じですか」

「さあ、知らないね」

「杉森さんの身寄りの方とか？」

まだ四木とは限定できない。書類上、杉森に妻も子供も兄弟もなくても、どこかに
内縁の妻がいたり、その子供がいたり、遠縁の者という可能性もある。

「さあ」女性は細い首を傾げた。「どうだろうね」

「杉森さんはどんな方でしたか」

出入りした人物が誰であれ、杉森と何か接点があるはずだ。縁もなく、何も知らない人間が、あの切れ目を通るまい。杉森の人となりや素性も把握しておきたい。

「満州からの復員兵で、戦後は腕のいい判子屋さんだった。空き家だったあの場所に住み着いて、印鑑だけじゃなく、表札なんかも一人せっせと作業して作っていたもんさ。この辺りにも建物が少なかったから、よくその姿がガラス越しに見えてね。惚れ惚れするほど真摯《しんし》に没頭していたよ。洒落《しゃれ》っ気があって、優しい人でね。婿養子でウチにきたバカ亭主とは大違いさ」

「よくご覧になっていたんですか」

「まあね。手先が器用な人でさ。千葉だか茨城だかで、そういう職人の家系だったんだって。ほら、うちの表札も杉森さんに作ってもらったんだ。立派なもんだろ」

女性は顎を背後の表札に振った。飴《あめ》色の木に『寺西《てらにし》』と立派な字が彫られ、その溝に黒い墨が丁寧に流し込まれている。

「兵隊にとられる前に結婚を約束した人は、復員したら他人のお嫁さんになってたんだって。切ないよねえ。杉森さんは行きたくもない戦争に行って、恋人を守るためだと言い聞かせて兵隊をやっていたってのに」

「ご本人とそんな話を？」

「そう。茶飲み話。私みたいな二十も下の女には、何の興味もなさそうだったね」

寺西は目を一本の線のように細めて、喉の奥で笑った。

「頻繁に出入りする人が杉森さんにどこか似てて、なんか見ちゃってさ」寺西は溜め息混じりだった。「杉森さん、あの家で亡くなったんだ。脳溢血《のういっけつ》だって。それほど苦しまずに死ねたのは幸いだね。私も死ぬ時はぽっくりいきたいよ」

「告別式などもあの家で行われたのですか」

もしそうなら、ゆかりの人間が来たかもしれない。

「いや、何にもなかった。区の委託を受けた業者が遺体を焼いて無縁仏として葬ったって話さ。不幸中の幸いは、亡くなる一年くらい前から楽しそうだったことだね。『俺も生きた痕跡を残せる』って嬉々としてたんだ。見ているこっちまで嬉しくなるような笑顔でさ」

生きた痕跡という言葉からは子ども、何らかの業績、曲や絵画などが連想される。どれも仕入れたばかりの杉森の印象にはそぐわない。

「何を残されたのかは、お話しされましたか」

「それがちっとも教えてくれないのよ。今までほとんど毎日家にいたのに、その頃は三日に一回、外出していたの。多分、何か関係があんだろうね」

「行き場所をご存じではないんですね」

「そう。それすら教えてくれなかった」

寺西は少女のように頬をむくれさせた。

城島は午後七時前に庁舎に戻った。あれから何人かに聞き込みをかけたが、切れ目の斜向かいに住む寺西のほかに目ぼしい話はなかった。しばらく長屋で書類作業を行い、午後九時に中澤検事室をノックした。どうぞ、と臼井の返事がある。

部屋に中澤の姿はない。

「検事は？」

「今日は早めに帰宅されたよ。中澤検事に用？」

「いえ、臼井さんにお礼を言おうと参ったので」

「ん？　なになに？　僕なんかしたっけ」

「昼間に神保町のカレー店から電話が入ったんです。臼井さんのご友人じゃないと、わざわざ連絡をくれなかったでしょう」

臼井は照れ隠しなのか、わざとらしく胸を張った。

「持つべきものは友さ」

「友達がいないって前に仰っていましたよね」

「おいおい、高校時代の友達と会ってないって言っただけだよ」

「中澤検事はどこか体調を崩したんですか」

「いやいや。城島選手も知っての通り、丈夫な人だもん。やっぱ三十代ってさ、まだまだ若いんだよね。僕なんて午前零時には目はしょぼしょぼ、肩はばりばり、足はふらふら」臼井が意味深な笑みを投げかけてきた。「それにしても、ちょうど良かった。僕も城島選手に話があるんだ」

4

実家に帰ったのは何年ぶりだろうか。中澤は空気にそこはかとないよそよそしさを感じた。中央線で三鷹駅に降り立った時には、懐かしい肌触りの風が吹いた気がしたというのに。

バスで二十分ほど揺られ、実家に着いたのは午後八時過ぎだった。築五十年を超える借家だ。ローンを組めば近隣にマンションや戸建てを買えるはずだが、『友美がいた家だから』と両親は転居を一考だにしない。柱の傷や、幼児の頃から頻繁に躓《つまず》いていた台所の段差など、屋内のあちこちに友美の面影を見ているのだろう。

――ご飯は？　軽くお願い。泊まっていくの？　いや、帰る。

気忙《きぜわ》しげな母親と短い会話を交わすと、友美の仏壇に線香を立てた。

サバの塩焼きに味噌汁という簡単な夕食を両親ととり、近所の人たちの近況など当たり障りのない話をした。食後、中澤は居間のソファーに腰を下ろした。ここに友美がいれば、一体どんな会話になったのか。城島もいて、中澤にとってみれば甥《おい》か姪《めい》、両親にとっては孫の話題も出たかもしれない。あるいは自分の子供の話題になったのか。はたまたキーマカレーの作り方か。

「飲むか」

父親がスコッチウイスキーと二つのロックグラス、アイスボックスを持って中澤の正面にどかっと座った。中澤はグラスとウイスキーの瓶を手前に置いた。グラスに氷を三つ入れ、ウイスキーを三センチ程度注ぐ。マドラーで素早く十三回転半。そうやって二杯のウイスキーロックを作った。

「慣れた手つきじゃないか」

「社会人のたしなみだよ」

「検事になって何年だ？」

「もう十三年目に入った」

素っ気ないやりとりが父親と会話している、と実感させる。父親は元々、口数が少ない。都議なんてガラじゃないんだよな。ぼそりと言ったのは何年前だろう。テレビやラジオで別人のように雄弁にカジノ構想を語っていた頃か。

互いに胸の辺りにグラスを掲げた。何に乾杯したのかは、わからない。ウイスキーを口に含むと、父親が少しだけ頬を緩めた。その目元や口元に、中澤には見憶えのない皺が入っている。食事の時には意識しなかった。皮膚も張りが失われている。父親もすっかり老いたのだ。いつの間にこんなに歳をとったのか。

「これだけのロックを作れれば立派なもんだ」

父親は嬉しそうだった。不意に辺りを包んでいたよそよそしい空気が消えた。結局、自分が作り出した幻だったのだろう。

「甘いもんが欲しけりゃ、仏壇のチョココロネを食べろ。ウイスキーにチョコは合うからな」

近くのパン店『三鷹ツルヤ』の代物だ。友美は幼い頃から好きだった。

「突然のご帰還はどういう風の吹き回しだ？　いよいよ結婚か？」

「オヤジに訊きたい一件があってさ」中澤はウイスキーを舐《な》めるように一口飲み、グラスをテーブルに音もなく置いた。「俺が大学の頃、大荷物を駅に運ぶのを手伝ったのを憶えてないかな」

父親は首をやや傾げた。

「あったかな」

「あったんだ。一緒に家を出て、少ししてからオヤジは忘れ物をしたと引き返した。その時、俺は立ち止まり、平凡なスーツの男に追い抜かれた。オヤジはしばらくして戻り、少し歩くと、また忘れ物をしたと言って引き返した。そしたら、さっき追い抜いていった男が俺たちの後ろにいた」

父親はまじろぎもしない。中澤は父親を直視していた。

「あれは誰だったんだ？」

「なぜ、オレが知ってると思うんだよ」

「誰だか知っていたのかはともかく、尾行には感づいていたんだろ」

カラン、と氷が崩れてグラスの内側に当たる甲高い音がした。中澤は黙っていた。

ボールは投げている。それも直球を。

数秒後、父親は先ほどと同じように顔を綻《ほころ》ばせた。

「心にじかに刺さってくる、いい目つきだな」

「自分じゃ見えないから、何とも言えないよ」

「なら、憶えておけ。源吾はそういう眼差しを向けられるようになったんだ。ついこの間まで球遊びに夢中だったガキがね。どうやらいっぱしの検事らしいな」

「俺がいい目つきをしてんなら、それは友達のおかげだよ」

「友達に恵まれたじゃないか」

父親はちびりとロックを飲んだ。ふう、と重たい息が漏れてくる。居間の温度がわずかに低くなったようだった。

「源吾が大学生の頃、俺が都議として扱った懸案事項を知ってるか」

「そりゃ、新聞やテレビであれだけ報じられれば、嫌でも目につくさ。カジノ構想だろ。お台場だか有明だかの埋立地の有効利用を、党をあげて推進していたんだったよな?」

都民の青い会。父親が所属した地域政党だ。都政においても与党だった民自党と連携して進めていた政策だった。

「反対派の主張を憶えてるか」

「治安の悪化、ギャンブル依存症の増加ならびに対策の不備、暴力団の資金源になる恐れ。そんなところかな」

公営ギャンブル反対派の常套句だ。同意できる点も、首を捻る点もある。

「ああ。報道や市民団体の意見書にはそんな趣旨の文言が躍っていた」父親は声を落とした。「公営カジノが生まれると、最も困るのは誰だ？」

「まず挙げられるのは既存のギャンブル団体かな。競馬、競輪、ボート、パチンコ。むしろそれ以外にあるのか」

「ああ。もう一つ存在する。源吾がさっき尋ねてきた出来事があった少し前、ちょうどその団体からの懸念がどこからともなく寄せられてきた」

さっき尋ねてきた？　……父親の記憶にも残っていたのだ。やはり、あの出来事にはそれなりの事由が隠されている。

「団体って？」

「闇金業者。つまりその背後にいる暴力団さ。違法カジノが最近問題になっているだろ。闇金業者は今、そこに巣食っている。検事のお前なら常識だよな」

違法カジノは都内だけではなく、全国各地にあり、暴力団など闇社会の大きな資金源になっている。携帯電話のみで営業して違法に金を貸す090金融が警察の取り締まりで下火になると、闇金業者は違法カジノに潜り込み、同時に別部隊は振り込め詐欺に流れた。違法カジノでの連中の手口は簡単だ。おけらになった利用客に近づき、現場で金を貸す。当然、貸金業法違反だ。

「じゃあ、当時、暴力団の接触があったのか」

「面と向かってはない。都議も公人だぞ。会っちゃならん連中だ。会いたくもない」

「投書の類？」

「いや、書面でもない。電車をホームで待っている時、突然背後で『合法カジノは組が困るんですよ』とドスの利いた男の声で囁かれたり、電車がホームに入るアナウンスの後、軽く背中を押されたりしたんだ。信号待ちの間にポケットに『カジノはやめろ』と血文字が書かれた紙を入れられた時もあった。テレビや新聞でオレの顔は出ていたから、ちょうどいい標的だったんだろう」

全然知らなかった。父親はあの頃、平然と何も変わった様子を見せなかった。たいした度胸だ。わが父親ながら感心する。並の人間なら脅しを受ければ、普通は態度に出る。

「大学生の俺が見たのは、その連中の一人だと？」

「おそらく。名前も所属も知らんがな」

追い抜いていった男に剣呑《けんのん》な雰囲気はあっただろうか。わからない。憶えているのは、無表情だったことくらいだ。

「都議会で経済委員会の委員長だった経緯で、オレはカジノの旗振り役だった。色んな連中がたかってきた。『コイツはカジノの甘い汁を吸う。いずれ金づるになる』と踏まれたんだ。舐められたもんさ」

金のニオイに敏感な連中は、いったんそれを嗅ぐと我先にと群がってくる。少し前に吉見にレクチャーを受けた、震災復興予算の件が中澤の脳裏をよぎった。官庁の予算分捕り合戦だって本質は同じだ。

不意に父親が昏《くら》い眼をした。

「夜、ＪＲ新宿駅のホームで電車を待っていると、背後に気配がした。『そろそろ潮時だよ、娘さんが可愛くないのかい？』ってな。慌てて振り返った。そこには誰もいなかった。オレはその脅しを無視した。卑怯《ひきょう》な手段に屈するかという意地もあった。その一ヵ月後だ。友美が死んだのは」

中澤は首の裏が強張った。城島を尾行する人影を見て、父親が尾行された件を想起したのに、友美の命日に近い点まで考えが及ばなかった。友美の死の衝撃が時間軸をぶれさせたのだろう。

父親は、氷が溶けて薄まっているロックを一息に飲み干した。

「葬儀の十日後だった。新宿駅のホームで背後からまた同じ男の声がした。『今度は息子だ。そんなにカジノからの金が欲しいのか？』。すぐさま俺は振り向いた。やはり誰もいなかった」

父親は寂しそうに氷だけのロックグラスを見つめていた。中澤は自分のロックを呷《あお》り、ウイスキーをなみなみ注ぐと、マドラーで掻《か》き回しもせずに再び一息で呷った。咽喉、気管、胃がカッと熱くなる。

リビングに重たい沈黙が落ちた。衣擦れの音がそれを砕き、角のとれた氷だけのロックグラスを父親が差し出してきた。

「オレにもロックを一杯くれ」

静かな声だった。中澤はまず父親の分を、次に自分の分も作った。

「警察には話したのか」

「ああ。直ちに駅の防犯カメラを調べてくれた。結局、オレがいた場所はカメラから遠くて、件《くだん》の男は確認できなかった。疲れてるんですよ、としたり顔で肩を叩いてくる刑事もいた。オレが都議なんで無下《むげ》にできず、一応調べたのが本音だろうな」

父親は全身で溜め息をついた。中澤がこれまでの人生で聞いた中で、最も深い溜め息だった。

「怖くなったんだ。友美に続いて源吾まで失うわけにはいかなかった。カジノの旗振り役を退くべく、一旦矢面《やおもて》に立った者のケジメとして都議も辞めた。周囲には引き留められたし、『今さらなんだ』と批判や怒りの声を散々浴びたよ。何を言われようと、オレの決意は変わらなかった」

友美の死と父親の都議辞職の背後に、こんないきさつがあったのか……。

「母さんは知っていたのか」

「いや。今も明かしてない。話せば、怯《おび》えるだろ？　源吾の身も心配する。検事だって人に恨まれかねん仕事だ」

「いくら訊いたからって、今まで黙っていたのにどうして俺に？」

「源吾は男だ。それに今の話でビビるほど、もうヤワじゃないだろ」

「だな」

「それに、単に話す時期が来たってだけさ。球遊びに夢中なガキだと思っていたが、目つきでもうそうじゃないと知ったんだ」

父親はぎこちなく微笑んだ。娘を亡くした事件を通じて、息子の成長度合いを計れた――。そんな複雑な心境が窺える。独り事情を抱え、十八年を過ごした父親。肉親とはいえ、安易にその心中を察するのは躊躇《ためら》われる。

「以後、その男は接近してきたのか」

「いや、一度も」

友美はカジノ反対派の暴力団員に刺された……？　十分ありうる。友美を刺したチンピラの供述は、表づらは調《ととの》っている反面、少し踏み込めば不自然でしかない。ただし一度路線が決まれば、公判は余程の新証拠や突発的な証言がない限り、ベルトコンベアーよろしく筋書き通りに進む。

「オレが友美を殺したんだ」

消え入るような弱々しい声だった。高校最後の夏、スタンドからマウンドに届いた力強いオヤジの声――。ワァッ、と中澤の耳には、あの時スタンドから沸き起こった歓声が蘇ってきた。あの中には友美の声も混ざっていた。

「殺したのは、オヤジじゃない」

父親は目を瞑り、天井に力なく顔をやった。中澤はグラスをじっと眺めた。しばらく互いにそのままでいた。台所の方からは母親が食器を洗う音がしている。

「カジノに賛成する理由は何だったんだ？」

父親がゆっくりと顔を戻してきた。

「都の財政の立て直し策だよ。諸手《もろて》を上げて賛成したんじゃない。オレだってさっき源吾が挙げた懸念点はたちまち浮かんださ。他に手がなかったんだ。しかも誰もが旗振り役になるのを尻込みしてな。そりゃそうだ。誰だって自分が可愛い。都民の苦情は殺到するだろうし、マスコミにも叩かれるのは目に見えていた。損な役回りなのは百も承知だった。誰かがやらなきゃ何も始まらん。都の財政は苦しかった。焼け石に水程度の効果だろうと、やらないよりはいい」

現状、東京都の財政収支は黒字に転化している。父親が都議だった頃はまだかなりの赤字だったはずだ。累積債務に至ってはいまだに残り、その額は確か約六兆円にものぼる。

「今も財政は悪いみたいだな」

「あの頃に比べれば、まだマシさ。当時は、もうあと何年か債務超過が続くと、東京も夕張《ゆうばり》市さながら財政再建団体に転落する恐れがあった」

「そういや、当時は新聞なんかも報じていたっけ」

「リスクがあるって程度の記事さ。本当は危険水域を超えつつあったのに、議会の答弁や都知事もその真相を明かさなかった。こっそり耳打ちしてくれた職員がいてな。東京は日本の首都で、夕張市とは規模が違う。デフォルトした際の影響の大きさを想像してくれ。そんな惨状を知っちまったんだ。皆が尻込みしても、やるしかない。継続的に累積赤字を減らせるツールにはなる」

「オヤジが貧乏くじを引いた、と見る連中もいたんだろうな」

「このご時世に特捜部に入った源吾に言われたくない」

父親が目を細めた。中澤はグラスを振り返す。氷がグラスに当たり、カラカラと鳴る。

「今度は、国が合法カジノで焼け石に水作戦をするってわけか」

通称カジノ法案はすでに国会の審議を通っている。先導役は与党民自党のドン、馬場だ。……となると、違法カジノに巣食っていた連中は、どう出た？

「折り合いがついたのさ」中澤の疑問を見透かしたように、父親がぞんざいに言った。「なんせ、都営より国営の方が甘い蜜《みつ》を吸える者の範囲を広げられるしな。国会議員は裏の連中の扱い方を心得ている。あっちの世界の上層部と昵懇《じっこん》の間柄って議員もいる。日本ってのはいまだそういう国だ。下手すりゃ、この機に自分たちのカジノ利権も確保したんじゃないか」

「都が乗り出した時、国会議員は動かなかったのか」

「表ではな」

「裏では動いた？」

「さてな。動くにしたって、誰にも察知されないように暗躍するさ。動かずとも闇社会の動向は捕捉していただろう。何にせよ、オレたちに働きかけはなかった。よく言えば静観、悪く言えば黙殺だ」

まだ洗い物の音がしている。父親は腹の前で指を組んだ。

「国政の政治家は警察じゃ対処できん相手だ。源吾たち検事がやるしかない。検事がどう思っているかは知らんがな」

昭和に比べて現代の政治家が小粒になったといえども、国政議員の権力はいまだ絶大だ。

「源吾は検事だ。源吾ならできる」

「なんで、そう断言できんだ？　頑張れとか、しっかりやれとか言うならともかく」

「頑張れ？　誰に何を言われなくとも努力し、しっかりやる人間に言う必要はない。第一、そう知っているのに言うのは失礼だよ」父親は照れ臭そうに微笑むと、真顔に戻った。「他にも、ちょっとした根拠がある。地方議員には地方議員特有の顔つきがある。国会議員も国会議員の顔になる。いわゆる悪人顔さ。検事にも検事らしい顔つきがあるだろ」

頷ける。裁判官は裁判官の、弁護士は弁護士の、事務官は事務官の顔になっていく。

「中には別格の顔つきもある。源吾の眼はオレが会った別格の検事と似てるんだ」

「検事？　学生時代の友人か」

「いや。弁護士になったのは何人かいても、検事はいない」

「だったら、何かの嫌疑で？」

「生まれてこのかた清廉潔白《せいれんけっぱく》だったとは言わんよ。だが、検事に詮索されるほどの悪さに手を染めちゃいないさ」

「じゃあ、何で検事と会ったんだ？」

父親は緩く首を振った。

「友美が殺された直後、ウチに来た検事がいた」

知らなかった。それは異例の行動だ。通常、検事が聴取したい時は相手を庁舎に呼び出す。出向く時も、相手は国政の政治家クラスか、仕方ない要因がある場合に限られる。その検事は、娘を亡くして意気消沈した父親に気を遣ったのだろうか。

「友美の死について訊かれたんだ」

合点がいかない。警察から詳細を仕入れられるのに？

「さっき話してくれた件も伝えたのか」

「ああ。何かに気づいたようにも見えた」

「その後、連絡は？」

「ない」

「揉み潰したとか」

「そんな人間の眼じゃなかった」

父親はきっぱりと断言した。父親も仕事柄、色々な人間を見たはずだ。世の中には口だけ達者な輩や、愛想だけはいい連中、無愛想でも芯の通った人間など実に様々いる。父の見立てを信用してもいい。そんな検事と同じ眼を、自分が……。そうか。父親とこんなに会話を交わすのは初めてだ。口数の少ない父親はこれを言うために、言葉を費やしてくれた。

「その検事の名前は？」

父親は少し間を置いて続けた。

「当時は東京地検特捜部の検事だった。鎌形英雄さんだ」

＊

頭上では木々の葉が風で擦れ合い、枝が揺れていた。足元では秋の虫がひっきりなしに鳴いている。肌寒さを感じる十月のひと気のない午後十時半の日比谷公園。城島はその舗装路を歩いていた。ただの散歩ではない。背後の足音に注意深く耳をそばだてる。自分が一歩を踏み出す。……ほんのごく僅かに足音が長い。誰かの足音と重なっている。

第一花壇の脇を通り、頭上に木々が生い茂る小路を抜け、昼間にはリタイアした高齢男性や中年女性で賑わうテニスコートに至った。背後の足音は消えない。三笠山《みかさやま》という立派な名がついた丘を左手に見て、広場を早足で進んでいく。時折、草叢《くさむら》や暗がりで猫の目が光っている。

歩調を緩めた。こちらの動きに呼応する形で足音は重なり続けている。年に一度の十円カレーで有名なレストラン『松本楼《まつもとろう》』の前を過ぎる。小音楽堂へと続く小路に入り、さらに歩調を緩めた。前方には第二花壇が広がっている。昼間なら、そろそろ噴水が見えてくる頃合いだ。左右に視線を細かく飛ばす。両脇には低い植え込みしかない。

城島は立ち止まり、さっと振り返った。

十五、六メートル先にスーツ姿の人影。顔は見えない。シルエットは中肉中背で、左手にはブリーフケースを持っている。

「何の用ですか」

男は無言で立ち止まっている。

「何の用ですか」

もう一度問い質した。返答はない。城島は男に向けて一歩を踏み出した。男は後ずさりしかけ、その足をぴたりと止めた。

「おっと、逃げようたってダメダメ」

男の背後には臼井がいた。臼井は男の左腕を摑んだ。

――そろそろ、こっちから仕掛けてみない？

臼井に言われたのは数時間前だ。礼を述べに中澤検事室に入った時、話があると言われ、尾行者の炙《あぶ》り出しを提案された。臼井は指をぱちんと鳴らした。

――簡単な作戦だよ。それでいて絶対に確保できる。

城島は男の右腕を取った。男は能面然として表情がない。目鼻立ちにはこれという特徴もなく、髪型もありふれた短髪。第一印象は、どこにでもいる会社員。それに対して妙に引き締まり、鍛えられた腕は、ありふれたものではない。全体としては、どことなく警察の公安捜査員を彷彿《ほうふつ》とさせる。

男を連行する恰好で街灯の下にいき、その薄明かりに入りかけた時だった。

突然、男がアスファルトを蹴り、後方に勢いよく飛んだ。城島と臼井は引っ張られ、一歩、二歩とたたらを踏んだ。続いて男はかなりの勢いで前に踏み込み、城島と臼井は体のバランスを無様なほど崩した。視界の端で臼井が掴んでいた腕を離したのが見える。刹那《せつな》、城島の目の前が暗くなり、バンッ、と衝撃が顔にあった。左手に持っていたブリーフケース……と城島が悟ったのは、男の腕を離した直後だった。

そのまま男が闇の中に駆け去っていく。明らかに走り慣れている者の足取りだ。追いかけるにも、もう遠すぎる。

「城島選手、怪我は？」

「いえ、ありません。臼井さんは？」

「こっちも平気さ。振り切られる時、路面に手をついた時にちょっと擦りむいた程度。いや、参ったな。あんなふうに逃げるなんてさ。甘く見過ぎていたかな」

「やけに落ち着いていましたから、何か企んでいると想定しておくべきでした」

「僕も城島選手もまだまだ青いんだな」

「何者でしょうか」

「あの切り抜け方からして只者《ただもの》じゃないな。なんとなく公安捜査員に近い印象を受けたよ」

臼井も自分と同じ感想を抱いたらしい。機転の利く逃げ方を勘案すれば、男は相応の修羅場《しゅらば》も経験している。

「殺気はなかったですよね」

「ああ。それが余計に不気味だよ」

不意に城島は全身に戦慄《せんりつ》が走った。あの男が政治家某の機関員だとする。なにゆえ自分が尾行されるのか。仕事が発端としか思えないが……。

「今回は逃げられたけど、これで僕にも尾行がつけば、こっちのもんだね」

臼井が余りにもさりげなく言ったので、城島は数秒ほど反応が遅れた。

「ひょっとして、男の素性を突き止められなくても、次善の策としてそれも狙って？」

「そうだよ」臼井は平然としていた。「一人より、二人で背負った方が解明の見込みが増すだろ」

「敵《かな》いませんね」

城島は本心が口からこぼれ出た。たとえアイデアが浮かぼうと、並の人間に実行できる策ではない。稲垣といい、臼井といい、実力や性根が人とは違う。仰ぎ見るばかりではいられない。自分だって特捜部の事務官だ。

「どうして二つ目の狙いをあらかじめ言ってくれなかったんですか」

「言ったら、城島選手は絶対に首を縦に振らないさ。そうだろ？」臼井は手をはたいた。「ひとまず、庁舎に戻ろうか」

日比谷公園は虫の声以外、寂莫としていた。風も止んでいる。空気が一気にひんやりと冷えてきた。歩き始めるとすぐに臼井が足を止めた。

「どうかしましたか」

「いや、そういえば、さっきの奴に似た雰囲気の男と最近顔を合わせたな、って」

城島は睨むように臼井を見た。

「どこの誰ですか」

5

「遅いですね」

臼井が腕時計に目を落とした。中澤は執務机に肘をつき、指を組んでいた。午後一時半。約束の時間を三十分過ぎている。

「もう一度、携帯電話にかけてみて下さい」

「了解です」

臼井が言下に受話器を持ち上げた。

海老名保奈美から電話があったのは、今朝の午前八時五十分頃だった。代表番号経由でかかってきた。検事室の直通番号はもちろん、特捜部の番号も非公開だ。

——お話ししたい件があります。本日お時間を頂けませんか。

海老名保奈美は土曜の朝に似つかわしくない悲壮感すら漂う声だった。

——どんなご用件ですか。

躊躇うような間があり、ぶつ、と何かくぐもった音がした。

——海老名と海嶺会の関係です。中澤検事にしか話せません。他の方に話す気はありません。

ドクン、と中澤は心臓が一つ大きく跳ねた。

——簡単に教えて下さい。

——電話でお話しできる内容ではありませんので。

そして、海老名保奈美が午後一時に検事室に来ると決まった。

「また留守電です」臼井が受話器を置く。「約束をすっぽかす人じゃない印象だったのにな」

中澤も同感だ。緊急の仕事が入ったら、その旨を知らせてくるだろう。

「臼井さん、うまい口実を拵《こしら》えて事務所に探りを入れて下さい」

保奈美の口ぶりは、海老名に何も相談していないと物語っていた。そのためこの三十分間、事務所への問い合わせを控えている。

「うまい口実か、無茶ぶりですね、腕が鳴っちゃうな」

臼井はネクタイの結び目に手をやり、気合を入れるように揺らした。

もう一度、お話を伺いたい点がありまして、ええ……。臼井のやり取りを耳に入れる傍ら、中澤は別の頭で保奈美との会話を反芻した。彼女が語った事柄は青臭い。それでいい。政治に携わる人間が分別臭くなったら終わりだ。国を豊かにし、国民の暮らしをより良くする。そんな絵空事が政治家の存在意義なのだから。その点は検事の仕事にも通じる。

臼井は通話を終えると、首を小刻みに振った。

「今朝は八時前に事務所に出勤して、八時半には海老名議員の代理で党の財務委員会に出席するため、外に出たそうです。そのまま何人かと会い、戻りは午後五時頃の予定だと」

「その財務委員会の終わりは何時ですか」

「十時半までで、会議場所は赤坂のホテルでした。事務所を出たきり、連絡を取り合ってもいないそうです。筆頭秘書の石岡さんに彼女のスケジュールをチェックしてもらいました。土曜なんで比較的会合が少ないそうです」

石岡なら抜け目なく同僚の予定も把握しているだろう。今は待つしかない。

さらに三十分が経つ頃、内線が小さな音で鳴った。

「源吾、どう？　まだ来ない？　あ、電話に出たんなら、当然いないのか」

保奈美の申し出は高品にも伝えていた。結果、今日はブツ読みからも外れている。

打診されたのが中澤である以上、中澤が対応すべきという高品の計らいだった。

「なんか、やきもきするね。聴取後の予定は訊いてんの？」

「ええ、さっき事務所に」中澤は手元のメモを見る。「午後三時半から、紀尾井町のホテルで開かれる防衛政策研究会に海老名議員の代理で出席予定です」

「オーケー。進展があったら教えて」

受話器を置くと、中澤は高品とのやり取りを大まかに説明した。臼井はぽんと手を打った。

「もうその手しかありませんよね」

その手？　中澤は深く吟味できなかった。保奈美が話したかったという、海老名と海嶺会の関係とは何かという件で頭が一杯だった。その海嶺会は有限会社か、政治団体か。何度保奈美との通話を追考してもヒントすらない。何を話したくなったにせよ、聞き取りから今日までの間に意を決したのだろう。背中を押す出来事があったのか。

午後二時半、内線が静かに鳴った。また高品だった。

「臼井さんに鞄を持って、私の部屋にくるよう言って。そのまま一時間ちょっと借りるからね。海老名保奈美さんから再度の申し出なり謝罪なりが入ったら、内線ちょうだい」

中澤が取り次ぐと、やっぱりな、ちょっと行ってきます、と臼井は鞄を持って部屋をいそいそと出ていった。

午後三時を迎えると、保奈美がやってこないのを中澤は確信した。霞が関から紀尾井町までさほど距離がないとはいえ、今から話をしてからでは研究会に間に合わない。それでも、一縷《いちる》の望みをかけて待った。

午後三時半になった。中澤は椅子の背に勢いよくもたれ、天井を見上げた。無駄な時間を過ごしてしまった。この待ち時間をブツ読みに充てていれば、新たな発見があったかもしれない。むろん、保奈美がわざと無駄な時間を使わせるために仕組んだとも思えない。何があったのか……。

内線が鳴り、中澤は受話器をすくいあげた。

「例の秘書だけど、紀尾井町のホテルにも来てないってさ」高品は落ち着いた口調だった。「臼井さんと里穂に張ってもらったんだ」

そういうことか。男女のペアは怪しまれにくい。あまつさえ臼井の張り込み技術は、警視庁の誘いがあるほど高いレベルだ。

「海老名議員の代理は誰だったんでしょう」

「筆頭秘書の石岡氏だって。この前、源吾が聴取した相手だよね」

臼井が現認したのだ。ええ、と中澤は短く応答した。

「防衛政策研究会が終わる午後五時まで、二人には一応張ってもらう。二人が帰庁次第、また内線入れるから。そっちも何か動きがあったら、言って」

「その間、何か仕事はありませんか」

「待つのも大事な仕事だよ」高品は軽やかな声音で言い足した。「特に主任検事になったらね。私は今、それを痛感してる。源吾もいつかなるんだし、その訓練だと思っておけばいいよ」

通話を終えた。特捜部の主任検事か。今の中澤には遠いポジションだ。ワシダ運輸社長の脱税疑惑は副部長の村尾の指示を撥ねつけて立件しなかった。今回の手ぬぐい配布騒動で始まった案件では、聴取を担当した赤城が自殺した。保奈美が話したかったという事柄だって、前回の聴取で聞けていれば……。成果は何一つ出ていない。特捜部から放逐されるのも時間の問題だろう。思考を遮るように、ドアがノックされた。前触れもなく、誰だろうか。高品が何か用があって直接来た？　どうぞ、と中澤は声をかけた。

入ってきたのは村尾だった。特殊・直告班の応援に加わって以来、話すのも顔を見るのも久しぶりだ。村尾は分厚いファイルを一冊手にしている。

「少し時間をもらいます。臼井君が庁舎を出ていく際、すれ違いましてね」

臼井の外出を見て、聴取中ではないと見越したのか。

村尾は眉ひとつ動かさずに執務机の前に来ると、どさっと分厚いファイルを広げた。

「ワシダ運輸の件であなたの報告書と資料を見直していたら、不備と疑問点が出てきたので検めさせてもらいます」

「なんでしょうか」

「まずは不備です」村尾のヤニで黄ばんだ人差し指がファイルに置かれた。「船橋の和菓子店のくだりです。ワシダ運輸の陣内専務の購入記録で、この部分を読めますか」

「ええ。芋羊羹と」

「違います。芋をウと読ませ、ウ羊羹です。この店では柿の入った大福をシダイフクと読ませるように、これも一般とは違う読み方をさせています。ルビを振っておくべきです」

「すみません、そこまで気が回りませんでした」

「次は確認事項です」

村尾は事務的に述べると、くどくど嫌味を言ってきそうな場面にもかかわらず、あっさりと次のページを捲った。捲られたページには付箋が張られている。

「あなたが船橋の和菓子店でハーフ羊羹や柿大福を買った際の領収証に関してです。これは間違いなく、この店で貰ったものですね」

ええ、と応じる一方、中澤は内心で首を捻った。何が言いたい？　それに、なぜ村尾は今さらワシダ運輸の報告書や資料を見直しているのか。財政班も様々な事件を抱え、暇ではない。

「そうですか」村尾はファイルを持ち上げた。「では」

「今になって見直すべき事情が何かあるんですか」

「あなたは自分の仕事をなさい」

小太りの体を持て余すように村尾は検事室を出ていった。

*

城島は正面にいる会社役員の万年筆の動きを目で追った。追おうにも手がかりのない四木の件は一旦置き、自殺した赤城の卓上カレンダーに書き込まれた一文字――「水」の解明のため、筆跡集め作業に戻り、この男の自宅を訪問していた。正面の男は五月二十九日に西崎事務所を訪問した際、赤城と西崎が岡山に出張中で別の秘書に応対されている。

男が万年筆を丁寧に置いた。既定の文章が書かれている。城島は脳に刻み込まれている、赤城のカレンダーに記された「水」の字体を思い浮かべた。これまで集めた筆跡は随時鑑定に回している。筆跡一致の報はまだない。今回も素人目ですら筆跡は異なっている。落胆は表に出せない。とりあえず潰すべき点を潰そう。

「最後に一つ伺います。西崎議員の事務所を訪れた日、どなたかお知り合いを見かけましたか。ちょっとした顔見知り程度でも構いませんので」

「そうですねえ」男は首を傾けると、ややあり、顔を正対させた。「以前、別の議員のパーティーで名刺を頂いた方とはすれ違いました。知り合いとまでは言えませんけど」

「その方の名前は？」

「小柳さんです。下の名前は失念しました。名刺を頂いたのはもう十年近く前でしてね。初めて議員周辺の方と名刺交換したので、顔と苗字だけは憶えていたんです」

小柳……。政治団体海嶺会事務局長の小柳か？　前職は議員の公設秘書だったと話していた。城島は容姿の特徴を続けて確かめた。会社役員が見たのは間違いなく、あの小柳だった。

「小柳さんが仕えた矢部議員のパーティーでお会いに？」

「いえ、馬場さんのですよ。民自党の」

矢部は馬場チルドレンだ。その場に小柳がいても不思議ではない。

「西崎議員の事務所で見かけた際にお話は？」

「特に何も。その場に居合わせた者同士、軽い会釈を交わしただけです」

西崎の議員事務所に出入りした者の名簿には野本同様、小柳の名はなかった。頻繁に出入りしていた証か。野本の行動を洗うばかりで、小柳には何も手をつけていない。しかも野本はこの翌日、三十日に西崎事務所を訪れている。

訪問を終えて外に出ると、城島は電話で稲垣にあらましを告げた。

「そうか」稲垣は深い声だった。「小柳の筆跡も入手すべきだな」

「ええ。あと、小柳の経歴も入念に洗ってはどうでしょうか。ここで名前が上がったんです」

「そうだな。海嶺会といえば、野本の筆跡も違ったそうだ」

野本は数日前に庁舎に来た際、入庁申請書などを書いている。その文字を簡易鑑定に回していた。野本は下の名前が「永太」だ。永という字には水が入るので、文章を書かせる手間もかかっていない。

「簡易鑑定なんで、またひっくり返るかもしれんがな。こっちで、小柳の来歴を少し詳しく洗っておく。小柳にぶつかるのはそれからだ」

＊

「お嬢さんは何を話したかったんだろうね」

高品が開口一番に言った。午後七時過ぎ、中澤は高品検事室にいた。紀尾井町のホテルに出向いた臼井と吉見も戻っている。石岡には微塵も変わった素振りはなかったという。

「さっぱりです。策略を巡らすようなタイプには思えませんでしたが」

「可愛い顔に誤魔化《ごまか》されたってオチは？　女って化けるよ。ミスコンの時の私みたいにさ」

高品は闊達《かったつ》に言った。

あの、と事務官席に浅く座る吉見が割って入った。「少し気になる点があるんです」

「ん？」高品が思案顔になる。「なになに？」

「今日、保奈美さんの代理で来た秘書の革の鞄です。持ち手にイタリア国旗色のリボン……というか平べったい紐が巻いてあったんです」

え、あったっけ？　臼井が首をやや傾《かし》げた。

「里穂はその何が気になるの？」と高品が水を向ける。

「中澤検事も臼井さんも、保奈美さんの鞄に同じ色柄のリボンというか紐が巻いてあったのをご記憶されていませんか」

中澤は、保奈美がどんな鞄を持ってきたのかまで憶えていなかった。

「いや、まったく」

私も、と臼井が神妙に続ける。

「ほんと男ってのは、女子の装いに疎いからなあ」高品は仕方ないといった調子で頬をかくと、続けた。「里穂はさ、そもそもどうして、保奈美さんの鞄にそのリボンだか紐だかが巻いてあったのを知ってんの？　彼女と会ってないよね？」

「いえ。臼井さんに頼まれて、ニューオータニに録音機を運んだ際、部屋前で入れ違いになってます。その時に印象に残ったんです」

「あ、そっか」高品は指をぱちんと鳴らした。「気付いたのはそれだけ？」

「あと、臼井さんと出向いた紀尾井町のホテルで見た石岡さんの手首には、高級ブランドの時計がありました。女性用もある、ややカジュアルなデザインのものです」

中澤は臼井と目を合わせた。中澤はまるで記憶にない。臼井も目顔でそう言っている。脳に刻み込んでいるのは、その受け答えや態度だ。本当に女性と男性では脳が違う。

「私は里穂を信じる。女って、本当にそういう所をよく見ているから。まさか、それも保奈美さんと同じデザインの時計だったとか」

「いえ。でも、保奈美さんの指には同じブランドの婚約指輪がありました。有名なデザインの指輪なので、すぐにわかりました。ひょっとすると、その相手が石岡さんなんじゃないでしょうか。時計と指輪のブランドがたまたま一緒だったとしても、その上、同じ職場で同じリボンを何でもない間柄の男女がつけますか？　しかも政治家秘書という特殊で狭い仕事場で」

吉見の指摘に、中澤は素直に得心がいった。保奈美は海老名の娘と見られるのを嫌っている。これは公私の区別をつけたいという性格を物語っている。それに海老名の秘書は公設、私設を合わせても八人。狭い世界で同じ持ち物を所有していると、色々な勘繰りもあるに違いない。なおかつ、石岡にとって保奈美は雇い主である海老名の実の娘。何もなければ、妙な噂をたてられたくないはず。つまり、疑われてもいい間柄だったのだ。石岡はスーツもネクタイも靴もオーソドックスな、いわば王道の品を身に着けていた。そこにいくら高級ブランドの品だろうと、カジュアルデザインの腕時計やイタリア国旗色のリボンを鞄に巻き付けるのは、いかにも秘書然とした石岡のスタイルにそぐわない。それだけの所以《ゆえん》があった——二人は婚約していたのではないのか。

「和歌さん」臼井が右手首から先だけを挙げた。「僕も気になる点が」

「どうぞ」

「石岡の顔つきが、どうも似てんですよね」臼井の顔がくるっと中澤を向いた。

「城島選手の件でちょっとありまして。例の懸案事項の絡みで相手と至近距離で向き合ったんです。そしたら、同じ系統だったんです」

例の懸案事項。城島が尾行されている件だ。神保町のカレー店では城島を追う男の顔までは現認できなかった。だが、十数年前に父親を尾行した男と気配が似ているのは感じ取れた。今の臼井の印象が正しいとすると……。

「源吾、すっごく怖い顔だよ。どうかした？」

「保奈美さんの銀行口座やカードの使用履歴を洗い、そこから足取りを追いましょう」

「理由は？」

中澤は生唾を飲んだ。その音がやけに響いた。この場にいる三人は信じられる人間だ。

「友美の最期に通じるんです」

「え……」

高品が目を広げた。友美の身に起きた惨劇を高品も知っている。中澤が昨晩父親に聞いた話をするうち、徐々に高品たちの顔が強張っていく。

「婚約者なら」高品が険しい顔のまま言う。「普通は石岡氏が保奈美さんを危険な目に遭わすはずがない。だけど、源吾と臼井さんの話を足すと、私も洗うべきだと思う。あと、国会でのカジノ法案の旗振り役は馬場だったよね」

ええ、と中澤は即答した。高品が前髪をかきあげる。

「たかが手ぬぐいの一件から、ついに超大物の名前も出たか。まだ何の物証もないし、推測の積み重ねだろうと無視はできない。源吾も臼井さんも里穂も、直観的に思ったわけでしょ？　私は直観って大事にしたいの。当てずっぽうなんかじゃなく、知識と経験の積み重ねが瞬時に導き出した判断なんだから」

中澤は唇を引き結んだ。一瞬たりとも気は抜けない。

「本多さんに話してみる。機捜班にも協力をお願いしないと」

高品は鋭い眼光だった。捜査関係事項照会といって、各企業や役所に個人情報などを問い合わせられる手続きがある。

「源吾は引き続き、保奈美さんとの接触を試みて。ところで城島君は大丈夫なの？　危険を回避するため、捜査チームから外れてもらうよう言おうか」

「ふざけるな、と城島に怒鳴り込まれますよ。これしきでビビるタマじゃありません。それにあいつの力は絶対に必要です」

高品検事室を出て、森閑とした廊下を足早に進んで臼井と自室に戻るや、中澤は話しかけた。

「城島の件、詳しく教えて頂けますか」

もちろん、と臼井は日比谷公園でのいきさつを詳細に語った。

「なんで言ってくれなかったんですか」

「城島選手に口止めされたので。中澤検事に、余計なことを考えさせたくないって」

あいつ――。中澤は動きを止めた。寂しさとも怒りともつかない感情が胸に渦巻く。しかし、それは急速に冷めた。自分が城島なら同じ判断をする。

6

十月十五日午前七時。千代田線湯島駅の日比谷方面行ホームは日曜とあって、ぽつりぽつりと利用客がいるだけだった。父親の話を聞いて以来、中澤はホームの先頭に立たなくなった。検事も恨みを買う仕事だ。

電車を待つ間、保奈美の件に思考を巡らせた。昨日の時点では携帯電話の電源が入っておらず、居場所を特定できなかった。このご時世、携帯電話の電源が入っていないのは妙だ。保奈美の世代なら必需品だろう。

石岡と保奈美が婚約しているかどうかは探っていない。質問を切り出す口実がない。今後一週間は激務で捜査に協力できないという石岡に再び相対した際、それとなく訊くしかない。また、石岡は『海嶺会の調査資料は見つかりませんでした』と言っている。おざなりな感じはなかったが、中澤の胸中では石岡の得体の知れない存在感が増していた。

保奈美から海老名治と海嶺会のかかわりを聞ければ、海嶺会がどんな組織かも辿れるだろう。馬場の名前も出ている捜査の進展も見込める。何とかして保奈美が失踪《しっそう》したのか否かだけでも明確にする術はないのか。

警察の協力を仰ぐ？　いや。行方不明者届が出されていない現下では避けるべきだ。警察が海老名治のもとに出向いてしまう。海老名は、保奈美の行方を気にする理由を警察に問う。警察が『特捜部が』と口にすれば、海老名は先日の聴取を必ず振り返る。ただでさえ一度聴取されたのだ。とっくに身辺を固めたはず。その壁をより強固にされ、到底突き崩せなくなってしまう。

単に行方不明者届の有無を警察に訊くだけならどうか。……だめだ。警察官僚には政治家べったりの者もおり、彼らにご注進をはかる捜査員もいる。そこから『何やら特捜部が動いている』と漏れかねない。第一、海老名治が保奈美の失踪を届け出ていれば、政界第三極のリーダーの娘である以上、何らかの警察の動きも聞こえてくるはず。現在、それもない。

このまま特捜部独自で探っていくしかなさそうだ。

まもなく電車が到着します、と放送が入った。その瞬間、ふと背中に違和感を覚え、中澤は何気なく振り向いた。土日もこの時間によく会う、スーツ姿の中年男性が適度な距離を保って立っている。つい今しがたまでの中澤同様、思考が仕事仕様になっているのだろう。目は何かを見ているようで何も見ず、宙に据えられている。

男性は意識を目前の実世界に戻したのか、小首を傾げた。

「何か?」

「いえ、ひょっとして私の背中に何か付いていましたか? 先ほど払って頂いたのかと」

「背中ですか? いえ、私は何も」

嘘ではなさそうだ。それに通勤時の顔馴染みとはいえ、数秒前まで一度も言葉を交わしていない。スーツの埃を払うにしろ、まずは一声かけるのが常識だ。落ち着いた話しぶりからして、目の前の男性は常識外れの行動をとるまい。

「ああ」と男性は一人で納得がいったようだった。「男性が我々の間を通ったので、その人の腕かなんかが当たったんじゃないですか」

失礼しました、と中澤は軽く頭を下げ、到着したばかりの電車に向き直った。

庁舎に着くと、中澤は自室で臼井と挨拶を交わして鞄を置き、すぐさま出た。無人の廊下を進み、厳めしい木製ドアの前に立つ。力強くノックする。

特捜部長室から返事はない。念のため、もう一度ノックする。やはり無反応だ。

細く長い息を吐き、中澤は踵を返した。十八年前、鎌形は何のために父親と会ったのか。そこに友美の死の真相を解明する糸口はないのか。自分はこれまで、逮捕された暴力団員が再び犯罪に手を染めていないかをチェックしてきただけで、他にできる手立てを講じてこなかった。そこに突如下りてきた、細い糸。それがどんなに細くても手繰《たぐ》りたい。仕事が山積している勤務時間中に訊くわけにはいかず、朝一番に訪れたものの空振りだった。

トイレに入ると、手を洗おうとする鎌形がいた。中澤は背筋を伸ばした。こんなところにチャンスが転がっていた――。腹に力を込める。

「部長、おはようございます」

「ああ」

トイレには他に誰もいない。

「お伺いしたい件があります。少しお時間をよろしいでしょうか」

「言え」

鎌形は蛇口をひねった。勢いよく水が流れ出す。中澤は鏡越しに鎌形の顔を見つめる。

「十八年前、都議の中澤氏――私の父と会ったそうですね。それも部長が家まで出向いて」

「それが」

「当時、どんな事案を捜査されていたんですか」

「さて」

鎌形はポーカーフェイスで素っ気ない。語る気がないのは明らかだ。

「部長」中澤は食い下がった。「中澤都議の娘、友美の死に何か違和感を覚えていらっしゃったんですね」

鎌形は無言で蛇口をひねり、水を止めた。ポケットから取り出したハンカチで手を拭く鎌形を、中澤は凝視した。

鎌形の顔がおもむろに上がってきて、鏡越しに目が合った。

「中澤、例のヤマ、お前は何か成果を出したのか」

「いえ」

「今、中澤がなすべきは、その解明に力を尽くすことだ」

「妹の死は私にとって重要な問題なんです。違和感を抱いていたのなら、それを教えて下さい」

知らず、中澤は強い声をぶつけていた。咽喉《や》が灼けつくように熱かった。

鎌形のポーカーフェイスはいささかも揺るがない。

「どんな人物の死も、誰かにとっては重要な問題だ」

「仰る通りです。だからこそ……」

鎌形が中澤の発言を遮るようにくるりと振り返った。いいか、とその口から厳粛な声が発せられる。

「特捜部が扱う事案はどこで何に繋がるのか予想ができない。言い換えれば、どんな些細な事案だろうと常に誰かの死や大規模な犯罪にも結びつく公算がある、と想定しておくべきだ。したがって、検事はどんなヤマにも全力で取り組まねばならん。中澤もその一人だ」

鎌形はハンカチをポケットにしまい、トイレを出ていった。

＊

午前十時過ぎ、城島は相方の事務官と政治団体海嶺会の応接室にいた。

「野本さんの体調はいかがですか」

「まだ優《すぐ》れないようです。しばらく事務所にも出てきておりません」

小柳は今日も丁寧な応対だった。濃紺のスーツの胸元には高級そうな万年筆かボールペンなのかを挿《さ》し、地味なグレーのネクタイを締めている。

城島は一応、まずは西崎の事務所を訪れたことがあるのかを確かめた。

「ええ、ございます。野本の代理として何度も」

「五月二十九日も行きましたか」

「少々お待ちを」小柳は手帳を捲った。「ああ、この翌日に野本が西崎事務所を訪問する予定でしたので、西崎議員がスケジュール通りに出張から戻るのかを伺いに出向いています」

「電話で用が足りるのに、わざわざ？」

「昼食ついでに立ち寄ったんです。赤坂に安くてうまい中華料理店があるんですよ」

それからひと通りの質問をして、実りのない返答を得た後、これまで様々な人物が書いた一文を小柳にもしたためてもらった。ボールペンのキャップにはペリカンマークが入っていた。

「ありがとうございました。ときに、小柳さんは矢部元議員の秘書をなさる前は、民自党の馬場議員の秘書だったそうですね」

昨晩、稲垣が調べた。公的な秘書名簿はない。特捜部には独自にリスト化している資料があるのだ。小柳は一九八〇年から二十七年の長きに亘り、馬場の私設秘書を務めていた。それ以前の経歴は不明だった。小柳が民自党の西崎事務所を訪れた折に、赤城らが訪問者名簿に記載しなかったのは、同じ党の議員秘書だった経緯も関係するだろう。なぜなら……。

「ええ、それが何か」

「少しご協力して頂きたい件がありまして」

城島はクリアファイルを取り出し、中から白いB４用紙を机に置いた。中央部には色褪せ始めた写真のコピーを貼ってある。どこかのホテルで開かれたパーティーで撮影したのだろう。まだ顔や体つきに青年の質感を残す五十代くらいの馬場を中心に、二十人ほどの男女が、前列は椅子に座り、後列は立って澄まし顔で納まっている。そこには小柳もいる。

「懐かしい写真です」小柳は大きく息をつき、大げさなほど感慨深げに言った。

「この皆様の名前を書き込んで頂けませんか」

あの、と小柳は訝しげに眉を寄せる。「誰かが特捜部が捜査するような事件に関与を？」

「捜査に関しては何もお答えできません。といっても気にはなるでしょうから、この中の誰かを追っているのかというと、違うとだけ申し上げておきます」

そうですか、と小柳がボールペンを手にした。下の段から名前を書き連ねていく。

そのペンが後列左隅にいる男の番で止まった。

「どうかされましたか」

「ええ、ちょっと昔を回想していました。この赤城さんは少し前に亡くなられましたので」

「今もお付き合いが？」

「それなりには。彼は西崎議員の筆頭秘書でしたから」

これである種のウラが取れた。稲垣は昨晩、この写真を見ながら淡々と言った。小柳と赤城の接点が認められれば、赤城の義兄が経営するウォーター・ウォーターについて小柳は耳にする機会が生じる、と。それが立証できれば、赤城亡き今、政治団体と有限会社の海嶺会が改めて直接的に線で結ばれる。

――どうやって馬場の話を持ち出しますかね。

――この写真にいる人物の名前を全て教えてもらう体《てい》で、名前を書かせたらどうだ？　自然と赤城と馬場の話もしやすくなる。

ここまではいい流れを作れている。このまま一気にいくか。

「赤城さんとは、古いお知り合いだったんですね」

「ええ。この写真の半年前に西崎議員が初当選し、赤城さんはその秘書でした。親分肌の馬場議員は、赤城さんが西崎議員をしっかり支えられる秘書になれるよう、鍛えるためにいったん馬場事務所に引き取ったんです」

「古いお知り合いなら、赤城さんのお義兄さんが経営される会社をご存じですか」

いえ、と穏やかに否定が返ってきた。小柳は顔を写真に戻すと、赤城の名を書き、次の人物の名前に移った。

……言質はなく、海嶺会同士の線は結べていない。それでも小柳本人の口から、赤城とは馬場を介して繋がりがあったとの一言を得たのは収穫だ。

小柳が全員の名を書き終えた。礼を言い、城島は自身の手元に紙を引き寄せた。

「小柳さんが馬場議員から矢部元議員のもとにいったのは、どういう訳で？」

「馬場議員の意向です。矢部さんは若い方でしたから、馬場議員が『お前が支えろ』と」

馬場は、怪人物がひしめいた昭和の政界を生き抜いた、海千山千の政治家だ。ただ面倒見がいいだけではあるまい。赤城を引き取った件もある。方々に恩を売り、自身の立場を強固にするのが狙いか。

「ですが、矢部さんのスキャンダルもあり、支えきれませんでした」

「矢部元議員が三期目をかけて戦った二〇一一年の衆院選で落選後、どうして馬場議員のもとに戻らず、海嶺会の事務局長になったんです？」

「政治の側からだけでなく、外からも復興を支援すべきだと考えたからです。何をしようかと思案していると、以前にパーティーで知り合った野本会長に声をかけられました」

「大学卒業後、すぐ馬場議員の秘書になられたのですか」

「私は高卒です。島根《しまね》の実家には、お金がなくてね。私の世代ではこんな経験を持った者が多いですよ。ほぼ全員が大学進学する、城島さん世代には実感できないでしょうが」

「では、十代から政治の世界に？」

「まさか」小柳は右手を大きく左右に振った。「政治なんて、なんの興味もありませんでした。地元で仕事が見つからず、上京したんです。右も左もわからず、二十二、三までぷらぷらしていました。流しでギターを弾いたり、家具職人に見習いに入ったり、旋盤工として働いてみたり。器用な手先を生かそうとしたんです。どうも、どれも何かが違った」

自分にあった職業をいきなり見つけるのは難しい。ましてや当時は、求人情報を簡単に集められない。

「そんなみぎり、たまたま新宿駅西口で馬場議員の演説を見て、熱っぽい語り口にやられましてね。それで、秘書にして下さいって事務所に飛び込んだんですよ」小柳は目を細め、当時を懐しむような口調だった。「若いゆえの無謀は、時に将来を決めます」

城島は手元のB４用紙に目を落とした。水本《みずもと》、という人物がいる。よし、ずばりの文字も手に入れられた。

臼井が機捜班への問い合わせを終え、受話器を置いた。

「これまでのところ、海老名保奈美さんは銀行のキャッシュカード、クレジットカード、携帯電話を使っていません。携帯の電源はオフのままです」

中澤は今日もブツ読みからも聴取担当からも外れていた。依然としてコンタクトできない保奈美が、いつ何時連絡してくるかわからない。

機捜班は銀行などに照会するほか、海老名事務所も張っている。現時点で吉報はない。事務所にいる者全員の通信通話履歴も手に入れたい。いや、まだそこまで手を広げられない。彼らには何の容疑もかかっていないのだ。

＊

保奈美は一体、自分に海嶺会と海老名の何を開示したかったのか。土壇場になって心に迷いが生じ、取りやめたのか。そうだとしても詫びを入れてくるだろう。通常業務もしているはずだ。中澤は机に両肘をつき、両方のこめかみを指先で揉んだ。保奈美との通話を思い返す。内容、声音、雰囲気。何かシグナルはなかったのか。何度も頭の中で保奈美とのやり取りを再生していく。

そういえば……。

ひとつ、保奈美との最初の問答で奇異な感じを抱いた箇所がある。海老名に海嶺会を伝えたとされる秘書の浅野が、海嶺会について何か話さなかったかとの問いかけに対する口ぶりだ。

――当時、海老名の仕事に関わる話はしておりません。

字面《じづら》に不審点はない。意味も通る。中澤は、自分が気になった原因をしばらく検討した。あの時は聞き取りを続けねばならず、深く吟味できなかった。

中澤の思考は音を立てて弾けた。

保奈美はなにゆえ仕事の話だと、たちどころに断言できた？

海老名本人は有限会社海嶺会とも政治団体海嶺会とも結び付きがないと言い、政治資金収支報告書はその旨を補強している。中澤は海嶺会がどんな団体かも触れていない。海老名の主張と報告書が真実なら、海嶺会の名を聞いても保奈美は、にわかに政務と結びつけられまい。あの時は亡くなった浅野についての質問で、政務にまつわる話すらしていない。仮に海老名の政務に関わる事柄かもしれないと考えても、海嶺会が浅野の個人的な疑惑に連なる団体で、それを今、特捜部が掘り起こしている線もありうる、と聡明な保奈美なら推測を働かせられる。

では保奈美が語ろうとしたのは、海老名の供述が虚偽だという確固たる裏付けか？　陣内も、海老名から有限会社海嶺会の存在を聞いたと話している。いわば保奈美は父親を裏切ることを決断したのだろうか。

ふっ、と唐突に今まで追考の対象外だった点が引っかかった。

あの時、通話の途中で雑音が入った。保奈美が固定電話、それもコードレスフォンを使っていたとすると――。

盗聴だ。

身内の通話を聞かねばならない動機はひとつ。保奈美の監視。保奈美には海老名の供述を揺るがす決意があったと、誰かが見抜いたのか？

「中澤検事、そろそろです」

臼井の声が遠くから聞こえた。こんな時に……と苦々しさが込み上げるも、中澤は無造作に椅子を引き、立ち上がった。己の心模様がどうあれ、呼び出しは無視できない。

「留守番をお願いします。動きがあれば、すぐ会議室に内線を下さい」

承知しました、と臼井は恭《うやうや》しく言うなり、あれっと少し乱暴な声を発した。

「検事、上着の腰のあたりに安全ピンが」

安全ピン？　このスーツはクリーニングから戻ってきて、何度も着ている。安全ピンなど刺さっていなかった。

中澤はハッとした。

父親はかつて駅で背中を軽く押される脅しを受け、海老名の筆頭秘書だった浅野は、駅のホームから落ちて死んだ。今朝、湯島駅で顔馴染みの男性はこう言った。男が自分たちの間を通った、と。自分が振り向いた時にはそんな人影は消えていた。誰にも不審に思われないほど素早く、且つ安全ピンを体に触れずにスーツに刺し、留め、その場から消える。よほど慣れているか、手先が器用なのか。これがナイフなど刃物の類だったら……。

いつだって刺せるぞ。今回は安全ピンでも次は——。そんなメッセージか。中澤はじわりと汗ばんだ拳を握った。

「臼井さん、例の城島の絡みですよ。お互いに気を付けましょう」

思考を切り替え、中澤は静かな無人の廊下を進み、薄暗い小会議室に入った。二台の長机を組んだシマを挟み、高品と田室が無言で対峙している。高品の左隣には本多がいた。

お待たせしました、と中澤は高品の右隣に腰を下ろした。田室と目が合った。怜悧《れいり》な面つきだ。この会議に出席するよう、朝一番に高品から指示があった。西崎議員の手ぬぐい配布事案を今後どうするか。それを話し会う場に、田室が中澤の同席を求めてきたのだという。

「では、早速始める」田室は事務的に言い、手元のファイルを開いた。「進展は？」

「鋭意捜査中です」

高品の返しは素っ気ないほどだった。本多は腕を組み、目蓋を閉じている。口を挟む気はないらしい。中澤も割り込むつもりはない。

「記者会見じゃないんだ。そんな戯言《ざれごと》はいい。新たな物証や証言は出てないのか」

「ええ。今はまだ」

「なるほど」田室は眉一本動かさない。「今後三日間で物証や証言が出てくる見通しは？」

「わかりません」

「君は主任だぞ。随分と無責任な言い草だな」

「むしろ私は無責任な発言を控えただけです。可能性は常に存在します。ここでそれを論議するのは不毛です」

「見通しすらない、か」田室は冷たく突き放し、続けた。「今回の件はマスコミも大々的に報じている。空振りに終われば、特捜部の名はさらに失墜する。総括として、さらには特捜部経験者として言わせてもらうと、君の捜査指揮能力には疑問符をつけざるを得ない。すでに西崎を調べているのは世間にも知れ渡っている。ならば秘密裡に人を呼ぶ必要もなく、堂々と聴取を重ね、割ればいい。それなのに捜査開始からもう何週間が経った？　進展もなく、新たに証拠が出てくる見通しもない？　ふざけている」

「進展はなくても、粛々と捜査を続けています。続けるべきだとも思います」

高品は涼しい顔で言い返した。

進展はありません？　捜査過程で馬場や海老名の名が出た件を知らせておらず、ここで言う気もないらしい。田室が把握していれば、その名前を出して捜査状況を質す局面だ。なぜ高品は言わないのか。口にすれば、こんな叱責を聞かなくていい。ただし、主任の高品が言わない手前、中澤も口に出せない。

なるほど。手ぬぐい案件の捜査が始まって相当の時間が経って田室が総括に就任した背景には、このことが影響していそうだ。早々に見切りをつけるか、不起訴処分にしてお茶を濁す程度の事件をいまだに捜査している現状に、今林は疑問を抱いた。しかし鎌形をはじめとする現場派は最低限の説明しかしない。そこで探りを入れるべく、検事正を突き上げ、田室を投入した。

「高品君、捜査を続けたい気持ちは理解できるが、失敗は失敗だ。無駄な作業時間を新たな難題に使う方が有益じゃないかね」

「それは総括の正式な意見ですか」

「ああ」

二人が黙った。硬質な沈黙が部屋を埋めていく。田室の首がやや動いた。

「本多さんのご見解は？」

中澤も、高品越しに本多を窺った。ゆっくりと本多の目が開く。

「高品に任せている」

「一蓮托生《いちれんたくしょう》ですか。深追いした挙げ句、何も出なかったでは傷口が広がるだけです。高品検事だけでなく、本多さんの責任問題にも発展しますよ」

「高品に任せたと言ったはずだ」

「そうですか。君はどうだ？」

田室の視線が中澤を射抜いた。瞬時に、その意図を中澤は感じ取った。同席させたのは数合わせのためで、田室側につくと勘定《かんじょう》されたのだ。先日、自分にとってどんな選択が得か吟味しろと言ったのはこれか。田室の背後には赤レンガ派の思惑が見え隠れしている。赤レンガ派は特捜部が何を狙っているのか腹を見せないなら捜査を頓挫《とんざ》させる、あるいは揺さぶって本音を引き出す方針か。

「続けるべきです」

中澤が言い切ると、田室が抑揚もなく言った。

「君も現実を直視できないタイプの人間なのか」

お前は赤レンガ派になれるチャンスを逸した、そう宣告したいのだろう。

「田室さんが見ている現実と、私の見ているそれは異なるのでしょう」

「そうか」

田室は無表情だった。衣擦れの音がした。本多が組んでいた腕を解《ほど》いている。本多は瞬きもせず高品を数秒見据えると、田室に向き直った。

「総括の君の主張がどうあれ、特捜部は捜査を続ける。高品が言わないようだから、私から触れておこう」

本多がやや身を乗り出した。ぐらっと岩が動いたようだった。

「入来誠の名が出ている」

中澤は絶句した。初耳だ。野党第一党である自由共和党の大物議員。武闘派として知られる政界の弁慶。いったい、どこでその名が出たのか。

る。

「君は何も言わなかったな。どういう料簡なんだ？」

田室は厳とした物腰で高品に迫った。高品は睨むように田室を見て、口を噤んでい
「それはな」本多が即座に話を引き取った。「確証がないからさ。高品も中澤も将来をかけて捜査に臨んでいる」

「潰れた場合の覚悟もあるのか」と田室は高品に深沈と問い質した。

「ええ」

田室の目が中澤に転じる。

「君は？」

ありますす、と中澤も間髪を容れずに応じた。政局のキャスティングボートを握る海老名、キングメーカーの馬場、さらには政界の弁慶こと入来の名まで浮かんだ。そう応じる以外にない。

「田室君も腰を据え、進退をかけてこのヤマに当たれ」

田室は小さく頷いた。しばし硬質な沈黙が再び会議室を支配した。

「本多さん」田室は平静でいて、鋭さも含んだ声をあげる。「二人の覚悟は結講な限りです。一方で、本件を私に共有させなかった点は明白に規律を乱している。高品検

事は進退にも影響を及ぼす、大きなミスを犯したと言えます」

「名が出てきたのは昨日だ。それで高品を責めるのはお門違《かど》いだな」

本多は睨みを利かせると、パイプ椅子の背にゆったりと体を預け直した。

＊

午後六時過ぎ、城島が、陽が沈み切る前の品川《しながわ》のオフィス街を会社員らに混ざって歩いていると、ポケットで携帯が震えた。

「今、少しいいか」稲垣だった。「秋葉原の寺西さんという女性から城島宛てに代表番号経由で入電があった。至急連絡がほしいそうだ」

誰だ？……ああ、秋葉原の切れ目のような路地近くに住む高齢の女性だ。動きがあった時に備え、とりあえず名刺を渡していた。名刺には携帯電話番号を記していないため、寺西は代表番号にかけてくれたのだ。稲垣に寺西の連絡先を聞き、城島は手帳にさっとメモした。通話を切り、寺西にかけた。

「あ、この前の人？」

「ええ、お電話を頂いたそうで」

「男の人が入ったよ」

城島は一瞬、思考が止まった。

「杉森さんがお住まいだった住居に続く、あの小路にですか」

「そう。五分くらい前」

寺西は見かけてすぐ地検に急報してくれたのだ。ブツ読み班に頼んでも地検から現地に至るまでに、ここから向かうのと同程度の時間がかかる。次のアポイントは午後七時に新宿。……たとえ空振りに終わろうと、秋葉原の方を優先すべきだ。

「今、品川ですが、直ちにそちらに向かいます」

「アンタが来るまで、ずっと見ておくよ」

「人相や服装の特徴もよく観察しておいて頂けますか」

「あいよ。なにせ時間はたっぷりあるんだ。死ぬまでの時間がね」

寺西は楽しそうに声を弾ませた。

城島は相方に事情を手短かに告げるや、駆け出した。のろのろと歩く会社員らの間を抜け、JR品川駅に飛び込む。ホームを走り、ドアが閉まりかけた山手線《やまのて》に飛び乗った。肩で息を吐き、荒い呼吸を整えていく。

二十分後、帰宅ラッシュ真っ只中の秋葉原駅に到着した。なかなか進めず、じりじりと焦《あせ》りが込み上げてくる。学生、メイド服の若い女たち、外国人観光客。駅前の雑踏を分け入るように進んでいく。大通りを越えると人の波がようやく緩《ゆる》やかになり、城島と相方は走り出した。目印の老舗アンコウ鍋店で道を曲がり、古い路地に飛び込む。城島は寺西宅のインターホンを押した。

「遅いよ。十分くらい前に出ていった」

寺西は口の端を曲げた。空振り覚悟だったとはいえ、城島は微かに落胆した。

「どんな方でしたか」

「年齢は、五十代後半から六十代後半って感じかな。暗めのスーツ上下に、灰色のネクタイって身なりだった。それはそうと、体型とか面立ちが似てたんだ」

「以前、出入りしていた方に？」

「そう、杉森さんの家に頻繁に出入りしていた男の人に。そりゃ、同一人物かは保証できないよ」

「あの路地に入ったのは、その一人だけですか」

「ああ。ずっと見てたから、間違いない。ごみを捨てるふりをして、近づいたんだ。杉森さんのご親族ですかって。やっぱり杉森さんとどことなく気配が似ていたしね」

寺西の行動力に驚かされた。野次馬根性というか、何というか。

「違います、ってはっきり言われた。心配しないで、アンタたちには何も触れてないから」

「他に特徴はありましたか」

「ううん、そうだねえ」寺西は顎を掻くと、再び口を動かした。「ボールペンをスーツの外ポケットに挿していた。高そうなペリカンのボールペン。こう見えても私は昔、文具の業界紙にいてね、そっち方面には詳しいんだよ」

ペリカンのボールペン。もしや小柳か……。ぶつかったばかりのタイミングが気にかかる。

「ちょっと気になる点もある。入る時は小さい鞄を手にしてた。これくらいの」寺西は両手を三十センチ程度に広げた。「それが出てくる時にはなかったの」

城島はその場を相方に任せ、小走りで寺西のもとを離れた。携帯電話を取り出し、稲垣に寺西の証言を簡潔に伝え、付け加えた。

「この付近の防犯カメラ映像を片っ端から集めて、検めましょう」

「すみやかに作業を開始しろ。これから何人か回す」

城島が相方と手分けして防犯カメラの管理者に当たっていると、応援の二人がやってきた。

四人で手分けした結果、たった一時間で十本の映像が手に入った。寺西が住む路地に防犯カメラは設置されていなかったが、路地に至るまでの筋で集められた。その場で見られた何本かの映像には、やはり小柳と思しき人物が映っていた。いずれも最新のカメラではなく、顔はぼんやりとしか見えないものの、体格や歩き方は午前中に見た小柳とそっくりだった。詳しく解析すれば、小柳本人かどうか判別できるだろう。本人だったとして、小柳は何しに来たのか。老女の記憶通り、以前から出入りしていたのか。そもそも杉森との関係は？

城島はひとまず稲垣に電話を入れ、現況を口早に述べた。

そうか、と稲垣は沈んだ声音だった。

「実は、小柳が水死体で発見された」

ぐらり、と城島は背骨を力任せに揺さぶられた衝撃を覚えた。

「どこでその情報を仕入れたんです？」

「七時のＮＨＫニュースで報じられた。頭に鈍器らしき物で殴られた痕もあるそうだ」

「身元は小柳だと確定したんですか」

「ほぼ間違いない。江戸川《えどがわ》区の岸壁にある消波ブロックに男が引っかかっているのを、夜釣りに来た二人組が見つけて通報、駆け付けた警察が引き上げた。男は死後、沖か沿岸で海に投げ込まれた模様で、どちらにしろ潮流に乗って護岸に流れ着いたと推測される。スーツを着たままで、ポケットに免許証が入っていたらしい。ニュースでは、警察は被害者の身元確認を急いでいると言っていたが、報道発表したくらいだ。九割方、本人だと踏んだんだろう」

犯人が被害者の遺体を海に投げ捨てるなら、普通は身元を特定できる身分証などは抜き取っておくはずだ。その方が人定確認も遅れ、犯行を隠蔽しやすい。特捜部が接触した直後というのも腑に落ちない。ぞくっ、と城島の背筋が震えた。導き出せる結論は――。

誰かへの見せしめか。

第五章　激流

1

午前十時。秋の柔らかな陽が、都会の隅で長年忘れ去られた土地にも降り注いでいる。

「どうして刑事さんじゃないんですか」

台東《たいとう》区の職員は恐る恐るといった調子で城島に尋ねてきた。

杉森の住宅は土地も建物も所有者不明だ。そのため、捜索の立会人として区の男性担当者二人を連れてきた。脱税に付随する場所の捜索だ、と昨日稲垣が話をつけている。こうした表向きと実際が違う『横目捜査』は、特捜部のお家芸とも言える。

区の担当者は、切れ目のような路地を進み、古い戸建てを目にするや驚き、こんな場所があったとは知らなかったと口を揃えた。区役所だって暇ではない。次から次に仕事が生まれる。昨今、所有者不明の土地の多さが騒がれている。けれど、公共事業に引っかからない限り、何の動きもない土地建物を調べる成り行きにはならないのだろう。

「地検も捜査機関です。必要な時は捜索を行います」

城島は追加の質問がないようきっぱりと答えた。

目的物は小さな鞄だ。セカンドバッグないし少し大きめのポシェットの類か。捜索は自分を含めてもたったの二名で行う。今にも朽ち果てそうな家は狭く、探す場所も限られており、少人数で支障はない。

城島は鞄から裁判所の令状を取り出した。眉間の辺りに力が入る。昨晩、小柳らしき男がこの場所を訪れた。その小柳はどこかで何者かに殺された……。警察には今回の捜索を言っていない。ほぼ間違いなかろうと、今朝の時点で身元は判明していない。中途半端な形で独自捜査の邪魔をされたくもない。

相方の事務官が建物の外観を写真に撮っていく。格子状の引き戸には、以前訪れた時にはなかった指の跡がくっきり残っていた。形状から推測するに人差し指と中指か。ちょうど鳩尾《みぞおち》付近の高さなので、ドアを開く際についたのだろう。

「東京地検です。どなたかいらっしゃいませんか」

　インターホンがないので、城島は引き戸の向こうに声をかけた。今日も反応はなく、ひと気もない。風雨と埃で風防が曇った電気メーターも止まっている。城島は令状を鞄に戻して、お願いします、と背後で待機していた鍵業者に声をかけた。

　ほんの数分で鍵は開いた。業者が下がり、城島は畳まれた段ボール箱を片手に引き戸を開けた。土埃が辺りに舞い上がり、ぷんと籠《こも》った空気特有の甘ったるいニオイが鼻をつく。三和土は十センチ大の小石が混ざったコンクリートで固められていて、上がり框《がまち》は木製だ。コンクリートは劣化してひび割れ、框は木の輝きを失っている。どちらも埃は積もっていない。

「東京地検です。どなたかいらっしゃいませんか」

　念を入れ、再び声をかける。しんとしたままだ。玄関からは廊下が伸び、左右に木製ドアが、その先には擦りガラスの格子の引き戸がやはり左右にある。城島は靴を脱ぎ、靴下の上にビニール袋を履いた。薄いビニール製の手袋も嵌める。

　区の職員には玄関で待機してもらい、城島と相方だけがフローリングの廊下を進んだ。みし、みし、と一歩ごとに足元が軋《きし》む。小柳らしき人物が歩いた足跡はない。廊下は最近きちんと水拭きされたようだ。

まず右側のドアを開けた。古い水洗トイレだった。トイレットペーパーホルダーには色褪せた芯だけが残されている。も開けた。廊下と違い、埃もうっすら積もっている。抜かりなく、タンクも開けた。小さな虫が浮いた濁った水が溜まっているだけだった。トイレを出ると、タンク左側のドアを調べた相方が出てきた。白いタイル張りの風呂場だったという。相方は、バスタブなどに異物はなかった、と言った。

さらに軋む廊下を進む。まず左側の引き戸を開けた。六畳程度の台所だった。ここも最近水拭きがされたのか、足跡はない。備え付けの戸棚を入念に調べた。茶碗が三個、陶器の皿が三枚、箸が三膳、お好み焼きをひっくり返す際に使うようなヘラが二枚あるだけだった。ナショナル製の古い型の白い冷蔵庫にも、何も入っていなかった。

台所を出ると、正面の引き戸を開けた。八畳の和室で、畳に埃は積もっていない。隠したのはこの部屋か。

城島はじっくりと和室を見直した。年季の入った卓袱台《ちゃぶだい》、ブラウン管のテレビ、レコード機器、和簞笥《わだんす》、押し入れがある。卓袱台の脇には新聞の束がビニール紐で縛られている。また、卓袱台には花瓶が置かれ、枯れ果てた花が四本挿してあった。花の種類は定かでない。

部屋に足を踏み入れると、畳が沈むように波打った。床の木材が腐っているらしい。新聞の日付は平成九年五月。この家の主だった杉森がこの世を去った時期だ。新聞にはうっすら埃が積もっている。

和箪笥と押し入れには衣類が数枚と寝具があったほか、何もなかった。

それから約一時間、家中を探した。布団の合間や衣類の間まで探った。結局、鞄は見つけられなかった。

折り畳まれたままの段ボール箱を手に玄関に戻ると、区の職員は興味深そうな目を向けてきた。

「いかがでしたか」

「察して下さい」

城島は肩をすくめた。タイミングよく携帯電話が震えた。地検の番号が表示されており、城島は区職員に断りを入れ、その場を離れた。

「首尾は？」

稲垣だった。城島は区職員から離れていても小声で返す。

「押収物はゼロです」

「部屋に変わった点は？」

「特に何も」

「そうか」稲垣が声を低めた。「いずれ、警視庁もその家を調べたいと言い出しそうだぞ」

「事件の捜査に進展が?」

「ああ。ウチの刑事部に探りを入れてもらった。小柳の自宅マンションが荒らされていたそうだ。それも寝具も切り裂いて中を引きずり出すほど徹底してな。にもかかわらず、銀行の通帳や印鑑、二十万円の現金は手付かずだったらしい。侵入者の目的は例の鞄かもしれん」

城島は眼玉だけで辺りを見回した。この敷地には荷物を投げ捨てるような井戸もない。トイレに流す? いや、水道も止まっている。タンクの濁った水がここ何年も水が流れていないのを物語っている。もちろん、寺西の見間違いもありうる。

「マンションの防犯カメラに不審者は映っていたんですか」

「宅配業者が何人か入っている。いずれも帽子を深々と被っていて、面相は不明だ」

「どこか別の場所に転戦しますか」

「行くんなら、政治団体の海嶺会だな。小柳の机の中なんかを見たいところだ」稲垣が大きく唸った。「名目はどうするか。時機もまだ来ているとは言い難い」

政治団体海嶺会が西崎の手ぬぐい案件、あるいは別の事件に関与しているとなると、もし事務所に物証などがない場合、当然どこか別の場所に隠していると想定される。こちらが事務所を捜索している間に、そちらで処分する恐れも出てくる。この事態を避けるには、怪しい場所を同時に捜索しなければならない。現状、そんな場所があるのかすら突き止めていない。

地検に戻ると決め、通話を切った。城島は捜索した件と東京地検の連絡先を書いた紙を上がり框に残し、再び鍵を閉めた。切れ目のような隙間を通って、表の小路に出る。

寺西が待ち構えていた。

「どうだった？　あったかい」

「ご覧の通りです」

城島は折り畳んだままの段ボール箱を少しだけ掲げた。本来、捜査について外部に何も言うべきではない。しかし寺西は情報提供者だ。それに示唆したとしても実害はないだろう。

寺西は物思わしげに腕を組んだ。

「どこを探したんだい？」

好奇心の強さに内心で苦笑しつつ、城島は捜査に差し支えのない範囲で話した。

「ふうん。それじゃ、あそこかな」

「あそこ？」

「そう秘密の小部屋。アンタたちが見つけられなくても仕方ないね。アンタたちには不要だし、見たこともないだろうから」

寺西は、にこりと笑った。

*

――本当に入来の名前が出てんですか。捜査主任の私が知らないのに、なぜ本多さんがご存じなんです？

――いや、出てない。

――じゃあ、入来の件はあの場を収める出任せですか。

――じきにわかる。にしても、俺に話を合わせろと事前に言ってたのを差し引いても、なかなかの演技だったな。さすがに和歌は肝が据わってやがる。

中澤は、昨日田室が出ていった後の会議室で繰り広げられた高品と本多の会話を振り返っていた。入来の名が今回の捜査とどう関連してくるのか……。

臼井が受話器を置いた。

「変化なしです」

海嶺会の野本は市谷《いちがや》の早坂《はやさか》総合病院に入院してしまい、面会謝絶となっている。臼井に連日、病院に問い合わせてもらっていた。野本の容態が回復次第、改めて聴取するためだ。

「野本が快方に向かう目途を、今日こそ病院側は何か言ってましたか」

「相変わらず、予断を許さない容態だと繰り返すだけです」

「一応、病院と野本の付き合いを洗って下さい。便宜を図る間柄なのかを」

何もかもが膠着《こうちゃく》状態に陥っている。いまだに海老名保奈美とも接触できず、事務所の動きにも異変はない。海老名治も筆頭秘書の石岡も慌てた様子を見せず、日々のスケジュールを淡々とこなしている。検察の独自捜査にとって、参考人や被疑者の所在が摑めないのは重大な支障だ。警察とは違い、人探しには限界がある。

昨日、高品には保奈美が何を話そうとしたのか、自らの推測を話した。どこかに隔離されたのかな。高品はそう言った。隔離ならいい。小柳は殺された。中澤も何者かに安全ピンをスーツの後ろに留められた。根は同じはずだ。その刃が保奈美に向かわないとは限らない。かといって石岡を拘束する名目はない。再び事務所に問い合わせるのもリスクが高い。海老名と石岡にこちらの肚の中を気取られれば、かなりの確率で保奈美の身を危険に追い込んでしまうだろう。

＊

「あそこだよ」

寺西が指さした先には新聞の束がある。城島は寺西と再び杉森宅に入っていた。今回も区職員には玄関に待機してもらい、背後には相方の事務官だけが控えている。

「あの畳の下に小部屋が？」

「そう。工事をした記憶もないから、そのままだろうね」

城島は相方に目配せし、まず新聞の束をどかした。埃が辺りに舞う。城島は片膝をついてしゃがみ、畳のヘリを軽く拳で叩いた。敷居との隙間が微かに揺れている。

「昔は、台所の食器棚にヘラみたいな道具が入ってたよ」

花柄のハンカチで口元を押さえる寺西がもごもごと言った。

そういえば、あった。あれは料理に使うのではなく、畳を浮き上がらせる道具？

城島は急ぎ足で台所に行き、ヘラを二本手にして戻った。すぐに敷居との隙間にヘラの先を入れ、力を込める。

畳が浮いた。城島は相方と畳を一気に持ち上げる。

古くて急なコンクリートの階段があった。その下に十人は入れる空間が広がっている。空間の奥には光が届かない。ギッギッ、と軋む音がした。畳裏の端に金属製の長い棒が取り付けられ、揺れている。階段をよく見ると、武骨な穴が穿《うが》ってある。つっかえ棒だろう。手を伸ばして棒を握ってみる。ビニール手袋越しでもひんやりした。棒は錆《さ》びついているが、腐食してはいない。

「ここは防空壕さ。私も何度か入ったんだよ」

背後で寺西がしみじみと言った。台東区も戦災に遭い、特に東京大空襲では多数の死傷者が出ている。

城島はつっかえ棒の先を階段脇の穴に入れた。カチ、と小さな乾いた音がする。足をそろりと下ろして、爪先ですり減ったコンクリートを何度か蹴ってみる。まだ頑丈で、崩れ落ちる心配はなさそうだ。

「十分ほど、このままにしよう」

城島は相方に提案する恰好で、この場を仕切った。酸素を十分に空間に行き渡らせたい。小柳と思われる男も換気したかもしれないし、していないかもしれない。どれくらいの年月畳の下で埋もれたままだったのか、知る由もない。

三人とも黙り、手持ち無沙汰な十分が過ぎた。

城島が最初に地下に降りた。細く長い息を吐き、ゆるやかに吸う。カビ臭いが、酸素量は大丈夫そうだ。その場で目を凝らすと、じわじわと薄闇に陰影が滲み出してきた。最深部に机と椅子が設置されている。机上にはオイルランプが置かれ、その隣にセカンドバッグらしき影もある。

城島は机に歩み寄った。足元でパチパチと何かが崩れる音がする。木屑か、劣化したゴム片か。

影の正体はやはりセカンドバッグだった。手に取ると思いのほか、ずしりと重たい。中身を見るのは防空壕を出てからだ。

光がかろうじて届く、階段の最終段付近に城島は戻った。相方だけでなく、寺西も急な階段を下りていた。

「この家に入った男性が持っていたのは、この鞄でしょうか」

城島は念のために尋ねた。間違いないだろう。手袋越しですら、革質の良さが伝わってくる。置きっ放しにされていた革の感触ではない。寺西は聞こえたはずなのに、こちらには一瞥もくれず、覚束ない足取りで進み、立ち止まった。

「死ぬ前に、もう一度これが見たかったんだ。アンタのおかげで見られたよ」

寺西が石壁に目をやり、指先で愛《いと》おしそうになぞっている。城島は近寄り、寺西の痩せた肩越しに目を凝らした。文字が書かれている。

重吉さん、私と結婚してください　若葉《わかば》
私は誰かと結婚できる人間ではありません　重吉

「結婚していたら、杉森若葉か。良い名前になったのにね」寺西は物思わしげに目を細めた。「娘時分、重吉さんが上で仕事をしている隙に、こっそり入って筆で書いたんだ。返事を横に書いて下さいって出る時に囁いてね。後日、返事を読ませてもらって以来さ、ここに入ったのは」

寺西はかつて自分が記した文字を、黙って眺めていた。こんな機会がなければ、過去の自分と向き合えなかったはずだ。『もう一度見たい』という気持ちがあり、協力してくれたのだろう。

2

刃の形状が異なる七本の彫刻刀、大小の錐《きり》、金槌、ニッパー。城島が押収した、小柳らしき男が秋葉原の古い平屋に残した鞄の中身だ。中澤はそれらを自室の長机に並べていく。

鞄の底には長細く、分厚い台帳もあった。厚手の表紙と背表紙には何も書かれていない。右上の端に穴が開き、黒い綴《と》じ紐で括られている。中澤は薄手のビニール手袋をはめた手で慎重に表紙を捲った。

『東京明和堂』。輪郭のはっきりした印が押されていた。中澤が子供の頃に狸の人形が踊るCMを流していた、シュークリームが有名な銀座の老舗菓子店だろうか。次のページを見る。今度は『昭和第七建設』という印だった。

中澤は次々に捲っていく。どれも企業の印章が押されている。

臼井の知人である神保町のカレー店主は、四木がB勘屋だった噂を聞いていた。四木が神保町から姿を消した後も、似た店が秋葉原にあると耳にし、裏社会の住人によると、そこは亡くなった杉森の平屋だった。さらに件の平屋に政治団体海嶺会の事務局長だった小柳らしき男が入り、この台帳や彫刻刀を隠した。

杉森が四木なのか？　小柳はどう関わってくる？

内線が鳴った。呼び出し音とほぼ同時に臼井が受話器を取り、ええ、はい、と応じて切った。

「和歌様の下知でした。何か判明したら、即連絡をと。期待してんでしょうね。かなり早口でした。さすが名前が『口』だらけ。僕が相槌しか打てないくらい捲《ま》くし立てるんですから」

「また、そんな軽口を言って」

苦笑しかけた時、中澤の背筋に電流が走った。臼井をまじまじと見る。

「和歌さんと臼井さんのおかげで着想を得られました」

城島の聞き取りによると、四木は名刺に四本の木のイラストを入れる茶目っ気があり、杉森も洒落っ気があったという。

杉森。苗字の中に木が四本ある。四本の木、四木。

つまり、四木とは洒落っ気のある杉森の偽名ではないのか。そもそもB勘屋が本名で仕事しているはずもない。四木の写真が入手できない点からしても、注意深い行動が窺える。いや、違う。杉森が亡くなったのは二十年前だ。それは区役所の届で特定している。他方、最近四木を西崎の事務所で見かけた人物がいる。この齟齬が指し示すのは……。

小柳が四木か。

師匠の名をもじったか、B勘屋として「四木」の屋号を継承した——。

ありうる。小柳と思われる人物が、この彫刻刀などを隠している。B勘屋は領収証などの偽造を請け負う。台帳は「四木」が作成した偽造印の完成品リストではないのか。杉森を知る寺西が「杉森が晩年いそいそと出かけ、『生きた痕跡を残せる』と言っていた」と証言してもいる。技術の継承に勤《いそ》しんでいたのでは？　城島の聞き取りでも、小柳は自身の手先が器用だと話していた。

だが、小柳は長い間議員秘書を務めた。民自党の馬場に仕えはじめたのは三十七年前だ。激務の議員秘書と、B勘屋の両立は可能なのか。兼務したとすれば何のために？　金？　だとしても疲れた体に鞭打って繊細な作業ができるのか？

今度は外線が鳴った。筆跡鑑定を依頼している教授だった。

「一致しました」教授の声は弾んでいた。「簡易鑑定ではサンプル九十五号と、卓上カレンダーに『水』と書いた人物が同一人である確率は九九パーセント以上です」

「以前のように、ひっくり返る恐れは何パーセントですか」

水を差す発言といえども、確認は怠れない。

「今回はないでしょう」教授は自信に満ちた声だ。「見事なまでにすべてが一致しています」

中澤は受話器を頭と肩で挟むと、机に積んだファイルを手に取り、開いた。文字を入手した人物のリストが挟まれている。九十五号は誰だったか。手早くページを捲っていく。

目が釘付けになり、中澤は知らず呼吸を止めていた。

小柳だった。小柳は西崎事務所に出入りした事実を明言している。待て。リストには九十六号も小柳の文字とある。

「九十六号は一致しましたか」

「いいえ」怪訝そうな返答だった。教授には同一人物と明かしていない。「九十六号は『水』そのものの文字ですが、まるっきり対象と特徴が違いますので」

「実際は、九十五号と九十六号は同一人物なんです」

「え？」

専門家も二の句が継げないほど、小柳は見事に異なる筆跡を操れた……。これこそ小柳が腕のいいB勘屋だった実態を如実に物語っている。B勘屋は偽造領収証だけでなく、文章も作成する。今はパソコンなどで印字するのが一般的にせよ、書類には手書き部分もある。小柳が杉森の技術を継承したのなら、手書きの技術も身につけたはずだ。

「もう一度分析してみます」

戸惑い気味の教授との通話を切ると、中澤は彫刻刀などが並ぶ長机に戻った。城島が押収した台帳を手元に置く。各社を割り出し、本物の印との照合作業も進めるべきだ。

その時だった。何かが頭に浮かびかけた。なんだ……？　頭の芯がむず痒《がゆ》い。中澤は台帳の印を凝視した。

東京明和堂。この印で何かに手が届きかけた。無意識に見取ったサインが潜んでいるはずだ。じっと見続ける。印が脳の深い部分まで浸透していく。

がばっと中澤は身を起こした。全てが繋がるかもしれない。

「臼井さん、東京明和堂の名を調べて下さい」

「あのシュークリームのですか」

「ええ。他に同じ名前の企業、店名があるのかどうかを」

臼井がすかさずパソコンのキーボードを叩いた。

「検事、ネット上、NTTの番号登録、商標をチェックしました。あのシュークリームの東京明和堂しか存在しません」

中澤は自席に戻り、高品に内線を入れた。

「小柳らしき男が残した鞄の中身を点検中、検証すべき点が出ました」

「なになに？」

高品は跳ねるような声を発した。

「二つあります。一つは四木を見かけた人物に、小柳の写真を見せて同一人物かどうかを確かめて下さい。もう一つは、押収品の台帳にある企業の領収印を全て入手するんです。印は、押す可能性がある全職員から、いつも通り、強く押した際、軽く押した際の三通りを入手して下さい」

＊

午後四時、城島は青山一丁目駅に近い十階建てガラス張りのビルにいた。以前同様、六階でIT企業の専務と向き合った。西崎事務所で四木を見かけた人物だ。城島は、小柳の写真を専務に差し出した。専務は老眼鏡を大儀そうにかけ、ひと目見るなり即答した。

「ええ、四木さんです」

どっ、と全身の血流が速まるのを城島は感じた。

「間違いありませんか」

「ええ。これは四木さんです。今、どこで何をされているんです？」

「少し前に亡くなられました」

そうですか、と専務はしかつめらしく神妙な顔をした。

城島は溜め息を押し殺した。本来ならここから検事が小柳を取り調べる流れになるが、当人は死んでいる。それも部屋を荒らされた挙げ句、不可解な事件によって。

……小柳の部屋に侵入した連中は杉森宅に残された鞄、彫刻刀や台帳を探した？

だとすると、それが明るみに出ては都合が悪いのだ。あの道具には如何なるいわくが？　なぜ今だったのか。いきなり動き出したとも思えない。何らかの引き金があったはず。

水――。小柳が、西崎の筆頭秘書だった赤城の卓上カレンダーに記した文字には、どんな意味があったのか。

＊

中澤は検事室の長机に十枚ほどの東京明和堂の領収印と、台帳の領収印を並べた。ほとんど同じだ。そう。あくまで、ほとんど。

台帳と本物とでは微妙に輪郭の太さが違う。本物の方は僅《わず》かに歪んだり、細くなったりしている部分がある。日々何度も使用された末、摩耗したのだろう。かたや台帳の方は、くっきりとした線だ。東京明和堂の領収印は昭和三十五年に作製されて以来、同じ印を使い続けているという。押収した台帳も古いとはいえ、今から六十年近くも前の紙ではない。やはり台帳の印は偽造印の公算が大きい。

「これはパッと見では見抜けませんね。すごい技術だな」臼井が感心した。「あ、待って下さい。輪郭の差異は押した人間の力加減の差かもしれませんよ」

「ええ。それが、三パターンの力加減での入手を和歌さんに提案した訳です」

「なるほど。これが偽造印なら、何に使われていたんでしょうか」

「今はまだ何とも言えません。他に気になる点は？」

「えーと」臼井は顎をさする。数秒あった。「特に何も」

「ワシダ運輸の陣内専務が利用した、老舗和菓子店『船橋庵』を連想しませんか」

え？　臼井が素っ頓狂なほど大声をあげた。中澤は長机の台帳をちらりと見る。

「押収した領収証と、私たちが店で商品を購入して貰った領収証もほんの少し違っていました。押収した領収証は、輪郭が鋭利ではっきりしていました。一方、購入した際に貰った領収証の縁《ふち》は掠れています。ちょうどこの台帳と本物の違いのように」

自分が急遽《きゆうきよ》主任検事となった案件だけに、ありありと憶えていた。そのため、押収台帳で東京明和堂の印を見て記憶が刺激され、頭の芯のむず痒さとなった。そして、むず痒さの要因は船橋庵の領収印に似た点があるからだと気づいた。それは輪郭の鋭さだ。直後、船橋庵で直接貰った領収印が脳裏をかすめ、差異があったのを想起し、思考は一層進んだ。東京明和堂の印にも何か違いがないのか、違いがあれば台帳は偽造印なのでは――と。ゆえに入手を提案できた。

あの時、別の疑問も生まれた。船橋庵も老舗だ。印も長年使われていれば、摩耗していないとおかしい。なにゆえ押収した領収証の印の輪郭がくっきり写る？　二ヵ月前、船橋庵で領収証を入手した際は、頭になかった疑問だった。むろん、偽造印の完成品リストと思しき台帳には船橋庵の印はない。台帳が偽造印の完成リストだとしても、小柳の犯行とは限らない。しかし、陣内は政界に顔が利く。小柳は政界に長年いた人間だ。両者はまったく無縁とは言えない。陣内がB勘屋としての小柳の噂を耳にしていても不思議ではない。

「臼井さん、ワシダ運輸の件、資料を見直しましょう。運んできて下さい。村尾副部長が持っているかもしれません」

今になって村尾が資料を読み返していたのは偶然なのか？

了解です、と臼井は検事室を飛び出した。内線が鳴り、中澤は受話器をすくいとった。高品からで、中澤は印が異なる件を告げた。

「そう。誰が偽造印作製を依頼したのかだね。作製者本人が死んじゃったのは痛いな」

中澤は、次席の今林が言い放った言葉を嚙み締めた。捜査過程で自殺者が出れば、それは本物の事件――。

「源吾、捜査の経緯を整理したいから、ちょっと聞いて」

「どうぞ」

「西崎議員の手ぬぐい配布問題を調べていくと、筆頭秘書だった赤城の卓上カレンダーに『水』と書かれていた。その説明をすると言った赤城は自殺。さらに書いた本人と思われる小柳も不可解な死を遂げた。さらに馬場、海老名という大物政治家の名前も浮上。海嶺会という不可解な企業、同じ名の政治団体もある。小柳はその政治団体の事務局長で、代表の野本は体調不良で入院して、目下面会謝絶中。海嶺会っていうと、そこと海老名との関係を話すと言った、海老名保奈美さんの行方も定かじゃない。あってる？」

「ええ。きな臭さだけがどんどん濃くなっていますね」

「野本が仮病って線は？」

「病院側との接点も含め、まだわかっていません」

仮に何らかの構図が判明したところで、野本は容疑者ではない。この段階では病院をねじ伏せての聴取は無理だ。……小柳が西崎事務所を訪れた翌日、野本も訪問している。「水」の書き込みと関連があるのか。

「そうそう、稲垣さんに城島君が抱いた疑問点も言われてたんだ。なんで小柳は今になって道具を隠し、それを探そうとする連中が動き出したのかって。源吾はどう見る？」

「追い続けて明らかにするしかないですよ」

「だよね」

「和歌さん、俺も気になる点があります」

船橋庵の領収印における差異を伝えた。

「まずは、船橋庵が領収印をいつから使っているのかを洗わないとね。二種類あるかも」

「ええ。それを確認した上で、陣内さんと再度会いたいんですが」

「え？　認知症気味なんだよね。何を訊くの？　ていうか、訊けるの？」

「試みる価値はあります。今からもう一度資料を見返して、何をぶつけるべきか練ります」

中澤は受話器をそっと置いた。インターネットで船橋庵を調べると、今日は定休日だった。領収印の件を問い合わせられるのは明日か。

臼井が息を切らし、台車を押して戻ってきた。

「全部持ってきました。倉庫に全てありました」

中澤は立ち上がり、台車から分厚いファイルを手に取ると自席に戻った。自分が作った資料だ。どこに何が書いてあるのかは憶えている。

陣内に関するページを開いた。経歴や役職、本人が語った懐古談も記してある。船橋庵の店員から仕入れた話もまとめてある。柿大福やハーフ羊羹など、今や店の目玉となっている商品が常連の陣内の要望で生まれたものだ、と。

中澤は陣内との会話を反芻しながら、文字を目で追った。

3

十月十七日午前七時半。霞が関の検察庁舎九階の空気は異様なまでに硬かった。中澤は高品検事室の重厚なドアを軽くノックした。どうぞ、と本人の無愛想な応答がある。

高品は執務机に前のめりになって新聞を読んでいた。吉見はいない。先刻、中澤検事室に来てもらっている。小柳が残したと思われる台帳の領収印見本と入手できた本物のリストの作成を、臼井と進めている。

高品が熱心に読んでいるのは今朝の政経新聞だ。中澤も自宅から持参した。また特ダネが一面アタマに大きく載っている。検察庁舎の空気を朝から凍らせている原因だ。中澤は改めて大きな見出しを目にした。

特捜部　入来衆院議員にもメス

中澤は自宅で一読していた。西崎の手ぬぐい配布問題から派生して、東京地検特捜部が入来も捜査対象にした、と記事にある。見出しは太い活字で、見た目のインパクトはかなり強い。それに比べ、肝心の記事は行数が四十行程度とさほど長さがなく、入来の具体的な容疑にも言及していない。できるはずがない。特捜部は入来を調べていないのだ。

高品はゆっくり顔を上げると、髪を左耳にかけた。

「なに、このありえない誤報。日本の報道はどうなっちゃったの」

「政経新聞の発行部数は五百万部を超えます。そんな大新聞が裏付けもとらず、一面アタマに特ダネを掲載しませんよ。誰かが出鱈目《でたらめ》を記者に耳打ちしたんでしょう」

その誰かが何者かを話すため、中澤は高品の検事室を訪れた。自宅で政経新聞の記事を読んでいると、答えが見えてきたのだ。

「候補は四人挙げられます。俺、和歌さん、本多さん、田室さん」

「もしかして、それってさ」

「ええ。捜査続行を渋る田室さんに本多さんが入来の名前を出して続行を決めた際、会議室にいた人間です」

「ちょい待ち」高品は政経新聞を指先で叩いた。「こんな誤情報だって表に出れば、事件が潰れかねない。捜査に携わる人間がわざわざリークする?」

「俺は真っ先に和歌さんを候補から外しました。いま仰った理由で、主任が外部に漏らすわけがない。次に本多さんも外しました。捜査を潰したいんなら、田室さんが渋った際に同意していれば済みます」

「それじゃ、私が源吾を外してあげる。今ここで捜査を潰したって、源吾には何のメリットもないし。考えられるのは、進まない捜査でノイローゼ気味になって大本の捜査を失くしてしまおうと思った、ってな具合なのに、見る限りぴんぴんしてるから。それに赤城の件もある。名前が表に出た余波で本人が追い詰められて、また自殺なんてされたら堪《たま》らないもん。ま、入来は図太そうだし、自殺なんか頭をよぎりもしないだろうね」

　高品は両肘をついて組んだ手に顎を乗せた。

「残るは田室さんか。あの人、捜査を止めようとしてたもんな。……ん? それなら入来の名前を出した際、捜査続行に同意したのはどうして? あわよくば自分も一枚嚙んで、実績に箔をつけようって魂胆だったんじゃないの」

「でしょうね」

　検事にとって国会議員——バッジの立件は何よりの勲章になる。個人的には勲章なんてどうだっていい。ただし、権力者の監視は検察にしかできない仕事だ。それも相手は政界の弁慶こと入来という大物。田室ならずとも、立件に色気を出すのも当然だと言える。

「源吾が挙げた容疑者候補は全員消えたね」

「ええ。実は思いついた一分後には、全員を候補から消しました。記者はヒラ検事への取材を固く禁じられているからです。厳密には本多さんはヒラ検事じゃないですが、記者が近づける相手ではありませんので」

地検の広報担当はナンバーツーの次席検事の役目だ。東京地検では今林になる。また、東京地検では特捜部部長の鎌形への取材も黙認している。記者がそれ以外の検事や事務官に接したのが公になると、当該社はしばらくの間、検察庁舎への出入りが禁止され、週に一度行われる次席レクへの参加も認められなくなる。したがって、よほどの勝負ネタでない限り、記者はヒラ検事に直当たりしない。割に合わないからだ。

「そっか。記者にしてみたら、耳にすれば捜査担当のヒラ検事への直当たりも辞さない大きなネタだけど、そもそも源吾、私、本多さん、田室さんからネタを引き出せない。んじゃ、誰が漏らしたんだろう」

「西崎を巡っては、何度も政経が抜いていますよね。資料の任意提出の件も、赤城の聴取のときも政経でした。それこそ、本多さんが今回の捜査とは全く無縁の入来の名をあえて出したワケ、という見方はできませんか」

高品の顔が引き締まった。

「リーク元を浮き彫りにするために？」

中澤は頷いた。本多は、田室に入来の名を持ち出した底意について、『じきにわかる』と含みを持たせた。あれは、こうして政経新聞が大々的に報じることを示唆したのではないのか。

「入来の名前が捜査線上にあがったと耳にしたのは、たったの四人です。本多さんの狙いだったとすれば、自分を除外して三人に絞れます。他にも各所で同じような罠を張っているのかもしれません。徐々に網を絞っていけます」

「だとしたって、源吾も結論づけたように入来の名が出た場にいた四人がリークした可能性は低いよ。もちろん、ゼロパーセントじゃないにしてもさ」

「四人じゃないんです。今回の捜査が潰れる、あるいは窮地に陥って喜ぶのは誰ですか」

「そりゃ、西崎本人だね」

「他には？」

高品は瞬きを止めた。

「なるほど。四人じゃない」

「田室さんは気脈を通じてます。田室さんが知らせたんですよ」中澤は少しだけ間を置いた。「赤レンガ派に」

赤レンガ派の地盤は法務省、いわゆる役所だ。役所は良くも悪くも現場ではなく、国会や政府の側を向いて仕事をする。それゆえ、不祥事が続いた特捜部を叩き、骨抜きにして弱体化しようとする政治家の動きに追随する論も出る。田室が赤レンガ派に属しているのは、中澤が誘いをかけられた一件からも明らかだ。では、田室は誰に知らせたのか。政経新聞が一面アタマを張った点を鑑《かんが》みれば、自《おの》ずとリークした人間は限られる。

「田室さんが内報した相手は今林次席でしょう。それなりの情報源じゃないと、政経新聞だって勝負に出られません」

「ったく、もう」高品は大きく息を吐いた。「そういや、なんで田室さんが赤レンガ派って知ってんの？」

「色々と面倒があったんです」

曖昧にぼやかした。不毛な派閥争いに高品を巻き込みたくない。

へえ、と高品は気持ちの良い笑みを見せた。

「デキる人間は苦労するね」

「デキる人間なら、とっくに特捜部で結果を出してますよ」

高品がゆるゆると首を振る。

「ううん。源吾の読み通りだとして、本多さんはどう出るんだろう。本多さんの意思だけとも思えないしなあ。やっぱ、黒幕は鎌形部長かな。食えない人」

特捜部を本気で立て直すべく、こちら側に介入するなという現場派からの警告なのか、それとも自身の基盤を揺るぎないものにする一手なのか。前時代的な聴取方法を是《ぜ》とする村尾や本多を副部長に据えた視点に立つと、まだ判断できない。

内線が鳴った。高品がもの憂げに出る。受話器が差し出された。

「臼井さん」

リスト作成は特にやり取りが要る業務ではない。何かあったのか……。

「検事」臼井はいつになく暗い声だった。「野本が病院で自殺しました。首吊りです」

中澤は啞然《あぜん》とした。臼井が続ける。

「数分前、病院に電話を入れたんです。そしたら自殺の事実が判明しました。看護師によると、午前二時から午前四時の間に首を吊ったんだろうと」

「その時間だという根拠があるんですか」

「ええ。夜中も二時間ごとに病室を見回っていたそうです。午前二時の時点で野本は看護師と簡単な会話を交わしています」

「面会謝絶の容態にもかかわらず、話せた？　それも午前二時に？」

「ええ、そこまでの病状ではなかったことを認めさせました。面会謝絶となった人間に首を吊れる体力があったのか、と問い質したんです。どうやら院長が担当医に面会謝絶とするよう申し付けていたそうです」

「よく病院側は認めましたね。虚偽の診断は何らかの法に触れるでしょうに」

「一気に捲くし立てたんです。返答如何では病院を捜査するぞ、と仄《ほの》めかして」

「なるほど。院長がそんな指示をした意図は？」

「すみません。そこまでは聞き出せていません」

中澤は一旦通話を切り、高品に事態を手早く告げた。高品が形のいい唇を歪ませる。

「これで三人目か。人が死に過ぎだよ。それだけ闇の根が深いんだね。野本と小柳がそれに関与してたんなら、政治団体海嶺会の役割は大きかったのかも。参った、痛いな」

「誰かを病院に至急派遣すべきです。押収できる品があるかもしれません。面会謝絶を申し付けた訳も気になります。野本担当でしたので、私と臼井さんで行きましょうか。院長にプレッシャーを与えるには、検事が出張《でば》る方が効果的でしょう」

「源吾は保奈美さんの件があるから待機して。九九パーセント連絡はなさそうだけど、残り一パーセントは無視できない。ただでさえ、ワシダ運輸の陣内専務に会いに行く時は地検を離れるんだし。ここは機捜班にお願いする。陣内さんにはいつ会いに行くの？」

「今日、アポを取ろうかと。野本の件で動きがあった場合に備え、ひとまず保留します」中澤は身を乗り出した。「海老名治にぶつかりませんか。海嶺会周辺で人間が死に過ぎてます。もし生きているなら、保奈美さん確保を最優先すべき時局を迎えているんじゃないでしょうか」

もし生きているなら——。自分が放った一言が喉の肉を削ったようだった。

「そうだね。私がやる」高品が受話器に手を伸ばす。「稲垣さんに、病院派遣をお願いしないと」

和歌さん、と中澤は声を張った。

「指名したい事務官がいます」

＊

中澤検事室には肌がひりつくような熱が満ちていた。城島はこれまで何度となく様々な検事の部屋に入っている。こんな感覚を覚えるのは初めてだ。

熱の発信源は中澤だ。野本が自殺した状況を語る口ぶりは整然としている。その奥に、芯に、核に熱源があるのだ。臼井は唇を引き結び、自席で控えている。

五分前、長屋で今日の業務をさらっていると、稲垣に中澤検事室に行くよう言われた。

中澤が椅子を後方に滑らせ、すっと立ち上がった。

「現状は申し上げた通りです。私が城島事務官を指名しました」

「なぜ私を？」

「俺が」いきなり中澤の物言いが砕けた。「石岡の腹の底を抉り出そうとした日から、状勢が慌ただしく動き出している。本当なら俺が出向きたい。それができない以上、ジョーに託したい」

現在の疑惑を解決できない者が、過去の疑惑を解き明かせるはずがない――。二人の間にそんな共通の一念が真に存在している、と城島にはわかる。中澤は自ら赴けば、相手を割れる確信があるのだ。だからこそ、同じ一念を持つ人間に託したがっている。私情からではなく、より確実性の高い途を選ぼうとしている。

中澤の眼差しがさらに強くなった。

「頼むぞ」

城島はあるかなきかに顎を引いた。

「任せておけ」

＊

中澤がワシダ運輸の捜査を振り返るために資料を読み始めて二時間後、高品から内線が入った。機捜班は病室で野本の手帳、携帯電話などを押収したそうだ。所轄署とは簡単に話がついたらしい。院長は名古屋に出張中で、まだ話を聞けていないという。

「午前二時に看護師と会話をしたって証言があったじゃない。今まではとっくに寝てた時間なんだって」

「起きていた訳があったと?」

「さあ、もう確かめようもないよ。いきさつがどうあれ、野本の携帯には午前二時十五分の着信履歴が残ってたの。非通知設定なんで、今、それを洗ってる。判明次第教えるから」

中澤は受話器を置くと、右手で頬杖をついた。午前二時過ぎの着信……。通信会社の協力があれば、たちまち相手は判明する。よほどの事情がない限り、通信会社の協力は得られる。

予想通り、ものの十分で内線が鳴った。

「わかったよ、佐倉市内の公衆電話だった」

中澤は全身に緊張が満ち、通話を切った。

佐倉? 偶然なのか? 陣内の居住地も佐倉だ。また、小柳らしき男が残した領収印の偽造見本と本物の差異同様、船橋庵の領収証にも微妙な違いがあった。実線ではなく、全てが破線で結ばれていく。陣内に絡む疑問は、もうひとつある。

中澤は陣内の手帳を広げた。

手帳には購入した和菓子の記載が目立つ。城島が引っかかった点だ。書き込まれた細かい文字からは几帳面な性格が窺える。この文字を連ねた人物が昨年以外の手帳を焼いた……。ガサで発見されていない現実がある半面、やはり不可解だ。過去の記録が何かに役立つことは容易に想定でき、普通なら数年分は保存しておく。認知症気味という面を考慮してもなお、本質的に鋭敏な頭脳を持つ陣内が、こんな簡単な予想をできないわけがない。

草餅、草団子、草落雁、大福、柿大福――。中澤は何度も目で追っていく。丁寧な筆跡だ。この点でも鷺田征太の回顧録にあった通り、陣内は言葉を大事に扱う人物だと窺える。戦争体験によって言葉の持つ力を敬い、恐れ、威勢のいい言い回しを嫌悪して、先人を見習って歌も嗜《たしな》んだ男。そんな人物が丁寧に細かく文字を書き連ねた手帳を捨てる？　それこそ閃《ひらめ》いた歌をメモしているかもしれない。押収品目にはないが、それ用のノートに書き写したのか？

ふっ、と脳の奥から歌にまつわる違和感が蘇った。

もう一度読んでみるか。中澤は段ボール箱から鷺田の回顧録を引っ張り出し、その場で陣内の作品が記されたページを開いた。

わらび餅　塩ひとつまみ　誰気づく

何度目を通しても、違和感を覚える。鷲田征太が自身の回顧録に、「私の名前を詠み込んでいる」「ユーモラスであり、社会風刺も利いている」と記した作品に。

この違和感の正体は何だ？　検討を加えるにも知識がない。特捜検事には広範囲の知識が必要だと痛感する。陣内は在原業平と吉田兼好を敬愛している。そこに何かヒントはないのか。自分にある僅かばかりの二人の知識は……、と学生時代に古文の授業で習った二人の和歌を思い返した。

直後、思考が音を立てて止まった。うろ覚えだが――。中澤は即座に、臼井に二つ調べものを頼んだ。

まずは五分後、臼井が何も問い返さずに印刷されたデータを持ってきた。

から衣《ころも》　きつつなれにし　つましあれば　はるばるきぬる　旅をしぞ思ふ

在原業平が「かきつばた」を句の先頭に詠み込んだ一首だ。次は吉田兼好の和歌。

夜も涼し　寝覚めの仮庵《かりほ》　手枕《たまくら》も　ま袖も秋に　へだてなき風

句の先頭だけを拾うと「よねたまへ（米をくれ）」となり、句の最後を逆から読むと「ぜに（銭）もほし」となる。

もう一度、陣内の作品を見る。「わしだ」と句の先頭に詠み込まれてはいるが……。

これが違和感の正体だ。在原業平も吉田兼好も詠んだのは和歌で、俳句ではない。それなのに陣内の作品は短歌形式になっていない。几帳面で、業平と兼好を敬愛する陣内なら短歌を詠むはずだ。すると、鷲田征太が回顧録に記したのは短歌の前段で、後段が存在し、そこには「せいた」が詠み込まれており、鷲田征太が言う「社会風刺」も隠れているのでは？

陣内の記憶にもあるはずだ。昔の出来事は鮮明に憶えていた。

しかし、陣内が詠んだ短歌がどうあれ、本筋とは程遠い線で、いたずらに思考を弄んでいるだけじゃないのか。

……時間はある。

ロッキード事件だって、ピーナッツという一語が突破口になった。どこに糸口が転がっているか予想はつかない。陣内も今回の案件の円環に含まれているのだ。自殺した赤城の義兄が営むウォーター・ウォーターは西崎に献金し、宮古市の震災復興事業現場に水を納入する有限会社海嶺会と取引している。その有限会社海嶺会を、宮古市の現場を仕切る元請けの新日本建設に紹介したのは、他ならぬ陣内。それに船橋庵の領収証も偽造だとすれば、その意図がある。頓挫した鷲田正隆の脱税の件で進展が望めるかもしれない。

中澤は以前、城島が分析した書類に目を落とした。昨年最も頻繁に購入されたのは、ヨモギを使った和菓子だ。特に草餅と草団子の頻度が多い。名物の柿大福と芋羊羹、ハーフ羊羹がそれに次ぐ。草餅、草団子、草落雁、大福、柿大福……。

陣内が名付けたシダイフク、ウヨウカン。独特の読み方にこだわりを込めたのか。言言には印があり、それを利用させてもらっていると言う男だ。

草餅、草団子、草落雁、大福、柿大福、豆大福……。商品系統ごとにリズムに乗って読み進められる。中澤は目を留めた。口の中で小さく音読してみる。

くさもち、くさだんご、くさらくがん。

だいふく、しだいふく、まめだいふく。

ようかん、うようかん、くりようかん。

四文字、五文字、六文字と商品別に等差数列のごとく文字数が揃っている。これが陣内の狙いか。カキダイフク、イモヨウカンでは六文字になり、等差が崩れる。……いや、陣内はハーフ羊羹という商品も提案している。七文字だ。押収目録を見る。何かヒントになりそうな書類はないか。

決算報告書の写し一部、物流センター建設計画書の写し一部、同稟議書《りんぎしょ》一部、会議録の写し、領収証百八点、卓上カレンダー一部、その他様々な書類の数々――。ワシダ運輸の専務室も捜索対象となっていた。陣内関連の押収書類も多岐に亘る。これに目を通し直すとなると、またかなりの時間を浪費する。『池波正太郎作品集』、『萬葉集事典』、『ポー傑作集』といった書籍類も片っ端から押収している。中澤も目を通し、特にそれらに書き込みがなかったのを確認した。

その時、一つの記述が目に飛び込んできた。

草鳥堂短歌集　一冊。

中澤は奥歯を噛んだ。しまった。迂闊《うかつ》だった。書き込みがないか閲読しながらページを捲っただけで、すべての作品に目を通していない。素養の乏しさゆえ、一つ二つ拾い読みした短歌がいかにも素人臭く感じた歌集だ。中身に比して、装丁がやけに立派だった。

これは、先代の海老名が編纂した短歌集ではないのか。陣内は海老名が主宰した結社はメンバーが三人だけと言っていた。先代の海老名と鷲田、そして陣内では？　数は合う。三人の濃厚な結び付きを鑑みれば、十分にありうる。鷲田が回顧録に記した陣内が詠んだ「わらび餅」の歌も掲載され、後段が読めるかもしれない。……わらび餅も和菓子。

中澤は弾かれたように立ち上がり、臼井が倉庫から運んだ段ボール箱から草鳥堂短歌集を探した。

臼井は自席で電話をかけていた。今しがた頼んだもう一つの調べものだ。

＊

野本が入院していた早坂総合病院の無機質な応接室に、無言の時間が流れた。城島は大きなテーブルを挟んで、年配の院長と事務局長と対座していた。スーツに白衣をまとった院長は居心地悪そうに押し黙っている。左隣の事務局長もハンカチで額の汗を拭いたり、院長の動向を横目で窺ったり、そわそわと落ち着きがない。

十五分前、院長が出張先の名古屋より戻ってきた。『特捜部が来た』。そう注進があったのか最初から顔は青かった。院長は野本の病状などを、協力的に説明してくれた。すでに臼井が割ったように、面会謝絶にするほどの病状ではなかったと素直に答えてもいる。病院として入院患者を面会謝絶にするのは本人の意思ではなく、病状だけが基準だとも言った。だが、城島が放ったたった一つの質問が、彼ら二人が口を閉ざす要因となった。

どうして面会謝絶にしたのですか――。

城島は大柄な院長をじっと凝視した。茶色い染みと深い皺が刻まれた院長の皮膚には、ついさっきまでなかった汗もうっすら滲んでいる。城島の右隣では相方の事務官も黙って視線を院長に注いでいる。

「もう一度伺います。野本さんを面会謝絶にした理由を仰ってください」

「いや、あの、それは……」

院長はぼそぼそと呻くだけだった。事務局長は目を泳がせ、あからさまなほど狼狽《うろた》えた様子で院長に対応を任せている。

「では、誰が決定したのですか」

「私です」

院長はうつむき、か細い声で言った。

「面会謝絶措置の経緯を教えて下さい」

「患者さんのプライバシーに関わりますので」

院長はまた口を閉じ、事務局長はハンカチで額をおずおずと拭き始めた。このままではらちが明かない。

「私たちが令状を持たずに病院を訪れた訳はわかりますか」

返事はない。城島は淡白な口つきで続けた。

「大事にしては、患者さんたちを不安にさせ、容態に悪影響を及ぼすかもしれないからです。我々も仕事です。お話し頂けないようであれば、正式な手続きを踏み、病院を隅から隅まで調べるしかありません」

「それはちょっと……」と院長は顔を上げた。眉を寄せ、不安そうだ。

「病院には病院の理屈があるように、我々には我々の理屈があります。我々の心遣いを退けられてしまえば、避けられない成り行きです」

事務局長が不安げに院長を覗き込んだ。特捜部が大々的に動けば、大きく報道される。報道されれば、治療に不備がなくとも評判に響く。少々脅しめいた言い方をしたものの、院長がここで話さないと、特捜部は城島の言った通りに動くだけだ。

城島は睨むように院長を見つめた。しきりに瞬きして、呼吸も浅い。内心が揺れているのが見て取れる。もう一押しか。城島は少し腰を浮かせた。

「我々も暇ではありません。すぐ帰庁し、捜査の手続きをして参ります。その際は患者さんの病室にも立ち入ります」

院長が弱々しく右腕を上げた。

「お待ち下さい」

「時間は無駄にできません」

城島はにべもなく切り返すや、立ち上がった。隣の事務官もすっくと腰を上げる。

院長も慌てて立ち上がった。

「お座り下さい。申し上げますので、どうかもう一度お座りになって」

院長は通せんぼさながら両手を広げ、懇願口調だった。

城島は一拍の間をあけ、静かに椅子に座り直した。相方の事務官も続く。院長は力なく椅子に腰を落とした。口をもごもご動かし、なお言いあぐねている。城島は微動だにせず待った。先ほどの一押しは確実に効いている。

「依頼があったんです」院長は喘ぐように大きく肩を上下させた。「海老名議員から」

ここでまた海老名の名が出た――。

「海老名治議員ご本人からですか」

「はい」

「ご関係は？」

「ある方を通じてパーティーでお会いして以来、その政治信条に共鳴して、妻名義で東京支部に寄付しております」

「ある方とは？」

一瞬、院長は言い澱《よど》むも、意を決した面持ちで口を開いた。

「ワシダ運輸の陣内専務です」

城島は息を呑んだ。

「野本さんが入院されたのも海老名議員の紹介ですか」

「いえ、秘書の方から相談がありました。病室を一室提供してくれないかと」

「相談してきた秘書の名前は？」

「石岡さんです」

城島は反射的に身を乗り出しそうになった。臼井曰く、自分を尾行してきた奴と雰囲気が似ている男……。

4

次は自分の番だ。中澤の胸には、城島に負けまいという気持ちが満ちている。城島は見事に早坂総合病院で重要な供述を仕入れた。

中澤の正面では、高品がしきりに左耳に髪をかけている。明らかに高品は不本意なのだ。

高品検事室に二人でいた。臼井と吉見は中澤の検事室で待機している。五分前だった。城島の知らせを受け、まさに中澤が検事室を出ようとした時、内線が鳴り、それは高品からの呼び出しだった。

ノックもなくドアが勢いよく開き、田室が甲高い靴音を響かせて入ってきた。

「入来の件はどうなった？」

「どうもなっていません」

高品がきっぱりと弾き返すと、田室は高品をねめつけた。

「新聞にもでかでかと報じられたんだぞ」

「それが何か」

「なんで調べない？」

田室の語気は硬く、鋭い。かつて中澤が神戸地検から特捜部の応援に入った際、『適用すべき法律が違うのでは』と提案した時のように。一方の高品も真顔のまま対している。

「嫌疑はありません」

田室が目を微かに挟めた。

「どう落とし前をつける気だ？」

「何の落とし前でしょうか」

「入来の件だ。あれだけ大きく報じられたら、特捜も動きを見せるべきだろう」

「報道なんて知ったことじゃありません。我々は我々がすべき仕事をするだけです。入来を調べるだけの材料がない限り、動く必要はありません」

田室は滑らかな足取りで高品の執務机の前に立ち、ガンッと拳を机に力任せに叩きつけた。派手な動作とは裏腹に、凍《い》てつくような声が発せられる。

「政治家なんて叩けば埃が出る。さっさと取り掛かれ」

「あなたの指図を受けるいわれはありません」

「総括の意向を無視する気か」

ええ、と高品があっさり撥ねつけると、田室は隙のない目を中澤に向けた。

「君がやれ」

中澤はうんざりした。性懲りもなく、まだ手駒に使おうという魂胆らしい。

「私は、田室さんのテカではありません」

「そう言わず、私に従っておけ。これがラストチャンスだぞ」

「入来を洗うのは時期尚早です」

数秒睨み合ったままでいた。

「いいかね」突如、田室の面つきが和らいだ。「目上の人間の助言は聞いておくもんだ。君にとっても悪い話じゃない」

懐柔を狙ったのか、声色まで柔らかい。高品より組みやすし、と踏まれたのだ。中澤は喉に力を入れ、荒ぶりそうな声を抑えた。

「私の返事は変わりません」

「君は自分の判断が絶対に正しいと言えるのか」

「いえ。先般、友人に指摘され、自分を疑う大切さを痛感しました。同じ理屈で、上の判断を妄信するのも危険だと言えませんか」

そこまでだ――。冷ややかな声が中澤の背後でした。

「田室君。ドアが開いたままだぞ」

田室の肩越しに、仏頂面の鎌形を中澤は見た。その傍らには本多が控えている。

「誰に命じられたのかは知らんが、特捜部の捜査に首を突っ込む気か？」

鎌形の一言に、田室は肩をすくめた。

「私は誰の命も受けておりません。それに首を突っ込むのが私の仕事です。今回の一連の流れで入来の名前が出たと聞いています。マスコミも大々的に報じてしまった以上、入来側が証拠隠滅を図る前に捜査すべきだと主張したまでです」

鎌形はガラス玉然とした目つきで田室を見据えている。

「本多、俺の耳には入ってないな。捜査線上に入来の名前が出ているのか」

「いえ」と本多が控えめな声で応じた。

「バカな」田室が目を剝いた。「入来の名前が出たと仰ったじゃないですか。高品も中澤も、将来を賭けて捜査していると」

「そうだったか？　じゃあ、言い間違いだな」

本多がこともなげに言うと、田室の顔はみるみる紅潮した。嵌められたと確信して、腹の底が煮え立ったのだろう。田室は上を目指して、聴取でもスーツを叩きつけたり泣いたりと計算高い行動をとってきた。それがここで狂った。田室は、異変を察した今林に何とかしろと急き立てられたのだ。今林は朝駆けの記者連中が見せた反応で齟齬《そご》を気取ったに違いない。

「そういうことか」鎌形が平然と目を狭めた。「今朝はいつにもまして報道各社の朝駆けが凄くてな。中には政経新聞もいた。政経以外の記者は血走った目で入来の件を捲くし立ててきたよ。私はそんな事実はないと一蹴し、もし書けば誤報になるとも言ってやった。政経の記者はやけに青い顔をしていたな。どうやらしかるべき立場の人間が、入来を捜査していると伝えたらしい。夕刊には政経新聞の後追い記事は出ない。新聞は後追い記事がないと、本物の特ダネとはされんらしいから、政経の記者は今頃生きた心地がせんだろう。まさに恥晒しさ」

特捜部長がありえないと断じたのだ。報道各社は夕刊での後追い記事掲載を見送る。たとえ今林が入来捜査を認めていようとも。

「恥晒しといえば、ありもしない捜査を報道にリークした誰かさんもだな。責任問題に発展するのは間違ない。当然、しかるべき人物に耳打ちした人間もだ」

田室の頬が引き攣《つ》った。鎌形のポーカーフェイスは揺るぎない。

「洗おうと思えば、漏洩ルートは簡単に洗える。さて、どうするか。どうせ検察への風当たりは強い。今さら一人二人の失態が明るみに出ても大勢《たいせい》に影響はない。むしろ膿《うみ》は早いうちに出してしまった方がいいのか」

予想通りだ。政経新聞へのリークが相次いだため、元凶を特定するべく本多が一芝居打った。その黒幕が鎌形だった。今林、田室ラインの弱みを握り、どう使うか思案すると宣言したのだ。赤城が自殺した際、中澤は鎌形に、今林の前でかなり追い込まれた。あれは今林の出方を窺っていたのだろう。それが今回の芝居にも繋がった。

「いいか」鎌形は落ち着き払ったまま続ける。「どこを向いて仕事をしようと君の勝手だ。ただし、捜査を潰す気なら私は容赦しない。覚悟しろ」

田室は黙したまま、身じろぎもしない。数秒あった。

「聞こえなかったのか？　君は今、我々の捜査を邪魔している。とっとと消えろ」鎌形は切って捨てるようだった。唇を噛み締めた田室が足早に出ていくと、鎌形はその場にいる者を目玉だけ動かして睥睨《へいげい》した。

「邪魔はこれで入らん。さっさと次の仕事に取り掛かれ。高品は何をする予定だった？」

「任意で海老名議員の聴取を。彼が政治団体海嶺会の野本を面会謝絶にしたとの報が機捜から入りましたので。以前、議員は中澤検事の聴取で、政治団体海嶺会を知らないと答えています。それが虚偽証言だった可能性が高く、真実を言わなかった要因があるはずです」

「時間は確保できたのか」

「ええ。午後五時から一時間。それまでは捜査状況を精査して、問い質す事項の練り上げを」

「中澤は？」

「ワシダ運輸の陣内専務の聴取に佐倉に向かいます」

「ほう」鎌形は興味深そうに顎をさする。「君にとっては因縁の相手か。今回の件、陣内は鍵を握っていそうなのか」

ワシダ運輸社長の脱税疑惑に関する捜査を止めたのは、他ならぬ鎌形だ。しかし皮肉めいた素振りはない。

「現段階では断言できません。当たる価値ならあります」

「君の勘か？」

「ええ。勘と言ってしまえばそれまでですが」

「勘は馬鹿にできん。それも特捜検事の勘ならとりわけな」

鎌形は毛ほども顔つきを変えなかった。

中澤は目礼し、高品検事室を飛び出した。


午後二時半、中澤は臼井と佐倉市にいた。佐倉城址公園のこんもり茂る森や街路樹の葉は赤や黄に色づき、時折吹き抜ける風は涼しいというよりも、もう冷たい。

陣内は在宅しており、今日も陣内の妻、桐に案内され、客間に通された。客間に至るまでにある本棚には、背表紙が日に焼けた古い歌集が多く並べられていた。前回、前々回は気にも留めず、目につかなかった。

見事な一枚板のテーブルを前に、中澤は臼井と厚い座布団に座った。庭の柿の実はすっかりオレンジ色になっている。床の間には以前とは異なる水墨画と、二種類の花が花瓶に活けられていた。どうも室内の空気が以前と違う。季節の移り変わりによるものか、何か別の原因があるのか。

「気配が微妙に異なっていませんか」と中澤は小声で尋ねた。

「ええ、何かちょっと……」

言いかけたところで桐が入ってきたので、臼井は口を閉ざした。桐の手で温かい茶が目の前で丁寧に淹れられた。桐が入り口近くにちょこんと正座してほどなく、厚めの生地で仕立てた和服を着た陣内が入ってきた。今日も陣内の眼光は鋭く、背筋もしゃんとしている。

「お会いするのは三度目ですな」

座るなり、陣内が嗄れた声を発した。幸い、意識は現在にある様子だ。

「何度も恐れ入ります」

「なに、暇を持て余した死にぞこないですからな」

どこからどう切り込むか。中澤は束の間思案を巡らせた。意識が明瞭なうちにまずは――。

「陣内さん、市谷の早坂総合病院をご存じですか」

「ええ。懇意にしております」

「院長に海老名治議員を紹介されましたか」

「そうそう、海老名議員のパーティーで紹介しましたよ。何かの会合で知り合い、折々話す間柄になり、政治にも興味があるようなのでパーティーに誘ったんです」

院長と海老名に面識がある傍証はとれた。次は――。

「船橋の和菓子店、船橋庵で和菓子を頻繁に購入されていますね」

「ええ。あそこは老舗で、味もいい」

「陣内さんが手にした船橋庵の領収証は、全て店から受け取ったものですか」

「はて」陣内はゆっくり小首を傾げた。「質問がさっぱり呑み込めませんな」

「文字通りです。陣内さんが手に入れた船橋庵の領収証は、全て船橋庵が発行した領収証なのかという質問です」

「それは、そうでしょうな。むしろ他に種類があるのですか」

中澤はあえて一拍の間を置いた。

「例えば、偽造された領収証だったとか」

陣内の面色は変わらない。

「なるほど。ただ、突拍子もない意見ですな」

中澤は鞄からコピーした二枚の領収証を出し、一枚板のテーブルにそっと置いた。

「どうぞ手に取って下さい。どちらも発行者は船橋庵となっています」

失礼、と陣内が少し身を乗り出して、紙を手に取った。

「お気づきになる点はありますか」

陣内は瞬きもせずに顔を近づけたり遠ざけたりと、二枚を見比べている。

「さて、私にはどうも」

「領収印の輪郭をご覧下さい。一枚は先日我々が商品を購入した際に貰った領収証です。もう一枚はワシダ運輸本社の陣内さんの机から押収したものです。違いはおわかりですか」

「さっぱり」と陣内は紙から目を離さずに言った。

「一方の領収印の輪郭は鋭利で、もう一方は丸みを帯びた線になっています。本物の印は丸みを帯びた線です。昭和五十年代から使い続けているゴム印が摩耗した結果、このような線になったんでしょう。丸みを帯びた線の方が、我々が貰った領収証です」

陣内は悠然と顔を上げた。眼光はさらに鋭さを増している。

「では、私が所有していた領収証は偽物だと？」

「ええ。店にある印は一種類でした」

臼井に頼んだ仕事だ。中澤が草鳥堂短歌集をチェックしている際、臼井は開店したばかりの船橋庵に電話を入れていた。

「偽造領収証の入手過程をご説明下さい」

「私が知りたいくらいです」

戸惑う素振りもなく、陣内は深沈と言った。

「小柳義一氏をご存じですか」と中澤は小柳の漢字も続けて説明した。

「さて」

「杉森重吉氏はご存じですか」と中澤は先ほどと同じく杉森の漢字を説明した。

「さて」

「では、四木という名前に聞き憶えはありませんか」

陣内の目が不意にとろんと曇った。まずい。昔話に入る予兆だ。

「小柳、杉森、四木。このどれかの名前に聞き覚えはありませんか」

陣内の返答はない。こうなったら、確かめられそうな要素に的を絞ろう。

「わらび餅　塩ひとつまみ　誰気づく。この歌を憶えていらっしゃいますか」

ふっ、と陣内の目に一筋の光が走った。

「陣内さん」中澤は押し込むように付け加えた。「歌の続きを教えて頂けないでしょうか」

室内が沈黙に包まれた。四人の微かな息遣いだけが重なっていく。

「桐、あれを」

声はしっかりしていても、陣内の目からとろんとした曇りは消えていない。部屋の隅にいた桐がそろりと立ち上がり、しばらくして、しずしずと戻ってきた。一冊の年季の入った本を小脇に抱えている。その本が陣内に手渡された。革張りで、厚さは一センチ程度だ。表紙には草鳥堂、と金文字が印字されている。ワシダ運輸の専務室で押収した草鳥堂短歌集と同じものだ。中澤は入念に読み込み、仮説を立ててきた。それが正しいとすると――。

「これは我々が道楽で作った自作の短歌集です」陣内は表紙を、続いてページを慎重な手つきで捲った。「ここですな」

陣内が開いた本を中澤の方に差し出した。中澤は受け取り、目を落とす。

わらび餅　塩ひとつまみ　誰気づく　政治同じ図　正せよその身　堂

あらかじめ読み解いていた解釈を、中澤はおさらいする。政治の「せい」と、正せよの「た」を合わせると、句の頭で「わしだせいた」と詠み込まれている。先代の鷲田が回顧録で記したようにユーモラスであり、社会風刺が入っている。短歌の世界は門外漢で、歌の良し悪しに見当がつかない。先人たちの歌が持つ優美さとは方向性が異なり、無骨な社会派短歌と言えばいいのか。

「いつ頃の作品集ですか」

「昭和三十年代から四十年代にかけてですかな。まだまだ私も若かった頃です」

陣内は眼鏡の奥で懐かしそうに目を細めた。先代の海老名はもう衆院議員となり、ワシダ運輸も規模を大きくしていた頃だ。

中澤は先頭のページから順番に捲っていく。どのページにも四首ずつ印刷され、各短歌の後に必ず「草」「鳥」「堂」と記されている。他に種類はない。

「歌の後にある『草』や『鳥』とは、何を表しているのですか」

予想はついている。本人の口から引き出したい。

「詠んだ人間の号です。俳句ほど一般的ではないが、短歌の世界でも号を名乗る場合もありましてね。まあ、若気《わかげ》の至りと言えなくもない」

「では『堂』が陣内さんですね」

「ええ。銀三郎の銀から銅を連想し、他の号の結びとなるよう堂としたんです」

「草と鳥はどなたの号ですか」

　陣内が眼鏡の縁を悠然と上げる。

「草が海老名、鳥は鷺田です。言葉遊びみたいなものですな」

「海老名さんとは先代衆院議員の？」

「ええ。鷺田の解説は不要でしょう」

　鷺田征太の「鳥」は理解できる。かたや海老名の草とは一体……。中澤は草鳥堂が各自の号だと予想し、消去法から海老名が草だと踏んでいた。

「海老名さんが草と名乗ったのはどうしてですか」

「元々は佐倉出身の男です。佐倉の中に『く』と『さ』が含まれており、草も鳥も号に使うのに似つかわしい語句ですので。春に咲く桜では芸がないですしな」

　陣内が照れ臭そうに額をぽんぽんと叩いた。中澤は再び「わらび餅」の短歌が印字されたページを開いた。

「わらび餅の歌は、沓冠《くつかぶり》ですね」

吉田兼好が用いた技術だ。検事室で検証してきた。句の頭だけを読むと鷲田征太となり、句の最後だけを後ろから読むと……。

みずくみち。水汲み地、ここでも水――。

自殺した赤城の卓上カレンダーに小柳が書いた一文字。海老名、有限会社海嶺会、陣内を緩やかに結びつける物質。「鷲田征太、水汲み地」とは……。

「ほう」陣内が目を細める。「よく見抜きましたな」

「水汲み地、とは何を言わんとしているのですか」

中澤は頭にある仮定を、おくびにも出さなかった。

「水は人間の生活には欠かせません」

「つまり?」

「今少し思案すれば、中澤検事なら感づくでしょう」

さりげないひと言に、中澤は戦慄にも似た衝撃が背筋を走り抜けた。陣内の意識は飛んでいない。中澤、と平然と言った。向き合う人間をきちんと認識している。もしや、この男は意図的に違う世界へ……待て。今は歌に隠された解釈――歌心だ。この歌に秘められた意は――。

庁舎で読み込んだ末に導き出した筋立てと暗喩《あんゆ》を中澤は反芻した。まずはその大前提をぶつけてみるか。

「この短歌は、三人の役割や関係性を詠み込んだのでしょうか」

歌に入れ込まれた鷲田征太。水汲み地の水が何を表すのであれ、鷲田はその水源という意味だ。政治は、すなわち海老名。そして作者は陣内で、いわば実務役の示唆とも言える。

陣内は口元を緩めた。この人物の笑みを初めて見た。

「ご明察。失礼を承知で申し上げます。まさか検事さんが読み取るとは意外でした。汚職や疑獄事件を扱う特捜部の方は数字にはお強くても、文学系の頭はないのかと」

「私は世間的な特捜検事として失格ですね。数字にも弱いですし」

「文化がお好きで？」

「いえ、縁遠い世界です」

「だとしても見抜いたんだ。たいしたものです」

陣内はじっと腕を組み、試すような眼差しをこちらに注いでいる。このまま炙り出していくしかない。この短歌の肝である『水』の本意を。

わらび餅に、異物の塩をひとつまみ入れても誰も気づかないのと同様、政治が悪い方向に動き出したとて誰が気づくだろうか。ゆえに、政治家はその身を律しろ——。

歌の大意は合っているはずだ。吉田兼好が残した沓冠の和歌は、秋になった物寂しさと物質的窮乏が、歌の字面と含意で表されている。陣内の歌も内容と沓冠に関連があるに違いない。

政治家が道を踏み外さないために鷲田が水汲み地となる……。歌の大意と照らし合わせると、水汲み地は暗喩と捉えるべきだろう。政治家の在り方を詠んだ歌に使われた水という単語。政治に欠かせないもの——。

「鷲田さんが海老名議員に政治献金するという意味ですね。だから金で転ぶような無《ぶ》様《ざま》な政治家になるな、という歌心では？」

鷲田の回顧録にはこう書かれている。『陣内と組んだ当初、彼のアイデアにより闇市で扱う商品や食料、金を隠語で語り合った』。かつて使った隠語を、暗喩として詠んだのではないのか。

陣内の眼光に鋭さが戻った。突き出た喉仏が動き出す。

「私の世代は国に複雑な感情を抱かざるを得ない、と話したのを憶えていますか」

「ええ」

「私らはね、昨日まで『この戦争はアジアを欧米から解放するいい戦争なんだ、君たちも早く成長して天皇陛下のために戦い、見事に死んでいくんだ』と目を吊り上げて熱弁をふるった教師や政治家をはじめとする大人たちが、日本の降伏を境に、したり顔で『先の戦争は悪い戦争だったんだ』と臆面もなく語り出す有様をまざまざと見たんです。中には『神国日本は負けない』と悪あがきする連中もいましたよ。どちらも自分のアタマでは何も考えられん、イワシの頭を信じる輩に過ぎません」

陣内は間をとるように湯吞を唇にあて、ゆったりと飲んだ。湯吞が穏やかな手つきでテーブルに置かれる。

「威勢のいい謳い文句、耳触りのいいスローガン、政策を推し進めるために旗印にした美名、玉虫色の発言。それらは絶対に信じてはいけない。特に日本のかじ取り役を担う政治家の発言には注意を払わねばなりません。その先には焼け焦げた遺体があちこちに転がる世界が待っている」

陣内は重々しく細い腕を組んだ。

「国民は政治家の首根っこを押さえておかねばなりません。おかしな振る舞いをした時は即刻引っこ抜き、挿《す》げ替えるためにね。いつも監視しているぞ、水を止めるぞ、と手綱《たづな》を握っておくんです。手綱とは金です。政治献金する企業や個人を政治家は無視できません。支持母体の意に沿う政策しかやらない馬鹿もいますがね。『金を払ってるから』と自分たちの要求を押しつける支持者側も自己利益しか頭にない馬鹿者です」

「ワシダ運輸や陣内さんの個人献金は、政治家の行動を縛るための手綱だと？」

「ええ。国民の大部分は日々の生活に追われ、政治に関心を持っている暇はない。政治家が国民の頭を空っぽにするため、経済成長を絶対正義として洗脳したんじゃないのかと、勘繰りたくなるほどです。だったら余裕のある人間が手綱を握っておかねばならない。ですから海老名だけでなく、有力な政治家に献金を続けております」

その手始めが先代の海老名だったのか。三人で短歌集を作る間柄で、年齢も近い。はたと思考が止まった。

「先代の海老名氏が鷲田氏の回顧録でたびたび登場する、匿名の恩人なのでは？」

陣内の家には三台の自転車が写った集合写真が飾ってある。あれは先代の海老名も時折、鷲田と陣内の仕事を手伝った証拠、あるいは同志であることの象徴ではないのか。

「そうです。彼は元々、地元の殿様に仕えた家老の家系でしてな。戦中、何もかも失った私にとっては恩人でもある。鷲田と国政に出ろと背中を押したんです。空襲を受けた佐倉はもちろん、国自体を豊かにしたい、復興させたいという願いもありましたから」

青年特有の青臭い熱情だ。自分も、いまだ青臭い。いかに今この瞬間を充実させるかに重点を置く現代で、過去にこだわって生きている。それゆえか陣内が語る理屈も、青年特有の青臭い熱情を維持している点も理解できる。だが……。

陣内はゆるゆると首を振った。

「それでは、戦後この国は変わったのかと問われれば、返す言葉がありません。我々世代の力不足です。私の感覚では、以前にも増して周囲が右を向けば右を向く国になり果てました。政府は管理しやすい世の中でしょう。恰好さえ整えてしまえば、国民は政策や事業の中身を気にしないんです。あとはやりたい放題、仲間内で食い物にしてしまえばいい」

中澤は陣内の発言に引っかかりを覚えたまま、この一連の捜査で僅かに触れた、東日本大震災復興事業の杜撰《ずさん》さを想起した。あれも復興事業という大看板の陰で起きた愚行だ。事後確認しない国民の側にも責任はある。

陣内が深い溜め息をついた。

「我々世代がいかに口酸っぱく言ったって、戦争経験のない世代には、政治家の失政が招く壊滅的な国家的危機を実感として理解できるはずもない。脳裏をかすめる機会すらないでしょう。骨身に染みている人間が手綱を握るしかない」

いる。しかし、有力な政治家ほど献金企業や個人も多い。寄付金には上限額も定められているには止まらないだろう。もっと太く、強烈な手綱が要る。……自分が陣内の立場にいれば、講じるべき手立ては一種類。

ワシダ運輸や陣内が献金をストップすると臭《にお》わせても、暴走する政治家は簡単

物証だ。陣内ならただ憂うだけでなく、相手が言い逃れできないよう、必ず証拠を残しておくはず。陣内の前に置かれた領収証の写しが目に入った。

中澤は陣内を見据えた。客間には桐と臼井もいるにもかかわらず、陣内と二人で相対している心境だった。全身でぶつかるように腹を固める。

「腕のいいB勘屋が仕立てた偽造領収証が、裏金の帳簿代わりですね。陣内さんの手帳に記された商品と照らし合わせれば、誰にいくら渡したのかがわかる仕組みです」

「ほう」陣内は顔色を変えない。「と言いますと？」

「草餅、草団子、草落雁。これは海老名議員への闇献金と額を示しているんです。鷲田征太氏の回顧録には、陣内さんが『言言——一語一語には印があり、我々はそれを使わせてもらっているのだ』と仰ったとある。今回も陣内さんは和菓子の名が持つ印を使い、献金額を示した。計算式はこうです。船橋庵の和菓子は一個百十円、百三十円など百円が基礎単位でした。この事実と海老名議員を示す『草』の和菓子名、およ

びその文字数、いわば印を掛け合わせたんです。文字数はゼロの数を、四文字ならゼロが四つで一万を、五文字なら十万を示している。つまり草餅一個なら、百×一万×一で百万円を表し、草団子二本なら二千万円を表現できます」

草鳥堂短歌集の号と、陣内の言葉を尊ぶ性格から導いた推察だった。草が海老名を指すのなら、同じ「草」の入った和菓子名を利用する案を思いついたのでは、と。ロッキード事件ではピーナッツ一個を百万円の意で使ったように。それがシダイフク、ウヨウカンと五文字で揃えた名付けや草落雁という他店ではお目にかかれない商品が生まれた要因ではないのか。

「私はあの店で大福や羊羹も買いますよ」

「それも誰かの符牒《ふちょう》でしょう」

草が佐倉――サクラの海老名を言い表すなら、大福――ダイフクに含まれる文言も誰かを示すはず。まず想定されるのは福井《ふくい》の政治家だ。ダイフクには「フクイ」の三文字が含まれる。ただ現状、福井選出で大物と呼べる議員はいない。どれも小粒で、手綱を引き締める対象に選ばれるとは思えない。では、「フク」が入る福島はどうか。やはりどの議員も小粒で、海老名に匹敵する議員はいない。

となると残すは福岡――。超大物がいる。

「大福系は民自党の馬場氏のことでは？　サクラのサクがひっくり返って草を示すなら、大福のイフクは『フクのイ』、つまり福岡一区を表しているのでしょう」

「羊羹は？」

陣内は返事ではなく、間髪を容れず質問を返してきた。

ヨウカン。この四文字の響きで直ちに連想できる地名は、千葉の八日《よう か》市場《いち ば》市。とはいえ、選出されている議員は若手で、馬場はおろか、海老名の足元にも及ばない小さな存在だ。

羊羹、芋羊羹、栗羊羹。……ハーフ羊羹。

「政界の弁慶こと入来議員ですね。彼は三重県四日市市が入る選挙区選出です。解読の鍵は、陣内さんが開発を求めたハーフ羊羹です。羊羹にはヨウカすなわち八日と入っていて、その半分は四日。これで三重県四日市市を表せます。いみじくも四日市は選挙区が二つに分かれていますし、入来議員は三重二区選出、すなわち四のハーフです」

「中澤検事、いずれも言いがかり、こじつけの域を出ない推測ですよ。和菓子から地名及び政治家名を連想した共通点はあっても、導き出す法則が一定でない」

中澤は静寂の際立つ小さな間を挟んだ。一瞬だけ時が止まったようだった。

「むしろ共通点がなく、こじつけの方がいいんです。和菓子名に献金先や献金額を埋め込む法則が一定である必要もありません。裏帳簿代わりの偽造領収証と手帳のメモが誰かの手に渡り、仮に羊羹が持つ裏の意味を解明されたところで、大福や草系統のそれを簡単には解き明かせませんから。そもそも、今回私が導き出した草系統の和菓子ひとつの解明だって難しいんです。草が海老名議員という鍵、船橋庵の偽造領収証という鍵、陣内さんの手帳に細かく和菓子について記されていた鍵、短歌で政治と金を語っていた鍵、陣内さんが言葉を大切にする方だという鍵。そういった様々な鍵を色々な人間が集め、ようやく辿り着けたんです。全てが繋がっていて、且つ繋がっていない見事な仕組みです。陣内さんにしか思いつけません」

「だとしても、推測を証明できますか」

「いえ。経済事件、裏金の立証には物証を裏付ける証言が不可欠です」

「率直ですな」

「検事は物事をありのままに見るべきですから」

なるほど、と陣内が鋭いままの視線を庭に向けた。中澤もつられ、見た。柿の実がなる枝で一羽の小鳥が羽を休めている。その枝が風で揺れた。

陣内の目が悠然と戻ってくる気配があり、中澤も正面に向き直った。陣内の落ち着き払った声が会話を再開させた。

「検察も官僚機構ですから、中澤検事のようなタイプは生き辛い世界ですな。内部闘争もあるでしょう。赤レンガ派と現場派の対立とか」

「どんなに生き難かろうと、身を投じた世界で生き抜くしかありません」

「いい心がけです。この歳になっても、自分のいる世界は住みづらい。私も何度となく、どこか違う世界に逃げたいと思ってきた」

「逃げていた、とも言えませんか。認知症を装っていたのは、意思疎通を図りにくい病気を口実にすれば、会いたくもない人間と会わずに済むからでは？」

陣内は僅かに眉を上下させた。

「散々、虫が好かない連中と付き合ってきた人生も終盤です。多少の身勝手は許されるでしょう」

「私は会ってもいい人間だと？」

「ええ」陣内は口元だけで薄く微笑んだ。「あなたは、どうして検事になられたのです？」

「個人的な事情からです。別に正義感が旺盛《おうせい》だったのではありません。むしろ私には正義とは何か皆目見当がつきません。失われた一人の命のために検事となっただけです」

陣内が腕を解いた。着物の袖がゆらゆら揺れている。

「中澤さんは託すに値する人物とお見受けしました」

「託すとは何を？」

中澤は問いかけながら全身が緊張していた。客間の空気が引き締まる。

それは、と陣内はさあらぬ体《てい》で言う。

「ワシダ運輸の年間三億円以上の脱税および、各政治家への年間一億円を超える闇献金の内幕をです。手綱を中澤さんに託しましょう」

5

じりじりと胸の奥底が焼けるような焦燥感を覚えていた。城島は自席で無意識に腰を上げ、座り直した。

「落ち着かないな」

斜め向かいの班長席に座る稲垣が目だけで笑った。

広い機捜班フロアは稲垣と城島を残し、がらんとしていた。あとの班員は長屋でのブツ読み、外に出ての聞き込み、張り込みの真っ最中だ。城島は野本が入院していた病院を出た後、検察庁舎での待機を命じられた。今度は高品の指名だという。中澤が三度《みたび》、陣内のもとに出向いており、その話次第でどこにでも飛び出せるよう待機していてほしい——と。

城島はいつもの自分とは異なる感覚に覆われていた。友美の事件以来、動いていれば嫌な想像をしなくて済むため、常に行動に自分を埋没させたかった。できる限り、そうしてきた。今だって、すぐに飛び出していきたい。その事由がこれまでとは違うのだ。

助けられるなら、助けたい——。

海老名保奈美と筆頭秘書の石岡の行方を、機捜班はいまだ突き止められていない。石岡は昨晩、急に姿を消した。

今回、一連の捜査では三人が死に、そのうち一人——小柳は海に浮かんだ。たまたま運が良かっただけで、潮に流されれば何日も海を彷徨《さまよ》ったに違いない。横浜で投げ捨てられた遺体が沿岸部を流れ、頻繁に往来するタンカーや漁船にも見つけられず、千葉の木更津《きさらづ》で発見された例なども多々ある。いつ何時、海老名保奈美の水死体が東京湾を漂う運命となっても不思議ではない。もう海の中だとしても、早く収容してやりたい。

「貧乏性なのか？　そんなんじゃ定年後に困るぞ」

「何十年も先を心配しても仕方ないですよ」

稲垣は苦笑して、自席の隅に置いたペットボトルの蓋を無造作に開け、口にやった。城島も机上の缶コーヒーを啜《すす》る。

「高校の時は、先発完投型だったのか」

「いえ、リリーフを仰ぎました」

「今回は役回りが反対になるってわけか。俺たちの世界じゃ、機捜班をはじめとする検察事務官が情報を集めたり、下働きしたりしてから、検事が被疑者や参考人を呼び出して話を聞く。いわば、先発が事務官で抑えが検事だろ？　それが今回は中澤検事がとった情報で、俺たちが動くかもしれない。中澤検事をリリーフした経験は？」

「公式戦ではありません」

登板するかも定かでないリリーフ役は、先発とはまた異なる難しさがある。まさか社会人になって、中澤をリリーフするとは思わなかった。

外線が鳴り、城島は受話器をすくいあげた。電話は稲垣への報告だった。聞き終えた稲垣は受話器を置くと、眉間に力を込めた。

「政治団体海嶺会に寄付した人間と接触を続ける組が、妙な話を聞いてきた」

野本と小柳が死んで以降も、海嶺会への寄付者から組織の素性を洗い出せるかもしれず、作業は継続している。

「寄付を勧めてきたのは赤城で、名刺も赤城のものなのに、会った人物の容貌が本人とは明らかに違う。いかにも秘書然とした、見た瞬間に忘れてしまうような顔立ち、体型の男だったらしい」

＊

船橋庵の偽造領収証と陣内の手帳を突き合わせると、どの政治家にいくら闇献金を渡したのかがわかる仕組みは、中澤の読み通りだった。

「私が考案した方法です」陣内は落ち着いた口調だ。「小柳の台帳に船橋庵の偽造印がなかったのは、当局が押収する事態に備え、予《あらかじ》め見本を受け取っていたからです」

「闇献金先は？」

「馬場、海老名、入来、西崎――」

陣内が淡々と言い足したその他数名いずれも、ワシダ運輸が表献金もする大物だった。ついに日本の政界の暗部に手がかかった。

「この闇献金の原資はワシダ運輸が捻出した裏金ですか」

「はい」

「ケイマン諸島のマルコス・カンパニーも関与しますね」

「ええ。二代目の隠し財産であると同時に、マネーロンダリングにも利用します」

二代目の鷲田正隆はマルコス・カンパニーについて、『初代が遺産管理用に置いたペーパーカンパニーだ』と説明した。しかし、節税・脱税用として機能しているとは言い難く、何か別の目的があると鷲田を調べた際に頭を悩ませた。その答えがこれだったのだ。

「裏金の捻出方法は二系統あり、その一つです。億単位の大口闇献金に、ワシダ美術館の絵画取引を絡めるんです。本当の取引ではその額以上の金を、架空取引の時にはそれなりの金をケイマン諸島に設けたペーパーカンパニー『アート・トレード・コインブラ』の口座に送ります。コインブラ社が実体のない会社という件は、私と二代目しか知りません」

鷲田に一杯食わされた。コインブラ社もペーパーカンパニーか。

「本当の絵画取引で使用した以外の金を、ケイマン諸島内でマルコス・カンパニーなどペーパーカンパニーの口座を複数経由させて素性を曖昧にし、随時日本のペーパーカンパニーや個人口座に百万円以下の単位で分散して還流させる。そして、こつこつ引き出した金を私や二代目が自宅で保管する。それを各政治家の秘書が取りに来るんです。絵画取引の領収証はコインブラ社名義で裏金分を足した金額を発行しておきます」

「還流金が百万円以下なのは、それ以上だと当該銀行から国税局に通報が入るからですね」

「はい」

「日本のペーパーカンパニーとは、有限会社世界投資社、海嶺会のような?」

「ええ。その他、ケイマン諸島内では現地代理人が名目上の社長となり、日本の政治家が裏にいる投資会社などにも金を移動するんです。最近は仮想通貨にしていくつかの投資会社を経由させた後、政治家の親族が経営する企業などに流しています」

「日本のペーパーカンパニーの名義人や口座からの出し子は誰なんです?」

中澤は、すでに一つの構図を予想していた。

「中澤検事は、B勘屋をご存じでしたね」

「ええ」中澤は想像通りだと胸中で独りごちた。「特に四木こと小柳氏は」

「彼らに頼めば、戸籍も買える時代です。出し子も連中に任せれば用意してくれます」

「秘書は激務ですが、小柳氏はB勘屋と両立していたんですか」

「できたんでしょう」陣内は目顔で頷いた。「話を戻します。バブル期の日本企業は盛んにゴッホやセザンヌらの名画を尋常じゃない金額で競《せ》り落とした。私は絵画の値段に注目しました。中堅画家の取引で差額を設定しても目を引かず、裏金作りに使えると踏んだんです。実際、一枚で一億の裏金は作れます」

「裏金が還流される窓口であり、鷲田氏の隠し財産置き場の機能も持つ世界投資社は納税もしています。節税・脱税の仕組みとしてはお粗末ですが」

「十億の隠し財産に比べれば微々たるものです。それに処理をきちんとしている方が国税局の注意を引きません。こういう小細工に関しては、二代目も目端が利く。金を引き出すのは佐藤という税理士の偽者です。借金まみれの佐藤の戸籍を買い取ったんです」

まさしく投書がなければ、特捜部も気づけなかった。陣内の口から出た国内のペーパーカンパニーや個人名も、まだ洗い切れていない。

「鷲田社長の脱税疑惑の投書は陣内さんが発信元ですね」

「ええ。私がしました」

物柔らかに認め、陣内は静かに続ける。

「裏金捻出のもう一系統は、形式上は表献金に見える、闇献金用になります。東日本大震災の復興事業を機に、二代目が生み出した手法です。手始めにワシダ運輸は二〇一二年、千葉などに新たな配送センター建設を決め、経済産業省が扱う震災復興予算の企業立地補助金制度を利用しました。建設費計約四十億円のうち、約十二億円の補助金を受け取ったんです」

それ自体は国の制度を利用しただけで、違法性はない。当の制度が被災地を無視したザル制度だったとしても。

「補助金はワシダ運輸の表献金に化けるだけでなく、孫請け、曾孫請け企業への発注金額に上乗せされ、そのうちの百万は各業者の取り分になります。残りのいくらかを企業として政党に、個人として政治家の資金管理団体に寄付させるんです」

中澤は内心で舌を巻いた。ワシダ運輸のトンネル献金だと知らなければ、表面的にはまったく罪に問えない。下請け業者も口を割らないだろう。仕事が得られる上、百万円が労せず懐《ふところ》に入る。

今夏、聴取を終えて検事室を出ていく鷲田の背中は震えていた。あれは、特捜検事に調べられた恐怖が遅れてやってきたのではなく、嘲笑だったのか。自分の直観を信じて良かった。あのまま脱税額の積み上げを狙えば、見当違いの方向を探る羽目になり、泥沼から抜け出られなかった。

「しかし」と中澤は切り返した。「現行の企業立地補助金は、福島など限られた地域にしか投入できませんよね」

「ええ。ですから、福島での物流センター建設などで補助金を受け取り、同様の方法で献金を重ねています」

陣内は起伏の乏しい声だった。あえて声音を抑えている筋が窺える。

「中澤検事もご存じでしょうが、これまでワシダ運輸は全国七ヵ所の物流センター建設などで、震災復興事業関連の補助金を総額二十億円ほど受け取っています。今のところ、最後に受領したのは昨年です。二代目はこう言っていました。便利な財布だ、と」

「補助金はトンネル献金だけに用いられたんですか」

「大半は。ワシダ運輸、鷲田正隆個人としての表献金にも使っています」

中澤は、形式的には規則に準じた表献金に流用された補助金額を脳内で弾き出していく。政治資金規正法では寄付限度額が定められている。さらに企業は政治家個人への寄付を禁じられ、政党、政党の政治資金団体に寄付するしかない。その額は資本金や社員数など企業規模によって定められ、ワシダ運輸の場合は年間五千万円以内だ。また、個人による政治家の資金管理団体への寄付は年間百五十万円以内、政党、政党の政治資金団体には年間二千万円以内と決められている。

ワシダ運輸、鷲田正隆が年間に献金できる最高額は計七千百五十万円。補助金を受け取り始めてから昨年までの五年間で、最大三億五千七百五十万円か。

「約二十億円の補助金のうち、形式上の表献金に使った額は約三億六千万円程度ですね」

「いえ、半分の約十億は献金に回しています」

計算が合わない。残りの約六億四千万円はどこに消えた？　補助金ルートはさらに枝分かれするのか。中澤はここまでの捜査を振り返った。ありうるのは……。今回の捜査で挙がった名前や事象を脳内でぶつけ、筋が通るように組み立てていく。

見えた――。

「下請け業者への工事発注代金は、彼らの寄付限度額に取り分の百万円を加えた額ですか」

「いえ、それではあからさまに過ぎます。もう少し、幅を取ります」

その幅は誤差の範囲だろう。やはり――。残りの約六億四千万円のニオイがしてきた。表献金に流すには、下請け以外のトンネルが要る。

「有限会社海嶺会とウォーター・ウォーターが片棒を担いでいるんですね」

福島の工事に従事する孫請け、曾孫請け業者は、元請けの新日本建設の指示で有限会社海嶺会から水を買っている。新日本建設に有限会社海嶺会を紹介したのは陣内だ。当の海嶺会は二〇一二年から一年に一回、五百万円の水を二千万円という破格の値段でウォーター社から仕入れている。この差額分に補助金が充てられたのではないのか。

ええ、と陣内はなおも平坦な声だった。

うまいからくりだ。孫請け、曾孫受け企業は上乗せ金から取り分と献金分を除いた金で、有限会社海嶺会から継続的に割高な値段で水を買う。その利益を有限会社海嶺会はウォーター社に通常五百万円の水を二千万円で買う取引として流す。ウォーター社は企業としても、個人としても献金する。その合計は二〇一二年から本年まででも九千万円、か。これでもワシダ運輸が表献金に回した補助金十億円のうち、約五億五千万円が宙に浮いてしまう。まだ見えない仕掛けがある。話の流れを妨げないよう、ウォーター社をもう少し掘り下げるか。

「ウォーター社は水を、有限会社海嶺会がワシダ運輸から借りる倉庫に運んでいます。誰が宮古市まで水の現物を運んでいるのですか」

「ウォーター社です。水料金の割増額には配達料も入っています」

なにゆえ、わざわざ千葉の倉庫に運ぶ？　二度手間だ。中澤は城島の聞き込み結果を素早く追考した。倉庫から車体に何の書き込みもないバンが出たのを見た人間がいた。他方、ウォーター社の車には社名がドア部分に印字されている。二つの事実を足すと……。

「なるほど。倉庫内でウォーター社の人間は、社名が書かれていないバンに乗り換えている。それでウォーター社から辿っても、現地の孫請けから辿っても海嶺会の倉庫で足取りが途切れる」

「ええ。手間と時間はかかっても、目くらましにはなる」

「有限会社海嶺会の実体はウォーター社ですね」

「実体はありません。登記上の幹部もB勘屋がホームレスの戸籍を買い取ったものです」

「誰がそのトンネルを作ったんです？　鷲田さんですか」

「このまま話を続ければ、自ずと特定できますよ」陣内は話をうっちゃった。「残りの補助金の行方が気になりませんか」

「もちろんです」

「やはり表で献金するんです。和菓子のからくりを解読した中澤検事なら読み解けますよ」

中澤は有限会社海嶺会への疑問を一旦切り上げ、思考を表献金の行方に戻した。ワシダ運輸やその他の企業、個人の年間寄付限度額を超えた分の金が、表献金として政治家に渡るにはどうすればいいか。和菓子のからくりを解読した者が解けるというのなら、似たシステムなのか。和菓子の一件は全てが繋がりつつ、繋がっていない見事な仕組み。中澤の脳は目まぐるしく回転する。

そうか。

「他地域においてもウォーター社のような企業を震災復興事業に絡ませ、補助金を吸い上げて寄付に回しているんですね。その地域での仕組みが解明されようと、他地域への糸口にはならず、全体像は解明できない」

「ご明察。弁当業者や建材屋など業態は様々です。すべて議員秘書の親族が営む小さな会社を介在していますから、業者から漏れる懸念もほとんどありません」

ウォーター社の口座記録を調べても、他地域でウォーター社と同様の役割を果たす企業の取引記録には至らない。いや。献金先で行き当たりかねない。大物政治家やその所属政党に献金する企業や個人は多数いて、見抜くのが至難の業《わざ》とはいえ、捜査当局が背後に潜むワシダ運輸という共通項を見出す確率はゼロではない。

他に考えうる献金先は――。

「政治団体の海嶺会が受け皿、ですね」

政治団体海嶺会の政治資金収支報告書によると、大小の企業幹部の献金ばかりだった。

「その通りです。表面上は個人が自腹で寄付している金の本質は、震災復興補助金なんです」

設立間もない政治団体に多額の献金が集まったからくりの一端がこの仕組みか。

「鷲田正隆社長がこの献金システムを作ったのは、金を集められる議員が所属政党内で発言権を増すからですか」

暴力団でも一般企業でも、金を握る人間が一番強い。政治家もその例に漏れない。

「ええ。我々は各政党の実力者に恩が売れ、端的に言えば、影響力を行使できる」

復興補助金をばら撒いてもなお、ワシダ運輸の手元には億単位の金が残り、ある程度の工事代金は浮く。まさに政治家と企業で補助金をしゃぶりつくす構図……。

「見返り要求は何です？」

贈収賄を構成するには、見返りの有無が鍵となる。

「さて。個人的な見解を申せば、二代目は影響力を持つ行為自体に酔っていた節がある」

このままでも政治資金規正法違反で立件できるが、何とか贈収賄まで持ち込みたい。政治資金規正法の罰則は軽く、復興補助金に手をつけた罪の重さとの量刑が余りにも釣り合わない。政治資金規正法での立件では悪の表面を削るだけにすぎない。

中澤はテーブルの下で、組んだ胡坐《あぐら》の両膝を握り締めた。

捜査の発端だった西崎も、ワシダ運輸の寄付を受けていた。どんなに細い支流だろうと、集まれば激流になる。特捜部はそんな支流の一本一本を丹念に追い、未知の激流に分け入るのが職務なのだ。西崎の手ぬぐい配布という些細な線を辿っていなければ、復興予算を企業と政治家が食い物にする実態も耳にできなかった。

意図的なのか偶然なのか、海嶺会とはよく名付けたものだ。東京湾海底谷を彷彿させる。地上に出ていた頃、何本もの川で浸食された痕が谷となり嶺《みね》となり、深海に走る海底谷。政界の裏を走る激流と重なって見える。

「二代目の鷲田社長が海嶺会と名付けたのですか」

「いえ。私が名付けました。海と嶺はかつて私と先代の鷲田が使った隠語です。海は舶来品を、嶺は護身用ナイフの言い換えです」

「有限会社と政治団体を海嶺会の名に統一したのには、何か狙いが？」

「私がそうした方がいい、と。書類上、各寄付行為が紛らわしくなる、とまことしやかに言って。二代目はこんな屁理屈も見抜けないんです。その実、捜査当局の足掛かりになるよう名付けました。有限会社海嶺会を調べれば、政治団体海嶺会に行き着き、いずれワシダ運輸も浮かび上がる」

「ある種、鷲田社長の頭脳を試したんですね」

「頭脳というよりも、性根をです」陣内はおもむろに腕を組んだ。和服特有の重たい衣擦れの音が静謐な室内に響く。「二〇一一年以前も、むやみやたらに溜まりを作っていたんです。それを片っ端から先物取引や、高級クラブに費やす姿に呆れ果てましたね」

溜まり……。中澤はピンときた。『肥溜めですな』。最初に陣内と対した折、鷲田正隆が何に多額の金を使うかと尋ねた際の返答だ。あれは真相の示唆で、汚い金を肥溜めと表現したのだ。陣内は検察用語に精通している。国会議員を「バッジ」、法務省系の検事を「赤レンガ派」と口にした。さらには、溜まりという符牒《ふちょう》も。鷲田の脱税告発投書も、年間三億円という金額を明示している。陣内は、三億円が立件の目安だと心得ていたのだ。

「どうして私に話して頂けたんでしょうか。どうして政治家を握る手綱を手放そうと？」

「私なりの最後のご奉公です」陣内は長い瞬きをした。「中澤検事、特捜検事として巨悪という一語からは、やっぱりロッキード事件を想起されますか」

「ええ。特捜検事のみならず、日本人の多くが想起するでしょう」

「現代にも巨悪は存在するのでしょうか」

巨悪。陣内の口から出ると、腹に響く重々しい単語と化す。それでも――。

「どうでしょうか。政財界を見渡しても、巨悪と呼べるほど力のある人物がいないのは確かです。良くも悪くも、全ての物事が組織と管理の時代となって久しい」

「仰る通り、民自党の馬場ですら、往年の政治家、例えば田中角栄らに比べれば可愛いもので、全てが小粒だ。ですがね」陣内の声が強くなった。「現代にも巨悪はいます。私が見るに、それは過去の巨悪よりも巨大で性質《たち》も悪い。深刻な相貌を呈しています」

これから何が語られるのか。中澤は固唾《かたず》をのんだ。

陣内は一度唇を固く閉じ、内圧で弾けたようにそれを開いた。

「東日本大震災の復興事業のためならと、国民は増税を受け入れた。一方、数年前から復興予算の使い方が野放図な面も指摘されています。もちろん少しずつ改善されてはいる。ただし、各省庁が復興予算の分捕り合戦を行った挙げ句、被災地とは無縁の地域で耐震工事や工場建設に多額の復興補助金が投じられた現実は消えません。官僚の強烈な組織防衛根性が、このふざけた出来事の出発点です。先の戦争も、陸海軍の組織防衛根性が引き金の一つでした。報道に煽《あお》られた当時の国民も戦争を進んで是認してしまったんですが」

陣内はまっすぐこちらを見ている。空気を、過去を、時代を射貫《いぬ》くような眼差しだった。

「話を現在に戻します。被災地とは無関係の場所での工場建設に絡んだ官僚や企業を、一体、日本人の誰が批判できるでしょうか」

「というと？」

「官僚や一部企業が、どうして節操のない行動に走ったのか。彼らだけでなく、日本人全員が胸に手をあて、己の言動を省みるべきです。食べ放題の店に行けば『食べないと損だ』と満腹になっても食べ続け、正規料金を払わず違法に音楽や映像をダウンロードし、どうせ経費だと無駄に会社の金を浪費する。例はいくらだって挙げられます。誰しも身に覚えがあるでしょう。日本に長年蔓延する、損得でしか物事を捉えられない空気が引き起こした事態なんですよ」

陣内は組んでいた腕を解いた。

「ワシダ運輸もしかりです。『自社資金だけで建設費用を賄える。されど、補助金を利用できるのなら、しない手はない』という理屈です」

「復興予算を流用する手を嫌悪するのに、海嶺会を新日本建設に紹介したのは解せませんね」

「辿る人間がしっかりしていれば、この悪手を崩壊に導ける目印になります」

「復興補助金から生み出した献金が、新たな手綱になるからじゃないんですか」

「とんでもない。志のない献金は表も闇も、すべきではない。たとえそれが手綱になろうとも」

陣内が言明する様子に、嘘の臭いはない。

「この献金を受ける政治家側は、金の出処が復興予算だと聞き及んでいたんでしょうか」

「知っていた者もいます。その人物が二代目に知恵をつけ、お膳立てしたんです。観点を変えれば脇が甘い。こうして外部に漏れる危険のある行動です。馬場氏をはじめとする他の政治家は、それが表だろうと裏だろうと献金の元手を一切尋ねません」

「お膳立てとは？」

「有限会社、政治団体双方の海嶺会立ち上げの。原資は鷲田が銀座で飲み食いしたとされる金や株で損したとされる金です。領収証のない金ですから、ごまかしはききます」

「知っていた議員は誰ですか」

中澤は半ばその正体を割り出せていた。

「国民自由党の海老名治です」

やはり……。陣内が不愉快そうに目を狭める。

「ワシダ運輸以外も多くの企業が補助金目当ての行動をとりました。『被災者を数人雇用するから』『この地方の景気が上向くと、東北にも波及するから』などと信じ難い根拠を掲げ、莫大な税金が使われた。官民が寄って集《たか》って食い荒らした予算額は、ロッキード事件での贈収賄の額を軽々と超えます。リクルート事件、東京佐川急便事件の金を合わせても足元にも及びません。中澤検事ならそれぞれの総額をご存じでしょう？」

「ええ」特捜検事の常識だ。「ロッキードは約三十億円、リクルートが約六十六億円、東京佐川急便は約九百五十二億円でした」

「被災地以外に投じられた復興事業費は約二兆円です。桁《けた》が違います。悪は金額で測れません。しかし、基準にはなる。一つ一つは小さな悪、あるいは悪とも言えない組織思いの行動かもしれないが、途方もない大きさの巨悪を我々は目の当たりにしている。余りの大きさゆえに全体を捕捉できず、巨悪を巨悪だと認識できていないだけなんです。一昔前の巨悪は個人と企業が結び付き、その範疇での犯罪に過ぎなかった。今や、そこに数多くの施策や官僚が絡みつき、巨悪の規模は飛躍的に増大している」

現代版の巨悪――。

中澤は唇を引き結んだ。モザイク型の巨悪とでもいうべきか。

「私は八十五歳で、あとは死ぬのを待つだけです。そう割り切り、鷲田や海老名をはじめとする現役世代の行動も黙認してきました。けれど、もう我慢なりません」陣内は語気荒く続けた。「消えた二兆円に群がった連中のうち、被災地や震災の犠牲者に手を合わせた者がどれくらいいたのか」

手を合わせる……。吉見に復興補助金のレクを受けた際、中澤も抱いた疑念だ。

「使命を忘れた政財界に一石を投じるためにも、私に話したと？」

陣内は、鋭い眼はそのままに頬だけをやるせなさそうに緩めた。

「巨悪の楽園となった日本に、老人の我慢も限界に達したってだけですよ」

風が窓にあたり、ガラスがカタカタと震えた。

「戦後数年、法律なんて空疎な字の連なりに過ぎなかった。誰もが法を犯し、生きた。配給される食糧だけを食い、死んでいった山口《やまぐち》判事の逸話を中澤検事もご存じでしょう？」

ええ、と中澤は応じた。法律に携わる人間なら、知らない者はいないのではないか。当時の日本は食糧が配給制度で、山口判事は闇米などを取り締まる側にいた。そのため、自分が闇米を食べてはならないと配給食糧だけで過ごして、ついには栄養失調で死亡した。

「あの頃は綺麗事では生きられなかった。あの体験があるからこそ、全ての人間が綺麗事を言って生きていける社会を作り、維持するのが政治と財界の役割だと私は身に染みているんです。私や先代の鷲田は、政治家の手綱を握ることは大多数が綺麗事を吐いて生きられる社会を維持管理するための汚れ仕事だと信じた。必要悪とは言わないが、それなりに機能しました。それが今では、巨悪を生む菌床《きんしょう》を育んでしまっている。全てにクリーンさを求める現代にも、もう合致しない手法です。だったら、生き残った私が潰すしかない」

「それで特捜部を利用しようと？」

「特捜部とて、誰だっていいわけではない、日本の官僚は優秀です。同時に失点を何より嫌い、摩擦を恐れ、ことなかれ主義に陥りやすい。検察も官僚機構ですから、検事だって無条件で信用できません。失礼ながら中澤検事の頭脳の回転を試し、託すに値すると判断したまでです」

中澤は陣内をあらためて見据えた。長年政界に闇献金を流した事実を鑑みれば、陣内は社会規範上、紛れもなく大悪人。それなのに、親しみに近い念が湧く。欲得がなく、根底に熱い気持ちを持つ人間だからだろう。同時に、感情の底では憤りが煮えたぎっている。その憤りは自分にも向けられている。

ハアッと中澤は荒い息を吐いた。

「陣内さん、あなたの正義のために、これまで何人が死んだんです？　綺麗事に徹し、政治家を御せられる方法を真正面から考えましたか。その時は絞り出せずとも、頭を捻《ひね》り続けましたか」

陣内らの手法は政治家を、権力を制御する一つの有効な手段だろう。だが、他に方法はないのか。真剣に求めていないだけではないのか。これは陣内だけの問題ではない。

誰しもいつの間にか巨悪のひとかけらとなっている——。

自分だってこの三十九年の人生で、一度たりとも検討していない。『いずれ誰かが考えてくれる』と放り投げ、『自分には遠い世界の話だ』と無視を決め込み、『たとえ案を講じたって、どうせ無駄だ』と諦めていなかったのか。いや、そもそも心中を掠めもしなかった。一人の人間として政治家と、権力と、腹からぶつかっていなかったのだ。

たとえば、たった一分、一人が頭を悩ませたくらいで社会は何も変わるまい。それが十人、百人、千人となればどうだろう。一万人が考えれば、一万分もの思考時間となる。この集合した時間が何かを生み出しはしないか。小さな悪が集まり、巨悪となっているように。

理想論、偽善、おとぎ話。そう鼻で嗤《わら》う者もいれば、『妥当な意見だろうと、そんな暇はない』と一蹴する者もいるに違いない。そもそも政治や社会を考えるなんて面倒で、面映ゆい。かといって我々は、行動しない限り、現代的な巨悪が生み出した檻の中で暮らすしかない世界にいる。

「では、中澤検事ならどうすると？」

「正直なところ、今の私に具体案はありません。ただ、私は犠牲者の出ない道を探り続けます」

「中澤検事がそんな綺麗事を言えるのも、私と先代の鷲田が練った現実的な手法の成果で、ここに至るには多少の犠牲も必要だった——という見方はできませんか？　戦争経験者として断言しましょう。現実は残酷なんだ、と。多少の犠牲は『大事の前の小事』として切り捨てるしかない」

「人が死んでいるんですよ？　それは現実主義ではない。現実に屈服して追従《ついしょう》しただけです。陣内さんの理屈だと、戦争の犠牲者も終戦のためには必要だったとなる。国家論を語るなら、その国に生きる人々の人生を蔑《ないがし》ろにすべきじゃない。地べたの視線を忘れてはならないんです。陣内さんは政治家の言動には注意を払えと仰るが、同様に、自分自身を疑った経験はありますか」

中澤は一気に捲し立てていた。今回の捜査に携わっていなければ一生己を疑えず、今の指摘もできなかっただろう。中澤は昂ぶる感情をそのまま声に込め、さらに叩きつける。

「私は一度だけ遺体を目の前にしました。その日の朝まで笑い、喜び、達観した口をきき、カレーを好み、恋をした妹の遺体を。陣内さん、戦時中に見た多くの遺体を前にしても同じ主張をできますか？　私は妹の分も生きたい。妹に顔向けできないような言動は取りたくない。行動すれば結果的に誰かが傷つく場合はあるにせよ、ハナから市民の犠牲を肯定する手法は一人の人間として、検事として、いかなる理由があり、それが正論だろうと許すわけにはいかない」

陣内が大きく目を見開き、絶句している。その胸中を揺さぶった手応えがあり、中澤は、体の芯で熱が膨れ上がっていくのを感じた。

「私はもう負けたくない」

一握り、いや、たった一人が組織を良い方向にも悪い方向にも導ける。その一つの組織が社会を好転させる望みもある。自分はその源になりたい。以前、鎌形は人間と組織には共通点があると言った。あの時は見当もつかなかった理を今、導き出せたのだ。余りに簡単で重要な理ほど、人は意識できないのかもしれない。

人間も組織も社会の一部で、どれも変化できる――。

三十秒ほど沈黙の時が過ぎると、陣内が着物の襟を丁寧な手つきで整えた。

「中澤検事、あなたにお願いがある。海老名治を聴取して下さい。私はもう諦めていた。今、そんな自分の浅はかさを知った。最後まで足掻《あが》きたい」

「足掻くとは何を？」

陣内は深く息を吸い、薄い胸を大きく膨らませ、重たいそれを吐き出した。

「保奈美を助けたい。私には子供も孫もおりませんが、あの子は孫同然です。保奈美は幸い父親に似ず、祖父に似て聡明です。彼女は希望だ。あと十年もすれば、彼女たちの世代が社会の中心になる。保奈美なら、妙な方向に進む社会の舵《かじ》を適切に切り直せる」

「彼女はどこにいるんですか」

「わかりません」陣内が力なく首を振る。「三日前にこの家に来て以降、連絡がとれません」

三日前……。検事室に電話をかけてきた日だ。

「彼女がこちらを訪れたのは何時頃ですか」

「午前十時過ぎです」

「なるほど」三時間あれば、霞が関まで余裕で戻れる。「その後は？」

「石岡が迎えに来て、十時半には出ていきました。二人がどこに行ったのかは知りません」

「助けろと仰るくらいです。保奈美さんの身に危険が迫っているという根拠があるんですね」

「石岡は公安捜査員から馬場機関に引き抜かれた人間なんです」

「馬場機関とは？」

「馬場議員の私設秘書集団です。今やもう絵空事みたいですが、何とか機関と呼ぶ最後の集団でしょう。馬場機関は元々、旧日本軍の特務機関にいた連中を集めたので、その系譜——陰の空気感を受け継いでいる。特捜部の方すら存在を把握していないのも無理はない」

「しかし石岡氏は十年前まで都内の団体職員でした」

「公安部は潜入捜査も多い」

公安捜査員は必要に応じて極左組織やカルト教団をはじめ、外資系企業や大企業に入り込み、内部捜査している。中には十年単位で警察当局と接触しない単独潜入もあり、妻でさえ、夫が警官だと知らないケースも少なくないそうだ。あの石岡の雰囲気なら、元公安というのも納得できる。

「馬場機関は、石岡氏のような元公安捜査員が多いのですか」

「主力は元公安捜査員でしょう。馬場議員は昔から情報を大切にしていた。元警察官僚ですから公安とのパイプも太い。彼がここまでのし上がれた力の根源こそ情報だったんです」

「どんないきさつで石岡氏は海老名議員の秘書に？」

「馬場と海老名は深い間柄にあります。政局の第三極だと言われている海老名の実体は、馬場の子飼いなんです。馬場の意向を受けて民自党を抜け、野党を離れる議員を呑み込む受け皿役を担っています。引き換えに、ゆくゆくは連立政権の首相を約束されているとか。海老名が馬場の命に背かないよう、石岡が監視していると言ってもいい。先刻、海老名が海嶺会の立ち上げをお膳立てしたと申し上げましたね？　正確には石岡でしょう」

となると、政治団体海嶺会に多くの企業が献金したのは、西崎の筆頭秘書だった赤城が後ろ盾として動いたからだけでなく、石岡や、その他の馬場機関員も動いたと見るべきか。ただこの場合も、海嶺会を調べても赤城で追跡が止まるよう、赤城と野本だけが動いていると見せかけているはずだ。例えば、赤城の名刺を配るなどして。

……待て。勧誘した企業幹部がいずれ本物の赤城らと顔を合わせれば、そこで馬場の計画は破綻しかねない。

いや。馬場機関の主な構成員は元公安。彼らは髪型、歩き方、爪の切り方に至るまで徹底的に無個性を叩き込まれる。時には面相も眼鏡や髭でコントロールする。赤城さえ如才なく立ち回れば大丈夫だ。中澤はアッと声を出しそうになった。石岡の容姿と、父親の一言が結びついた。

——地方議員には地方議員特有の顔つきってのがある。国政議員も国政議員の顔になる。いわゆる悪人顔さ。

馬場機関員は特有の顔つきを利用した。石岡と似た顔つき……。友美の死にまつわる一件。

「馬場機関は、情報収集以上の行動に出る局面もあるのですか」

陣内は長い間を置いた。

「おそらく」

有限会社海嶺会の存在を海老名治の耳に入れたとされる元秘書の浅野、今回の赤城、小柳の件もある。これらの事件事故を追っても証拠はないだろう。彼らなら馬場に至らぬ工夫をしている。

小柳は手先の器用さを馬場に利用されたのだ。B勘屋の技術を身につけるよう命じられ、秘書業と両立させた。馬場のお墨付きがあれば両立できる。馬場は子飼い議員につく人材の面倒をみるだけでなく、小柳という裏金を生み出すB勘屋の技術でも政治家に恩を売り、より強い影響力を保持してきた。もっとも、所詮は善意の皮を被った自分のための行為。己に火の粉が降りかかりそうになれば、手駒の始末を厭わないのも当然か。また、野本は自殺する前、佐倉市内から電話を受け、石岡は佐倉市に来た。この符合――。

「保奈美さんは何のためにこちらに？」

陣内がすっと居住まいを正した。途端、周囲の空気が鋭さを増す。

「彼女はある資料を私に見せ、『ここにある全貌を、中澤検事に明かす』と告げました」

「ある資料とは？」

「海老名治の裏献金帳簿のコピーです」陣内はこともなげに言い、その物言いがかえって資料の重みを窺わせた。「過去十数年分あります。石岡は昨日、保奈美が私に何を話したか探りにきました。保奈美と連絡が取れないので、私は彼女がどこにいるかを言うなら、教えると持ち掛けた。石岡は何も言わなかった。あの男は保奈美の思惑を察している」

「だったら」中澤は声を張った。「三日前、どうして保奈美さんを引き留めなかったんですか。通報したっていい。危険は十分想定できます」

「彼女は意を決したように出ていきました」

庭で数羽の小鳥が囀っている。物騒な会話にそぐわない平和的な声だ。おもむろに陣内がテーブルに手を突いた。

「資料はお渡しします。その代わり、どうか保奈美を助けて下さい」

懇願口調でありながら、陣内の眼光は鋭いままだ。……違う。むしろ一層鋭さは増している。

人員の配置を決めるのは主任検事。それに午後五時から高品が海老名の聴取をする予定だ。中澤が答えあぐねていると、陣内が深々と頭を下げ、動きを止めた。

「頭を上げて下さい。なぜそこまで？」

陣内は粛然と顔を上げた。静かな声が漏れてくる。

「海老名は間違いなく、二人の行先を知っている。これからお見せする資料を使い、割って下さい。彼も父親です。もう手遅れだと私は諦めていた。あなたの血の通った言葉のおかげで、海老名の力で保奈美が守られており、まだ間に合う見込みもある可能性に賭けるべきだと気づいた」

この場で資料に目を通し、内容を地検に急報する方が海老名と相対する時間を早められないだろうか。

だめだ、それでは海老名を割るのは無理だ。相手は大物政治家。現物を目にするまでは粘ると想定すべきだろう。

中澤はその場で拳を握った。これは陣内にぶつかって引き出した線。己の手で海老名治を取り調べたいのはやまやまだが、捜査にわがままは許されない――。

「中澤検事、あなたはひょっとして元都議の中澤氏の息子さんでは？」

「ええ」

「やはり。あなたの眼差しは彼に似ている。私は彼に好感を抱いています。一度、国政に誘ったんです。都政でやるべき仕事があるときっぱり拒絶されました。実に見事な態度でした」

「父に好感を？　あなたは土壇場で逃げない人間に好感を持つと、最初に会った際に言った。父はカジノ法案から逃げた都議として見られています」

そう口にしてから中澤の脳に閃光が走った。陣内は友美の死の背後にある胡散臭《うさんくさ》さを知っている。父が逃げたのではなく、戦ったのだとわかっているのだ。ならば海老名も……。

中澤は心を決めた。いや、最初から決まっていた。

海老名治は自分が割る――。

6

「知りません」

海老名治は動揺の気配を微塵も見せなかった。パイプ椅子にゆったりと腰掛け、腹の前で手を組み、堂々たる態度を崩さない。午後五時。中澤は東京地検の自室にいた。陣内の話を詳細に説明する時間がない、と高品を押し切る形で了承を取り、海老名と対峙している。

海老名は面会場所を指定せず、東京地検にやってきた。石岡と保奈美がいないために隠密裏のホテル予約ができないのだろうか。だとすると、海老名が二人を頼る度合いの大きさを物語っている。海老名は高品の計らいで記者に見つからぬよう、吉見が運転するスモークフィルム張りの車で裏口から庁舎に入った。先ほど中澤は、いきなり『闇献金を受領したのか』と切り込んだ。

「ご自身で闇献金を受け取ったとは考えていません。秘書から伝えられていますね」

「いえ」

「惚《とぼ》けるのはやめましょう。議員が闇献金受領を知らされてないはずがない。秘書の存で受け取れる性質のお金ではありません」

「私は闇献金なんて受け取っていません。その報告もされていない」

保奈美が陣内に託した過去十数年分の詳細な裏献金帳簿のコピーは、「いつ、どこで、誰から、いくら」闇献金を受けたのかが簡潔にまとめられ、海老名の署名や印こそないが、歴代筆頭秘書の印が押されていた。

「関連資料が特捜部に押収されています」

「私を陥れるための怪文書でしょう。永田町ではよくある話です」

ふてぶてしいまでに海老名はしれっとしている。

「では、ご自身の目で当該資料をご確認されますか」

「遠慮しますよ」海老名が肩をすくめる。「時間の無駄です」

「偽物かどうか検められてはどうですか」

「どうせ偽物に決まっています。それに数字を見ても、私には検証できませんのでね。金銭管理は秘書が担当している」

「筆頭秘書の石岡さんと娘の保奈美さんですね」

「ええ」

「いくらお二人が優秀でも、政治と金の透明性が問われる昨今、金銭面を丸投げというのは怠慢の誹《そし》りを免れえないのでは」

「面目ない限りです。とはいえ、国会議員は他に頭を使うべき難題が山積みでね。他人に任せられる分野は信頼できる者に任せたいのが本音です」

「収支報告書はご覧になっていますか」

「ええ。年末に軽く目を通す程度に」

「ご自身の政治活動と照らし合わせ、金額の辻褄が合わない点はありませんか」

表向きの活動はともかく、裏の政治活動を含めれば明らかに足りないはずだ。

「ですから」海老名は呆れ顔だった。「金銭面は秘書に任せています」

「二人は今どちらに?」

「何かの会合でしょう」

「ありえません」中澤は即座に切り返した。「特捜部も全力で二人を探しています。それにもかかわらず、一向に行方が摑めません」

海老名の泰然とした構えはまるで揺らがない。中澤は再び核心に踏み込んだ。

「お二人がどちらにいるのか、ご存じですね」

「なにゆえ私が?」

「政治家に秘書は欠かせない存在です。それも石岡さんと保奈美さんは中心となっている。ご承知されているのが筋です」

「知らない事実を変えようがありません」

海老名は歯牙《しが》にもかけない。矛先を少し変えてみるか。

「国会議員が頭を使うべき難題とは、例えばどんな案件ですか」

「経済発展、社会福祉、教育、外交など様々です」

「その中で海老名議員がメインに扱うのは？」

「それは東日本大震災の復興事業でしょう。そこは私の選挙区ではないが、千葉県も被災地です」

「ワシダ運輸の鷲田正隆社長と復興予算にまつわる話をされたことはありますか」

「いえ」海老名は何食わぬ顔だ。「彼は古い知り合いですが、そんな話をした憶えはない」

さすが生き馬の目を抜く世界で生きる海老名のガードは硬く、正面突破は難しい。

中澤は机上で組んだ指に力を込めた。ならば議員の仮面を剝《は》ぎ、生身の海老名を攻める――。

「私の父は都議で、公営カジノを東京に作る旗振り役でした」

中澤が唐突に切り出すと、海老名の右眉がぴくりと動いた。

「中澤都議の息子さんでしたか。何度かパーティーでお会いしました。娘さんの死で気落ちされて辞められたのでしょうな。都政は惜しい人材を失ったものです」

「仰る通り、父が都議を辞めたきっかけは妹の死でした。ちょうどカジノ法案の議論が佳境を迎える段階だったので、周囲に『逃げた』『卑怯者』と罵《のの》しられたそうです」

「世間なんて勝手なものです」

「妹は不可解な通り魔に刺された末、車に轢かれました。両事件の因果関係は不明です」

「そうですか」

「妹が殺されるまで、父は不審な男につけまわされていました」

海老名の額には汗が滲み出てきている。中澤は、腹から湧き出る熱を一語一語にのせつつ、あえて淡々とした調子で続けた。

「父はカジノ法案から手を引くよう脅されていました。実際、何度か危険に遭遇し、最終的に妹が殺されたんです」

「心情はお察ししますよ。けれども警察がその方向で動いてないなら、一連の事件だという証拠もないのでは？　検事さんに言うまでもないでしょうが、みだりに推測は口にしない方がいい」

「ただの独り言です。聞き流して下さい。証拠がなかったのには理由があります。証拠を残さない脅し方だったんです。妹の死後、次は息子だと背後から男に声をかけられ、振り返った時には人波に紛れていたそうです。当時、私も一度だけ不審人物を見ました。風貌が似ているんです」中澤は声音を低くした。「石岡氏に」

海老名が僅かに目を狭めた。体が勝手に反応したのか、堪え切れなかったのか……。中澤は黙した。勝負所と悟ったのか、臼井もペンを止め、身動きひとつしていない。海老名はズボンのポケットから真っ白なハンカチを取り出し、額の汗を拭いた。もう十月も中旬だ。部屋は暑くない。

ゆっくりと六十秒を数え、中澤は口を開いた。

「もちろん石岡さんも、私が目撃した不審な男も、妹を刺した通り魔ではありません。別の暴力団員が逮捕されていますから」

海老名が空々しく咳払いした。

「辛いご経験でしょう。石岡への中傷めいた発言は聞かなかったことにしておきます」

「実は私も今回の捜査中、父と似た脅しを受けたんです」

海老名は知ってか知らずか、右手のハンカチを握りしめている。

「スーツの背に、身に覚えのない安全ピンが刺さっていました。駅のホームで誰かが故意に付けたんです。微かに触られた感触がありました。ほんの数秒間の犯行です。いつでも刺せるという示唆でしょう」中澤はたっぷり間を置いた。「海老名議員、どんな人物ならこういう芸当が可能か、心当たりがありませんか」

海老名は真顔のまま少しだけ腰を上げ、椅子に座り直した。その口は開きそうもない。

「話を父に戻します。父は妹が殺害された後、ここで退いては相手の思う壺だとかなり悩んだはずです。……結局、身を引いた。いきさつを知らない周囲は父を罵った。父は耐えました。自分の娘や息子、家族を犠牲にするほど重要な政治案件などない、という結論を見出したからこそ、ひたすら黙し、苦しい時間と厳しい批判をやり過ごせたのでしょう」

中澤はなおも正面の海老名を直視し続ける。

「海老名さん、身内を、娘さんを犠牲にするほど大切な政治課題は存在するのでしょうか。存在するのなら、そんな政治を求める社会とは何なのでしょう」

海老名は口を噤み、また汗を拭いた。如実に反応が表れている。石岡の素性はむろん、西崎の筆頭秘書の赤城、B勘屋の小柳、海嶺会の野本の死に石岡が何らかの形で噛んでいる点も把握しているに違いない。友美の死に横たわる裏面も、現実感を伴って迫ってきただろう。こうして目に見える反応をする以上、保奈美はどこかで生きている望みがある――。

「自分の身内も守れない人間が、大多数を守る政治に携わるべきではない。そう父は決断して、都政から身を引いた。私は父の決断を尊重します。誇りにも思います」

海老名の頰が引き攣った。中澤はすかさず畳みかける。

「保奈美さんという証人がいなくとも、我々にはあなたが各方面から闇献金を受け取ったと信じるに足る資料があります。特捜部が徹底的に調べれば、全員が惚けきれるはずがない。はっきり言いましょう。捜査上、保奈美さんの存在はどうだっていいんです。私がここまでこだわる意味をよく吟味して下さい」

あえて石岡の名は出さなかった。中澤はここで黙し、ただじっと海老名を見据えた。

一分、二分と沈黙が過ぎ、海老名がぎこちなく口を動かした。

「仮に私が石岡と娘の居場所を知っているのに、何らかの理由によって黙っているとします。それを明かしたところで、中澤検事ご自身は捜しに行きませんよね」

「ええ」

ふう、と海老名は大きく息を吐いた。

「物事の判断が難しい時代になったものです。天下の特捜部にも各方面の息がかかっていると耳にします。数年前にあった、野党党首の国策捜査の例は挙げるまでもない。当時から与党の実力者は変わっていません」

特捜部から馬場側に情報が漏れ、消されると言いたいのか……？

「特捜部を信じられないと？」

「中澤検事は信じてもいい」

「では、石岡氏は信じられますか」

「彼は……」海老名は、顔にも声にも苦渋を滲ませた。「彼は保奈美の婚約者です」

二人が鞄に同じリボンを結んでいた、という吉見の観察眼は正しかったのだ。

「だからといって、心の底から石岡氏を信じられますか」

海老名は口を引き結んだ。唇が細かく震えている。中澤は勢いよく執務机に身を乗り出した。

「身内を殺された一人の人間として、所見を率直に申し上げます。いくら目的が崇高だろうと、政治行政が一個人に家族を犠牲にするよう強いる社会なんて潰れてしまえばいい。正義だの大義だの、そんなあやふやな概念なんてクソくらえです」

海老名は両手で頭を抱えて髪をくしゃくしゃにし、うつむくと、顔を両手で覆った。中澤の狙い通り、目の前にいるのは国会議員の海老名ではなく、一人の人間としての海老名だった。

そのまま五分が経ち、弱々しい声が漏れてきた。

「どうしたらいい……」

「保奈美さんの居所を教えて下さい。こうしている時間が無駄です」

「誰も信じられん」

「私を信じてもいいと仰ったじゃないですか」

「ああ」海老名は顔を両手で覆ったまま力ない声で続ける。「君を信じてもいい。しかし、君が保奈美の捜索に向かうんじゃない。警察が関われば、大事だ。こちらの動きを察知されれば、誰も助からない」

この期に及んで何をぐずぐずと。

中澤は姿勢を戻して背筋を伸ばし、目を剝いた。いいですか、と腹から分厚い声を発する。

「海老名さんは運がいい。私がこの世で最も信用している男が捜索にあたります。私を信じるなら、その男のことも信用するんです」

両手が剝がれ、海老名の顔が上がった。すがるような面差しだった。

＊

街の灯りは遠く離れていた。ＪＲ京葉《けいよう》線の線路から東京湾側に広がる倉庫や工業地を抜け、さらに海側に徒歩で十五分進んだ埋立地だった。周囲には土がむき出しの更地が広がり、時折強い海風にあおられた砂粒が顔にあたる。真っ平らな土地には街路樹や街灯もなく、辺りは暗闇に覆われている。城島たち以外には人影はおろか、猫や鳥など動物の姿すらもない。午後八時過ぎ、千葉市美浜《みはま》区に吉見、稲垣といた。探す相手が女性であり、吉見の投入は高品の配慮だった。

――相手に気づかれないよう、突入は必要最小限の人員でいく。

稲垣は自ら手を挙げて参加している。

東京から乗ってきた車は、倉庫街の路上に止めてきた。建設途中の物流センターに石岡と保奈美がいれば、近づくエンジン音を聞かれ、最悪の事態に至る懸念がある。もう起きているかもしれないにせよ、用心せねばならない。別の機捜班員八人が乗り込んだワゴン車も二台、倉庫街に止まっている。彼らは城島らが相手を取り逃がした際、追尾班となる。

城島は正面を凝視した。更地の真ん中を貫くように、海に向かって真新しいアスファルトが敷かれ、その行き着く先に巨大な影がある。建設途中のワシダ運輸物流センターだ。

城島は隣の稲垣に目配せした。

「あれですね」

「ああ。雨が降り出す前にけりをつけたいな」

美浜区に来る途中、車内で聞いたラジオの天気予報では、今夜は関東全域で天候が崩れると言っていた。上空は黒一色で覆われている。

ワシダ運輸の担当課によると、物流センターの建設工事は三日前から止まっている。社長の鷲田正隆直々の厳命だという。工事担当者も理由は聞かされず、建設業者には国や県の緊急土壌検査が入ると誤魔化《ごまか》したそうだ。三日前といえば、保奈美が姿を消した日。件の鷲田は今頃、特捜部で検事に取り調べられている。

海老名治を割り、この場所を引き出したのは中澤だ。海老名は、鷲田から物流センター建設工事ストップの内報を受けていた。『石岡の強い要望で止めた。一体、何があったんだ？』と逆に鷲田に質問されたという。海老名は石岡の意図を読んだ。不正を明るみに出そうとする保奈美の動きを石岡が察知したための措置で、対応の誤りは自身の行く末も左右する、と。そこで限界までこの事情を胸に秘めていた。くだらない保身だ。

自分たちの足音が妙に響く。物流センターに近づくにつれ、足音に波音が混ざり始めた。防波堤に断続的に打ち寄せている波。物流センターの向こうには一面黒い鏡と化した東京湾が広がっている。すでに保奈美は、あの東京湾を漂っているかもしれない。海老名治は一人娘の死も覚悟していた。残念ながら、保奈美の生死までは聞き及んでいなかった。

大きな白い引き戸の前に立った。高さが三メートル近くある、蛇腹式の引き戸だ。支柱と引き戸の出っ張り部分は太いチェーンで何重にも巻かれて固定され、大きな南京錠もかけられている。

引き戸の脇に通常サイズのドアがはめ込まれたパネル壁があった。城島は薄い手袋をはめ、ドアノブを握る。回らない。

「裏を見てきてくれ」

稲垣の指示を受け、城島は足音を消してパネル壁沿いを一周した。物流センターの裏はコンクリート護岸で、階段で海面近くにいける場所があった。目についたのはそれくらいで、他にドアもない。周囲の状況を告げると、稲垣はさっと鞄を地面に置き、中から二本の針金を取り出し、ドアの前に屈《かが》んだ。

「建造物侵入の現行犯だな。二人とも目を瞑ってくれ」

稲垣は口元だけを緩め、針金を手にしたままドアに向き直った。金属と金属がこすれ合う音が辺りに散る。城島は息を凝らした。吉見も微動だにしない。

カチ、と鍵の開く音がした。稲垣が二本の針金をジャケットのポケットに滑り込ませる。

「両手は常に自由にしておきたい。吉見はこの辺りで待機して、俺たちの鞄の管理も頼む。隠れる場所はないから、よくよく周囲に気を配れ。いいか、絶対に無理はするなよ」

はい、と吉見は小声できっぱりと言い切った。

稲垣が城島を見て、物流センターの方に顎を小さく振った。

「いこう」

城島も鞄に勢いよく手を突っ込み、手袋越しでも指に慣れた感触のものを、すみやかにポケットに入れた。ポケットが膨れ上がる。……歩く邪魔にはならない。

「ポケットのそれ、なんだ？」

「お守りです」

「いつから信心深くなった？」

「つい先日からです」

稲垣を先頭にドアを潜り抜けた。入ってすぐのパネル際に作業員用の自動販売機があった。煌々《こうこう》と明るく、ブーン、とモーターのくぐもった音もする。

物流センターまでのアプローチは舗装されていた。それでも至る所に拳大の石が転がっており、蹴らないように進んでいく。建物自体は、ほぼ完成していた。この巨大な空間のどこにいるのか。相手に気づかれてはならないため、懐中電灯も点《つ》けられない。

完成後は何台ものトラックが分刻みで出入りするだろう正面には、シャッターがまだ取り付けられていなかった。中はさらに漆黒の度合いを増している。

振り返ってきた稲垣が、目を指さした。城島は意図を汲み取り、頷く。目を慣らすため、しばらくその場で留まった。早く踏み込みたくとも、不可欠な作業だ。

一分ほどで夜よりも濃い闇に目が慣れた。少し先には鉄筋の束があちこちに置かれ、梯子《はしご》やフォークリフトもある。空間は広大で、普通の野球場なら四面は取れそうだ。

稲垣が親指を空間の方に振った。指示通り、城島が先に踏み出す。ジャリ、と靴底が砂を噛む音がした。砂塵がコンクリートの表面に堆積している。全身の神経を研ぎ澄ませる。……奥の方で動きはない。安堵し、体の右側を壁に寄せた。壁面から冷気が伝わってくる。

進んでいく。自分が隠れるとすれば、どこか。広い空間の真ん中はありえない。仕切られた空間は存在しないのか。見取り図を手に入れる時間はなかった。

だしぬけに右側でカサカサと音がし、城島は咄嗟に身構えた。菓子パンの空き袋がコンクリート上で揺れていた。作業員が投げ捨てたのか、あるいは保奈美らが持ち込んだのか。あちこちに空き缶やペットボトルも転がっている。

さらに進んでいくうち、一層目が慣れてきた。太い支柱が何本も空間を支えている。支柱の周りには鉄筋や足場用パネルが山積みされていた。

左手に広いコンクリートの階段があった。肩を叩かれ、止まり、振り向く。稲垣が階段の方に親指を振り、頷きかけてきた。城島は頷き返し、階段に向かった。

階段も砂利でざらついていた。一段、また一段と足早に上っていく。……ハッ、と城島は立ち止まった。階上から話し声がした。気のせいか？　違う。背後では稲垣も足を止めている。声の主は女性だった。海老名保奈美か？　本人の声を知らないので、比較すらできない。もっとも、それが誰であれ、この場所にいること自体が妙だ。その場で耳を澄ます。微かに声が届いてくる。

……なの？　数秒あった。そんなの……。数秒あった。……でしょ？

明らかに会話なのに一人の声しかない。それがもう一人の素性を如実に物語っている。

石岡だ。中澤の話では、石岡は元公安捜査員。話し相手にしか聞こえないよう声を発するのは、警官の特徴だ。

稲垣が親指を振る。城島は頷き返す。一層足音に注意を払い、身を屈め、這うように階段を上っていく。最上段に上り切る寸前、コンクリートの手すりに身を隠し、声の方を覗いた。

コンクリート壁が続く右手に、細くて白い四角い線が闇に浮き上がっていた。光がドアを縁取っているのだ。この建物に電気はまだ開通していない。バッテリーを持ち込んだのだろう。ここからドアまで十メートル弱くらいか。

だって……卑怯だよ。数秒あった。そんなの……。

やはり女性の声しかしない。城島は親指と人さし指でＯＫマークを作って稲垣に向け、手すりの方に小さく振った。続いて走る真似をする。稲垣が頷いた。今度は稲垣が自身を指さし、次に城島を指し、十本の指を立てた。まず右手の親指が折られ、人さし指、中指と続く。

カウントダウンだ。

城島は身震いした。相手が何人いようと、この場は二人で制圧するしかない。応援組を待っている間に、保奈美の身に危険が迫る恐れがある。緊張が腹の底から込み上げてくる。稲垣のカウントダウンは左手の中指まで達していた。

薬指が折られ、小指が折られた。

稲垣がすぐさま城島の脇を滑るように抜け、手すりの向こうに跳び出した。城島も続く。二人とも足音を殺して走り、ドア前で自然と左右にパッと分かれた。城島はドアノブから遠い向かって右側に、稲垣は左側に。ドアノブの下部に段差はない。こういう建物は大抵、外からの押し開きでは外側に、引き開きでは内側に段差がある。つまり、引き開き。城島がドアを開け、稲垣が全身を晒す恰好になる。代わるか。内側からの声が消えた。感づかれたか。稲垣が今度は片手だけを上げた。場所を代わる相談をする時間はない。たちまち親指、人さし指が折られた。ドアの向こうからは物音ひとつしない。

中指、薬指が折られる。城島は這うように移動し、息を止め、ドアノブを握り締めた。

小指が折られると同時に、城島は勢いよくドアを引き開けた。稲垣が光の中に転がるように飛び込み、声を張り上げる。

「東京地検特捜部ッ」

城島もドアノブを突き飛ばすように放すなり、稲垣に続いた。

冷え切った部屋の奥に無表情の石岡と目を広げる海老名保奈美がいた。二人の顔は事前に写真で確認している。二人は薄明りの中、コンクリートに敷いた薄いマットに座っていて、保奈美の右腕は手錠で配管に固定されていた。保奈美に怪我をした様子はない。

城島はさっと部屋を見回す。コンクリートに囲まれた二十畳ほどのスペースだ。壁際にはいくつかのビニール袋と寝袋、カセットコンロがあり、ペットボトルも数本転がっている。バッテリーとコードで繋いだフロアスタンドが灯っていた。

石岡が保奈美を見た。その面貌が和らぐ。

「少し早いが、誕生日おめでとう。これまで楽しかった。さようなら」

言い終えるや否や、石岡は滑らかに立ち上がり、表情を消すと、ポケットに手を突っ込んだ。抜き出た手の先がきらりと光る。城島は喉元で息が凍りついた。

刃物か。ここからでは間に合わない——。城島はポケットに手を突っ込み、素早く抜き出すと思い切り腕を振った。

ビュン、と音がする。

真っ直ぐ伸びた白線が、保奈美の首を狙った石岡の手を弾いた。城島が投げた硬球と、石岡の手を離れた光が弧を描いて床に落ちる。そこに稲垣が肩から突っ込んだ。二人が揉み合うように冷たいコンクリートを転がる。城島は保奈美のもとに駆け込んだ。

怪我は？　ありません。体調は？　大丈夫です。……保奈美に問題はなさそうだ。城島は、石岡と稲垣に向き直った。

稲垣の巨体が石岡にのしかかる。石岡はものともせずに全身を使って稲垣を撥ね返し、ドアの方へ駆け出した。

「班長、海老名さんをお願いします」

部屋を飛び出した途端、城島の視界は黒一色で埋め尽くされた。一分足らず部屋にいただけで、眼が闇に利かなくなっている。目を瞑り、耳を澄ませる。視覚に頼れない間は、他の感覚で補うまでだ。

足音が右からした。城島が入って来たのとは逆側だ。目を開け、走った。次第に目が再び闇に慣れていく。

鉄筋、ガラス材、鉄パイプ。様々な建材の横を駆け抜けていく。二階にも太い支柱があった。別の部屋に続くドアもある。前方に石岡の影は見えない。足音だけは聞こえる。石岡はまだ武器を持っているのか？　わからない。追うしかない。石岡が何か犯罪に手を染めたと断ぜられる証拠はないが、問い質さねばならない。なにゆえこの場所にいるのか、なぜ保奈美もいるのか、何をしようとしていたのか。

息が切れ、肺が爆発しそうだった。太腿も悲鳴をあげている。根性だせよ。己を叱咤して、進んでいく。

急に石岡の足音が下方に遠ざかっていった。階段か。城島は闇に目を凝らす。左前方二十メートルほどの位置にコンクリートの手すりが見えた。足の回転を緩めずに手すりに触れ、ほとんど見えない階段を駆け下りる。

ガタン、と前方で大きな音がした。一瞬、城島の足が止まった。音がした方向から風が吹きつけてくる。建物を囲むパネル壁に裏口はなかった。ここから逃走するには表に回るしかない。表には吉見がたった一人でいる……。

城島は先ほど派手な音がした場所に猛然と駆け込み、手探りでドアノブを摑んだ。勢いよく開ける。潮風が正面から吹きつけてきた。

数メートル先で鉄パイプの山をのぼり、パネル壁の支柱に足をかける人影があった。

「石岡ッ」

城島は叫んだ。

石岡は振り返りもせず、パネル壁をよじ登ると向こう側に飛び下りた。パネル壁がぐらぐら揺れている。城島は再び走り出した。

鉄パイプの山に足をかけた途端、足元が崩れた。どうする、どうやって石岡を追えばいい？　思案したのは一瞬だった。城島はパネル壁の支柱を蹴って跳んだ。何とかパネル壁の頂点に両手がかかり、歯を食い縛って荒い息を殺し、懸垂の要領で体を力任せに持ち上げた。右膝をパネル壁にかけ、跨《また》がり、下を見ずに飛び下りる。

……ドン、と衝撃が膝に走った。城島はよろけ、手をついた。

ざらついたコンクリート。正面には海。建物に潜入する前に見た護岸か。

「城島さんッ」

右から吉見の声がした。こちらに走ってくる吉見が大きく手を動かしている。

「あっちです、海ですッ」

漆黒の海に揺らめく影があった。城島は護岸の際まで駆け込んだ。

ボートが護岸から遠ざかっていく。エンジン付きのボートに見えるのに、エンジン音は聞こえてこない。波音にかき消されているのではなく、かかっていないのだ。人影がオールを動かしている。どこまで行く気だ？　風も強く、四方八方から吹き寄せている。波も高い。今夜は関東全域で天気が荒れると予報で言っていた。

ボートは五分足らずで、闇の中に溶けていった。

終章　覚悟

中澤は機捜班から回ってきた報告書を読み終えると、眉根を揉み込んだ。

石岡が乗っていたボートが船橋沖で転覆した形で発見されたのだ。だが、石岡の姿は付近になかった。城島たちが海老名保奈美を救出した翌朝、船橋港から出港した漁師がボートを見つけた。前夜とは打って変わり、海は凪《な》いでいたそうだ。

石岡が自殺したのか、力尽きた末の事故だったのかは定かでない。今頃、東京湾海底谷に沈んでいるのだろうか。石岡はエンジン付きのボートに乗り込み、海に出た。その鍵を倉庫に落としていた。城島が投げた硬球が、保奈美の首に刺さらんとした鍵を弾いたのだ。城島は石岡の顔面を狙ったらしい。俺のコントロールは相変わらず悪かったよ。そう言っていた。

「検事、海老名保奈美さんがお見えです」

事務官席の臼井が受話器を置いた。午後一時。今日は約束した時間通りの来庁だ。

検事室に入ってきた保奈美は全身を黒で統一したシックな装いで、落ち着いた佇まいだった。顔つきも引き締まっている。

中澤は最初に石岡のボートの件を伝えた。

「ああいう生き方を選んだ人です。どうなっても悔いはないでしょう」

婚約者の遭難、それも命を失っただろう局面にも保奈美は顔色を変えず、厳かに言い切った。

「ああいう生き方とは？」

「裏方ではなく、裏そのもので生きるという意味です」

保奈美は石岡の素性を知っており、いつか訪れる悲劇的な最期も覚悟していたのだ。……今回、荒れた海に消えた石岡の死を悟った。服装がそう物語っている。

「石岡さんを試すため、私に電話したんですね。あなたはわざとコードレスフォンを使い、石岡さんも聞いていると知りながら会話した。石岡さんがどう動くかを見極めるために」

「はい」

「あなたが海老名議員と海嶺会の関係を特捜部に明かそうとしたきっかけは、石岡氏の聴取だったんですね」

「ええ。そこで何も言わなかったことを聞き、決意しました」

「いくら相手が婚約者といっても、怖くなかったんですか。周囲では様々な事件や事故が起きています。現にあなたは監禁された。石岡さんはボートまで用意していた。沖合であなたは突き落とされたかもしれません」

中澤も恐怖を実感している。午前中、機捜班が政治資金規正法違反の疑いで、石岡や海嶺会の野本らの自宅を捜索した。その結果、石岡の自室で中澤の写真が発見された。低い位置から見上げる形で撮影され、中澤は撮影者側に声をかける風だった。いつ撮られたものか、中澤はひと目で見当がついた。

野本の聴取時だ。体調が悪いと訴えた野本は、ネクタイピンをいじった。あれが小型カメラだったのだ。実際、野本の部屋ではネクタイピン型の小型カメラが押収された。この写真をもとに尾行を受け、ついにはスーツの背に安全ピンを留められたと想像できる。当初城島だけが狙われたのも、この小型カメラのせいに違いない。古いタイプで写真に収まる範囲は狭く、城島の相方事務官までは写せなかったのだ。

石岡の携帯電話があれば、登録データなどから捜査網を広げられただろう。通信会社に電波解析してもらったところ、船橋沖十キロの海で電波は途絶えている。

特捜部は有限会社海嶺会本社にも捜索に入った。政治団体海嶺会の幹部が、中澤に聴取を受けた直後の野本に命じられ、有限会社海嶺会の事務所に小柳のセカンドバッグを取りにいったと供述したからだ。その海嶺会幹部は、中澤と臼井がすれ違った香水男だった。香水男は『セカンドバッグは見つからなかった。中身も知らない』と主張している。野本は有限会社海嶺会に捜査の手が伸びるのを予想し、申し付けたのだろう。

有限会社海嶺会本社の床には木屑やゴム片が散らばっており、小柳の作業場だったと見られる。小柳は、同じく捜索される恐れがある自宅にも政治団体海嶺会にも置けないセカンドバッグを旧作業場と思しき秋葉原の杉森宅に持ち運んだようだ。小柳の自宅には杉森宅の鍵があった。さらに有限会社海嶺会ではパソコンも押収しており、特捜部は偽造領収証のひな形データが保存されていると見込んでいる。

また、保奈美と石岡がいた工事現場では裏献金帳簿の原本とともに血のついた鉄パイプも発見された。小柳を背後から襲った凶器だと見られ、警察の鑑識に回している。

保奈美は、すっ、と息を吸った。

「父を告発すると決めた時点で、危険は承知の上でした。私が殺されても、陣内さんに資料のコピーを託していましたから目的は達せられます」

保奈美は長い瞬きをした。

「石岡は明後日の私の誕生日まで、私を手にかける気もなかったようでした。そんな優しさはあったんです」

「海老名議員が多額の闇献金を受け取っていた、と知ったのはいつ頃ですか」

「つい最近です。石岡に資料を見せられました。彼は彼で、私が汚れた部分を呑み込めるかどうか、性根を測ったんでしょう。いずれ私が父の地盤を継げば、隠し続けられませんから」

「どうして私を指名したんですか。私が聴取を担当したからですか」

「中澤さんが私を議員の娘という色眼鏡で見なかったからです。この方は信頼できる、と踏んだんです。特捜部にも色々な欠陥があると思っていたので、それは私にとって大事な点でした」

保奈美は強い眼差しだった。中澤も直視し返す。

「石岡さんから、『水』について何か聞いていませんか」

「いえ」

「海嶺会の小柳氏と付き合いがあったのかはご存じですか」

「ええ。何度か一緒にお会いしています」

「西崎議員の秘書だった赤城氏の卓上カレンダーに、小柳氏が『水』と書き込んだ件はご存じですか」

「何月頃の話ですか」

「書き込まれたカレンダーの日付は五月十一日です」

小柳は五月二十九日に書き、翌日、野本は誰かに気づかれていないかを探るため、西崎事務所を訪れたのだ。激務の秘書が過ぎた日の書き込みに意識が向く確率は低いとはいえ、念のために。

保奈美は心持ち顎を引いた。

「書き込みの件は知りません。ただ、それが何のためだったのかは想像できます」

「というと?」

保奈美は一息置いた。

「不可解な記述があれば、西崎議員に捜査の眼が集中するからです。特捜部は今年、馬場議員を内偵しましたよね? 馬場議員は西崎派のボスです。西崎議員を徹底的に調べれば、馬場議員に達する突破口になるかもしれない。そう特捜部に思わせる仕掛けです。特捜部が西崎議員を調べる間に、馬場議員は証拠隠滅や色々な手を打つ気だったんでしょう」

「その説だと、西崎議員を告発した野党の背後にも馬場議員がいて、糸を引いていたと見るべきになります」

馬場を直接問い質せる段階に何とか辿り着くべく、特捜部では陣内の告白に基づき、関連銀行口座記録などを鋭意分析している。入来らの周辺も同時並行で内偵が進められている。入来立件にこぎつけられれば、赤レンガ派の今林と田室を助ける形になる。『売れるだけの恩を売ればいいさ』。本多はさらりと言っていた。

「自由共和党については存じませんが、西崎さんには、例の手ぬぐい以外にも特捜部が食いつくような後ろ暗い点があるのでは？　今回、特捜部は馬場さんに至る前に手を引いたそうですね」

馬場内偵のあらましを保奈美が知っている……。やはり外部に捜査の動向が漏れているのか。海老名も馬場に特捜部の捜査が筒抜けだと仄めかしていた。

「担当外の案件は耳に入らないので、馬場議員を捜査したかどうかは私にはわかりません」

中澤はそう答えるのがやっとだった。

「そうですか。そんな話を私は石岡から聞きました。きっと、ごく狭い範囲で湧き上がった噂なんでしょうね」

午前中、中澤は同じ質問を、地検に呼んだ陣内にも投げた。陣内はより踏み込んだ見立てを返してきて、それは中澤も同意見だった。

——馬場なら非常時に際して、西崎のような大物をも防波堤にできます。十分な対価を渡せますから。

つまり、手ぬぐい配布の捜査で引っかかった「水」の記述は、馬場絡みだった。西崎が防波堤となるのを肯《がえ》んじた裏には、しかるべきポストを巡る馬場との密約があったはず。その密約を知る赤城は、自分がキーマンだと捜査当局に目させた上で死ねば、捜査が頓挫すると計算し、全てを呑み込んで死んだ。事実、陣内の暴露がなければ、すべては推測の域を出なかった。

聴取中、不意に陣内は目を潤ませていた。

——赤城さんの死は、私に兄と妹を想起させました。パラオで戦死した兄には遺骨もなく、遺品は戦死した場所付近の石っころ一つ……。妹も似たようなものです。私は父母を東京の空襲で亡くして、親戚を頼って十歳の妹と佐倉に疎開しました。佐倉にも空襲は相次ぎました。その日も空襲警報が鳴り響き、防空壕に逃げ込む際、妹は脚が不自由なおばあさんを先に入れるため、外で待ち、私は中からおばあさんの手を引きました。妹は、怯えるおばあさんに、『大丈夫だよ』と気丈に微笑みました。

　陣内はそこで洟をすすり、数秒後に話を続けた。

――おばあさんを収容して、やっと妹の番になった時、脇から大柄な中年男が華奢《きゃしゃ》な妹を突き飛ばし、防空壕に逃げてきました。その数秒後、妹は近くで爆発した焼夷弾の炎をまともに浴びました。あの時、妹がおばあさんに向けていた微笑みは、今も私の記憶に刻み込まれています。上のために下が死ぬ。こんな犠牲はもう打ち止めにすべきなんです。

　陣内は目頭を押さえると、深い声でしみじみと付け加えた。

――支配者の暴走、国民の追従は大量の犠牲者を生む。これは私の経験からの警告です。

＊

　城島は暗い廊下を稲垣と歩いていた。一連の捜査はまだ緒についたばかりで、これからが真の勝負と言える。

　稲垣が丁寧にノックし、どっしりとした木製ドアを開けた。特捜部長室の革張りソファーセットには、高品と吉見が浅く座っていた。テーブルにはファイルや風呂敷包みの書類が山積みされている。

「ご苦労さん」鎌形が執務机から無愛想に言った。特段気負った節もないのに、声音には鋭さと重たさが含まれている。「適当に座ってくれ。早い者勝ちだ」

城島は吉見の正面に座った。吉見が頭を下げてくる。城島は吉見の目を見たまま、軽い会釈を返す。

今回の捜査で自分は少し変わった。吉見を見た時の胸の疼《うず》きが消えた。ようやく友美の喪失を正面から受け止められたのだろう。吉見の顔だちが友美に似ている点も認められる。もう気にもならない。中澤が近くにいたのが大きい。手を取り合って協力して進む——そんな陳腐な戯言ではない。同じ方向を見ている人間がいる。そいつには力も根性もある。自分が倒れれば、きっとあいつが何とかしてくれる。だから、こっちも負けられない。そう思える。高校野球でしのぎを削り合った三年間のように。

腐れ縁なのだろう。

「何かいいことでもあったんですか？」吉見が前屈みで尋ねてきた。「なんだか、今までと感じが違うので。この際なので申し上げると、他人を寄せ付けない棘《とげ》が全身から消えたというか」

「こいつは、ようやくオトナになれたんだよ」稲垣が面白がる口ぶりで茶々を入れてきた。「オトナってのは腹に色んな重たいもんを抱えてたって、恰好悪いから表に出さねえ。今までの城島は見てくれは良くても、刺々しさが表に出ちまってた恰好悪い男だったのさ」

「じゃあ、これからはモテモテかな」高品もおどけ顔で揶揄《からか》ってくる。「あんまり女の子を泣かせちゃダメだよ」

城島は苦笑いを返すしかなかった。

ほどなく村尾と本多もやってきた。二人の手にも分厚いファイルがあった。

＊

「遅くなりました」

「構わん。君が第一線にいるんだ。席はないから、その辺に立っとけ」

眉一本動かさない鎌形に言われ、中澤は後ろ手で扉を閉めると、臼井と壁際に立った。

特捜部長室には鎌形以外にも村尾と本多、高品と吉見、稲垣と城島がソファーセットにいた。これだけのメンツが顔を揃える場に居合わせるのは、中澤は初めてだった。

これで揃ったな、と鎌形が革張りの肘掛け椅子を引き、音もなく立ち上がる。

「諸君、勝負はこれからが本番だ。陣内と海老名保奈美の証言によって、海老名ルートは解明したと言える。だがその他はまだ道半ばで、特に馬場は一筋縄じゃいかないだろう」

鎌形の鋭い一瞥が中澤を捉えた。

「かつて私は馬場を内偵した際、馬場の秘書を追う過程で何度か中澤の父上を見かけた。そして不可解な事件と事故で中澤の妹さんは亡くなった」

中澤は息を呑んだ。……これこそ、鎌形が父親と接触した真意だ。

「私たちはなおも追った。ワシダ運輸や陣内の名も挙がった。決定的な端緒は摑めなかった」

筋書きが見えた。ワシダ運輸社長の脱税案件は馬場や海老名を標的に据え、陣内を改めて調べるための隠れ蓑《みの》、いわゆる横目捜査だったのだ。ゆえに国税に預けず手元に置き、鎌形は時を待った。馬場や海老名の名を最初から出せば、どこからか向こう側に情報が漏れるかもしれない。鎌形はこの場にいる人間を信じて明かしたのだ。

そうか。夏にすんなり馬場の立件を断念したのも布石だ。相手を油断させるため、まず身内の特捜部全体に『徹退』の話を広めたのだと察せられる。

「今回、陣内の自供や物証を固めさえすれば、馬場たちを政治資金規正法違反で罪に問える。ここでもう一歩踏み込み……いや、私は連中を踏み潰してしまいたい。そのためにも脱税で聴取した折の鷲田正隆や陣内の発言を村尾に吟味させた。本物の割り屋は、資料を精査してその全てを頭に叩き込み、相手と正面から向かい合うからこそ相手を割れる。中澤、何か言いたそうだな。村尾の意向と違うと言いたいんだろ」

「いえ」

「別に隠さなくていい。あれは私の指示で君の性根を測った芝居さ。本多に君を推薦され、特捜部に呼んだものの、他人の評価を鵜《う》呑《の》みにするほどお人良しではなくてね。君は鷲田正隆を割れずとも、特捜部に根付く悪習とは一線を画した。その点を評価し、特殊・直告班の応援に加えた」

「悪く思うなよ」村尾はこれまでとは違い、ざっくばらんで物慣れた口調だ。「外見や語り口をいくら取り繕《つくろ》おうと、肝心なのは中身だろ。お前は俺の中身をきっちり見抜いたってわけだ」

参った。鷲田正隆の脱税を探っていた時、村尾は一度だけ、『こいつ』と砕《くだ》けた物言いをした。この語り口が本性で、折り目正しい言い回しはわざとだった——。乱暴な物言いで乱暴な指示を出すより、丁寧な言い回しの方がもっともらしく聞こえ、相手が指示を安易に受け入れる可能性が増す。

中澤はただ頷き返した。

鎌形がぎろりと室内を睥睨する。

「今こそ特捜部は完全復活しなければならない。ここにいる人間はその先駆けだ。現代の巨悪は個人ではない。政財官民ごちゃまぜの集団だ。我々はようやくその根を見つけた。根を一本一本叩き切っていく。それは我々特捜部にしかできない。現実を知った以上は腹を据え、覚悟を決めろ」

鎌形が言葉を切ると、特捜部長室はしんとした。それぞれの胸に鎌形の呼びかけが染み込んでいくのが、中澤には感じられた。

「一つの根を根絶したところで、すぐに新しい根が生えてくるだろう。かといって見つけた根を野放しにしては、日本が巨悪に蝕《むしば》まれるだけだ。もう手遅れかもしれん。イタチごっこかもしれん。我々には御せない怪物かもしれん。それでも我々は立ち向かうしかない。こんな時代になった責任の一端は特捜部にもある」

同感だ。正義が何であれ、特捜部といういわば「正義の象徴」が揺らいだ結果、政治家も官僚も財界人も国民も、モラルのタガが緩んだ面は否めない。

「特捜部は巨悪に対抗できる日本唯一の機構であり、我々に敗北は許されん。ここにいる者なら、そう認識を同じくしているはずだ。この存念こそ我々の正義であり、巨悪と対峙できる拠り所になる」

背筋が伸びた。巨悪。市民には縁遠い一語でありながら、実は身近で、その余波は隅々にまで及ぶ。友美が死んだのが何よりの証明だ。今回、巨悪の一つの芯である馬場にいまだ迫るに至っていない。西崎にも、入来にも、官僚にも、寄付した企業にも。それが巨悪の根深さと広さを物語っている。日本中に馬場らが用意した別の野本や小柳といった手駒もいる。

この手で巨悪を制したい。それが可能な立場にいるのだ。人間が変われば、組織も変わり、社会も変わる。それがおとぎ話だろうと、誰かが目指さねばならない。この身を、この心を、おとぎ話に捧げよう。一人の人間として、一人の検事として。

正義という単語は玉虫色で今もって信じられない。しかし、鎌形が言った『特捜部の正義』は心に留め置きたい。実現できれば、この十八年間追い求めてきた、友美の事件の真相解明にも結びつくはずだ。

いいか、と鎌形は声を張り、執務机に両手を突いて身を乗り出した。

「特捜部で巨悪をぶっ潰す」

オウッ――。

図らずも、全員が腹の底から発した声が揃った。

*

午後六時五十分、城島は、検察庁舎前で一本の公孫樹を見上げていた。一枚の葉を自分と中澤の前に落とした公孫樹。検察庁舎のいくつもの窓から漏れる灯りを浴び、とっくに陽が沈んだ街にくっきりとその姿を浮かび上がらせている。

もうしばらくすると公孫樹の葉は枯れ、春になればまた芽吹く。その単純な事柄が胸に沁みてくる。何度もこの公孫樹を眺めてきたというのに、初めて覚える感慨だった。

「早いな」

背後から声をかけてきた中澤の足音が隣で止まり、城島は肩を上下させた。

「五分前行動をしろって、高校で叩き込まれただろ?」

「ああ」中澤は腕時計を見る。「約束した時間まであと十分ある」

「五分前行動の五分前行動だよ」

――今日、久しぶりに二人で飯にいかないか。

特捜部長室を出た後、中澤に抑えた声で言われた。仕事なら山ほどあり、これから連日深夜までブツ読みが続く長丁場となる。そのため、早めに栄養補給しておきたい。中澤も同じ考えだとわかった。

どの店にするか。肉類、ステーキがいいか。一時間程度で庁舎にも戻れる。

「行こうか」

城島が足を踏み出しかけると、ジョー、と中澤の声がその一歩が出るのを止めた。

「忘れないうちに伝えておく。例のキーマカレーの件だ。コクを出す甘味の正体に見当がついた」

「本当か？」

城島は驚き、中澤の顔を凝視した。中澤が口元をほのかに緩める。

「ああ。俺はさっきまで和歌さんの検事室にいたんだ。仕事の話題が一段落ついた時、臼井さんの腹が鳴って、小腹が空いたって話題から好きなパンの話に流れた。俺はカレーパン、和歌さんはメロンパン、臼井さんはアンパン。最後に吉見さんの番になった。彼女が何パンを好きだか知ってるか」

「確か、ジャムパンだ」

「ご名答。小さな頃、近所のパン屋でそのおいしさに目覚めたんだと。この話を聞いた時、どっかの誰かと似てると気づいてな」

「それで、肝心なキーマカレーのコクを生む正体は何なんだ?」

「チョココロネのチョコクリームだよ」

「チョココロネ……」城島は体の底から深い息を吐いた。「そういや、お手製キーマカレーを食べた後も口にしてたよ。盲点だった」

「ただし、その辺のチョココロネじゃだめなんだ」中澤がもったいつけるように人差し指を顔の前で振る。「三鷹ツルヤのものさ」

「有名店なのか」

「全然。実家近くにある小さな店だよ。友美は幼い頃から好きだった」

城島はゆるゆると首を振った。

「そうか。どうりで味が再現できないわけだな」

「次、実家に帰った時にツルヤのチョココロネを買ってくるよ。年に一回と言わず、それでキーマカレーを作ってみたらどうだ?」

秋らしい気持ちのいい風が二人の間を吹き抜けていく。頭上では公孫樹の葉がさらさらと音を立てて揺れた。

「そうだな。満足のいく味になれば、ゲンたちに振る舞おう」

そいつは楽しみだな、と中澤が穏やかに言った。城島はポケットに手を突っ込み、今度こそ歩きはじめた。

解説

内藤麻里子（文芸ジャーナリスト）

ここにあるのは、すさまじく過剰な物語だ。そのうえで言う。これをものした気概に応えるには、伊兼源太郎という作家の名を脳裏に刻みつけるしかない。『巨悪』は、地検特捜部という組織を初めて正面から扱った小説であり、それだけがっつりした歯ごたえと、粛然とする余韻の残る特捜検事たちの闘いを描いたのだから。

「巨悪」と聞けば、政治家と金の深い闇を連想させ、本書でも触れられているがロッキード事件やリクルート事件など、昭和の匂いがする。政治家が小粒になった二十一世紀で、巨悪を描くことは可能なのか。伊兼さんは、そんな疑問をみごとに一蹴してみせた。本書には、現代の巨悪が驚くほど鮮やかに姿を現している。

ところが、ただ一途《いちず》に巨悪を追うだけではない。検察という組織の論理と、主人公の成長という両輪が展開を加速させ、さらにそれらを彩るディテールが目いっぱい盛り込まれている。圧倒的な濃密さと緊迫感で、息をするのも苦しいほどの物語世界を創り出した。順を追って、説明しよう。

舞台は東京地検特捜部。中澤源吾は任官十二年を迎える検事で、横浜、長崎、神戸《こうべ》の地検を回り、東京地検刑事部を経て、この春特捜部に配属された。そこに〈ワシダ運輸社長の鷲田正隆は会社の金を横領し、少なくとも年間三億円の脱税を何年も繰り返している〉というタレコミが届き、中澤が捜査するも立件に至らなかった。

そんな中澤が次に投入されたのは、国土交通大臣・西崎が夏祭りで手ぬぐいを配った事件。野党が告発した、立件も難しい筋の悪い案件だったが、与党民自党の陰のドン・馬場に迫る突破口を期待されていた。なんとなれば、特捜部は馬場の汚職事件を追ったものの、立件を断念した経緯があるからだ。地道なブツ読みを重ね、西崎事務所から押収したカレンダーのメモに記された「水」の文字を発見したのを契機に、二つの海嶺会にたどり着く。やがてちらつく東日本大震災の影と、ワシダ運輸の存在。

こうした捜査の過程を彩るのは、事務官で構成する機動捜査班、認知症気味のワシダ運輸の大番頭・陣内との攻防、B勘屋、政治家の調査機関などこれでもかという量のディテールだ。刑事顔負けの事務官の捜査は興味をそそられるし、偽造領収書などを作るブローカー「B勘屋」なんて初めて知った。その存在を追って、住宅地図にも載っていない家探しの顚末《てんまつ》には手に汗握る。一つ一つが迫真の描写で、思わず引きこまれてしまう。

しかも、こうした捜査の中から暴かれる現代版の巨悪は、その構造も規模も桁《けた》違いだった。ロッキード事件の金額は約三十億円、リクルート事件は六十六億円、東京佐川急便事件でも九百五十二億円だという。それを上回る巨悪の存在に愕然《がくぜん》とすると同時に、どうしようもない怒りが湧いてくる。これは衝撃的だった。社会をつかみとる作家のまなざしに圧倒され、『巨悪』を世に問う意味を痛切に感じる。

ここで、物語を加速する両輪についても触れておきたい。まずは、組織の論理からだ。

二〇一〇年に起きた大阪地検特捜部の証拠改竄《かいざん》事件や、東京地検特捜部が小沢一郎を標的にした捜査で杜撰《ずさん》な取り調べが発覚し、検察の威信は地に落ちた。物語の時代はその後の設定だ。組織改革をしたはずなのにその体質は変わらず、中澤は強引な手法を使ってでも事件を検察側が見立てたストーリー通りに割り（自白させ）、立件しろと迫られる。特捜部の建て直しを託された特捜部長・鎌形からも、鎌形がたっての希望で迎えた二人の副部長、村尾、本多からもそう求められる。ことに本多は長崎地検時代に薫陶を受け信頼していただけに、中澤の不信感はいや増す。きな臭さが漂う中、検察には特捜部などで活躍する現場派と、法務省に軸足を置く赤レンガ派の派閥争いが密《ひそ》かに展開して事態は混沌《こんとん》としていく。

難局を乗り切った中澤が見たのは、品定めされた自分と、特捜部の復活をかけた鎌形らの烈々《れつれつ》たる信念だった。ここに至って、人を育てるということ、組織の運営とはこういうことかとうなってしまった。それまで先を見えにくくしていた覆いや違和感がはらはらと落ちていった。そうと知った目で鎌形らの言い分を改めて読むと、その意味が一変する。彼らは一段深いことを口にしていたのだ。言語化しにくい部分をみごとに物語に結実させたと言うべきであろう。

右で述べたことと重なるが、中澤の成長というもう一つの車輪はどうか。

「割れ」と迫られる中澤だが、見立て通りに強引に調書を作成することをよしとしない。長崎地検時代に本多から教わった「聴取後に街で出会って目を逸《そ》らすような聴取をするな」を旨とし、感情的になりそうなところもぐっとこらえ、冷静に対応する。正論で闘うのが彼自身の正義のあり方だった。特捜部の正義は「勝利だ」という鎌形部長らとは相いれない。クールで一面では正しい。けれどこれだけでは割れず鷲田の立件は見送りとなり、その後に回された西崎の捜査では取り調べていた秘書に自殺されてしまう。

仕事にもまれ、組織にもまれて何かを得そうな中澤の背を最後に強く押したのは、高校時代に野球部でダブルエースだった、特捜部の事務官を務める城島毅だ。城島は「腹からぶつかってみろ」と言い、「自分で勝手に作った枠に縛られて」いるといさめる。中澤が枠を超えた瞬間を印象的に描く。

もちろん、ディテールにこだわる伊兼さんだ。中澤と、もう一人の語り手である城島を単なる友人同士というだけに放っておくわけはない。人間像に過酷な背景を与えている。中澤の妹友美は十八年前に殺された。城島の恋人でもあった。事件の解決に不満を抱えた二人は友美の事件を洗い直そうとして、中澤は検事になり、城島は転勤を嫌い事務官になったのだった。とはいえ、悲しみと怒りを秘めた二人は、以前の関係には戻れずよそよそしい。まさに、城島が中澤をいさめ、励ました瞬間に関係性が復活する。ここにも人間が成長することへの思いがこめられている。

やがて友美の死の背景も浮かび上がる。中澤の父親と因縁のある政治家、海老名も現在の事件につながっていく。なんという貪欲な筆だろうか。一作にここまで多様な要素を凝縮した作品は、ちょっとお目にかかれない。伊兼さんは迫ろうとする題材も人間も、物語世界のすべてを呑《の》み込《こ》んで描きつくそうとするかのようだ。それがこの世のリアリティーだと言わんばかりの熱量である。出し惜しみしても文句は言われまい。その選択をしなかった作家の覚悟たるやいかほどか。

　さらにそのうえ、コミカルな要素まであることを付け加えておきたい。特捜部では帳簿も読まなければいけないのに「幼い頃から算数は嫌い」と言う中澤のぼやきや、先輩の女性検事・高品との軽妙なやり取りは一服の清涼剤だ。中澤の立会事務官・臼井の機転や軽口には和ませてくれるものがある。こういった場面も用意する目配りには恐れ入ったというしかない。

　描こうとしているのは正義だ。検事たちの正義は既に触れたが、巨悪側の正義もある。最初に抱いた志が変質していくのは世の常だが、コントロールできない人間の欲の集積にまで育ったものを断罪する方法は――。終幕では、せめぎ合う正義の中で失われた命の意味を突きつけられ、私たちはこの社会について、生きるということについて考えざるを得ない。

　特捜部検事はこれからも、倦《う》まずたゆまず新たな形になった巨悪に立ち向かっていく。鎌形による決意表明を聞いて中澤は背筋が伸びるが、読んでいる我々に対しても前を向かせる力を持っている。中澤と城島がかつてその後の人生を決めた時、公孫樹《いちょう》がひらひらと舞い落ちてきた。終幕、万感の公孫樹が二人を迎える。最後まで配慮の行き届いた一大エンターテインメントだった。この作品は、伊兼さんの現時点での一つの頂だと思う。

新聞記者を経て二〇一三年、『見えざる網』で横溝正史《よこみぞせいし》ミステリ大賞を受賞してデビューした。ネット社会で監視される恐怖を描いた同作、死亡事故をめぐる市役所の責任の取り方が問われる『事故調』（一四年）、新聞記者と刑事の使命に迫った『事件持ち』（二〇年）など、一貫して濃厚な人間ドラマの中に正義のありかを探ってきた。『地検のS』（一八年）は、『巨悪』（単行本は一八年刊行）に先駆けて刊行された地検ものだ。札幌《さっぽろ》地検や福岡地検と並ぶ規模の湊川《みなとがわ》地検を舞台に、こちらは地検の一職員を主人公にしている。続巻である『地検のS　Sが泣いた日』（二〇年）も出ている。地検ナンバーツーである歴代次席検事の懐 刀《ふところがたな》と言われる主人公が暗躍しているように思える姿を通して、彼の正義を描く。さらにこの職員が執念深くつけ狙う因縁の政治家も存在する。

これら伊兼作品を象徴する要素が集約され、スケールアップしたのが『巨悪』である。

さて、伊兼さんはネクストブレイク作家と目されている。それだけの実力とパワーを秘めている。本作を含めこの作家の作品を既に読んだ方は幸いである。未読の方は、早く伊兼源太郎に出会ってほしい。

参考文献

『検察官になるには』 三木賢治 （ぺりかん社）
『特捜検察の事件簿』 藤永幸治 （講談社）
『検事よもやまばなし』 廣瀬哲彦 （司法協会）
『検察の正義』 郷原信郎 （筑摩書房）
『検事失格』 市川寛 （新潮社）
『「特捜」崩壊 墜ちた最強捜査機関』 石塚健司 （講談社）
『検察官の仕事がわかる本 改訂版』 受験新報編集部 （法学書院）
『特捜検事ノート』 河井信太郎 （中央公論新社）
『歪んだ正義 特捜検察の語られざる真相』 宮本雅史 （角川学芸出版）
『証拠改竄 特捜検事の犯罪』 朝日新聞取材班 （朝日新聞出版）
『増補版 国策捜査 暴走する特捜検察と餌食にされた人たち』 青木理 （ＫＡＤＯＫＡＷＡ）
『特捜検察の闇』 魚住昭 （文藝春秋）
『冤罪法廷 特捜検察の落日』 魚住昭 （講談社）
『特捜検察は誰を逮捕したいか』 大島真生 （文藝春秋）
『特捜検察は必要か』 江川紹子編 （岩波書店）

『検察崩壊　失われた正義』　郷原信郎　（毎日新聞社）
『虚構の法治国家』　郷原信郎　森炎　（講談社）
『公認会計士vs特捜検察』　細野祐二　（日経BP社）
『検察・国税担当　新聞記者は何を見たのか』　村串栄一　（講談社）
『小沢一郎 vs.特捜検察　20年戦争』　村山治　（朝日新聞出版）
『田中角栄を逮捕した男　吉永祐介と特捜検察「栄光」の裏側』　村山治　松本正　小俣一平　（朝日新聞出版）
（順不同）

また、新聞各紙の記事やHPなどを適宜参考にしました。

本書は二〇一八年六月、小社より単行本として刊行されました。

|著者| 伊兼源太郎　1978年東京都生まれ。上智大学法学部卒業。新聞社勤務などを経て、2013年に『見えざる網』で第33回横溝正史ミステリ大賞を受賞し、デビュー。他の著書に、「地検のＳ」シリーズ、『密告はうたう』『ブラックリスト』と続く「警視庁監察ファイル」シリーズ、『事故調』『外道たちの餞別』『金庫番の娘』『事件持ち』がある。

巨悪《きょあく》

伊兼源太郎《いがねげんたろう》

講談社文庫
定価はカバーに
表示してあります

2021年２月16日第１刷発行

発行者――渡瀬昌彦
発行所――株式会社　講談社
東京都文京区音羽2-12-21　〒112-8001
電話　出版（03）5395-3510
　　　販売（03）5395-5817
　　　業務（03）5395-3615

デザイン―菊地信義
本文データ制作―講談社デジタル製作
印刷―――豊国印刷株式会社
製本―――加藤製本株式会社

Printed in Japan

ISBN978-4-06-522421-2

講談社文庫刊行の辞

二十一世紀の到来を目睫に望みながら、われわれはいま、人類史上かつて例を見ない巨大な転換期をむかえようとしている。

世界も、日本も、激動の予兆に対する期待とおののきを内に蔵して、未知の時代に歩み入ろうとしている。このときにあたり、創業の人野間清治の「ナショナル・エデュケイター」への志を現代に甦らせようと意図して、われわれはここに古今の文芸作品はいうまでもなく、ひろく人文・社会・自然の諸科学から東西の名著を網羅する、新しい綜合文庫の発刊を決意した。

激動の転換期はまた断絶の時代である。われわれは戦後二十五年間の出版文化のありかたへの深い反省をこめて、この断絶の時代にあえて人間的な持続を求めようとする。いたずらに浮薄な商業主義のあだ花を追い求めることなく、長期にわたって良書に生命をあたえようとつとめるところにしか、今後の出版文化の真の繁栄はあり得ないと信じるからである。

同時にわれわれはこの綜合文庫の刊行を通じて、人文・社会・自然の諸科学が、結局人間の学にほかならないことを立証しようと願っている。かつて知識とは、「汝自身を知る」ことにつきていた。現代社会の瑣末な情報の氾濫のなかから、力強い知識の源泉を掘り起し、技術文明のただなかに、生きた人間の姿を復活させること。それこそわれわれの切なる希求である。

われわれは権威に盲従せず、俗流に媚びることなく、渾然一体となって日本の「草の根」をかたちづくる若く新しい世代の人々に、心をこめてこの新しい綜合文庫をおくり届けたい。それは知識の泉であるとともに感受性のふるさとであり、もっとも有機的に組織され、社会に開かれた万人のための大学をめざしている。大方の支援と協力を衷心より切望してやまない。

一九七一年七月

野間省一